本书列入

2017年国家社会科学基金重大委托项目

"十三五"国家重点图书出版规划项目

中华传统文化百部经典

林则徐集

林则徐 著

杨国桢 解读

国家图书馆出版社

图书在版编目（CIP）数据

林则徐集／（清）林则徐撰；杨国桢解读 . -- 北京 ：
国家图书馆出版社，2024.12 . --（中华传统文化百部经
典／袁行霈主编）. -- ISBN 978-7-5013-8382-5

Ⅰ. I214.92

中国国家版本馆 CIP 数据核字第 2025CW3433 号

国家图书馆出版社官方微信

书　　名	林则徐集
著　　者	（清）林则徐 撰　杨国桢 解读
责任编辑	于　浩
特约审校	徐春峰
封面设计	敬人设计工作室

出版发行	国家图书馆出版社（北京市西城区文津街 7 号　　100034）
	010-66114536　63802249　nlcpress@nlc.cn（邮购）
网　　址	http://www.nlcpress.com
印　　装	北京科信印刷有限公司
版次印次	2024 年 12 月第 1 版　2024 年 12 月第 1 次印刷

开　　本	710×1000　1/16
印　　张	32.25
字　　数	413 千字
书　　号	ISBN 978-7-5013-8382-5
定　　价	65.00 元（平装）

编纂缘起

文化是民族的血脉，是人民的精神家园。党的十八大以来，围绕传承发展中华优秀传统文化，习近平总书记发表了一系列重要讲话，深刻揭示出中华优秀传统文化的地位和作用，梳理概括了中华优秀传统文化的历史源流、思想精神和鲜明特质，集中阐明了我们党对待传统文化的立场态度，这是中华民族继往开来、实现伟大复兴的重要文化方略。2017 年初，中共中央办公厅、国务院办公厅印发《关于实施中华优秀传统文化传承发展工程的意见》，从国家战略层面对中华优秀传统文化传承发展工作作出部署。

我国古代留下浩如烟海的典籍，其中的精华是培育民族精神和时代精神的文化基础。激活经典，熔古铸今，是增强文化自觉和文化自信的重要途径。多年来，学术界潜心研究，钩沉发覆、辨伪存真、提炼精华，做了许多有益工作。编纂《中华传统文化百部经典》（简称《百部经典》），就是在汲取已有成果基础上，力求编出一套兼具思想性、学术性和大众性的读本，使之成为广泛认同、传之久远的范本。《百部经典》所选图书上起先秦，下至辛亥革命，包括哲学、文学、历史、艺术、科技等领域的重要典籍。萃取其精华，加以解读，旨在搭建传统典籍与大众之间的桥梁，激活中华优秀传统文化，用优秀传统文化滋养当代中国人的精神世界，提振当代中国人的文化自信。

这套书采取导读、原典、注释、点评相结合的编纂体例，寻求优秀传统文化与社会主义核心价值观之间的深度契合点；以当代眼光审视和解读古代典籍，启发读者从中汲取古人的智慧和历史的经验，借以育人、资政，更好地为今人所取、为今人所用；力求深入浅出、明白晓畅地介绍古代经典，让优秀传统文化贴近现实生活，融入课堂教育，走进人们心中，最大限度地发挥以文化人的作用。

《百部经典》的编纂是一项重大文化工程。在中宣部等部门的指导和大力支持下，国家图书馆做了大量组织工作，得到学术界的积极响应和参与。由专家组成的编纂委员会，职责是作出总体规划，选定书目，制订体例，掌握进度；并延请德高望重的大家耆宿担当顾问，聘请对各书有深入研究的学者承担注释和解读，邀请相关领域的知名专家负责审订。先后约有 500 位专家参与工作。在此，向他们表示由衷的谢意。

书中疏漏不当之处，诚请读者批评指正。

2017 年 9 月 21 日

凡　例

一、《中华传统文化百部经典》的选书范围，上起先秦，下迄辛亥革命。选择在哲学、文学、历史、艺术、科技等各个领域具有重大思想价值、社会价值、历史价值和学术价值的一百部经典著作。

二、对于入选典籍，视具体情况确定节选或全录，并慎重选择底本。

三、对每部典籍，均设"导读""注释""点评"三个栏目加以诠释。导读居一书之首，主要介绍作者生平、成书过程、主要内容、历史地位、时代价值等，行文力求准确平实。注释部分解释字词、注明难字读音，串讲句子大意，务求简明扼要。点评包括篇末评和旁批两种形式。篇末评撮述原典要旨，标以"点评"，旁批萃取思想精华，印于书页一侧，力求要言不烦，雅俗共赏。

四、原文中的古今字、假借字一般不做改动，唯对异体字根据现行标准做适当转换。

五、每书附入相关善本书影，以期展现典籍的历史形态。

謹將戒鴉片煙經驗數種良方繕呈

御覽

戒煙斷癮前後兩方總論

人之喉管有二食管以主飲食下達二腸氣管
以主呼吸周通五臟氣管本屬清虛不受一粒
牛滴之物若物誤入其中卽時咳逆必出之而
後快而煙乃有氣無形之物故可吸入呼出往
來於五臟雖其氣已去而其味仍留但人之所
以得生者胥藉胃間所納穀氣循環於經絡以

奏定戒烟良方 （清）林則徐撰
清湖南蔡鏡蓉刻本 國家圖書館藏

查係因病未經前往是其近年精力遠不如前
已可概見又去秋由永固進兵之際輒復檄調
極遠之漢中鎮標等營官兵終又停止不用明
係故為延宕籍此撤兵以遂其苟安之計蹟其
遷延延後似難振起積疲過有緩急殊不可恃
即如本年二月內署督臣林則徐派兵查辦雍

希葉布番族
奏明容洛該提督酌派游兵赴野馬川一帶埋伏
堵截查甘州本設有游兵三百名按月加給口
粮無難即行調往乃於臣過甘州之時胡起面
稱頃添派提標兵二百名以壯聲勢旋查前項
遊兵宪未即時赶往又准函稱復派察漢俄博

陕甘总督奏稿　（清）布彦泰　（清）林则徐撰
清抄本　国家图书馆藏

目　录

导读

林则徐集

公文

散文

诗词

导　读

著名历史学家范文澜先生说过"林则徐是中国封建文化优良部分的代表者"，又是近代维新运动的重要先驱者，"开眼看世界的第一人"①。林则徐的经世思想和政治实践，在近代历史上产生积极的影响，是中华民族宝贵的精神财富。

一、生平事迹

林则徐（1785—1850），字元抚，又字少穆、石麟，晚号栎社散人、瓶泉居士、竢村老人、竢村退叟、七十二峰退叟。乾隆五十年七月二十六日（1785年8月30日），出生于福建侯官（今福州市）左营司巷。父林宾日，岁贡生，以教书为业。

嘉庆三年（1798），林则徐为县学生员，入鳌峰书院读书。熟读四书五经，注意经世致用，为学实事求是，不涉时趋。九年（1804）中举，次年在京参加会试，榜发未中，外出当塾师。十一年（1806）春，应房永清之聘为闽县书廪。秋，随房永清到厦门任海防同知书记，较早接触到港口管理、台运粮饷等海洋事务，知鸦片危害。福建沿海地区相对开放的人文环境和区域海洋性的社会文化传统，曾给青少年时代的林则徐潜移默化的影响。十二年（1807）初，入福建巡抚张师诚幕。十四年（1809）第二次参加会试，名落孙山，仍回张师诚幕。

十六年（1811），第三次参加会试，成进士，选翰林院庶吉士。十九年（1814）散馆，授编修。居京师七年，充国史馆协修、撰文官，派翻书房行走、清秘堂办事、丙子（1816）江西乡试副考官、己卯（1819）会试同考官、云南乡试正考官，任江南道监察御史。他初登仕途，志向高远，立志成为一名济世匡时的正直官吏，"益究心经世学"。阅内阁典藏文书，搜集畿辅农田水利资料，酝酿写作《北直水利书》。二十四年（1819）冬，参加宣南诗社诗文唱酬。

二十五年（1820）七月，外放浙江杭嘉湖道，改革书院旧规，勘海塘，禁花赌，颇有作为，官声颇佳。道光元年（1821）七月，因父病告归。二年（1822）四月，仍发浙省以道员用。六月，到杭州听候补用，受委监视乡试闱务。八月，简放江苏淮海道，未即赴任，暂署浙江盐运使，协助浙江巡抚帅承瀛整理盐政，创订规制，取得成效。十二月，任淮海道。

三年（1823）二月，接任江苏按察使。时江苏发生百年不遇的大水灾，他参与救灾赈恤之事。七月，平息娄县饥民告灾闹松江府署风波，又禁囤积，招徕米商，平抑粮价，安定灾民。十月，上京述职。四年（1824）正月，兼署江苏布政使，经理灾后重建，倡议疏浚三江水道。七月，两江总督孙玉庭、江苏巡抚韩文绮、浙江巡抚帅承瀛荐举林则徐"综办江浙水利"，道光帝硃批："即朕特派，非伊而谁？"命到时，因母丧回籍守制，未赴任。五年（1825）二月，江苏高家堰十三堡决口。四月，奉命"夺情"素服前往催工。五月，署两江总督魏元煜邀至清江，商议复奏明年试行海运，代拟折稿。七月，户部奏行海运，新任两江总督琦善、江苏巡抚陶澍荐则徐为总理赴上海筹办，以积劳成疾辞归。六年（1826）四月，朝廷命以三品卿衔署理两淮盐政，因守制辞未赴任。

七年（1827）二月，服阕上京觐见。五月，命为陕西按察使，署布政使事。闰五月抵西安上任。旋擢江宁布政使，因新任未到暂留。七月，赴汉中略阳勘灾，安抚居民。十月，因父丧迎养途中，自陕南奔赴浙江，扶柩回籍，守制三年。

八年（1828）十一月，受闽浙总督孙尔准、福建巡抚韩克均委托，参与福州小西湖修浚工程。九年（1829）八月工竣，修"褒忠祠"祀三藩之乱中被害的闽浙总督范承谟等。沿湖豪右失去侵垦湖地，散布蜚语。署福州知府张腾因亏空，诬告则徐借农田水利之美名，为亲家求缺，为现任督抚建生祠。经钦派大臣汤金钊入闽审办，查无实据，还其清白。

十年（1830）三月服阕上京。七月，命为湖北布政使。八月，抵武昌上任，即移行荆州一带道府，履勘水灾，办理灾赈、蠲缓，修复溃堤。十一年（1831）三月，到开封任河南布政使，处理各州县悬款，代苏省采买河南米麦济灾。八月，到南京任江宁布政使，办理江南灾务，制定查赈章程。十月，离任总司江北赈抚事宜。道光帝以其"出膺外任已历十年，品学俱优，办事细心可靠"，擢升为河东河道总督。十二月，到山东济宁接任东河总督。任内查验山东运河挑工及山东、河南黄河两岸各厅料垛，并亲自调查观察，论证抛石在抢险护埽工程技术的功效。深知黄河夺淮入海是造成水患频仍的根源，形成改复黄河故道治理思想。

十二年（1832）六月，抵苏州任江苏巡抚，直至十六年（1836）十二月。与两江总督陶澍合力整顿经济，改善行政，审时度势，兴利除弊。体察银昂钱贱情形，反对骤平洋钱之价和骤禁洋钱流通，建议由官局自铸银币，以抑洋钱，便民利用。救灾办赈，坚请缓征田赋，暂纾民力，在城乡灾区遍设粥厂、粥担，拯救老弱病残。倡导公办及官助民办，兴修水利，挑浚白茆河、刘河、练湖和徒阳运河，修复华亭、上海、宝山海塘。倡导种植早稻，引进稻种，在抚署前后辟地试种，加以推广。三次监临江南乡试，整顿考场积弊。五次督催漕运，补偏救弊，力行整顿。其间在十五年（1835）十一月至十六年（1836）三月、十六年七至十一月，两度署理两江总督兼两淮盐政，继续实行淮北票盐，推行陶澍的盐政改革。

十七年（1837）正月，命为湖广总督。三月，抵武昌上任。配合陶澍整顿两湖盐务，堵缉邻私，疏销淮盐。六、七月，阅视襄河新旧堤工，督防长江大汛。八至十月，赴湖南校阅营伍。十八年（1838）五月，复奏支持黄爵滋禁烟疏，率先在湖广开展禁烟运动。七月，赴襄河、荆江各处阅视堤工。八月，密陈鸦片流毒于天下，为害甚巨，法当从严。十月，奉旨来京陛见。十一月初五日抵京，道光帝召见八次，十五日第五次召见后，命为钦差大臣，驰往广东查办海口事件，该省水师兼归节制。二十三日出京南下。

十九年（1839）正月二十五日抵广州。二月，会同两广总督邓廷桢、广东巡抚怡良、粤海关监督豫堃、广东水师提督关天培等，力杜鸦片来源，收缴英国鸦片二百三十七万六千余斤。三月，因陶澍力荐，调补两江总督，待禁烟事竣赴任。四、五月，在虎门当众销毁收缴的鸦片。严缉走私烟贩，惩治受贿官吏，要求义律交出杀害尖沙嘴村民林维喜的英国水手。探求外国情事，组织翻译西书西报。整顿海防，屡挫义律挑起的九龙炮战、穿鼻洋海战。十二月，免两江总督职，实授两广总督。

二十年（1840）正月初一日，接任两广总督。二月，获英国兵船将来广东滋扰情报，以守为战，以逸待劳。密购西洋大铜炮等，充实虎门各炮台。三月，添建尖沙嘴、官涌两炮台。六月，英军抵达广东海面，宣布封锁珠江口后，主力犯厦门，陷定海，北上天津。七月，道光帝改变对英态度，斥责林则徐"办理不善"，命直隶总督琦善赴广州与英军议和。九月，林则徐被革职，留粤听候查办原委。十二月，大角、沙角炮台失陷后，奉命"协办夷务"。

二十一年（1841）正月，义律宣布英军占领香港，林则徐劝说怡良奏明真相。三月，向到粤主持战事的靖逆将军奕山建言粤省防御六条。二十五日，奉命以四品卿衔，赴浙听候谕旨。四月二十一日，抵浙江镇海军营。五月二十五日，革去林则徐四品卿衔，发往伊犁"效力赎罪"。七月，自杭州北上，经京口，将翻译的外国资料交旧友魏源。十五日，经仪征，奉旨发往东河"效力赎罪"。八月，抵开封祥符六堡工地，协助王鼎办理堵口工程，襄办文案，稽核总局。

二十二年（1842）二月，祥符河工合龙，仍依前旨遣戍伊犁。四月，行抵西安，以病假暂留。七月，自西安起程，十一月初九日，抵伊犁惠远城。伊犁将军布彦泰派差"掌粮饷处事"。在戍三年，研讨新疆史地，讲求防边强边之策，参与开垦阿齐乌苏荒地，捐资承修湟渠龙口工程。二十五年（1845）二月至六月，与全庆查勘南疆六城垦地，九月至十月，续勘吐鲁番伊拉里克、哈密塔尔纳沁垦地。十一月，得旨赦还，以四五品京堂回京候补，旋命署理陕甘总督。十二月，在凉州接篆，驻扎督办民族纠纷事务。

二十六年（1846）二月，驻扎西宁，查办循化厅卡外黑错寺事件。三月，卸署理陕甘总督任，到兰州养病。六月，以会办黑错寺调度有方，照一等军功优叙之例，给军功三级。七月，到西安接任陕西巡抚。十一月，因病奏请开缺，得旨赏假三月。

二十七年（1847）三月，升云贵总督。六月到任，处理回汉互斗事件。二十八年（1848）三月，督师迤西，平定赵州弥渡回民事件，迫使保山七哨香把会交出凶犯，加太子太保衔，赏戴花翎。二十九年（1849）二月，整顿云南矿政，六月，以病奏请开缺回籍调理。八月，卸任。

十一月二十一日，行次长沙，遣人至湘阴东乡柳庄招左宗棠到湘江舟中，宴谈达曙。

道光三十年（1850）三月，抵福州。六月，因英人租住乌石山神光寺，与闽浙总督刘韵珂、福建巡抚徐继畬议论未合，联名士绅上书倡议驱逐。咸丰帝继位，命迅速来京，听候简用。九月十三日，因广西天地会起事，咸丰帝起用为钦差大臣，十月初二日，带病从福州起程赴广西。中途病发，十九日逝于广东潮州普宁会馆，终年六十六岁。赠太子太傅衔，照总督例赐恤，赐祭葬，谥文忠。

二、历史贡献

林则徐从政四十年，以"苟利国家，生死以之"的家国情怀，经邦济世的担当精神，民惟邦本的执政理念，处理过诸多棘手的政事。他一生的从政实践，不仅是宝贵的政治经验和思想积累，而且为赓续中华优秀传统文化的精神脉络作出了重要的贡献。

（一）践行民惟邦本的执政理念

林则徐早年接受"民惟邦本"思想的熏陶，以经世自励，但他没有走学者型著书立说的道路，以经世思想家名世，而是进入仕途，在政治实践中阐述出经世的思想和理念。

为官之道，以民为本。林则徐指出："窃维尽职之道，原以国计为最先，而国计与民生实相维系，朝廷之度支积贮，无一不出于民，故下恤民生，正所以上筹国计，所谓民惟邦本也。"他"求通民情，愿闻己过"，把握舆情，广咨博采，在不同职位上，都坚持要求自己和同僚，"事事体民情而出之"，"知民情所以向背之自，而顺以导之于所安"。

严于律己，才能执政为民。林则徐鄙视和谴责"所习乃脂韦，所志在饱温，色厉实内荏，骄昼而乞昏"的利禄徒，决心"但当保涓洁，弗逐流波奔"。为官廉洁自律的道德底线，他始终坚持，出污泥而不染。赴湖北布政使任时，他从襄阳发出传牌，声明："所雇船只，系照民价自行给发，不许沿途支付水脚，亦无须添篙帮纤。行李仆从俱系随身，并无前站及后路分路行走之人。伙食一切，亦已自行买备，沿途无须致送下程酒食等物。所属官员，只在本境马头接见，毋庸远迎。"钦差使粤，他从良乡发出传牌："本部堂系由外任出差，与部院大员稍异，且州县驿站之累，皆已备知，尤宜加意体恤。所有尖宿公馆，只用家常饭菜，不必备办整桌酒席，尤不得用燕窝烧烤，以节糜费。此非客气，切勿故违。至随身丁弁人夫，不许暗受分毫站规门包等项。需索者即须扭禀，私送者定行特参。言出法随，各宜懔遵毋违。"广东禁烟，外国人认为这是林则徐贪污受贿的大好机会，但他没有这样做。收缴的鸦片，他亲自监督，在虎门海滩销毁殆尽，允许沿海居民和外国人到现场观看，他们不得不承认：鸦片是在最彻底的手段下被销毁了，林则徐的手从来没有被贿赂沾污过。林则徐晚年在陕西巡抚任上为儿子分家时说，"目下无现银可分"。从云贵总督任上退休，预留养老的款项只有三万余两白银。

"察吏为安民之本，而率属以正己为先。"林则徐认为："察吏莫先于自察，必将各属大小政务逐一求尽于心，然后能举以验属员之尽心与否。盖徇人者浮，任己者实，凡事之未经悉心筹画者，纵能言其梗概，而以就中曲折，反复推究，即粉饰之伎立穷。"

"为国首以人才为重。"林则徐认为："有才而不用，与无才同；用之而不使之尽其才，与不用同。且当其未用之先，犹有所冀也，及用之而不能尽其才，或且以文法绳之，猜忌谴之，则其人之志困而不能自伸，而天下之有才者，闻之亦多自阻。"人才是富国之本，执政者应当"培养之、扶植之，使天下之才皆足以为我用。"他爱才、识才、求才，眼光远大，胸怀坦荡，留下不少招贤纳士的佳话。晚年扁舟迂道于星沙招左宗棠"湘江夜话"，谈及西域时务，安定新疆，殷殷嘱托，期许良厚。而左宗棠不负重托，后来，以钦差大臣身份领兵 6 万，扫平勾结英国、妄想分裂新疆的阿古柏。几年之后，又大兵压境，迫使沙俄与清廷谈判，收回被沙俄占据的大片领土，成就了彪炳史册的伟业。

林则徐民惟邦本的思想，是对传统的继承，具有某些民主思想，但还不能说他具有民本主义思想，更没有形成民本主义思想体系。

（二）清新刚健的经世事功

林则徐从政的嘉道年间，清朝由盛转衰，漕运、盐政、河工三大政务积弊丛生，民生凋敝，社会矛盾突出。林则徐从政以后，关注与民生有关的社会问题，在不同的职任上，尽其所能地力振因循，除弊兴利。

南漕北运是清朝的大政。道光五年（1825）朝廷决定实施海运南漕，是近代河运南漕结束的先声。林则徐时"奉命至河上督催工务，嗣琦制府奏令赴上洋筹办海运，适痁疾大作，未能成行，旋蒙恩允回籍调治"。他在有关海运诗篇中，热情讴歌这一经世事功，并称赞编纂《江苏海运全案》是"食货成书垂国史"的大事。江苏巡抚任上，林则徐深感漕务"致弊之故，人人能言，而救弊之方，人人束手"，提出纠正漕弊之法，以期"当执法者，不敢以姑息启玩心；当设法者，不敢以拘牵碍大局"。道光十九年（1839），林则徐在广东奉旨调任两江总督，谋划两江漕务，提出筹议漕务四条，"或正本清源，或补偏救弊，或为补救外之补救，或为本源中之本源，近则先计一时，远则勉图经久"。在"补救外之补救"一条中，他指出："现在运河甚形棘手，未卜日后如何，而海道直捷易通，亦不敢不豫留地步。""海运若行，或以官运，或以商运，或运正供额漕，或运采买米石，尚当细酌情形，另行从长计议。"

清承明制，实行纲盐制度，"行之二百岁，百窦千蠹，昼夜朘蚀"，成为一大弊政。林则徐暂署浙江盐运使期间，协助浙江巡抚帅承瀛整理盐政，创订规制。道光十二年（1832），两江总督兼两淮盐政陶澍推行淮北票盐法，破除盐商的专利，是官督经济开放的先声。林则徐在江苏巡抚任内，积极支持配合。道光十五、十六年（1835—1836），他两次署理两江总督兼两淮盐政，持续推行淮北盐票，维护陶澍的盐政改革。在湖广总督任上，他整顿两湖盐务，取缔私盐浸灌，改订获私奖赏办法，严禁官弁胥役需索；招徕水贩，疏销淮盐；照顾贫民生计，鼓励挑卖私盐的穷民改贩官盐，先给票挑赴四乡，卖完缴价。

水是生存之本，河工水利是经济社会的命脉。防洪抗灾，兴修水利，发展农业生产，是林则徐关注民生的重点。早在任江南道监察御史时，他调查河南河工料贩囤积居奇的弊端，奏请查办。外放后，他勘察浙江海塘，在江苏黄河、淮河、运河交汇的高家堰决口工地督修堤工，奉命规划综理江浙七府水利，在武昌修复江汉溃堤，积累了"管领江淮河汉"的实践经验。道光十三年（1833），江苏遭遇特大水灾，林则徐时任江苏巡抚，对防灾救灾的措施进行了改革，制定严密的办赈章程，张榜公布赈款，防止侵吞，倡导设立当牛局、丰备义仓、养婴院，遍设粥厂，粥担送家，照顾老弱病残，减轻灾民的损失。发动以工代赈，组织灾后重建。他还不顾报灾过期和朝旨申斥，为"多宽一分追呼，即多培一分元气"，单衔具奏，为民请命。湖广总督任上，他亲临长江防汛抗洪第一线，指挥抢险，提出长江"溃在下游者轻，上游则重……设使上游失事，如顶灌足，即成异灾。故防守之道，尤须于上游加意"。

道光年间是治理黄河工程材料和技术创新进步的时代。以"镶埽法"为标准的治河模式，暴露出以秸秆作为镶埽土坝的物料容易腐烂、不能经久的弱点。道光元年（1821），南河总督黎世序奏请在东河险工险段推行碎石工程，抛筑石坝，作为秸料镶埽土坝的补充。二年（1822），东河总督严烺在北岸黄沁厅马营坝施行。五年（1825），东河总督张井在南岸兰仪厅柴坝，试办成功，化险为夷，遂向各厅推广。十一年

（1831），林则徐在东河河道总督任上，绘制黄河形势图，"执险执夷，一览可得，群吏公牍不能以虚词进，风气为之一变"。他周历黄河两岸工地，将南北十五厅七千余垛逐一查验，对料垛弊端进行彻底的清除。总结抛石埽工的经验，肯定了"碎石斜分入水，铺作坦坡，既以偎护埽根，并可纡回溜势"的成效。他继承前人治河的经验，主张顺河之性，复黄河故道，从山东入海，"复泗州、虹县之旧"的治理方略，以救江淮之困。在江苏巡抚任上，他坚信"水利为农田之本"，"水道多一分之疏通，即田畴多一分之利赖"，大兴水利工程，挑浚通漕运道、江南刘河、白茆河水系，在滨海之处建闸坝防止海潮倒灌，洪泽湖蓄清刷浑；进而对江北皮大河等进行疏浚和治理。十五年（1835），东河总督栗毓美首创用砖料封堵阳武滩地支河，十九年（1839）推广烧制大砖、抛砖筑坝之法，弥补了秸料不能经久、石料采运不便且费用偏高等缺陷，形成秸料土坝、石坝、砖坝兼用或参配的治理方式。二十年（1840）栗毓美在巡工途中病逝，林则徐为撰墓志铭，赞其"五载试行，厥功已丰。北流不复，永式栗公"。他们的治河精神和治河方法是后人的典范。

林则徐在内政方面的除弊兴利，着眼于"裕国足民"，虽然存在许多不足，但他超越时人的思想，值得后人总结和珍视。

（三）慷慨激越的爱国主义精神

爱国主义是中华民族精神的核心。林则徐致力于内政改革的时候，资本主义英国以鸦片为武器敲打中国的大门，威胁中国的经济安全、社会安全和主权安全。鸦片的输入引起白银外流，银贵钱贱，破坏了清朝以银为本位的金融体系；鸦片走私的利益，又带来清朝统治阶层大面积的贪污腐败，腐蚀了官僚体系和军队。道光十二年（1832）四月，林则徐在江苏巡抚任上，与两江总督陶澍会奏："鸦片以土易银，直可谓之谋财害命。"清除毒品鸦片，成为他长期关注的政务之一。在江苏、湖广的禁毒实践，使他进一步认识到禁毒与否，关系到国家民族的存亡。十八年（1838）五月，在湖广总督任上，他上严禁鸦片章程六条，赞成重治吸食，并请一体加重开馆兴贩以及制造烟具各罪名，指出："夫鸦片非难于革瘾而难于革心，欲革玩法之心，安得不立怵心之法。况行法在一年以后，而议法在一年以前，转移之机正系诸此。"认为这样做，"似皆有合于大圣人辟以止辟之义，断不至与苛法同日而语也"。八月初二日，针对朝廷禁烟议论步调不一，他密陈："当鸦片未盛行之时，吸食者不过害及其身，故杖徒已足蔽辜。迨流毒于天下，则为害甚巨，法当从严。若犹泄泄视之，是使数十年后，中原几无可以御敌之兵，且无可以充饷之银。兴思及此，能无股栗！夫财者，亿兆养命之源，自当为亿兆惜之。果皆散在内地，何妨损上益下，藏富于民。无如漏向外洋，岂宜借寇资盗，不亟为计？"

道光十九年（1839）正月，林则徐到广东查办海口事件，以禁毒、拒毒的文明形式抵制英国的渗透。虎门销烟的壮举，显示了中华民族不畏强暴的品格。美国早期在华传教士、外交官和汉学家卫三畏（Samuel Wells Williams，1812—1884），在《中国总论》中评论说："全部事务的处理，在人类历史上也必将是一个最为卓越的事件。"

在严厉禁烟的同时，林则徐反对封关禁海，"广东民人，以海面为生者，尤倍于陆地"，反对不准大小民船出海，断绝民人的生计；借"市井之谈"，反映民间要求开放华民出国贸易的愿望。他维护正当的中外贸易，主张区别正当商人与鸦片商人，"奉法者来之，抗法者去之"；区别和平贸易的国家与挑起战火的英国，"以夷治夷"。他巡阅澳门，争取澳葡当局的中立。

道光二十年（1840）正月，林则徐接任两广总督，整军备战，抵制英军的挑衅，使他走进中西冲突的风暴中心，成为国际性的焦点人物。他不畏强敌，不避个人风险，以身许国，"苟有裨国家，虽顶踵捐糜，亦不敢自惜"。相信民心可用，"所有沿海村庄，不但正士端人衔之刺骨，即渔舟村店亦俱恨其强梁，必能自保身家，团练抵御"。约定如英国兵船一进省河，允许"人人持刀痛杀"，但不得杀害无辜的外国人，否则要"立斩抵偿"。他批驳禁烟启衅的谬论，"若谓夷兵之来，系由禁烟而起，而彼之以鸦片入内地者，早已包藏祸心……鸦片之流毒于内地，犹痈疽之流毒于人身也。痈疽生则以渐而成脓，鸦片来则以渐而致寇，原属意计中事"。并警告说："抑知夷性无厌，得一步又进一步，若使威不能克，即恐患无已时，且他国效尤，更不可不虑。"林则徐对鸦片战争起源的这种认识，是入木三分的。他提出："即以船炮而言，本为防海必需之物，虽一时难以猝办，而为长久计，亦不得不先事筹维。""若前此以关税十分之一制炮造船，则制夷已可裕如，何至尚形棘手？"道光帝斥之为"无理，可恶"，"一片胡言"。九月，林则徐被革职。

　　革职之后，林则徐坚持禁烟不能歇手，"鸦片之为害甚于洪水猛兽，即尧舜在今日，亦不能不为驱除。圣人执法惩奸，实为天下万世计，而天下万世之人亦断无以鸦片为不必禁之理"。这是为世界禁毒史证明了的至理名言，代表了人类的良知，具有普世的价值。他关注时局的变化，第一个把海战提到战略地位上加以研究，对清军在广州、浙东两大战役的溃败，作了较为深刻的反省，检讨了"专于陆守"海防战略的失误，认为："逆船倏南倏北，来去自如，我则枝枝节节而防之。濒海大小门口不啻累万。防之可胜防乎？……若誓不与之水上交锋，是彼进可战，而退并不必守，诚有得无失者矣。"认识到"剿夷而不谋船炮水军，是自取败也"，他睿智地提出"船炮乃不可不造"的主张，借鉴李长庚总统闽浙水师的历史经验，打破传统水师的建制和权限，倡导建立一支有独立指挥系统，器良技熟，胆壮心齐，"往来海中，追奔逐北，彼所能往者，我亦能往"，与英国海军抗衡的新式水军。林则徐的结论是："船炮水军断非可已之事，即使逆夷逃归海外，此事亦不可不亟为筹划，以为海疆久远之谋。况目前驱鳄屏鲸，舍此曷济。"

"苟利国家生死以，岂因祸福避趋之。"林则徐在失去政治权力后，仍不忘尽力为人民做好事。琦善与英军议和，一味妥协，当义律宣布英军占领香港时，他说服怡良上奏揭露真相。南疆勘垦时，他不顾朝廷的反对，为当地维吾尔族人民争取屯田的权利。他关心边疆防务，提出强边、富边、固边的主张，认识到当时中国在安全方面的最大威胁来源于俄罗斯，提出"终为中国患者，其俄罗斯乎"的警告。

（四）对外来文化的开放包容胸怀

林则徐是一个在旧营垒中肩负起新时代使命的封疆大吏。他继承优秀传统文化对外来文化开放包容的胸怀，招募回国华侨和澳门居民中的英语人才梁进德等人，在官府里组建翻译班子，组织翻译涉外来往信件和文书，访求和指导摘译澳门和新加坡出版的英文新闻报刊、英美出版的英文书籍。

他创办中国第一份"参考消息"《澳门新闻纸》，译载1839年6月从广州迁往澳门出版的英文周报《广州新闻报》（*The Canton Press*）和《广州纪事报》（*The Canton Register*），及部分新加坡的《新加坡自由报》（*The Singapore Free Press and Mercantile Advertiser*）的信息，个别转载伦敦、孟买、孟加拉出版的新闻纸。先是零星译出，抄录多份，分送广东和他省有关官员参阅，还曾附奏部分内容，呈请道光帝御览。现存《澳门新闻纸》传抄本六册，起于1839年7月16日，止于1840年11月7日，南京图书馆藏。

他第一个引进国际法著作，组织摘译《滑达尔各国律例》，即瑞士法学家瓦特尔（De Vattel）的《国际法，或运用在国家和主权者的所为和事务上的自然法的原则》（Law of Nations，or Principles of the Law of

Nature Applied to the Conducts and Affairs of Nations and Sovereigns），用于办理对英交涉，维护国家利益。

他主持编译第一部汉文西方百科全书。他通过美国传教士布朗（Rev. Samuel Rollins Brown），购入英国著名历史学家和地理学家慕瑞（Hugh Murray）著《世界地理大全》（The Encyclopaedia of Geography）1837年或1838年的美国费城版，组织节译成《四洲志》。他原本准备于1841年交付刊刻，却因前往浙江镇海军营效力而中止。林则徐被削职赴戍，途经江苏京口时，将《四洲志》抄本和其他翻译资料交给魏源，嘱托魏源编撰《海国图志》。现存《四洲志》系从《海国图志》辑出，收入王锡祺辑《小方壶舆地丛钞再补编》第十二帙，光绪二十三年（1897）上海著易堂排印本。其中一些章节，有题为侯官林则徐译的单行本，如《俄罗斯国志》（即《俄罗斯图志》）、《英吉利志》、《欧北五国志》、《俄罗斯国总记》、《俄罗斯国纪要》，咸丰至光绪年间刊刻。

林则徐第一个倡导学习西方船炮技术，"师夷之长技以制夷"。他派人到澳门买铜炮，酌定大小价银，开单寄回，先后密购西洋大铜炮、生铁大炮二百门，配备虎门各炮台，又购置英式军舰二只，外国战船图式八种，研究加以仿造。

林则徐探求西方知识的政治实践，因被革职而中止，继任的琦善全盘否定，说"自林则徐欲悉外情，多方购求，渔利之人，造作播传，真伪互见，此时纷纷查探，适堕术中"。奕山来粤主持战事，林则徐建议周密探报外情，翻译新闻纸，"其中所得夷情，实为不少，制驭准备之方，多由此出。虽近时间有伪托，然虚实可以印证，不妨兼听并观也"。后被置之不理。然而，林则徐的这些活动开启了近代中国人探求西方知识的先河，代表了中国早期近代化启动的方向，切中近代中国生存发展的主题，具有不可忽视的思想价值。

（五）历史地位与时代价值

林则徐被誉为中国近代史上第一位伟大的民族英雄。天安门广场上的人民英雄纪念碑，是中国近代史的一座丰碑、一部经典、一部史诗，碑文中说："由此上溯到一千八百四十年，从那时起，为了反对内外敌人，争取民族独立和人民自由幸福，在历次斗争中牺牲的人民英雄们永垂不朽。"这段文字不仅是对所有为了民族和人民利益英勇牺牲的英雄们的共同礼赞，也包含了对林则徐个人的致敬。碑座上的第一块浮雕"虎门销烟"，承载着林则徐在面对英国贩毒势力的威胁时，不畏强权，挺身而出，凝聚人民的力量，表达中华民族反对外来侵略的坚强意志。他揭开中国历史新的一幕，不仅源自于后人的肯定，更是历史事实的凝聚。

林则徐又被誉为"百年始得一出"的伟人。这一评价源自于他卓越的政绩和高尚的品德。作为一位清官，他的操守和自律有着出污泥而不染的清新，他以清正廉洁的作风和办事认真的态度惩腐除恶，深受人民敬重。他不仅注重调查研究，致力于救灾防汛、兴修水利、管理江淮河汉，更通过改革漕运、盐政、币制等方面的举措，推动社会经济发展，惠及了千万民众。他不追求虚名虚利，把国计和民生摆在同样重要的位置，关注国家安全和百姓生活的方方面面，深得人心。在国家民族经历一场亘古未有的命运巨变中，他展现英雄的精神特质，开启了中华民族的自强运动，成为中华民族的脊梁，奠定了他在历史上的崇高地位。

林则徐还被誉为中国近代"睁眼看世界第一人"，开创了中国近代学习与研究西方的风气。虽然他了解的西方世界还很片面、肤浅，对英国军队的陆战能力毫无知晓，甚至于说什么"一至岸上，则该夷无他技能，且其浑身裹缠，腰腿僵硬，一仆不能复起，不独一兵可手刃数夷，即乡井平民，亦尽足以制其死命"之类今人看来幼稚可笑的话。他虽然没有突破天朝第一的传统观念，但他发现错误时，能够以务实的态度反省，提出新论述，难能而可贵。

　　清史凭谁定是非？站在不一样的立场，就有不一样的史观。林则徐身前身后不断地被人们传颂或者指责，不是什么奇怪的东西。左宗棠挽林则徐联：

　　　　附公者不皆君子，间公者必是小人。忧国如家，二百余年遗直在。庙堂倚之为长城，草野望之若时雨。出师未捷，八千里路大星颓。

　　林则徐生活的时代正值中国面临外来侵略和内部动荡的时期。他始终保持着高尚的品德和不屈的意志，克服了诸多困难和挑战，为民族独立和人民幸福而奋斗，其个人命运与时代背景密不可分。历史赋予了林则徐幸运：英国发动鸦片战争时，不在广东登陆而北上定海，未与林则徐正面交锋，是因为英国政府制定的英军作战方案是封锁珠江，不在陆地采取军事行动，而义律又不愿把英国外相致清朝宰相书投递给林则徐，让他事先知道英国的意图。同时，义律对在广东开战能否打胜充满不确定性，犹豫不决，并无自信，所以英军一直处于被动状态，未对清军采取行动。这一历史的选择，造成英军"不敢在林公任内攻打广东"的客观事实，这是英国人帮中国人制造林则徐不可战胜的"神话"。英军第二次攻陷定海时，以四品卿衔在浙江镇海军营效力的林则徐恰好被贬遣戍伊犁先行离开，又一次和英军擦肩而过，造成"不用林则徐必败"的事实，这是道光帝帮林则徐保住英雄的声名。同样的，林则徐晚年，第二次被起用为钦差大臣赴广西，先于洪秀全领导金田起义爆发病逝于广东途中。其实，这是历史的偶然性，不以个人的主观愿望而转移。

　　林则徐思想和行为的时代价值，在于他所体现的崇高精神和务实作风，为我们树立了典范，激励着我们为实现中华民族伟大复兴的中国梦而努力奋斗。

　　中华民族是一个崇尚英雄的民族。正如习近平强调的，"我们要铭记一切为中华民族和中国人民作出贡献的英雄们，崇尚英雄，捍卫英雄，学习英雄，关爱英雄"。林则徐的英雄气概和崇高品德，成为了我们学习和借鉴的楷模。

首先，林则徐的"苟有裨国家，虽顶踵捐糜，亦不敢自惜"的决心，"苟利国家生死以，岂因祸福避趋之"的勇气和骨气，为我们树立了积极向上的精神典范。他在面对外敌入侵和国家危机时，毫不退缩，坚定捍卫民族利益，体现了崇高的民族意识和责任担当。他的爱国诗句闪烁着亮光，照耀着后人，激励着我们在面对困难和挑战时，勇敢前行，敢于担当，不畏艰难，不怕牺牲，为实现国家的繁荣和人民的幸福而不懈努力。

其次，林则徐坚信"水利为农田之本"，"国计与民生实相维系"，追求社会有序运行，防范和化解风险的思想和实践，与今天的社会治理要求相符合，他注重调查研究、顾民生、改革制度，提出务实的政策措施，预防异常状态的出现，消解或控制突发的自然灾害、事故灾难的危害，解决了当时社会面临的重大问题，为当代社会治理提供了重要的启示。

第三，林则徐坚持在家尽孝、为国尽忠；裕国足民、藏富于民；廉洁自律、敬业诚信；追求公正，除恶务尽的政治理念，"察吏为安民之本"，"为国首以人才为重"的执政思想，与社会主义核心价值观的内涵深度契合，可为新时代的发展提供重要的启示和借鉴，将在未来的道路上继续发挥着重要的作用。在铭记历史、继承传统的道路上，我们将继续传承并发扬林则徐的优良精神，为实现民族复兴贡献自己的力量。

三、著述流传

道光二十九年（1849），林则徐罢官退休之际，预备将自己的作品刊刻出版，不料一年后逝世，未能实现。

林则徐的著述大致可以分为三大类：公文、散文、诗词。

（一）公文

公文分为上行的奏折，包括正折和夹片；下行的公牍，如传牌、告示、谕令。林则徐具衔的正折和夹片，上奏后为清廷留存或录副，存于清宫，如宫中硃批奏折、军机处录副奏折、题本等，今主要藏于中国第一历史档案馆，部分藏于台北故宫博物院。据清宫档案整理刊印发表的有：《林则徐留中密奏》，八件，故宫博物院文献馆录辑，1931 年《史料旬刊》第 35 期。《林则徐集·奏稿》十四卷三册，中山大学历史系中国近代现代史教研室、研究室编，中华书局 1965 年版。收折片 587 件。《林则徐奏稿·公牍·日记补编》一册，陈锡祺主编，中山大学出版社 1985 年版。收奏稿 12 件。《鸦片战争档案史料》，中国第一历史档案馆编，天津古籍出版社 1992 年版。收有林则徐使粤两广部分奏折。《林则徐全集·奏折卷》（四册），海峡文艺出版社 2002 年版。收奏折共有 1138 件，加上清单等附件，共计 1232 件。《清宫林则徐档案汇编》（30 册），中国第一历史档案馆、福建省林则徐研究会编，海峡文艺出版社 2016 年、2017 年、2020 年版。收上谕、奏折和题本共 2613 件，其中 700 余件题本为未刊档案，奏折原档也是首次公开集中影印。

林则徐的奏折部分为在粤英国领事、商馆搜集抄录，部分来自第二次鸦片战争劫掠的广东地方官府档案，藏于英国国家档案局（Public Record Office）的英国外交部档案中。如：FO.233/180 中文抄本《鸦片文录》，收有林则徐奏（第三十二号）、道光十八年奏筹议章程（第四十号）、道光十九年奏义律抗不交凶（第四十一号）、道光十九年奏抵粤日期（第四十二号）；FO.931/95，道光十六年十一月二十四日，署两江总督、江苏巡抚林则徐奏《遵旨审明江苏吴县人曹咸霈在安徽巡抚衙门禀控安徽幕友史宝善案定拟折》（此折国内未见，本人影印收藏）；FO.931/97，道光十八年正月初十日，湖广总督林则徐奏《遵旨审明湖北随州民妇吴殷氏京控案定拟折》。英国国家档案馆所藏外交部档案中，有道光二十年（1840）林则徐被革职时《恭缴硃批奏折清单》（FO.931/107）记：江苏巡抚任内有硃批正折 333 件、夹片 160 件；两次署两江总督任内有硃批正折 50 件、夹片 17 件；湖广总督任内有硃批正折 99 件、夹片 37 件；钦差广东查办事件有硃批正折 35 件、夹片 17 件；两广总督任内有硃批正折 51 件、夹片 30 件，统共 829 件，而《林则徐全集》所收该时期的奏折、夹片共有 780 件（有一部分不在硃批奏折统计范围之内），可知还有遗漏。

　　林则徐对其主稿的折片留有原稿，整理编排，抄成奏稿若干册。道光二十三年（1843），李星沅在陕西巡抚任上，曾向留寓西安的林则徐长子林汝舟借读过湖广总督任内奏稿和督粤奏稿。清末民初，福州林氏后裔家藏尚存奏稿抄本十数大册，存世林氏家藏奏稿底本，有《使粤奏稿》和《两广奏稿》四大册，南京林成镛藏，1973 年赠献给南京大学历史系《道光年奏稿》，抄本，林增和藏。据家藏底稿辑刊发表的有：《林文忠公政书》三十七卷，林汝舟选编，林泂淑（小帆）校，光绪二年（1876）、光绪十一年（1885）福州林氏刊本。光绪二十四年（1898）天津文德堂石印本，五册。1935 年，收入《国学基本丛书》，一册；收入《万有文库》第二集第 144 种，四册，商务印书馆铅印本。1936年，世界书局本、大达图书供应社本、国学整理社本各一册。光绪九年（1883），节本二卷收入汪瑔辑《四家奏议合钞》，随山馆刻本。《政书蒐遗》一卷，林泂淑搜补，光绪二年（1876）福州林氏刊本。《林文忠公禁烟奏稿》二卷，林翔选辑，1929 年福州林氏铅印本。《林氏家藏林则徐使粤两广奏稿》，方之光、周衍发、倪友春、黄征点校，南京大学出版社 1988 年版。

　　部分奏折流入民间抄存，如《鸦片奏议》一册，国家图书馆藏。《鸦片奏案》，收道光十九年二月二十九日、三月二十一日、五月初八日三份虎门奏稿，附上谕及谢恩奏稿，末附廷议禁止鸦片烟问罪条款，清抄本。刊刻的有：《林文忠公奏议》六卷，盛宣怀编，光绪二年（1876）武进盛氏思补楼刊本。《林文忠公四种》，光绪五年（1879）已卯孟春长沙黄氏梓刻。

公牍是林则徐在施政中下达的指示、批示、告示，表达政治思想和采取具体措施的文件。在许多方面，公牍是对奏折内容的补充。存世的林则徐公牍，较大宗者是广东禁烟时的公牍，林则徐保留的底稿或原抄件，辑为《信及录》，有林维和藏抄本。英国国家档案局保存的外交部中文档案中，有林则徐谕洋商稿，为英国外交部档案 FO.931 "清代广东省档案"第 15 件。一个文件的亲笔批示，为 FO.931 "清代广东省档案"第 13 件。道光十九年十二月十七日发贴南湾晓谕告示，为 FO.233/180 "鸦片贸易与鸦片战争中文档"中文抄本《鸦片文录》第 15 号。FO.682 "鸦片战争中文档"中的林则徐公牍，为日本学者佐佐木正哉搜集，编入《鸦片战争前中英交涉文书》中的有：道光十九年七月奉新例开列简明条约告示，遵旨于十一月初一日封港告示。此外，林则徐在广东的一部分公牍，在发布时为英美来华商人和传教士所搜集，编译成书或在报纸上刊登。其他时期的公牍，缺佚甚多，仅存零散的数篇。至于林则徐手笔的公牍，目前仅见在虎门查办鸦片所写的《澳内访查事宜已亥十月廿二日》，马来西亚槟城陈剑虹先生藏。在西宁审理番案给陈德培的《签批秋审册》《审理番案提问条签》，华东师范大学图书馆藏。在昆明审理京控案的《折狱问条》，上海图书馆藏。《为明示顺逆利害俾知输诚悔罪以免玉石俱焚告示》（道光二十八年正月初九日），原件国家博物馆藏。

公牍的刊刻和发表，最早是江苏大兴农田水利的公牍，收入陈銮编《重浚江南水利全书》道光二十一年（1841）刻本。广东禁烟抗英的公牍，

《剿夷兵勇约法七章》《答奕将军防御粤省六条》，收入魏源《海国图志》卷八十，咸丰二年（1852）刊刻。《信及录》，1916年，林翔据家藏稿本在福州出版铅印本，收入上海神州国光社出版的《中国历代逸史丛书》（1941）、《中国内乱外患历史丛书》（1946），《中国近代史资料丛刊·鸦片战争》第二册（1954）。《林则徐集·公牍》，一册，中山大学历史系中国近代现代史教研室、研究室编，中华书局1963年版，收公牍139件。《鸦片战争前中英交涉文书》，佐佐木正哉编，日本严南堂书店1967年版，台北文海出版社1977年版，收林则徐公牍24件。《信及录·鸦片事略合刊》，上海书店1982年版。《林则徐奏稿·公牍·日记补编》一册，陈锡祺主编，中山大学出版社1985年版，收公牍43件。《林则徐全集·文录卷》一册，海峡文艺出版社2002年版，收公牍194件。其中一部分广东公牍，从英文《中国丛报》回译。据吴义雄的访求，在其他英文报纸和公文集中，至少还有10余件未收。

（二）散文

散文，泛指林则徐公文外的文稿，包括序跋、记传、祭文、碑铭、杂识、书札、日记。

序跋、记传、祭文、碑铭、杂识，已知传世的原稿、抄本：《诗余绪论》《词似绝句者》，手稿，首都博物馆藏。《云左山房文钞》原稿五卷，手定稿本，浙江图书馆藏。《文忠公骈文稿》（《云左山房文钞》卷三原稿本），林维和旧藏，今福建省图书馆藏。《文忠公文稿》《文忠公骈文稿》，抄本，林增和藏。《跋李后主墨迹》，手迹照片。《跋宋拓九成宫醴泉铭》，手迹照片，见厦门拍卖图录。《龙树院雅集记跋》，题于《龙树院雅集图》上，泉州文物商店藏。《滇黔杂识》，手迹，首都博物馆藏。《跋〈好生录〉书后》，收入《林文忠公书金刚经咒五种》，首都图书馆藏。《题〈刘河镇记略〉》，收入金端表辑《刘河镇记略》稿本，上海图书馆藏。《程子

〈易传义〉跋》，收入《中央图书馆善本题跋真迹》第一册，台湾图书馆藏。《闽楚同源序》，收入湖北省《林氏宗谱》卷首。民国沈祖牟辑《云左山房文钞》（附联语）一卷，福州沈氏崇斋抄本，福建省图书馆藏。《重建越山华林寺碑记》，道光六年（1826）碑立于福州华林寺内。《南安县学训导刘君墓志铭》，原件，1976年出土，福州市文管会立于于山碑廊。《补祝例封孺人朱母颜孺人七旬晋八荣寿序》，道光二十七年（1847）四月扇屏，今藏甘肃省博物馆。《邹太学家传》，同治十一年（1872）刻石，苏州碑刻博物馆藏。

一些序跋的原稿已佚，但被友人刊刻在文集里，如《〈林希五先生文集〉后序》，收入林雨化《林希五先生文集》（1830年刊）、《〈金匮要略浅注〉叙后》，收入陈修园医书《金匮要略浅注》（1830年刊）、《〈江南催耕课稻编〉序》，收入李彦章《江南催耕课稻编》（1834年刊）。《〈瑞榴堂诗集〉序》，收入托浑布《瑞榴堂诗集》（1838年刊）。《题潘功甫楚游诗》，收入潘曾沂《放猿集·江山风月集》（1852年刊）。《〈壶舟诗存〉序》，收入黄濬《壶舟诗存》（1858年刊）。《〈制义丛话〉后序》，收入梁章钜《制义丛话》（1859年刊）。《〈称谓录〉序》，收入梁章钜《称谓录》光绪刊本。也有为地方志书、集刊所收者，如：《题〈吴郡名贤图册〉》，收入顾沅辑《今雨集》（1844年刊）。《〈大定府志〉序》，收入道光《大定府志》（1849年刊）。《〈昭代丛书〉序》，收入《昭代丛书》辛集卷首，道光刊本。《书强忠烈公遗墨后》，收入葛士浚编《皇朝经世文续编》卷十五，光绪十四年（1888）序刊，光绪二十四年（1898）上海文盛书局石印本。《梁章钜墓志铭》，收入《碑传集补》卷十四，燕京大学研究所1932年版。《〈四书题解〉序》，收入民国《麻城县志》1935年序刊本。《玉环同知杨君丹山墓表》《赵秀峰先生墓铭》《何傅岩先生神道碑》，收入《滇南碑传集》，上海开明书店1940年版。《太史晴澜先生传》，江占元《三龚逸事》附，《福建光泽文史资料》第10辑，

1990 年版。

历年刊刻、出版的有：《畿辅水利议》，光绪二年（1876）三山林氏家刻本。《云左山房文钞》四卷，又称《林则徐先生文钞》，王清穆校刊，上海广益书局 1916 年石印本。《林则徐全集·文录卷》一册，海峡文艺出版社 2002 年版。

林则徐对于朋僚、亲友的来信，大多亲笔作答，而且书法优美，被时人视为治札名家。林则徐对收到的家信和寄出的家书，列有序码，有的按年编号，有的以一段时期统一编号。给友人的书札，一般在日记上记载发信日期，有的还录有稿底。

为收信人裱成手札册珍藏，或影印，或勒刻保存的有：《致张师诚手札册》，张应昌装二本为一册，有咸丰二年（1852）季冬丁彦和跋，同治元年十二月初二日（1863 年 1 月 20 日），三山沈葆桢志。张师诚《一西自记年谱》[道光年间刻本，同治八年（1869）重刊] 有载。《致丁彦和手札册》，廿五通，咸丰元年（1851）姚椿感题并赋诗于首，张应昌题后。《致戴纲孙手札卷》，戴纲孙装，有宗稷辰咸丰元年（1851）七月十八日跋。《致陈德培书》，手迹，九通，咸丰六年（1856）冬月金安清题诗并跋，收入《林文忠公手稿》，华东师范大学图书馆藏。《致杨以增书》，收入杨绍和同治十一年（1872）装《海源阁珍存尺牍》，三册，存一册，山东省图书馆藏。《致周介堂手札册》，周星诒装，有萧穆题跋。《致怡良手札》，怡良幕僚姚衡家藏，有光绪年间姚觐元砖刻拓本。《林文忠公书翰墨迹》八卷，复旦大学图书馆藏。《致沈维鐈手札册》，宣统三年（1911）沈曾植装并广征题咏。沈瑜庆题后并序。《漱香精舍旧藏林文忠公手牍》，郑瑞麒家藏。《致福珠洪阿书札册》，吉林省博物馆藏。《兰交叶语集》二册，林则徐与官员往来的书札，手迹原件，2007 年 1 月藏家捐出，今下落不明。

各地博物馆、图书馆收藏林则徐手札最多的是上海图书馆，藏有《林文忠公书札真迹》《林少穆诗稿书札》外，又在《清十五家手札》《清名人墨迹》《清代名家书札》《国朝名贤手札初集》《潘功甫友朋手札》《钱梅溪友朋手札》《福建乡贤遗翰》《达斋友朋手札》《名人信函汇编》等手札册中收入林则徐手札。故宫博物院藏有林则徐手迹散札八十八通。福建省博物馆、福建省图书馆、福州市林则徐纪念馆也有一定数量手札。收藏零星的林则徐手札的，有国家博物馆、首都博物馆、中国社会科学院近代史研究所、北京大学图书馆、上海博物馆、湖南省博物馆、河北大学博物馆、辽宁省博物馆、山东省博物馆、青岛市博物馆、重庆博物馆、浙江省博物馆、浙江省图书馆、苏州图书馆、云南省博物馆。致朱克敏唁函，手迹刻石藏甘肃兰州文物管理处。抄本则有《林文忠公尺牍》,《福建丛书》本。

　　个人收藏的有林氏后裔林崇墉、林桢墉、林澄墉、林家溱、林维和、林纪焘、林纪熹、林子东等，有些已捐赠博物馆，有些近年进入拍卖行，收藏在民间。

　　林则徐书札的出版，最早是咸丰、同治年间刊刻的林昌彝《射鹰楼诗话》（1851）、朱为弼《蕉声馆文集》（1859），沈衍庆《槐卿遗稿》（1862）、龚自珍《定庵文集》（1868）中，收入林则徐书札。同治至民国初年，林则徐书札陆续被搜集编入《海山仙馆藏真三刻》（1864）、《国朝名人书札》（1909）、《国朝名人小简》（1909）、《历代名人书札续编》（1910）、《昭代名人尺牍续集》（1911）、《历代尺牍精华》（1919）、《道咸同光名人手札》（1924）、《明清名人尺牍墨宝》（1925）、《古今尺牍墨迹大观》（1925）、《清代尺牍》（1927）诸书。1957年以后，林则徐未刊书札，零星地被发现，在书刊中公布和介绍，或收入林则徐研究资料汇编中。作为专集影印成书，编辑出版的有：《林文忠公尺牍墨迹》一卷，林翔辑，北京琉璃厂懿文斋1919年影印本。《林则徐信稿》，黄泽德编，福建人民出版社1985年版。《林则徐书札手迹选》，刘九庵辑，紫禁城出版社 1985 年版。《林则徐书札手稿》，林维和藏，上海古籍出版社 1985 年版。整理出版的有：《林则徐书简》，杨国桢编，福建人民出版社 1981 年版。增订本，1985 年版。《林则徐全集·信札卷》二册，海峡文艺出版社 2002 年版。收入信札 1060 件。

日记是每天活动的记录。林则徐"所为日记不下数十百本"，"公身后，子姓分析为墨宝"，但流传下来的原件和抄件，完整的仅有七年，不完全的有十六年。

家藏日记有：林仲立藏原抄本《京师日记》，二册；《伊犁日记》，二册。林纪焘藏手迹原件《壬申日记》（嘉庆十七年）、《癸酉日记》（嘉庆十八年），原抄件《丁酉日记》（道光十七年）、《戊戌日记》（道光十八年）、《己亥日记》（道光十九年）、《庚子日记》（道光二十年）、《辛丑日记》（道光二十一年）。林纪熹藏原抄本《抵金汇帙·乙巳》（道光二十五年日记），一册。林桢墉藏手迹原件残本《丁亥日记》（道光七年），手迹照片杨国桢藏。刊刻出版的有《己卯日记》（《滇轺纪程》）一卷、《壬寅日记》（《荷戈纪程》）一卷，光绪三年（1877）林氏宣南寓斋刻本。收入《小方壶斋舆地丛钞》第七帙，光绪十七年（1891）上海著易堂印本。《庚子日记》（道光二十年）、《辛丑日记》（道光二十一年），收入《中国近代史资料丛刊·鸦片战争》第二册，上海书店出版社、上海人民出版社 1978 年版。

流出外传的有：《甲戌日记》（嘉庆十九年），原抄本，来新夏藏。《丙子日记》（嘉庆二十一年）、《丁丑日记》（嘉庆二十二年）、《戊寅日记》（嘉庆二十三年），收入杨仲羲《雪桥诗话》卷十一。《丙申日记》（道光十六年十月），手迹原件，国家博物馆藏。《癸卯日记》（道光二十三年），抄件，中国社会科学院近代史研究所藏。

以上先后结集出版为《林则徐集·日记》，一册，中山大学历史系中国近代现代史教研室、研究室编，中华书局 1962 年版。《林则徐奏稿·公牍·日记补编》一册，陈锡祺主编，中山大学出版社 1985 年版，收日记 6 份。《林则徐全集·日记卷》一册，海峡文艺出版社 2002 年版。收日记 23 份。

（三）诗词

　　林则徐自编有《试帖诗稿》、《己卯以后诗稿》（含《使滇小草》）、《黑头公集》（佚）、《拜石山房诗草》（佚）、《云左山房诗钞》。今存《试帖诗稿》，残一册，浙江省慈溪市文物管理委员会藏。《己卯以后诗稿》，手定本，福州市林则徐纪念馆藏，影印收入《林则徐翰墨》，福建美术出版社 2008 年版。《题杨太真墓》，手迹，陕西兴平县碑刻墨拓本；王启初标点，《文物》1984 年第 9 期。《题张忠烈公遗像诗》，收入《林则徐书札墨宝》。《题叶小庚〈庚午雅集图〉诗》，手迹，林家溱藏。《题潘功甫〈宣南诗社图卷〉诗》，手迹，林纪焘藏。《题关滋圃〈延龄瑞菊图〉诗》，原图手迹。《题生公石上论诗图》，苏州沧浪亭手迹刻石。《游华山诗并跋》，柬姜申璠手卷，上海图书馆藏，许全胜点校，上海图书馆历史文献研究所编《历史文献》第十辑，上海古籍出版社 2006 年版。初稿《书赠刘建韶》，国家博物馆藏，史树青点校，《故宫博物院院刊》1981 年第 4 期。《书赠云生先生》，墨迹石刻藏西安碑林博物馆。《奉答陈子茂诗四章》，手迹，《林文忠公诗札》，华东师范大学图书馆藏，标点刊于《华东师范大学学报》1984 年第 1 期。《为玉翁九十大寿奉和诗》，手迹，上海图书馆藏。《奉送泽轩二兄大人入关，用嶰筠前辈韵即正》七律一首，手迹藏吉林省博物馆。《奉答李星沅诗》，手迹原件，北京大学图书馆藏。《文轩大兄大人海画诗》，手迹，首都博物馆藏。《奉和李星沅李杭父子诗》《林少穆诗稿书札》，上海图书馆藏。《为岩栖上人题诗》，昆明西山华亭寺藏手书石屏。《奉酬潘星斋雨窗口占之作》《寄答梧江学使诗》，手迹，故宫博物院藏。《和韵三首》，手迹，金式武藏。《又题啸云丛记二首》，手迹，何丙仲藏。《题鳌峰载笔图诗》，收入陈乔枞辑《鳌峰载笔图题跋》抄本。

　　收入友人诗集刊刻的诗有：《题悔木诗集》，收入赵睿荣《悔木山房诗稿》卷首，道光元年（1821）见大堂刻本。《和陶澍海运初发登吴淞炮台诗》，收入陶澍编：《海运诗编》，道光六年（1826）刻本。《河防》四首、《恭和御制七言律》一首，收入莫友棠《屏麓草堂诗话》卷二、卷三，道光二十八年（1848）黄鹤龄刻本。《题黄树斋爵滋思树芳兰图》，收入黄爵滋《仙屏书屋初集年记》，道光二十九年（1849）泾翟西园泥字排印本。《五虎门观海》《家芗溪孝廉昌彝母吴孺人〈一灯课读图〉》，收入林昌彝《射鹰楼诗话》卷三、卷十四，咸丰元年（1851）福州家刻本。《壬寅东坡生日诗》，收入黄濬《壶舟诗存》卷十，咸丰八年（1858）刻本。《题邹钟家〈开封守城先后记略〉后诗》《出关别长儿》《留别滇中同人诗》，收入刘存仁《笃旧集》卷一，咸丰十年（1860）兰州刻本。《方濂舫太守士淦闻余入关见寄，次韵答之》，收入方士淦《啖蔗轩诗存》，同治十一年（1872）两淮盐运署刻本。《题齐彦槐〈送古佛入焦山图卷〉诗》，收入齐学裘《见闻续录》卷八，光绪二年（1876）刊本。《陶澍六十寿诗》，收入《陶氏族谱》，民国二十九年（1940）刻本。《寄悼何书田》七古一首，收入何时希编著《何书田年谱》，学林出版社1986年版。

　　后人编集出版的有：《云左山房诗钞》八卷，附卷一，林泂淑选辑，光绪十二年（1886）福州林氏刻本。《邓林唱和诗词合刻》，陈潜辑，宣统元年（1909）江浦陈氏刻梓。《林则徐诗集》，郑丽生校笺，海峡文艺出版社1987年版。《林则徐全集·诗词卷》，一册，海峡文艺出版社2002年版。

四、编选说明

　　选注林则徐的诗文，始自20世纪50年代，一些近代诗选之书选注了林则徐个别的诗篇。70年代至90年代，选注林则徐诗文的专书，计有上海师范大学历史系中国近代史组的《林则徐诗文选注》（上海古籍出版社，1978年），陈景汉的《林则徐诗词选注》（海峡文艺出版社，1993年），蒋世弟的《林则徐诗文选》（华东师大出版社，1994年），周轩的《林则徐诗选注》（新疆大学出版社，1996年）等四种。我应"近代文学名家诗文选刊"编辑之约，选注了《林则徐选集》，2004年由人民文学出版社出版，2022年列入"中国古典文学读本丛书典藏"系列出版。

本书以2002年海峡文艺出版社出版的《林则徐全集》为底本，按照"中华传统文化百部经典"的要求，采取导读、原典、注释、点评相结合的编纂体例，在我选注的《林则徐选集》基础上，重新调整选目，修订注释，增加了旁批和点评。

导读主要介绍林则徐的生平事迹、历史贡献、著述流传和编选说明。原典以历史关照现实，选用反映林则徐赓续中华传统文化脉络的诗文，包括品评历史人物功过，政治实践中的思想主张，缅怀故人、感慨时艰等方面，分为公文、散文、诗词三类加以选编。公文分上行（奏折）、平行（咨文）和下行（告示、传牌、谕令等）；散文是公文之外的著述，包括公开发表的序跋、记传、碑铭；不公开发表的书信、日记，后者具有原始性、私密性，一些重要的书信，往往直截了当地倾吐自己的思想感情，比较真实和客观地记录了所发生的历史事件和他的种种考虑和判断，要求收信人"勿为外人道也"，甚至"阅后付烬"。但由于林则徐的亲笔信书法优美，被时人视为治札名家而保留下来，成为第一手史料。林则徐的诗词，包括古体诗、近体诗和词。他的友人尝评其诗"波澜壮阔，笔力雄健，于唐为工部，于宋为大苏"；"俊逸清新，盛唐遗响"。《射鹰楼诗话》称其"风格高壮"，《石遗室诗话》谓"使事稳却，对仗工整"，《晚晴簃诗汇》言其"缘情赋物，靡不裁量精到，中边俱澈；卓识闳论，亦时流露其间，非寻常诗人所及"。其中不乏感慨时事，壮怀激烈的直抒胸臆之作，不仅文采横溢，又可以作为史实来解读。

在版本的采择方面，力图展现原始文本，注意补充全集未收的佚文。

第一次选注的、底本为《林则徐全集》的篇目，有奏折卷的：《查验豫东各厅垛完竣折》《复奏访察碎石工程情形折》《甲午纲淮北盐课奏销额款全清折》《刘河节省银两拨挑七浦等河折》《密陈民间烟土枪具仍宜收缴片》《会奏细察夷情务绝鸦片来源片》《会奏九龙洋面轰击夷船情形折》《会奏穿鼻尖沙嘴叠次轰击夷船情形折》《复奏遵旨体察漕务情形通盘筹画折》《英夷在浙洋滋事密陈攻剿事宜片》《商议新疆南路八城回民生计片》；文录卷的：《奉旨前往广东查办海口事件传牌稿》《密拿汉奸札稿》《谕洋商责令夷人呈缴烟土稿》《会谕同知再行谕饬义律缴土交凶稿》《先考行状》《绘水集序》；信札卷的：《与钱泳书》《答陶云汀宫保书》《再答陶宫保书》《致怡良书》《致沈维鐈书》《致苏廷玉书》《复苏廷玉书》《致沈葆桢书》；诗词卷的：《病马行》《孟县拜韩文公墓》《过紫柏山留侯庙》《次韵答姚春木》《又和见怀原韵》《梅生太史联步蓬瀛三叠尊甫中丞〈文闱即事〉前韵为贺并希和政》《次韵嶰筠喜余入关见寄》《梅生世大兄馆丈以仆奉使回疆复用该开韵寄赠五叠前韵奉酬即希教正》《柬全小汀全庆》《己酉九月自滇归闽同人赠言惜别途中赋此答之》。选收《林则徐全集》未收的有：《栗恭勤公墓志铭》，原件藏山西省太原市浑源县栗毓美陵园；《复邵惠西中翰懿辰书》，据本人校点的《云左山房文钞》杂俎卷四，《儒藏》精华编第二七八册。

与《林则徐全集》本稍有不同的，主要是对标题的处理。如奏折原件本无标题，由于林则徐自编过奏稿，原始抄本所拟的标题似是他自拟或经他认可的，所以优先选择原始抄本所拟。采自不见档案、原始抄本的已刊文本，保留原拟标题。同时，对写作的日期和地点作了核实订正或填补空白。

　　注释在 2004 年人民文学出版社出版的《林则徐选集》既有整理成果的基础上，吸收诸家注释成果，加以校改订正，兼顾字词的解释与人物事件和时代背景的介绍。

　　点评对作品的写作主旨、思想精华做了简要介绍，旨在阐发价值，以文化人。旁批与点评相辅相成，要言不繁，力求画龙点睛。同时展示时人和后人的评论，适当补充背景史料，包括奏折的硃批和另旨的上谕。

---

① 范文澜：《中国近代史》（上册），《范文澜全集》第九卷，河北教育出版社 2002 年版，第 16 页。

公文

查验豫东黄河各厅料物完竣折

道光十二年二月二十七日
（1832 年 3 月 28 日）于济宁

河东河道总督、新授江苏巡抚臣林则徐跪奏[1]，为豫、东黄河各厅料物查验完竣[2]，并将办理未能尽善之厅员，请旨撤任，责令翻堆赔补，以杜弊混，仰祈圣鉴事：

窃臣于本年正月间验过运河挑工之后[3]，即于二十二日由济起程，稽查黄河两岸料物，当经恭折奏蒙圣鉴在案。旋由北岸之曹考厅上堤，查至上游黄沁厅，问渡而南，循顺东行，复从归河渡过北岸，查验下游之曹河、粮河两厅，计时一月有余，业经竣事。

窃思秸料为修防第一要件 [4]，即为河工第一弊端，前次荷蒙特派钦差，查出虚松残朽等弊，降革示惩，俾在工大小官员咸知儆惕。臣仰膺简任，且叠蒙训示谆谆，办工虽尚未谙，查料必先核实。到任以来，讲求访问，因知堆料积弊更仆难数。盖料物应贮于有工处所，而河堤地段本不甚宽，兵夫堡房既经林立，积土杂料又复纷纭，秫秸每垛长至六丈，宽至一丈五尺，占地已多，故堤顶未能尽堆。惟头一层在堤上者谓之"门垛"，其余则为"滩垛"、为"底厂"。大抵"门垛"近在目前，多属完整，"滩垛""底厂"即为掩藏之薮，最易蒙混。其显然架井虚空、朽黑霉烂者，固无难一望而知。更有理旧翻新名曰"并垛"，以新盖旧名曰"戴帽"，中填碎料杂草以衬高宽，旁插短节秸根以掩空洞，若非抽拔拆视，殊难悉其底里。臣周历履勘，总于每垛夹档之中，逐一穿行，量其高宽丈尺，相其新旧虚实，有松即抽，有疑即拆，按垛以计束，按束以称斤，无一垛不量，亦无一斤不拆，兵夫居民观者如堵，工员难以藏掩。闻上年自奉旨严饬之后，各厅办

秸料为河工第一弊端，其"门垛""滩垛""并垛"诸名目，非抽拔拆视，难知底里。

有松即抽，有疑即拆。勤政务实，一丝不苟。

料皆尚认真。此次所验料垛，除上年旧料剔留抵办不领钱粮外，其新购之料，丈尺多有出额，间有三五处长欠数寸，臣先亦疑其偷减，及至拆束称斤，仍无短少。细查其故，始知垛夫堆垛，每高至尺余，必须用木板四面打紧，乃可加堆，而秸料尾细根粗，一板之敲有轻有重，即两尾相接有紧有宽，故有前面不足而后面有余，上截不足而下截有余者，均之无关于弊窦。惟一垛之中成色竟不能一律，缘民间种植高粱，种类本不齐一，有黄色而鲜明者，亦有似黝似红而质性亦甚坚挺者，是以前次部议章程，总以适用为断。

以臣所查，南北两岸十五厅之垛，上南同知罗绥所办，最为高大结实，簇簇生新；曹考、睢宁、商虞三厅次之；余亦大都如式。惟兰仪同知于卿保所办料内，拆至蔡家楼一处，垛底有潮湿之料。虽据禀称，系上冬雨雪之中赶买赶堆，不及晒晾，目下并未霉烂。但此料晾干之后，即恐斤重有差，办理殊为未善。若遽照不适工用之例革去顶戴[5]，又与实在霉烂短斤者无所区别。如仅责令翻晒补足，该员在任，复恐易于掩饰。据

道光十二年三月初四日（1832年4月4日）硃批："向来河工查验料垛，从未有如此认真者，揆诸天理人情，深可慨也。"

开归道张坦具禀前来，相应请旨将兰仪同知于卿保撤任，免其革去顶戴，即责成接印之员逐垛拆晾，如晾干有所折耗，仍著落于卿保赔补。俟补完之后，另行察看，量予补用。至曹河、粮河两厅料垛，以层纵层横，逐排相间，望之似乎架井，而尺寸加大，斤重仍复不差，查系堆手粗疏，尚非偷减弊混，但究属未尽合式，应令拆改另堆。该管兖沂道徐受荃先经查验，已据禀请翻堆，即饬该道督视验报，另行复查核办。又，商虞厅有秸料被烧一案，已于另折奏明办理。所有各厅麻斤积土，亦已点验如数。土工次第硪筑[6]，尚皆踊跃，应俟大汛前完竣，一律验收。

大河水势，先于正月杪因积凌初化，长水二三尺不等，近已逐渐消落，各工一律稳固。所有春厢埽段，饬据各道撙节估计，均比上年有减无增。臣核定后，已令照估厢修，务使加压稳实，以防桃汛长水[7]。至运河挑工，现亦将次完竣。臣查料毕后，应先回济督办启坝放水、迎济新漕各事宜，仍须再至工次督防桃汛，另行次第奏报。

所有查竣豫、东各厅料物情形，理合恭折具奏。

再，臣经过地方，麦苗出土青葱，已占丰稔，堪以仰慰宸怀。合并附陈，伏乞皇上圣鉴训示。谨奏。

【注释】

[1]道光十一年十二月初七日（1832年1月9日），林则徐接河东河道总督篆，道光十二年二月十八日（1832年3月19日），调任江苏巡抚。因在新任河东河道总督吴邦庆（1766—1848）接任之前，仍履行河东河道总督职责，故称河东河道总督、新授江苏巡抚。此折奏于道光十二年二月二十七日（1832年3月28日）。　[2]豫：河南。东：山东。河东河道总督管辖豫、东黄河两岸共十五个厅。林则徐于道光十二年正月二十二日（1832年2月23日）由济宁起程，盘查道库钱粮，检视标营，稽查黄河两岸料物，计时一月有余，于二月二十七日（1832年3月28日）竣事。　[3]运河：这里指运河在山东境内的河段，南至滕汛之十字河一带，北至汶上等汛。挑工：挑挖河道宽深工程。道光十二年正月初七日，林则徐周历治河工次，挨次履勘运河挑工工程。　[4]秸料：林秸，治河基本材料。堆料成垛，谓之料垛。　[5]顶戴：区别官员品级的帽饰。　[6]硪筑：用石硪夯筑。　[7]桃汛：三月桃花盛开季节发生的冰凌洪水。

【点评】

道光十一年十二月初七日（1832年1月9日），林则徐接任河东河道总督，道光十二年正月二十二日（1832年2月23日）由济宁起程，查验河南、山东境内黄河两岸十五厅防汛料垛。在清代，治河工程即兴筑堤坝的材料，"前人用卷埽法，竹络、木囷、砖石、柳苇同为治河工料。自镶埽法兴，始专以秸料为正则"。秸料为修防第一要件，也是河工第一弊端。林则徐到任后，一改历来河臣作风，下沉至基层，"总于每垛夹档之中，逐一穿行，量其高宽丈尺，相其新旧虚实，有松即抽，有疑即拆，按垛以计束，按束以称斤，无一垛不量，亦无一斤不拆"，对历年料垛弊端，进行彻底清理，博得道光帝"向来河工查验料垛，从未有如此认真者"的赞誉。此折说明林则徐的办事认真和道光帝对他的赏识。

复奏访察碎石工程情形折

道光十二年三月二十六日
（1832年4月26日）于济宁

河东河道总督、调任江苏巡抚臣林则徐跪奏，为遵旨访查东河碎石工程情形，据实复奏[1]，仰祈圣鉴事：

窃臣于上年十一月内在江南途次，承准军机大臣字寄："道光十一年十一月初二日奉上谕：

险工采用碎石工程，起于南河，推广到东河，是治理黄河重大技术的延伸。

'本日严烺奏豫省上南、中河、曹考三厅险工酌抛碎石一折 [2]，已明降谕旨，准于豫省藩库照数拨发，赶紧采运矣。此项碎石工程起于南河 [3]，道光七年九月间始据严烺奏：兰仪厅柴坝十八埽以上 [4]，已将碎石盖护，化险为平。十八埽以下及下北十一堡，厢修岁无虚日，此外年复一年，更恐危险堪虞。现饬各道仿照柴坝碎石成案，分别估办，以为固工节费之计等语。是年兰仪、下北两厅当经降旨准行，既用碎石抛护，则岁料防险等项自应节省，乃历年以来碎石工程无岁无之，而其采办来年岁料及请拨防险银两并未节省丝毫。究竟此项碎石工程是否于黄河有益？如果有益，何以岁料并不见节省，徒添出碎石一项费用？林则徐系朕特简，甫经到任，无所用其回护，此时亦不必亟亟，著明查暗访，悉心体察情形，据实复奏。将此谕令知之。钦此。'"当经臣附片陈明，俟到东河访查情形，再行复奏在案 [5]。

自到任以来，将碎石档册逐一检查，从前豫、东黄河本无抛护成案，因道光元年前两江督臣孙玉庭、南河河臣黎世序会奏 [6]，以"碎石工程实资巩固，并无流弊，东河从前未抛碎石，是以漫决频仍，请饬一体照办；即创始之初多费数十万金，而日后工固澜安，不惟节费，实可利民"等语。旋奉谕旨，敕令仿照兼办。二年春间，前河臣严烺复奏请于北岸黄沁厅马营挑坝酌量试抛，继因河势不定，仅抛两段而止。迨五年间，调任河臣张井以南岸兰仪厅柴坝工程险要，议办碎石，两次奏准抛护一万四千八百余方，该处险工因成平稳。迨后北岸之下北、祥河、曹考，南岸之中河、下南等厅，先后仿照请办，经严烺节次奏准各在案。

查此项动用钱粮，除马营坝试抛两段不计外，自道光五年至十一年已抛碎石，共用银六十五万余两，上冬估办之上南等三厅方价七万四千余两，尚不在此数之内。核之历年采办岁料及请拨防险银两，均未减少。诚如圣谕："碎石工程如果有益，何以岁料并不见节省？"随于两次上堤，周历查访，并询之年老兵民，咸谓"未办碎石以前，诚不知其有济与否，既办之后，每遇险工紧急，溃埽塌堤，力加抛护，即不至于溃

两次上堤，周历查访。细加测量，悉心揣度。

塌，功效甚著"等语。臣于伏秋抢险虽未经历，
而人言凿凿，异口同声，因就埽前有石之处细加
测量，悉心揣度。缘埽工势成陡立，溜行迅急，
每易淘深，是以埽前之水辄至数丈，而碎石斜分
入水，铺作坦坡，既以偎护埽根，并可纡回溜势。
《考工记》所谓"善防者水淫之"，似即此意也。
豫、东河堤多系沙土，不能专恃为固。堤单而护
之以埽，埽陡而护之以石，总在迎溜最险之处始
行估抛。盖东河采运碎石比南河远近悬殊，方价
倍蓰，难以多办，而其化险为平，频岁安澜之效，
未尝不资于此。是碎石之于河工有益，实可断为
必然，而非敢随声附和者也。

　　惟何以未能省料之故，诘询员弁兵夫，或谓
"抛石本在埽前，只能保埽段之不外游，而不能
禁旧埽之不下蛰。故虽有石之埽，仍不免择要加
厢，惟较诸未经抛石之埽，需料自然大减。但统
计两岸堤工，长至二十余万丈，而堤前之有埽者
不过六千八百余丈，埽前之有石者甫及二百七十
余丈。豫、东河面宽阔，溜势时有变迁，此工闭
而彼工生，购料防险诸费即难概省"等语。臣核

其所言，似亦近理。

然思用料之节省与否，天事居其半，人事亦居其半。譬如极险之工忽然淤闭，平缓之处忽又生工，每非恒情所能测度，工生则料费，工闭则料省，此存乎天事也。亦有出于人为者，如顺堤厢埽，费料实多，惟溜到堤根，即不能不资以抢护，而工非自闭，亦不能不逐岁加厢。若工员果悉机宜，善揣溜势，则于工之将生未生，预筑挑坝，使之溜向外趋，埽即可省。盖挡溜者埽，而引溜者亦埽，观于埽前水深，其故可想。一坝得力，可护数段之工，则不须顺堤厢埽，而所省无算矣。然若审势未确，挑护失宜，坝守不住，仍复退厢顺堤埽，则劳费更不啻十倍。此又人事之难言者也。总之，有治人无治法，在工人员果皆讲明利弊，自无枉费之工，果皆激发天良，自无妄开之费。至料物贮于堤上，督道常川往来，注目留心，不徇情面，似亦无可藏掩。伏读皇上批臣前折，有"如此勤劳，弊自绝矣。作官皆当如是，河工尤当如是"之谕，仰见圣明洞烛，训勉至周，臣兢悚之余，永当服膺遵守。大抵核实查

验，即岁料与碎石并用，未尝无渐省之方。如其
不实，则虽裁去碎石一项，而他物称是，亦可借
端滋弊。要在认真督查而已。

臣仰奉谕旨："明查暗访，不必哑哑。"谨于
两次巡工，反复推求，悉心体察，据实缮折复奏。

再，查东省运河各厅临湖堤工，亦有兼用碎
石之案，由来已久，岁销钱粮无多，合并陈明，
伏乞皇上圣鉴。谨奏。

【注释】

[1]此折作于道光十二年三月二十六日（1832年4月26日），
河东河道总督任上。　　[2]严烺（1744—1840，一说1764—
1819）：字存吾，号小农，云南宜良人。嘉庆元年（1796）进士，
时任河东河道总督。　　[3]碎石工程：用石压埽的护岸工程技术。
起于南河：用碎石埽镶坝或抢险堵口，由江南河道总督黎世序创
始，先在南河运用，道光元年（1821）建议在东河推广。　　[4]埽：
护堤堵口的物料，此处指用埽做成的堤坝。即堤前先筑土坝数
十丈，然后，镶以用秫秸等捆扎而成的埽。但秸料埽的缺点是年
久易于腐烂，弱化河堤结构，易生工。　　[5]林则徐于道光十一
年十一月十五日（1831年12月18日）附片陈明俟调查后复
奏。　　[6]孙玉庭（1752—1834）：字佳树，号寄圃，山东济宁
州人。乾隆四十年（1775）进士，时任两江总督。黎世序（1773—
1824）：字景和，号湛溪，河南罗山（今信阳市罗山县）人。嘉
庆元年（1796）进士，时任江南河道总督。

【点评】

道光十二年（1831）三月，林则徐两次上堤，明查暗访碎石工程的成效，得出"碎石之于河工有益，实可断为必然"的结论，为黎世序碎石工程的创新和推广提供了实践的证据。对于不能省费的问题，认为不在物料之可省不可省，而主要在于承办人员是否认真督查。魏源《筹河篇》言今日病河病财之由："康熙初，东河止四厅，南河止六厅者，今东河十五、南河二十二厅。凡南岸北岸，皆析一为两，厅设而营从之，文武数百员，河兵万数千，皆数倍其旧。其不肖者，甚至有险工有另案为己幸。若黎襄勤之石工、栗恪勤之砖工，即已有'糜费罪小，节省罪大'之谤。"林则徐明确支持治理黄河使用碎石工程，早在道光二年（1822）十二月任江南淮海道时。道光四年（1824）林则徐在为黎世序所写的挽诗中，便指出"奇功创始难，众议互沮尼"，反对者很多，但他坚定推崇黎世序"刚土制刚水""用石如用兵"的治河技术，"尤愿继公者，成规奉无斁"。

会奏查议银昂钱贱除弊便民事宜折 [1]

道光十三年三月中旬
（1833年5月上旬）于苏州

奏为遵旨体察银钱贵贱情形，酌筹便民除弊

事宜，恭折复奏，仰祈圣鉴事：

窃臣等承准军机大臣字寄[2]："钦奉上谕：
'据给事中孙兰枝奏[3]，江浙两省钱贱银昂，商
民交困，并胪陈受弊除弊各款一折，著陶澍等悉
心筹议[4]，体察情形，务当力除积弊，平价便民，
不得视为具文，致有名无实。原折著钞给阅看等
因。钦此。'"当即恭录，转行江苏藩、臬各司[5]，
分别移行确查妥议去后。兹据江宁藩司赵盛奎、
苏州藩司陈銮、臬司额腾伊体察情形，会议详复
前来。

臣等伏查给事中孙兰枝所奏："地丁、漕粮、
盐课、关税及民间买卖[6]，皆因钱贱银昂，以致
商民交困。"自系确有所见。因而议及禁私铸，
收小钱[7]，定洋钱之价[8]，期于扫除积弊，阜裕
财源。惟是银钱贵在流通，而各处情形不同，时
价亦非一定，若不详加体察，欲使银价骤平，诚
恐法有难行，转滋窒碍。即如洋钱一项，江苏商
贾辐辏，行使最多，民间每洋钱一枚大概可作漕
平纹银七钱三分[9]，当价昂之时，并有作至七钱
六七分以上者。夫以色低平短之洋钱，而其价浮

道光十三年
四月初六日内阁奉
上谕（下简称：同
日上谕）："兹据陶
澍、林则徐酌筹利
民除弊事宜，分
晰具奏。所称洋钱
平价，民间折耗滋
多，惟当设法以截
其流一条。洋钱行
用内地，既非始自
近年，势难骤禁，
要于听从民便之中
示以限制，其价值
一以纹银为准，不
得浮于纹银，庶不
致愈行愈广。"

于足纹之上，诚为轻重倒置。该给事中奏称："以内地足色纹银，尽变为外洋低色银钱。"洵属见远之论。无如闾阎市肆久已通行[10]，长落听其自然，恬不为怪。一旦勒令平价，则凡生意营运之人，先以贵价收入洋钱者，皆令以贱价出之，每洋钱一枚折耗百数十文，合计千枚即折耗百数十千文，恐民间生计因而日绌，非穷蹙停闭[11]，即抗阻不行，仍属于公无裨。且有佣趁工人积至累月经年，始将工资易得洋钱数枚，存贮待用，一旦价值亏折，贫民见小，尤恐情有难堪。臣等询诸年老商民，佥谓：百年以前，洋钱尚未盛行，则抑价可也，即厉禁亦可也。自粤贩愈通愈广，民间用洋钱之处转比用银为多，其势断难骤遏。盖民情图省图便，寻常交接，应用银一两者，易而用洋钱一枚，自觉节省，而且毋须弹兑[12]，又便取携，是以不胫而走，价虽浮而人乐用。此系实在情形。

或云：欲抑洋钱，莫如官局先铸银钱，每一枚以纹银五钱为准，轮廓肉好[13]，悉照制钱之式，一面用清文铸其局名，一面用汉文铸道光通

同日上谕："至官局议请改铸银钱，太变成法，不成事体。且银洋钱方禁之不暇，岂有内地亦铸银钱之理耶？"

宝四字，暂将官局铜钱停卯改铸此钱[14]，其经费比铸铜钱省至什倍。先于兵饷搭放，使民间流通使用，即照纹银时价兑换，而藩库之耗羡杂款[15]，亦准以此上兑。计银钱两枚即合纹银一两，与耗银倾成小锞者不甚参差，库中收放，并无失体。盖推广制钱之式以为银钱，期于便民利用，并非仿洋钱而为之也。且洋钱一枚，即抑价亦系六钱五分，如局铸银钱重只五钱，比之洋钱更为节省。初行之时洋钱并不必禁，俟试行数月，察看民间乐用此钱，再为斟酌定制。似此逐渐改移，不致遽形亏折等语。臣等察听此言，似属有理，然钱法攸关，理宜上出圣裁[16]，非臣下所敢轻议，故商民虽有此论，臣等不敢据以请行。

惟自洋钱通用以来，内地之纹银日耗，此时抑价固多窒碍，究宜设法以截其流，只得于听从民便之中稍示限制。嗣后商民日用洋钱，其易钱多寡之数，虽不必官为定价，致涉纷更，而成色之高低，戥平之轻重[17]，应令悉照纹银为准，不得以色低平短之洋钱反浮于足纹之上。如此，则洋钱与纹银价值尚不致过于轩轾[18]，而其捶烂剪碎者尤不敢辗转流行，或亦截流之一道也。

至原奏称："鸦片烟由洋进口[19]，潜易内地纹银。"此尤大弊之源，较之以洋钱易纹银，其害愈烈。盖洋钱虽有折耗，尚不至成色全亏，而鸦片以土易银，直可谓之谋财害命。如该给事中所奏，每年出洋银数百万两。积而计之，尚可问乎？臣等查江南地本繁华，贩卖买食鸦片烟之人原皆不少，节经严切查拿，随案惩办，近日并无私种罂粟花作浆熬膏之人。盖罂粟之产于地，非旦夕可成，因新例有私种罂粟即将田地入官之条，若奸民在地上种植，难瞒往来耳目。一经告发究办，财产两空，故此法一立，即可杜绝。且以两害相较，即使内地有人私种，其所卖之银仍在内地，究与出洋者有间。无如莠民之嗜好愈结愈深，以臣所闻，内地之所谓葵浆等种者，不甚行销，而必以来自外洋方为适口。故自鸦片盛行之后，外洋并不必以洋钱易纹银，而直以此物为奇货，其为厉于国计民生，尤堪发指。臣等随时认真访查，力拿严惩。诚恐流毒既深，此拿彼窜，或于大海外洋即已勾串各处奸商，分路潜销，以

同日上谕："所称鸦片烟来自外洋，以土易银，严查洋船进口夹带一条。鸦片烟由洋进口，潜易内地纹银，为害最甚。全在地方官实力稽查，且恐此拿彼窜，或于大海、外洋，即已勾串各处奸商，分路潜销，仍属不能净尽。该督等务当严饬沿海关津营县，于洋船未经进口以前，严加巡逻，务绝其勾串之源。复于进口时，实力搜查，毋许夹带。如有偷漏纵越情弊，一经查出，即将牟利之奸商、得规之兵役，一并追究，加倍重惩。法在必行，方可杜根株而除弊害。"

致未能净尽，又密饬沿海关津营县[20]，于洋船未经进口之前，严加巡逻，务绝其源；再于进口之时，实力稽查夹带。如有偷漏纵越，或经别处发觉，即将牟利之奸商，得规之兵役，一并追究，加倍重惩，以期令在必行，法无虚立，庶可杜根株而除大害。

至纹银出洋，自应申明例禁。查《户部则例》内载"洋商将银两私运夷船出洋者，照例治罪"等语。而《刑部律例》内，只有黄金、铜、铁、铜钱出洋治罪之条，并无银两出洋作何治罪明文，恐无以慑奸商之志。近年以来，银价之贵，州县最受其亏，而银商因缘为奸，每于钱粮紧迫之时倍抬高价，州县亏空之由，与盐务之积疲，关税之短绌，均未必不由于此，要皆偷漏出洋之弊有以致之也。如蒙敕部明定例禁[21]，颁发通行，有以纹银出洋者，执法严办，庶奸商亦知儆畏，不敢公然透越矣。

又该给事中原奏私铸宜清其源一条。查苏省宝苏局鼓铸钱文[22]，道光六年至九年，因银贵钱贱，先后奏准停铸。嗣于道光十年起复行开

同日上谕："所称纹银出洋，请明定例禁一条，刑部律例只有黄金、铜、铁、铜钱出洋治罪明文，于纹银未经议及，奸商罔知儆畏。著刑部悉心酌定具奏，纂入例册，颁发通行。"

同日上谕："所称收缴小钱、铅钱，请不及斤者一并随时收买一条。私铸小钱、铅钱，向来设局收缴，惟以斤计算。其不及斤者，恐民间仍私行挽用，嗣后各省收缴小钱及斤者，仍照例给价六十文；不及斤者，小钱二文抵大钱一文，铅钱及斤者，亦照例给价二十文，不及斤者，铅钱五文抵大钱一文。俾民间随时收买缴官，闾阎市肆咸知与大钱价值悬殊，小钱、铅钱不能挽混，奸徒本利俱亏，自不肯轻于犯法，庶私铸可期净尽，以重钱法。"

炉，每年额铸七卯，照依部颁钱样如式鼓铸。开卯之时，俱经该局监督率同协理委员，常川驻局稽查。每届收卯，由藩、臬两司亲往查验，所铸钱文均属坚实纯净，并无克扣搀和及于正卯之外另铸小钱情弊。惟奸民私铸小钱，最为钱法之害，久经严行查禁，而私贩一层尚难保其必无。臣等通饬各属，随时随处密访严查，一经拿获，即行从重究治。如有地保朋比[23]，胥役分肥，并即按律惩办。第铺户留匿小钱，亦所不免，若委员挨户搜索，诚如该给事中所奏："非特势所不行，抑且遂其讹诈骚扰之习。"查苏省嘉庆十四、二十二等年，均经奉旨设局收缴小钱，官为给价，每小钱一斤给制钱六十文，铅钱一斤给制钱二十文；历经遵办在案。该给事中所奏"令各铺户将小钱缴局"，原系申明旧例。惟收缴必以斤计，则凡不及一斤者，未必不私自行使。伏查定例，各省铸钱，每一文重一钱二分，计每千文重七斤八两。今收小钱一斤例给价六十文，约计以小钱二文抵大钱一文。其收铅钱一斤例给价二十文，约计以铅钱三文抵大钱一文。如照此数

宣诸令甲[24]，令民间随时收买，仍俟收有成数，
捶碎缴官，照例给价，则市上卖物之人必不许买
物者之以一小钱抵一大钱。彼私铸者原冀以小混
大，以一抵一，方可牟利，迨见小钱与大钱价值
迥殊，莫可搀混，则本利俱亏，虽至愚不肯犯法
为之。加以查拿严密，自可渐期净尽。其宽永钱
虽有搀使[25]，尚不甚多，消除较易，自当随时
查禁，不任稍有混淆。

　　臣等谨就见闻所及，斟酌筹议，是否有当，
恭候圣裁。谨合词缮折复奏，伏祈皇上圣鉴。
谨奏。

【注释】

[1] 林则徐会同两江总督陶澍奉旨复议孙兰枝奏，出自《林
文忠公政书》。《林则徐全集》据《中国近代货币史资料》将上奏
时间定为道光十三年四月初六日（1833 年 5 月 24 日）即上谕
时间，时间误差约半个月。　[2] 军机大臣字寄：又称廷寄。凡清
廷发给地方高级官员的谕旨，由军机处密封盖印，交兵部捷报处
寄往各省，封面上写有"军机大臣字寄某官开拆"字样。军机处，
始设于雍正七年（1729），称军机房，雍正十年（1732）改称办
理军机处，简称军机处。军机处任职者在各部门抽人充任，称为
军机大臣。　[3] 给事中：都察院属下言官，尊称给谏。主要职责
是稽核、进谏、抄发公文等。孙兰枝（1781—? ）：字春府、春甫，

浙江仁和（今杭州市）人，祖籍安徽休宁，嘉庆六年（1801）举人。时任给事中。孙兰枝奏：指孙兰枝所奏《江浙两省钱贱银昂商民交困宜清积弊折》。　[4] 陶澍（1779—1839）：字子霖，号云汀，湖南安化（今益阳市安化县）人。嘉庆七年（1802）进士。时任两江总督。林则徐在京官时期与他结交，都是宣南诗社成员，交谊深厚。魏源称他俩在江苏合作共事，"志同道合，相得无间"。　[5] 藩、臬各司：即布政使司和按察使司。当时江苏设有江宁、苏州两个布政使司。江宁布政使赵盛奎（？—1839），字菊言，直隶深州（今河北省衡水市）人。嘉庆六年（1801）拔贡，道光五年（1835）户部左侍郎。苏州布政使陈銮（1786—1839），字仲和，又字玉生，号南坦，又号芝楣，湖北武昌府江夏（今武汉市武昌区）人。嘉庆十五年（1810）探花。江苏按察使额腾伊（？—1836），蒙古正白旗人。　[6] 地丁：田赋和丁税。雍正时起逐步实行"摊丁入地"，按田亩征收。漕粮：在南方省份征收通过水路转输京师的米、豆。盐课：盐税之一种。关税：各地常关征收的商税。　[7] 小钱：重量和成色低于标准的私铸铜钱。　[8] 洋钱：外国银币，指从美洲流入的墨西哥银元。　[9] 漕平：漕粮改征白银时所用的衡量标准。纹银：元宝形的银锭。清代使用的标准银两，号称"十足纹银"，即足纹，实际成色为千分之九三五·三七四。　[10] 闾阎：里巷的门，此指民间。市肆：市井店铺。　[11] 穷蹙（cù）：紧迫。　[12] 弹兑：交兑银两时须将天平弹正，故称。这里指称白银重量。　[13] 轮廓：指外周隆起形状。肉：钱身地张。好（hào）：钱背文字。　[14] 停卯：停止铸铜钱。铸钱局每期铸一万二千串铜钱为一卯。　[15] 藩库：藩司所属的财库。耗羡：漕粮正额之外为弥补漕运损耗的加收。　[16] 圣裁：皇上裁定。案：道光帝对此裁定："官局议请改铸银钱，太变成法，不成事体。且银洋钱方禁之不暇，岂有内地亦铸银钱之理耶？"自铸银币的意见被否定。　　[17]戥（děng）：小秤。戥平，用小秤称出重量。　　[18]轩轾：车子前高后低为轩，前低后高为轾。引申为高低悬殊。　　[19]鸦片烟：由罂粟汁液提炼制成。罂粟原产地在地中海西部地区，后传种西亚、印度、缅甸诸地，中国云南等地也有少量种植。鸦片于元代传入中国，本是治疗咳嗽、痢疾的特效药，明代以药材纳税进口。清初以后，主要用以吸食，成为毒品。乾隆二十二年（1757），英国占领印度孟加拉以后，大量种植、生产鸦片，向中国倾销，逐步引起中国社会烟害泛滥。嘉庆元年（1796），清廷裁去海关鸦片税额、禁止鸦片进口后，英国以走私形式将鸦片输入广东沿海，白银外流日益严重。　　[20]沿海关津营县：指江苏沿海的江海关和附近的刘河营、吴淞营及宝山县、上海县、金山县、崇明县等。　　[21]敕（chì）部：这里指命令刑部。例禁：禁止的条例。案：道光帝接受此议，命刑部议定治罪专条，并纂入则例，规定："纹银出洋：一百两以上照偷运米石一百石以上例发近边充军；一百两以下杖一百、徒三年；不及十两者杖一百、枷号一个月；为从、知情不首之船户各减一等问拟。"　　[22]宝苏局：江苏省铸钱局，在苏州，康熙六年（1667）设立。　　[23]朋比：互相勾结。　　[24]令甲：首条法令。　　[25]宽永钱：日本宽永年间（1624—1643）铸造的铜钱。攙（chàn）使：掺杂使用。

【点评】

道光十三年（1833）三月，林则徐会同两江总督陶澍奉旨复奏查议银昂钱贱、除弊便民办法，分析了市面货币流通中洋钱价浮于白银的事实，认为不宜骤然抑平洋钱之价和骤禁洋钱在市面流通，"而鸦片以土易银，直可谓之谋财害命"，"其为厉于国计民生，尤堪发指"。首次正式提出严禁鸦片的主张，并借老年商民之口，反映适应商品经济发展、自铸银币的意见，是一篇中国近代经济思想史的重要文献。但这一意见，未被朝廷采纳。郑观应《盛世危言·铸银》："道光中，言官陈洋银之害，廷旨饬筹平准之法。时侯官林文忠公巡抚江苏，见民间洋钱日增，遂铸七钱三分银饼以代之。初亦便用，未几而伪者低者日出，遂使良法美意废而不行，可为太息。"

江苏阴雨连绵田稻歉收情形片 [1]

道光十三年十一月十三日
（1833年12月23日）于苏州

再，江苏连年灾歉，民情竭蹶异常，望岁之心，人人急切。今夏雨旸调顺，满拟得一丰收，稍补从前积歉。乃自七月间江潮盛涨，沿江各县业已被水成灾。其时苏、松等属棉稻青葱，犹冀以江南之盈，补江北之绌。盖本省漕赋在江北仅十之一，而江南居十之九，故苏、松等属秋收关系尤重。惟所种俱系晚稻，成熟最迟。秋分后稻始扬花，偏值风雨阴寒，遂多秀而不实，然大概犹不失为中稔[2]。迨九月以后，仍复晴少雨多，昼则雾气迷濛，夜则霜威严重，虽已结成颗粒，仅得半浆。乡农传说暗荒，臣初犹未信，当于立冬前后，亲坐小舟密往各处察看，见其一穗所结多属空稃，半熟之禾变成焦黑，实为先前所不及料。然犹盼望晴霁，庶可收晒上砻。不意十月以来，滂沱不止，更有迅雷闪电，昼夜数番，自江宁以至苏、松，见闻如一。臣率属虔诚祈祷，悚惧滋深，虽中间偶尔见晴，而阳光熹微，不敌连旬甚雨。在田未刈之稻，难免被淹，即已刈者，欲晒无从，亦多发芽霉烂。乡民以熏笼烘焙，勉强试砻，而米粒已酥，上砻即碎，是以业田之户，至今未得收租。

臣先因钦奉谕旨，新漕提前赶办。当经钦遵严饬各属，勒令先具限结[3]，将何日开仓、何日征完、何日兑足开行，登载结内，并声明"如有逾期，愿甘参办"字样呈送；如不具限状，即系才力不能胜任，立予撤参，不使恋栈贻误。各属尚皆具结遵办。然赋从租出，租未收纳，赋自何来？当此情形屡变之余，实深焦灼。

齐彦槐《读林少穆中丞续报冬灾折稿》："十载江南乐岁无，苍生残喘几时苏？挥来忧国千行泪，写出流民一幅图。"（《梅麓诗钞》补遗集下）

严寅《书林中丞报荒续稿后》："沥血磨残墨一丸，雪封官阁晓钟寒。分明心北穷黎苦，不似寻常请圣安。"（《介翁诗集》卷八）

梅曾亮《赠林侍郎序》："中丞林公之巡抚江苏也，时则九十月之交，宝穑将荐，报灾过期，而下鸿自天，漂我中田，浑浑泡泡，谷沉穗漂，田更悼心，官吏灰气，公乃破成例告灾，请减漕数，其书深婉震动。盖陆忠宣、苏文忠之论事，再见于唐宋之后，此岂务尽下为名高哉！"（《柏枧山房文集》卷三）

又各属沙地只宜种植木棉，男妇纺织为生者十居五六，连岁棉荒歇业，生计维艰。今年早花已被风摇，而晚棉结铃尚旺，如得喧晴天气，犹可收之桑榆[4]。乃以雨雾风霜，青苞腐脱[5]，计收成仅只一二分。小民纺织无资，率皆停机坐食。且节候已交冬至，即赶紧种麦，犹恐过时，况又雨雪纷乘，至今未已，田皆积水，难种春花。接济无资，民情更形窘迫。此在臣奏报秋灾以后，歉象加增日甚一日之情形也。

地方官以秋灾不出九月，不许妄报，原系遵守定例。然值连阴苦雨，人心难免惶惶，外县城乡不无抢掠滋闹之事。臣饬委文武大员分投弹压，现已安静。除宝山乡民因补报歉收挤至县署一案，另折奏明严拿提审外，其余情节较轻例不应奏者，亦当随案照例惩办，以戢刁风。惟据续报歉收情形，勘明属实，不得不照续被灾伤之例，酌请缓征。

正在缮折具奏间，承准军机大臣字寄："钦奉上谕：'近来江苏等省几于无岁不缓，无年不赈。国家经费有常，岂容以展缓旷典[6]，年复一年，视为相沿成例？'并奉上谕：'该督抚等不肯为国任怨，不以国计为亟[7]，是国家徒有加惠之名，而百姓无受惠之实，无非不堪下吏私充囊橐[8]，大吏只知博取声誉等因。钦此。'"臣跪诵之下，兢懔惭惶，莫能言状。

伏念臣渥蒙恩遇，任重封圻，且居此财赋最繁之地，乃不能修明政事，感召和甘，致地方屡有偏灾。极知经费有常，而不得不为赈恤蠲缓之请，抚衷循省，已无时不汗背靦颜，乃蒙皇上不加严谴，训敕周详，但有人心，皆当如何感愧！况臣受恩深重，何敢自昧天良？若避怨沽名，不以国计为亟，则无以仰对君父，即为覆载之所不容[9]。臣虽至愚，何忍出此？即如上年臣到苏之后，秋成仅六分有余，而苏、松等四府一州于征兑新漕之外，尚带运十一年留漕二十万石，合计米数将及一百八十万，为历来所未有之多。原因天庾正供[10]，不敢不竭力筹办。其辛卯年地丁，督同藩司陈銮催提严紧，亦于奏销前扫数全完，业经专折奏蒙圣鉴在案[11]。窃维尽职之道，原以国计为最先，而国计与民生实相维系，朝廷之陆嵩:《呈少穆中丞诗》:"一疏传闻达九阍,流民难绘郑监门。未偿饥溺平生愿,敢负忧劳圣主恩。"(郭则沄《十朝诗乘》卷十五)

度支积贮,无一不出于民,故下恤民生,正所以上筹国计,所谓民惟邦本也[12]。本年江潮之盛涨,系由黔、蜀、湖广、江西、安徽各省大水,并入长江,其破圩淹灌之处,原不止上元等六县,臣所请抚恤,第举其最重者而言。仰蒙圣上天恩,准给口粮,灾黎感沦肌髓。嗣经官绅捐资抚恤,臣即复行奏请无庸动项,惟将所发上元、江宁、句容、江浦、仪征五县银两,留为大赈之需。其丹徒一县,捐项已有五万余两,并足以敷赈济,当将前发之银,提回司库。凡此稍可节省之处,均不敢轻费帑金。惟于灾分较重,捐项又难猝集之区,则不得不酌给例赈。臣等另折请拨之十三万两,系分给十二县卫军民,虽地方广而户口多,亦只得撙节动拨。此外无非倡率劝捐,以冀随时接济。惟频年以来,屡劝捐输,即绅富之家,实亦力疲难继。查道光三年大灾,通省捐至一百九十五万余两,至道光十一年,灾分与前相埒,仅能捐至一百四十二万余两。其余各年捐项较绌,此时间阎匮乏,劝谕愈难。然睹此待哺灾黎,要不能不勉筹推解[13]。臣与督臣督率司、道等，各先捐廉倡导，以冀官绅富户观感乐施。凡此情形，皆人所共闻共睹。如果不肖州县捏灾冒赈，地方刁生劣监，岂肯不为举发？而绅富之家又安肯听其劝谕？捐资助赈，至再至三，且捏灾而转自捐廉，似亦无此愚妄之州县也！至请缓之举，只能缓其目前，仍须征于异日，非如蠲免之项，虑有侵吞。州县之于钱漕，未有不愿征而愿缓者，至必不得已而请缓，且年复一年，则地方凋敝情形，早已难逃圣鉴，然臣初亦不料其凋敝之一至于是！

今漕务濒于决裂，时刻可虞，臣不得不将现在实情，为我皇上密陈梗概。查苏、松、常、镇、太仓四府一州之地，延袤仅五百余里，岁征地丁漕项正耗额银二百数十万两[14]，漕白正耗米一百五十余万石[15]，又漕赠、行、月、南、屯、局、恤等米三十余万石[16]，比较浙省征粮多至一倍，较江西则三倍，较湖广且十余倍不止。在米贱之年，一百八九十万石之米即合银五百数十万两，若米少价昂，则暗增一二百万两而人不觉。况有一石之米即有一石之费，逐层推计，无非百姓膏脂。民间终岁勤动，每亩所收除完纳钱漕外，丰年亦仅余数斗。自道光三年水灾以来，岁无上稔，十一年又经大水，民力愈见拮据。是以近年漕欠最多，州县买米垫完，留串待征，谓之漕尾[17]，此即亏空之一端，曾经臣缕晰奏闻，然其势已不可禁止矣。臣上冬督办漕务，将新旧一并交帮[18]，嗣因震泽县知县张亨衢办漕迟误，奏参革审，而漕米仍设法起运，不任短少，皆因正供紧要，办理不敢从宽也。今岁秋禾约收已逊去年，兹复节节受伤，甚至发芽霉烂，询之老农，云：现在纵能即晴赶晾糟朽之谷，每亩比之上年已少收五、六斗。就苏州一府额田六百万亩计之，即已少米三百余万石。合之四府一州，短少之米有不堪设想者。民间积歉已久，盖藏本极空虚[19]。当此秋成之余，粮价日昂，实从来所未见，来岁青黄不接，不知更当何如？小民口食无资，而欲强其完纳，即追呼敲扑，法令亦有时而穷。前此漕船临开，间有缺米，州县尚能买补。近且累中加累，告贷无门。今冬情形，不但无垫米之银，更恐无可买之米。至曩时，苏、松之繁富，由于百货之流通，挹彼注兹，尚堪补救。近年以来，不独江苏屡歉，即邻近各省，亦连被偏灾，布匹丝绸销售稀少，权子母者即无可牟之利，任筋力者遂无可趁之工。故此次虽系勘不成灾，其实困苦之情，竟与全灾无异。臣惟有一面多劝捐资，妥为安抚；一面督同道府州县，将漕务设法筹办，总不使借口耽延。但本年已请缓征之处，尚不过十分中之二分有余，此外常、镇等处亦已纷纷续禀。臣复其情形略轻者，无不先行驳饬。但天时如此，日后情形如何，臣实不敢预料！昼见阴霾之象，自省愆尤[20]；宵闻风雨之声，难安寝席。并与督臣陶澍书函往复，于捐赈办漕等事，思艰图易，反复筹商，楮墨之间，不禁声泪俱下！倘从此即能晴霁，歉象尚不至更加，如其不然，臣惟有再行据实奏闻，仰求训示遵办。

大江南北为各省通衢，且中外仕宦最多，一切实情，难瞒众人耳目，臣如捏饰，非无可以举发之人。我圣主子惠黎元[21]，恩施无已，正恐一夫不获，是以查核务严，但民间困苦颠连，尚非语言所能尽。本年漕务自须极力督办，而睹此景象，时时恐滋事端。至京仓储蓄情形，臣本未能深悉，倘通盘筹画，有可暂纾民力之处，总求恩出自上，多宽一分追呼，即多培一分元气。天心与圣心相应，定见祥和普被，屡见绥丰，长使国计民生悉臻饶裕。臣不胜延颈颂祷之至！

谨将现办灾歉委无捏报缘由，沥忱附片具奏，伏乞皇上圣鉴。谨奏。

【注释】

[1] 道光十三年（1833）十月以来，江南阴雨连绵，造成稻棉歉收。这篇是道光十三年十一月十三日（1833 年 12 月 23 日），林则徐与两江总督陶澍会奏《太仓等州县卫帮续被阴雨歉收请缓新赋折》的附片。　[2] 稔（rěn）：庄稼成熟。中稔，中等收成。　[3] 结：保证书。限结，有一定期限的保证书。此指下级向上级保证如期征收新漕的责任状。　[4] 暄：暖和。收之桑榆：《后汉书·冯异传》：“失之东隅，收之桑榆。”比喻初失而后得。　[5] 青苞（bāo）：此指棉桃。　[6] 旷：稀有。旷典：很少采取的措施。　[7] 亟：急。　[8] 囊橐（tuó）：口袋。　[9] 覆载：指天地。　[10] 天庾（yǔ）正供：京通十三仓为天庾，每年漕粮运抵十三仓供京中官兵食用的禄米，称作天庾正供。　[11] 辛卯年：道光十一年（1831）。　[12] 民惟邦本：《尚书·五子之歌》：“民惟邦本，本固邦宁”。　[13] 推解：推食解衣，此指救济。　[14] 正耗：正额与耗羡。　[15] 漕白：漕粮和白粮，白粮即白粳、糯米。　[16] 漕赠：解运漕粮的贴费。行：行粮，运粮

旗丁的航行补贴。月：月粮，运粮屯丁的安家粮。南：南米，漕粮中专供南省兵丁食用的兵米。屯：屯米，屯田所出专供屯军食用的粮米。局：局米，专供江宁、苏州织造局及宝苏局的口粮。恤：恤米，专供养济院和救济孤贫用的粮米。　[17]漕尾：留下漕粮串票等待以后征收。　[18]帮：运送漕粮的船帮。　[19]盖藏：《礼记·月令》："命百官，谨盖藏。"此指仓存。　[20]愆（qiān）尤：过失。　[21]子惠黎元：像惠爱自己的孩子一样惠爱老百姓。

【点评】

道光十三年十一月十三日（1833年12月23日），林则徐会同两江总督陶澍奏太仓、镇洋、嘉定、宝山四州县秋后连被阴雨收成歉薄，恳请一体酌缓新赋。正在缮折具奏间，收到道光帝指责地方大吏"不肯为国任怨，不以国计为亟"的谕旨，林则徐"昼见阴霾之象，自省愆尤；宵闻风雨之声，难安寝席"，甘冒受处分的风险，毅然单衔写了这篇密奏附片，力陈"国计与民生实相维系，朝廷之度支积贮，无一不出于民，故下恤民生，正所以上筹国计，所谓民惟邦本也"，实事求是地报告灾情，坚请缓征漕赋。十二月初四日（1834年1月13日），道光帝"加恩著照所请，太仓、镇洋、嘉定、宝山四州县及坐落之太仓、镇海、金山三卫帮续被歉收田地应征道光十三年地漕各款银米，准其缓至道光十四年秋成后，分作二年带征，其该州县卫帮应征甲午年新赋并著缓至该年秋后启征，所有带征各年旧欠钱粮，如系坐落歉区者，亦著一并递缓，以纾民力"，命林则徐"刊刻誊黄，遍行晓谕，务期实惠及民，毋任吏胥舞弊，用副朕轸念歉区之意"。这是一篇关心民瘼的激情之作，当时在民间引起强烈反响，"疏稿自相传抄，远迩为之纸贵。小民闻之，皆嗟叹聚泣，庆更生"。

刘河节省银两拨挑七浦等河折

道光十五年十一月初十日
（1835 年 12 月 29 日）于苏州

两江总督臣陶澍、江苏巡抚臣林则徐跪奏，为苏州省水利工程，动用刘河节省银两[1]，择要举办，其余酌量捐修，恭折奏祈圣鉴事：

窃照江苏号为泽国[2]，而财赋甲乎东南[3]。赋出于田，田资于水，故水利为农田之本，不可失修。如吴淞、黄浦、刘河，乃三江之旧迹，白茆河又别为一大支，近年以来，或动项，或捐挑，均经奏奉谕旨准办，以次深通[4]。小民感戴皇仁，同歌乐利。

此外尚有太仓州境内七浦河道及太湖以下泖、淀等处[5]，亦多湮塞[6]，亟宜择其要道，挑挖疏通，俾上下一气呵成，清水畅流，以刷潮淤

水利为农田之本，不可失修。

刘河节省银两，接挑太仓湮塞之水道，无不贯输以达于尾闾。

而资灌溉[7]。查上年借项兴挑刘河案内，有节省余银三万四千九百两，经臣等于收工时奏蒙恩准，留作接挑各处河道之用。当即行司饬委前署太仓州现署苏州府知府周岱龄、青浦县知县蔡维新等，会督各该州县，周历履勘，次第举办[8]。

　　旋据禀复，勘明青浦县境内淀山河一道，现尚深通，毋庸开浚外，其太仓州境七浦河一道，东为海口，设有七浦闸一座，淤塞已久，量应浚工长五千六百二十八丈二尺，内有浮桥镇市河六十丈，虽向由该处居民自行开挑，而自河淤以来，民居大半迁移，铺户亦多闭歇[9]，应一并给价承挑，实需土方坝工银一万五千二十两零。又元和县境内南塘宝带桥一座，共五十三孔，系太湖出水咽喉，年久失修，圈洞坍塌，以致湮塞水道，湖潴宣泄不灵[10]，夏秋盛涨之时，深虞泛溢[11]，于水利全局大有关系，亟须修整，据估工料银六千六百七十两零，由司确核无浮[12]，详明动支刘河节省银两，拨给兴办。已据具报，于本年三、四等月先后兴工，如式挑修完竣。经臣林则徐与藩司陈銮亲往查验，并无草率偷减。

其余承接太湖之支港各河，如吴江县境之瓜泾港、王家汇、姚家庄、七里港、村前嘴、大港、新港，及太仓州境之杨林、朱泾两河，嘉定县境之华亭泾、黄姑塘、蒲华塘，并据该州县等勘明，皆系上承下注要道，近亦处处淤浅，俱应一律兴挑[13]，以资宣泄。除朱泾河、华亭泾、黄姑塘、蒲华塘均由民捐民办外，其杨林河一道，并吴江县境瓜泾港等处，请动刘河节省余银兴浚。又泖湖一处，跨连元和、娄县、青浦三县，上承太湖及浙西诸水，下同黄浦入海，蓄泄并用，旱涝兼资，惟淤土甚多，须将新涨之滩切除挑浚，方免滋蔓。只因刘河案内节省银款，分办各河已不敷用[14]，据青浦县蔡维新禀请情愿捐办，现已集夫兴工，岁内谅可告竣。又松江府属川沙厅[15]，并上海、南汇两县共辖之白莲泾、长滨、吕家滨、小腰泾等河，均系跨连数处水利，亦已劝捐兴办等情，由苏州藩司陈銮汇详请奏前来。

臣等伏查刘河节省银三万四千九百两，既经奏准留为接挑各河之用，自应核实办理。惟存银只有此数，而河道淤塞之处，悉数难终[16]，惟有择要量准动款，其余可以筹捐者即归捐办，可以略缓者即归缓办。除七浦河、宝带桥两处工程已拨给银二万一千六百九十五两零，业经挑修完竣，验收如式外，现仅存银一万三千二百四两零。以之挑浚太仓州杨林河及吴江县瓜泾港等处，核其工费，尚有不敷，只可就款量为分拨。现经给发太仓杨林河银八千两，吴江瓜泾港等河银五千二百四两零，饬令乘此水涸，集夫赶挑，其有不敷，悉由该州县捐廉凑办。所有拨用银两，统归刘河案内，依限摊征还款。其泖湖、朱泾，以及华亭泾、黄姑塘、蒲华塘、白莲泾、长滨、吕家滨、小腰泾等河，或先已挑竣，或现在趱挑，皆由官民分别捐输，不敢概动款项，亦不许稍有草率偷减，并不得假手胥役、地保，致滋弊窦[17]。总之，地力必资人力，而土功皆属农功[18]。水道多一分之疏通，即田畴多一分之利赖。臣等惟当随时率属讲求经理，未雨绸缪[19]，以期仰副圣主劭农勤民之至意[20]。

再，青浦县知县蔡维新，系卓异案内应行引见之员，因委估挑工，业经奏准展限在案，应俟

桂超万《娄江春》："娄江泥，昔齐堤。娄江水，今成溪。昔愁霖，良亩沉，今有尾闾沦溟深。昔苦旱，嘉禾叹，今有臣泽水田满。洞开泻雨，洞闭屯云。河伯顺轨，潮神回轮。鸠工代赈，鹄面转温。成功者天，时旸三旬。谁实得天，公真天人。"（《养浩斋诗稿》卷五）

工竣，再行给咨赴部^[21]，合并声明。

除饬将七浦河等工取造估计报销各册，绘图详请题咨外^[22]，臣等谨合词恭折具奏，伏乞皇上圣鉴。谨奏^[23]。

【注释】

[1] 刘河：又名娄江，源自江苏省太湖鲇鱼口，流经苏州、昆山、太仓等地，至刘河镇入长江。　[2] 泽国：多水的地方。　[3] 甲乎东南：甲为天干之首，意为江苏的财富为东南诸省之首。　[4] 吴淞（sōng）：吴淞江，即苏州河，在江苏南部和上海西部，源出太湖瓜泾口，东流至上海市区外白渡桥与黄浦江汇合，为太湖流域的重要水道。黄浦：黄浦江，在上海境内，源于青浦县淀山湖，汇集浙江省嘉兴县诸水，流至上海市区外白渡桥与吴淞江合流。白茆河：在江苏省常熟县东，是太湖东北分流入长江各浦中最大的一支。捐挑：捐资挑挖。　[5] 太仓州：今江苏太仓县。七浦河：在江苏省常熟县东南，接昆山、常熟、太仓三界之水，流入长江。太湖：在江苏省南部、浙江省北部。泖：泖湖，在松江县西部、金山县西北部。淀：淀山湖，旧称薛淀湖，在上海市青浦县西和江苏省吴江县东。　[6] 湮（yān）塞：淤塞。　[7] 潮淤：被潮水倒灌带来的泥沙淤塞。　[8] 行司：发公文给布政使司。知府：一府的印官。知县：一县的印官。周历履勘：遍行勘察。次第：按照次序。　[9] 铺户：商铺。　[10] 元和县：在今苏州市。宝带桥：在苏州市葑门外。湖潴（zhū）宣泄不灵：湖水蓄积排泄不畅。　[11] 深虞泛溢：很担心湖水因排水河道宣泄不及而溢出泛滥。　[12] 由司确核无浮：由布政使司核实估价

并没有虚浮。　[13]兴挑：兴工挑挖。　[14]不敷（fū）用：不够用。敷：够，足。　[15]松江府：治所在今上海市松江区。川沙厅：治所在今上海浦东新区川沙镇。厅为清代地方行政单位为知府辅佐官同知或通判办事之处。　[16]悉数难终：将存银全部用上也难以治理完毕。　[17]致滋弊窦（dòu）：滋生弊端漏洞。窦，孔、洞。　[18]土功：土地的功效。农功：农事的成果。　[19]未雨绸缪（móu）：原指趁着还没有下雨，就先把门窗捆绑牢固。这里指趁隆冬水势低落兴工挑浚。　[20]劭（shào）农勤民：劝勉农人，勤于民事。　[21]卓异：清朝制度规定，督抚每三年对地方官出考语一次，由吏部复核，才能优异者为卓异。一般引见后加一级。委估挑工：委派估算工程数量与用度。咨：高级官衙间的平行公文。　[22]题：题本，地方高级官员由通政使司进内阁呈御览的加印公文。　[23]道光十五年十二月初三日内阁奉上谕："除刘河案内节省项下尚存银三万四千九百两外，所有不敷银两业经该地方官民分别捐输。所有拨用银两统归刘河案内依限摊征还款，该督等务当督饬属员认真妥办，毋许草率偷减。余著照所议办理，该部知道。"

【点评】

林则徐在江苏巡抚任内组织疏浚了刘河、白茆河以后，又报请动用节省下来的银两挑挖七浦等河。文中，林则徐从人力与地力、水利的密切关系论证兴修水利的重要性和必要性，认为"地力必资人力，而土功皆属农功。水道多一分之疏通，即田畴多一分之利赖"。湮塞地段，宜"挑挖疏通，俾上下一气呵成，清水畅流，以刷潮淤而资灌溉"。

甲午纲淮北盐课奏销额款全清折 [1]

道光十五年十二月二十六日
（1836 年 2 月 12 日）于江宁

署两江总督、管理盐务、江苏巡抚臣林则徐跪奏，为恭报甲午纲淮北盐课奏销额款全清，仰祈圣鉴事：

窃照淮北引盐，前经督臣陶澍于辛卯纲起，将湖运滞食各岸，减轻科则，改行票盐 [2]，奏准嗣五年底核算造报奏销；嗣因票盐试行有效，又经奏明将湖运畅岸一律推广办理 [3]，如有多运，即以融代江运之不足，并将科则复还旧制，每引征银一两五分一厘各在案。兹甲午纲淮北盐课钱粮，于道光十五年底届应造报奏销之期，据盐运使俞德渊分别截数，造具册揭，详送前来 [4]。

臣查甲午纲淮北应征入奏、不入奏正杂各课银三十一万一千一百二十五两七钱二分七厘内，票贩请运引内征完银三十万七百八十一两四钱七分九厘，官运引内征完银八千九百二十三两六钱六分九厘，商运引内征完银一千四百二十两五钱七分九厘。以上甲午纲正引额课业已征足。又甲午应带节年各课银九万六千一百四十一两三钱七分八厘内，于票贩请运引内拨收银九万一千三百三十四两二钱一分七厘，官运引内征收银四千一百四十六两九钱九分二厘，商运引内征收银六百六十两一钱六分九厘。以上甲午纲带征课款亦已征足。二共征完正带课银四十万七千二百六十七两一钱五厘。此淮北民贩官商征课如额之各实数也。

至运盐引额，查淮北甲午纲纲食各岸正引，并带运戊子、己丑、庚寅残盐[5]，共该三十七万五千一百五十八引二百斤，除上年癸巳纲溢请二十七万五百四十一引零，因场产满额，无盐付捆，奏明留为甲午纲造报，本年照请给捆，归入甲午纲引额计数外，仍应请运盐十万四千六百十六引零，即敷一纲之额。而甲午纲内，复据各贩纳税请运盐三十五万三千八百二十七引，合之癸巳溢请之数，共六十二万四千三百六十八引。在票贩运行四十二州县，只须请盐二十六万九千二百二引二百斤，已敷额数。因江运八岸暨天长一县，应归商运盐十万五千九百五十六引内，该商止运一千六百九十五引，再加官运一万六百四十七引二百斤，仍缺额九万三千六百十三引二百斤。今于票贩多请引内，循照奏案拨补商运之缺，除甲午全纲引额补足外，计仍溢请二十六万一千五百余引。其盐尚未全运，应照上届章程，俟给捆后，归入乙未纲造报。统计甲午一纲，课已全足，引仍多余，实为票盐畅行之效。

除行运司暨总办票盐，并场局各员等，仍遵照定章认真经理，以期久远畅行外，所有淮北奏销实数及办理情形，理合恭折具奏，伏乞皇上圣鉴。谨奏。

姚莹《上林制军言西商脚私书》："前者盐法散坏，帑尽课悬，自改制以来，云汀官保与陶泉都转大力斡旋，同心宏济，乃得五年全运，四届奏销，商本渐盈，库贮充足，成法粗定，人心稍安。宪台复运以精思，益求美备，莹可随事仰承训迪，庶免愆尤耳。"（《东溟文后集》卷六）

【注释】

[1] 甲午：道光十四年（1834）。 [2] 辛卯：道光十一年（1831）。票盐：陶澍针对富商欠课，建议仿明代之票法改革淮北盐政。不论新商、旧商，交足盐课即可领票运盐贩卖，淮北每张小票可贩盐四百斤为一引，买盐自十引至一百二十引以上为一票。先由淮北滞岸试行。 [3] 道光十三年（1833）二月，陶澍奏明将湖运畅岸一律推广办理。 [4] 俞德渊（1778—1836）：字原培，号陶泉，甘肃平罗县人。嘉庆二十二年（1817）进士。精明干吏。道光十年（1830），任两淮盐运使，库盈三百余万两。林则徐在上奏此折的同一天，上奏俞德渊出缺，对他整顿盐政予以肯

定。　[5]戊子：道光八年（1828）。己丑：道光九年（1829）。
庚寅：道光十年（1830）。

【点评】

陶澍推行淮北票盐法，改革盐政腐败，破除盐商的
专利，是官督经济开放的先声。林则徐支持和推进这项
新政，在署理两江总督期间，"运以精思，益求美备"。
本文用经济数据说明："统计甲午一纲，课已全足，引仍
多余，实为票盐畅行之效。"

筹防襄河新旧堤工折

道光十七年七月十三日
（1837 年 8 月 13 日）于樊城

湖广总督臣林则徐跪奏，为阅视襄河新旧堤
工[1]，分别督饬筹防抢险，并现在水势情形，恭
折奏祈圣鉴事：

窃臣前因大汛期内，各属堤防险工林立，即
于六月间附片奏明出省督防在案。臣由汉阳溯流
而上，经历汉川、沔阳、天门、潜江、京山、荆
门、钟祥、襄阳各州县，将南北两岸堤工量明丈

襄河两岸堤工，
量明丈尺，分类筹
防抢险。

尺，分为最险、次险、平稳三项，以便稽查防护。其河滩宽远堤塍高厚者，列为平稳一项；若滩窄溜近而河形尚顺，堤虽单薄而土性尚坚者，列为次险。至迎溜顶冲，或对面沙嘴挺出，堤前嫩滩塌尽，以及土性沙松，屡筑屡溃之处，皆为最险要工，逐年必须加培，大汛尤资守护。且查襄河河底从前深皆数丈，自陕省南山一带及楚北之郧阳上游，深山老林尽行开垦，栽种包谷，山土日掘日松，遇有发水，沙泥随下，以致节年淤垫，自汉阳至襄阳，愈上而河愈浅。又汉水性最善曲，一里之近竟有纡回数折者，此岸坐湾则彼岸受敌，正溜既猛即回溜亦狂。是以道光元年至今，襄河竟无一年不报漫溃。惟所溃之处受患轻重各有不同，溃在下游者轻，上游则重；溃在支堤者轻，正堤则重。如汉川以下，为汉漠尾闾 [2]，本不设堤，谓之厂畈。自此而上，沔阳高於汉川，潜江、天门高於沔阳，京山、钟祥又高於天门、潜江。设使上游失事，如顶灌足，即成异灾。故防守之道，尤须于上游加意。

本年五月中旬涨水甚骤，几于漫堤，幸上

游均经保全。其报溃之白鱼垸、长湖垸两处[3]，一系下游，一系支堤，情形较轻。现在长湖垸业已补筑完竣，白鱼垸亦已钉桩，当饬该县严催业民集费抢筑。六月下旬水又加长七八尺不等，现在甫经消落，仍恐秋汛复涨，禾稼在地，守护不可稍疏，而尤莫要於钟祥、京山两县。查从前钟、京交界之王家营堤工，溃决频闻，仰蒙特命尚书陈若霖等临工勘估[4]，前任湖广总督嵩孚驻工督修[5]，经黄州府通判周存义建办石坝三道，挑溜护堤，至今十年，捍御极为得力。上年讷尔经额在总督任内[6]，恐此工一逾固限，众心或有懈弛，仍甚可虞，复将该石坝三道加培高宽，现在益臻巩固。惟京山第五段之张壁口[7]，与钟祥第三工之万佛寺两处堤塍[8]，目下俱被大溜冲刷，堤身壁立，极为险要。臣亲勘之后，即饬该府县估办护坝，并相势筑作盘头，又于迎溜各段抛填坚大块石斜长入水，追压到底，以资御护，业已设法筹办，不敢请动帑项。

至上年讷尔经额奏请修复钟祥县第十工之

亲勘险要堤坝，指挥加固卫护。

刘公庵、何家潭两处溃堤，共七百二十八丈，并砌办石坝各工，此次经臣亲往验收，不独如式饱锥，且较原估更加宽厚，似此险要地段，须得有此结实工程。所有赔修之署钟祥县知县谢庆远，先因该工漫溃，奏奉谕旨革职留任，今赔修工竣，可否仰恳天恩，准予开复[9]，恭候命下祗遵。

再，襄阳府城之老龙石堤[10]，臣亦亲至查视，甚属坚固，足资保障。

除仍督属加意守护外，所有阅视襄河堤工筹防抢险缘由，理合恭折具奏，伏乞皇上圣鉴。谨奏。

【注释】

[1]襄河：河名，湖北境内，汉江流经襄阳一带的别名。 [2]尾闾：河水的下游汇聚区域。 [3]白鱼垸（yuàn）：在汉川县。林则徐《丁酉日记》：道光十七年六月二十七日（1837年7月29日），"至白鱼垸登岸履勘。五月间所溃之堤将及百丈，口门有水二三尺，催令董事集料抢修"。长湖垸：在沔阳县，东荆河之内。 [4]陈若霖（1759—1832）：字宗觐，号望城，福建闽县（今福州市）人。乾隆五十二年（1787）进士。官至刑部尚书。道光七年（1827），奉命到湖北勘察京山堤工。 [5]嵩孚：爱新觉罗氏，道光六年至十一年（1826—1831）任湖广总督。 [6]讷

尔经额（1784—1857）：费莫氏，字近堂，满洲正白旗人。嘉庆八年（1803）翻译进士。道光十二年至十六年（1832—1836）任湖广总督。时任湖南巡抚。　[7]张壁口：在京山县。林则徐《丁酉日记》：七月初四日（8月4日），至张壁口，"观新挽月堤八十丈。此地对岸有沙洲，挺出堤前，场滩殆尽，堤虽新筑，然不可恃，当与守、令商议，于堤前筑坝抛石防护"。　[8]万佛寺：地名，在钟祥县。林则徐《丁酉日记》：七月初五日（8月5日），至万佛寺，"登岸观堤工，对岸有沙洲挺出，溜势顶冲，堤外皆护块石，今与商议作盘头挑溜"。　[9]开复：清官制，被处分的官员恢复原官。　[10]老龙石堤：在襄阳府城。林则徐《丁酉日记》：七月十二日（8月12日），"黎明登岸查视老龙石堤共二千零四丈，至万山而止"。

【点评】

　　道光十七年六月二十五日至七月十二日（1837年7月27日至8月12日），林则徐乘船从汉阳至襄阳，沿途察看两岸堤工，指按照不同情况分为最险、次险、平稳三类，分别采取相应的防汛抗洪措施。七月十三日（8月13日）在襄阳拜发这份奏折，指出长江中游流域水患频仍，在于自陕省南山一带及楚北之郧阳上游，深山老林尽行开垦，乱砍乱伐，造成山土流失，河床淤浅，"设使上游失事，如顶灌足，即成异灾。故防守之道，尤须于上游加意"。在他的正确指导下，"江汉数千里长堤安澜普庆，并支河里堤亦无一处漫口，实为数十年来未有之事"。

筹议严禁鸦片章程折 [1]

道光十八年五月初七日
（1838 年 6 月 28 日）于武昌

湖广总督臣林则徐跪奏，为遵旨筹议章程，恭折复奏，仰祈圣鉴事：

黄爵滋奏请严禁鸦片，必先重治吸食。

本年五月初二日准兵部火票递到刑部咨开 [2]："道光十八年闰四月初十日上谕：'黄爵滋奏请严塞漏厄以培国本一折 [3]，著盛京、吉林、黑龙江将军，直省各督抚，各抒所见，妥议章程，迅速具奏。折并发。钦此。'"臣查原奏内称 [4]："近来银价递增，每银一两易制钱一千六百有零，非耗银于内地，实漏银于外夷。自鸦片烟流入中国，其初不过纨绔子弟习为浮靡，嗣后上自官府缙绅，下至工商优隶，以及妇女、僧尼、道士，随在吸食。广东每年漏银渐至三千余万两，合之各省，又数千万两。耗银之多，由于贩烟之盛；贩烟之盛，由于食烟之众。今欲加重罪名，必先重治吸食。请皇上严降谕旨，自今年某月日起至明年某月日止，准给一年限期。若一年以后仍然吸食，是不奉法之乱民，罪以死论"等语。

臣伏思鸦片流毒于中国，纹银潜耗于外洋，凡在臣工，谁不切齿？是以历年条奏，不啻发言盈廷，而独于吸食之人，未有请用大辟者[5]。一则《大清律例》早有明条，近复将不供兴贩姓名者由杖加徒，已属从重，若径坐死罪，是与十恶无所区别，即于五刑恐未协中[6]；一则以犯者太多，有不可胜诛之势，若议刑过重，则弄法滋奸，恐讦告诬攀、贿纵索诈之风因而愈炽。所以论死之说，私相拟议者未尝乏人，而毅然上陈者独有此奏。然流毒至于已甚，断非常法之所能防，力挽颓波，非严蒇济[7]。兹蒙谕旨敕议，虽以臣之愚昧，敢不竭虑筹维。

窃谓治狱者，固宜准情罪以持其平；而体国者，尤宜审时势而权所重。今鸦片之贻害于内地，如病人经络之间久为外邪缠扰，常药既不足以胜病，则攻破之峻剂，亦有时不能不用也。夫鸦片非难于革瘾而难于革心，欲革玩法之心，安得不立怵心之法。况行法在一年以后，而议法在一年以前，转移之机正系诸此。《书》所谓"旧染污俗，咸与惟新"[8],《传》所谓"火烈民畏,故鲜死焉"者[9],似皆有合于大圣人辟以止辟之义[10],断不至与苛法同日而语也。惟是吸烟之辈,陷溺已深,志气无不惰昏,今日安知来日。当夫严刑初设,虽亦魄悚魂惊,而转思期限尚宽,姑俟临时再断,至期迫而又不能骤断,则罹法者仍多,故臣谓转移之机,即在此一年中。必直省大小官员共矢一心,极力挽回,间不容发,期于必收成效,永绝浇风,而此法乃不为赘设。兹谨就臣管见所及,拟具章程六条,为我皇上敬陈之:

一、烟具先宜收缴净尽,以绝馋根也。查吸烟之竹杆谓之枪,其枪头装烟点火之具,又须细泥烧成,名曰烟斗。凡新枪新斗皆不适口,且难过瘾。必其素所习用之具,有烟油渍乎其中者,愈久而愈宝之,虽骨肉不轻以相让。此外零星器具,不一而足,然尚可以他具代之,惟枪斗均难替代,而斗比枪尤不可离。遇无枪时,以习用之斗配别样烟杆,犹或迁就一吸。若无斗即烟无装处,而自不得不断矣。今须责成州县,尽力收缴枪斗,视其距海疆之远近,与夫地方之冲僻,户

收缴烟具。酌期定数,责以起获,核为州县功过之数。

口之繁约，民俗之华朴，由各大吏酌期定数，责以起获，示以劝惩。除新枪新斗听该州县自行毁碎不必核计外，凡渍油之枪斗，皆须包封，粘贴印花，汇册送省，该省大吏当堂公同启封毁碎。无论此具或由搜获，或由首缴，或由收觅，皆许核作州县功过之数。若地方繁庶而收缴寥寥者，立予撤参。如能格外多收，亦当分别奖励。

一、此议定后，各省应即出示，劝令自新，仍将一年之期，划分四限，递加罪名，以免因循观望也。查重典之设，原为断吸起见，果能人人断吸，亦又何求？所谓以人治人[11]，改而止也。各省奉文之后，应由大吏发给告示，遍行剀切晓谕。自奉文之日起，扣至三个月为初限，如吸烟之人，于限内改悔断绝赴官投首者，请照"习教人首明出教"之例[12]，准予免罪。然投首非空言也，必将家藏烟具几副，余烟若干，全行呈缴到官，出具改悔自新毫无藏匿甘结，加具族邻保结，立案报查。如日后再犯，或被告发，或经访闻，拘讯得实，加倍重办。其二三四限之内投首者，虽不能概予免罪，似亦可酌量减轻。惟不投

劝令自新。一年之期，划分四限，递加罪名。

首者，一经发觉，即须加重。盖四时成岁，三月成时，气候不为不久，果知畏法，尽可改图；若仍悠忽迁延，再三自误，揆以诛心之律[13]，已非徒杖所可蔽辜。除初限以内拿获者，仍照原例办理外，其初限以外，四限以内未首之犯，拿获审实，似应按月递加一等，至军为止。其中详细条款，并先后投首如何减等，首后再犯如何惩办之处，均请敕部核议施行。似此由宽而严，由轻而重，不肖之徒，如再不知悔惧，置诸死地，诚不足惜矣。

开馆兴贩及制造烟具，一体加重。

一、开馆兴贩以及制造烟具各罪名，均应一体加重，并分别勒限缴具自首，以截其流也。查开馆本系死罪，兴贩亦应远戍[14]，近因吸食者多，互相包庇，以致被获者转少。今吸烟既拟重刑，若辈岂宜末减！应请一体加重，方昭平允。但浇俗已深，亦宜予以自新之路。请自奉文之日起，开馆者勒限一月，将烟具烟土全缴到官，准将原罪量减。如系拿获，照原例办理。地方官于一月内办出者，无论或缴或拿，均免从前失察处分，倘逾限拿获，犯照新例加重，自获之员减等议处。其兴贩之徒，路有远近，或于新例尚未闻知，不能概限一月投首。应请酌限三个月内，不拘行至何处，准赴所在有司衙门缴烟免罪。若逾限发觉，亦应论死。其缴到之烟土烟膏，眼同在城文武，加用桐油立时烧化，投灰江河。匿者与犯同罪。至制造烟具之人，近日愈夥，如烟枪固多用竹，亦间有削木为之，大抵皆烟袋铺所制。其枪头则裹以金银铜锡，枪口亦饰以金玉角牙。闽、粤间又有一种甘蔗枪，漆而饰之，尤为若辈所重。其烟斗自广东来者，以洋磁为上；在内地制者，以宜兴为高。恐其屡烧易裂也，则亦包以银锡，而发蓝点翠，各极其工；恐其屡吸易塞也，则又通以铁条，而矛戟锥刀不一其状。手艺之人喜其易售，奇技淫巧，竞相传习，虽照例惩办而制造如故。应请概限奉文一月内，将所制大小烟具全行缴官毁化免罪，并谕烟袋作坊、瓦器窑户以及金银铜锡竹木牙漆各匠，互相稽查。如逾限不首及首后再制，俱照新例重办。其装成枪斗可用吸食者，即须论死。保甲知情不首，与犯同罪。

一、失察处分，宜先严于所近也。文武属员

官员失察，先严于所近之人。

有犯，该管上司，于奉文三个月内查明举发者，均予免议。逾限失察者，分别议处。其本署戚友家丁，近在耳目之前，断无不知，应勒限一个月查明。若不能早令革除，又不肯据实举发，即是有心庇匿，除犯者加重治罪外，应将庇匿之员，即行革职。本署书差有犯，限三个月内查明惩办，逾限失察者，分别降调。

一、地保牌头甲长，本有稽查奸宄之责，凡有烟土烟膏烟具，均应著令查起也。挟仇讦告之风，固难保其必无，但能起获赃证，即已有据。且起一件，即少一害。虽初行之时，亦恐难免滋扰，然凡事不能全无一弊，若果吸烟者惧其滋扰，而皆决意断绝，正不为无裨也。至开馆之房主及该地方保甲，断无不知之理，若不举发，显系包庇，应与正犯同罪，并将房屋入官。

一、审断之法，宜预讲也。此议定后，除简僻州县，犯者本少，即有一二无难随时审办外，若海疆商贾马头及通衢繁会之区，吸食者不可胜数。告发既多，地方有司日不暇给，即终日承审，而片刻放松则瘾已过矣，委人代看则弊已作矣，

地方保甲若不举报，与正犯同罪。

预讲审断之法，以熬代审。

是非问罪之难而定谳之难也[15]。要知吸烟之虚实，原不在审而在熬，熬一人与熬数人数十人，其工夫一耳，且专熬一人容或有弊，多人同熬转无可欺。譬如省会地方，择一公所，汇提被控被拿之人，委正印以上候补者一员往审足矣[16]，不必多员也。临审时，恐其带药过瘾，则必先将身上按名严搜，即糕点亦须敲碎，然后点入封门，如考棚之坐号，各离尺许，不准往来。问官亦只准带一丁两役，随身伺候，不许擅离。自辰巳以至子丑[17]，只须静对，不必问供，而有瘾之人，情态已皆百出矣。其审系虚诬者，何员所审，即令何员出具切结，倘日后别经发觉，惟原审官是问。

以上六条，就臣愚昧之见，斟酌筹议，未知当否？理合缮折具奏，伏乞皇上圣鉴训示。

再，臣十余年来，目击鸦片烟流毒无穷，心焉如捣。久经采访各种医方[18]，配制药料，于禁戒吸烟之时，即施药以疗之。就中历试历验者，计有丸方两种、饮方两种。谨缮另单，恭呈御鉴。可否颁行各省，以资疗治之处，伏候圣裁。谨奏。

【注释】

[1] 道光十八年五月初二日（1838 年 6 月 23 日），林则徐接到对黄爵滋禁烟疏各抒所见、妥议章程的谕旨，即于初四、初五两天（25—26 日）写成这篇折稿，初七日（28 日）发出复奏，表示严禁鸦片的态度，并提出禁烟章程六条。　[2] 兵部火票：兵部命令沿途各驿站火速传送公文的凭照。部咨：吏、户、礼、兵、刑、工六部的公文，刑部咨即刑部的公文。开：开列。　[3] 黄爵滋（1793—1853）：字德成，号树斋，江西宜黄（今抚州市宜黄县）人。道光三年（1823）进士。时任鸿胪寺卿。　[4] 原奏：即黄爵滋的《请严塞漏卮以培国本疏》，收入《黄爵滋奏疏许乃济奏议合刊》卷八，又见《道光朝筹办夷务始末》卷二。这里所引并非原文，而是摘要。　[5] 大辟：死刑。　[6] 十恶：古代不可赦免的十大罪名，即谋反、谋大逆、谋叛、谋恶逆、不道、大不敬、不孝、不睦、不义、内乱。五刑：即笞、杖、徒、流、死五种刑罚。协中：适中。　[7] 蔑济：蔑：没有；济：补益。　[8]《书》：《尚书》。引文见《尚书・胤征》。　[9]《传》：《左传》。引文见《左传・昭公二十年》。　[10] 辟以止辟：以刑去刑。语见《尚书・君陈》。　[11] 以人治人：人人都畏法而相互约束。　[12]"习教人首明出教"之例：《大清律例》规定，信天主教、基督教者向官府出首，声明退出，可以免罪。　[13] 诛心：究其居心蓄意以论定罪状。　[14]"查开馆"二句：雍正七年（1729），清廷首次颁布禁烟令中规定的刑罪。《大清律例按语》卷五十载："兴贩鸦片烟，照收买违禁货物例，枷号一个月，发边卫充军；若私开鸦片烟馆，引诱良家子弟者，照邪教惑众律，拟绞监候。"又见《大清会典事例》卷八二九《刑部・刑律条犯・烟禁》。　[15] 定谳（yàn）：审判定罪。[16] 正印：正印官，即知县。候补：听候委用，未授实缺。　[17] 自辰巳以至子丑：相当自早上七时至次日凌晨

三时。辰、巳、子、丑，时辰名。　[18]"久经"句：目前可见林则徐采访医方的记录，最早是道光七年四月初二日（1827年4月27日）写的《致心斋书》。距这次上奏十一年前。道光十三年（1833）季春，林则徐延请青浦名医何书田到苏州抚署，"据医经，考药性，阐医理，参订递减递增之法"，编成《救迷良方》一书。

【点评】

道光十八年五月初二日（1838年6月23日），林则徐接到对黄爵滋禁烟疏各抒所见、妥议章程的谕旨，即于初四、初五两天（25—26日）写成这篇折稿，初七日（28日）发出，表明严禁鸦片的立场，从国内着眼，提出禁烟章程六条，并附上戒烟药方。此奏是林则徐支持黄爵滋严禁鸦片主张的力作，对道光帝下决心禁烟起了重要的作用。

钱票无甚关碍宜重禁吃烟以杜弊源片 [1]

道光十八年八月初二日（1838年9月20日）
于湖南临湘县上谷港

再，臣接准部咨 [2]："钦奉上谕：'据宝兴奏 [3]，近年银价日昂，纹银一两易制钱一串六七百文之多，由于奸商所出钱票 [4]，注写外兑字样，辗转磨兑，并无现钱，请严禁各钱铺，不准支吾磨兑，总以现钱交易，以防流弊等语，著步军统领衙门、顺天府、五城会议具奏，并著直省各督抚妥议章程，奏明办理。钦此。'"

钱票之流弊，治亦不难。

臣查钱票之流弊，在于行空票而无现钱。盖兑银之人，本恐钱重难携，每以用票为便，而奸商即因以为利。遇有不取钱而开票者，彼即唉以高价，希图以纸易银。愚民小利是贪，遂甘受其欺而不悟。迨其所开之票，积至盈千累百，并无实钱可支，则于暮夜关歇潜逃，兑银者持票控追，终成无著。此奸商以票骗银之积弊也。臣愚以为弊固有之，治亦不难。但须饬具五家钱铺连环保结，如有一家逋负，责令五家分赔，其小铺五家互结，复由年久之大铺及殷实之银号加结送官，无结者不准开铺，如违严究，并拘拿脱逃之铺户，照诓骗财物例，计赃从重科罪，自可以遏其流。但此弊只系欺诈病民，而于国家度支大计殊无关碍。

盖钱票之通行，业已多年，并非始于今日，即从前纹银每两兑钱一串之时，各铺亦未尝无

票，何以银不如是之贵？即谓近日奸商更为诡
猾，专以高价骗人，亦只能每两多许制钱数文及
十数文为止，岂能因用票之故，而将银之仅可兑
钱一串者，忽抬至一串六七百文之多，恐必无是
理也。且市侩之牟利，无论银贵钱贵，出入皆可
取赢，并非必待银价甚昂然后获利。设使此时定
以限制，每两只许易钱一串，彼市侩何尝不更乐
从，不过兑银之人吃亏更甚耳。若抑银价而使之
贱，遂谓已无漏卮，其可信乎？查近来纹银之绌，
凡钱粮盐课关税一切支解，皆已极费经营，犹借
民间钱票通行，稍可济民用之不足，若不许其用
票，恐捉襟见肘之状，更有立至者矣。夫银之流
通于天下，犹水之流行于地中，操舟者必较水
之浅深，而陆行者未必过问；贸易者必探银之消
息，而当官者未必尽知。譬如闸河之水，一遇天
旱，重重套板，以防渗漏，犹恐不足济舟。若闭
闸不严，任其外泄，而但责各船水手以挖浅，即
使此段磨浅而过，尚能保前段之无阻乎？银之短
绌，何以异是？臣历任所经，如苏州之南濠，湖
北之汉口，皆阛阓聚集之地，叠向行商铺户暗访

银之短绌，在
于鸦片烟流行。

密查，佥谓近来各种货物，销路皆疲，凡二三十年以前，某货约有万金交易者，今只剩得半之数。问其一半售于何货？则一言以蔽之，曰鸦片烟而已矣。此亦如行舟者验闸河之水志，而知闸外泄水之多，不得以现在行船尚未搁浅，而姑苟于旦夕也。

臣窃思人生日用饮食所需，在富侈者，固不能定其准数，若以食贫之人，当中熟之岁[5]，大约一人有银四五分即可过一日，若一日有银一钱，则诸凡宽裕矣。吸鸦片者，每日除衣食外，至少亦需另费银一钱。是每人每年即另费银三十六两。以户部历年所奏各直省民数计之，总不止于四万万人，若一百分之中仅有一分之人吸食鸦片，则一年之漏卮，即不止于万万两，此可核数而见者。况目下吸食之人，又何止百分中之一分乎？鸿胪寺卿黄爵滋原奏所云“岁漏银数千万两”，尚系举其极少之数而言耳。内地膏脂年年如此剥丧[6]，岂堪设想？而吸食者方且呼朋引类，以诱人上瘾为能，陷溺愈深，愈无忌惮。儆玩心而回颓俗，是不得不严其法于吸食之人也。

或谓重办开馆兴贩之徒，鸦片自绝，不妨于吸食者稍从末减，似亦持平之论。而臣前议条款[7]，请将开馆兴贩一体加重，仍不敢宽吸食之条者，盖以衙门中吸食最多，如幕友、官亲、长随、书办、差役，嗜鸦片者十之八九，皆力能包庇贩卖之人，若不从此严起，彼正欲卖烟者为之源源接济，安肯破获以断来路？是以开馆应拟绞罪，律例早有明条，而历年未闻绞过一人，办过一案，几使例同虚设，其为包庇可知，即此时众议之难齐，亦恐未必不由乎此也。吸食者果论死，则开馆与兴贩即加至斩决枭示亦不为过[8]。若徒重于彼而轻于此，仍无益耳。譬之人家子弟在外游荡，靡恶不为，徒治引诱之人而不锢[9]其子弟，彼有恃无恐，何在不敢复犯？故欲令行禁止，必以重治吸食为先。且吸食罪名，如未奉旨饬议，虽现在止科徒杖[10]，尚恐将来忽罹重刑。若既议而终不行，或略有加增，无关生死，彼吸食者皆知从此永无重法，孰有戒心？恐嗣后吃食愈多，则卖贩之利愈厚，即冒死犯法，亦必有人为之。是专严开馆兴贩之议，意在持平，而药不

衙门中吸食最多，皆力能包庇贩卖之人。专严开馆兴贩之议，药不中病。

中病^[11]，依然未效之旧方已耳。谚云："刖足之市无业屦，僧寮之旁不鬻栉。"^[12]果无吸食，更何开馆兴贩之有哉？

或谓罪名重则讹诈多，此论亦似。殊不思轻罪亦可讹诈，惟无罪乃无可讹诈。与其用常法而有名无实，讹诈正无了期，何如执重法而雷厉风行，吸食可以立断，吸食既断，讹诈者又安所施乎？

若恐断不易断，则目前之缴具已是明征；若恐诛不胜诛，岂一年之限期犹难尽改，特视奉行者之果肯认真否耳。诚使中外一心，誓除此害，不惑于姑息，不视为具文，将见人人涤滤洗心，怀刑畏罪，先时虽有论死之法，届期并无处死之人。即使届期竟不能无处死之人，而此后所保全之人且不可胜计，以视养痈贻患，又孰得而孰失焉？夫《舜典》有怙终贼刑之令^[13]，《周书》有群饮拘杀之条^[14]，古圣王正惟不乐于用法，乃不能不严于立法。法之轻重以弊之轻重为衡，故曰刑罚世轻世重，盖因时制宜，非得已也。当鸦片未盛行之时，吸食者不过害及其身，故杖徒已

鸦片未盛行之时，吸食者不过害及其身。迨流毒于天下，"若犹泄泄视之，是使数十年后，中原几无可以御敌之兵，且无可以充饷之银"。

足蔽辜。迨流毒于天下，则为害甚巨，法当从严。若犹泄泄视之[15]，是使数十年后，中原几无可以御敌之兵，且无可以充饷之银。兴思及此，能无股栗！

夫财者，亿兆养命之原，自当为亿兆惜之。果皆散在内地，何妨损上益下，藏富于民。无如漏向外洋，岂宜借寇资盗，不亟为计？臣才识浅陋，惟自念受恩深重，备职封圻，睹此利害切要关头，窃恐筑室道谋[16]，一纵即不可复挽，不揣冒昧，谨再沥忱附片密陈。伏乞圣鉴。谨奏[17]。

【注释】

[1]道光十八年八月初二日（1838年9月20日），林则徐借奉旨复议宝兴折的机会，阐述鸦片流毒对国家经济、民族存亡的威胁，力主严厉禁烟。　[2]部咨：吏、户、礼、兵、刑、工六部的公文，这里指户部的公文。　[3]宝兴（1777—1848，一说1776—1848）：爱新觉罗氏，字见山，满族镶黄旗人。嘉庆十五年（1810）进士。时任四川总督。　[4]钱票：钱铺印制填写的代替钱币流通的纸票。　[5]中熟之岁：中等收成的年岁。　[6]剥丧：剥离丢失。　[7]前议条款：指林则徐的《筹议严禁鸦片章程折》。　[8]枭（xiāo）示：处以斩刑，并将头悬挂在杆上示众。　[9]锢：监禁，惩治。　[10]科：处罚。　[11]药不中病：指不能对症下药。　[12]刖（yuè）足：断脚。屦（jù）：古代的一

种鞋。栉（zhì）：梳子和篦子的总称。断脚人聚居的地方没有做鞋的行业，和尚居住的僧寮旁不做梳篦的买卖。 [13]怙（hù）终：有所恃而终不改悔。 [14]群饮：聚众饮酒。 [15]泄（yì）泄视之：轻视。 [16]筑室道谋：《诗经·小雅·小旻》："如彼筑室于道谋，是用不溃于成。"比喻没有自己的主见，盲从别人，难于成事。 [17]道光十八年八月十七日内阁奉上谕："林则徐、钱宝琛奏查拿烟贩收缴烟具情形各等语。鸦片烟流毒中国，为害已久，现经该督抚等剀切晓谕，严行禁止，设局收缴烟具，数月以来，军民人等咸知畏法，该地方官等亦能力加振作。现在湖北省拿获及首缴烟土、烟膏共一万二千余两，收缴烟枪一千二百六十余杆。湖南省报获烟贩十余起，收缴烟枪三千五百四十余杆，均已分别劈毁，所办甚属认真。可见地方公事，果能振刷精神，实心查办，自可渐有成效。该督抚等惟当督饬所属，乘机谕戒，有犯必惩。呈缴者予以自新，隐匿者力加搜捕，断不准始勤终怠，日久视为具文。总期馘靡积习立即挽回，方为不负委任。所有拿获烟土为数最多之湖北汉阳县知县郭觐辰，著加恩交部优加议叙（赏加知州升衔），以示鼓励。钦此。"

【点评】

禁烟运动在全国展开，但各省督抚、将军对黄爵滋禁烟疏的复议摇摆不定，暴露出清朝统治高层在禁烟问题上的思想混乱和步调不一。林则徐借奉旨复议宝兴折的机会，阐述鸦片流毒对国家经济、民族存亡的威胁，详细分析严禁鸦片输入、吸食、贩卖的必要，在当时和后世影响甚大。"若犹泄泄视之，是使数十年后，中原几无可以御敌之兵，且无可以充饷之银"，成为近代以来传颂不衰的警句。

会奏销化烟土一律完竣折 [1]

道光十九年五月二十五日（1839年7月5日）
于广州

臣林则徐、臣邓廷桢、臣怡良跪奏，为虎门销化烟土，公同核实稽查，现已一律完竣，恭折奏祈圣鉴事：

窃臣等钦遵谕旨 [2]，将夷船缴到烟土二万余箱在粤销毁，所有核实杜弊，并会督文武大员公同目击情形，已于五月初三日销化及半之时，先行恭折会奏在案 [3]。嗣是仍照前法，劈箱过秤，将烟土切碎抛入石池 [4]，泡以盐卤，烂以石灰，统俟戳化成渣，于退潮时送出大海。臣等会督文武员弁，逐日到厂看视稽查。其间非无人夫乘机图窃，而执事员弁多人留神侦察，是以当场拿获之犯，前后共有十余名，均即立予严行惩治。并有贼匪于贮烟处所，乘夜爬墙，凿箱偷土，亦经内外看守各员弁巡获破案，现在发司严审，尤当按律重办。

其远近民人来厂观看者，端节前后愈见其多[5]，无不肃然懔畏。并有米利坚国之夷商经与别治文、弁逊等[6]，携带眷口，由澳门乘坐三板，向沙角守口之水师提标游击羊英科递禀[7]，求许入棚瞻视。臣等先因钦奉谕旨，准令在粤夷人共见共闻，咸知震詟[8]，曾经出示晓谕[9]，是以该夷等遵谕前来[10]。且查夷商经等，平素系作正经买卖，不贩鸦片，人所共知，因准派员带赴池旁，使其看明切土捣烂及撒盐燃灰诸法，该夷人等咸知一一点头，且皆时时掩鼻，旋至臣等厂前，摘帽敛手，似以表其畏服之诚。当令通事传谕该夷等，以现在天朝禁绝鸦片，新例极严，不但尔等素不贩卖之人永远不可夹带，更须传谕各国夷人，从此专作正经贸易，获利无穷，万不可冒禁营私，自投法网。该夷人等倾耳敬听，俯首输诚，察其情形，颇知倾心向化。随即公同赏给食物，欢欣祗领而去。

至臣等前奏烟土名色本有三种：曰公斑，曰白土，曰金花[11]。迨后复经劈出原箱，另有

裨治文（Elijah Coleman Bridgman）在参观记中说："我们曾反复考察过销烟的每一个过程，他们在整个工作进行时细心和忠实的程度，远出于我们的臆想，我不能想象再有任何事情会比执行这一工作更忠实的了。"

一种小公斑[12]，每箱贮八十个，其式样比行常之公斑较小，而个数倍之，故每箱斤两不相上下，每个用洋布包裹，制造亦较精致。访闻此种在外国系最上之烟，价值极贵。是现在所化烟土，竟有四种。臣等近日于邸钞中伏读上谕[13]："烟膏烟具多有假造，其弊不可胜言等因。钦此。"仰见圣明务求真实，力戒欺蒙之至意。臣等愚昧之见，欲辨其伪，必须先识其真，未知近时各处所拿获者，皆系何种烟土。若以外夷原箱之物互相比较，则真伪似可立辨，不至混淆。谨将现在四种烟土，每种各留两箱，可否即将此八箱作为样土[14]，如蒙准令解京，即委便员搭解，并不费事。倘亦无须解送，则此时粤东每月俱有各属拿获解省验毁之烟，亦可随同销化。

现除暂存此八箱外，计已化烟土，凑合前奏之数，共有一万九千一百七十九箱，二千一百一十九袋[15]，其斤两除去箱袋，实共二百三十七万六千二百五十四斤，截至五月十五日业已销化全完。斯时荡秽涤瑕，幸免毒流于四海，此后除

六月十八日（7月28日）硃批："可称大快人心一事。知道了。"

1839 年 9 月 7 日，美国美部会中国分会在澳门印发公开信《致基督教兄弟们》说："中国政府把 2 万箱的鸦片销毁，而不是把它变卖成 1000 万元乃至 1500 万元来充实国库。这种举动尽管发自异教徒的心灵，仍将长久地被看作道德力量和正确原则相结合的例证。中国人取得这项物品的新奇策略也许是不对的，但东西落入他们手中之后，竟能把它毁掉，这是令人难以置信的。然而事实真是这样——全部被销毁了。"

奸拯溺，尤期约立于三章[16]，庶几仰副我圣主除害保民之至意。

所有销化烟土完竣缘由，臣等谨会同水师提督臣关天培[17]、粤海关监督臣豫堃[18]，合词恭折具奏，伏乞皇上圣鉴训示。

再，虎门现在无事，臣林则徐亦暂回省城商办一切，合并声明。谨奏。

【注释】

[1] 道光十九年四月二十二日（1839 年 6 月 3 日）至五月十五日（6 月 25 日），林则徐将收缴的鸦片烟土在虎门海滩销化净尽，这就是震动中外的虎门销烟。　[2] 谕旨：指林则徐于四月十八日（5 月 30 日）接到的上谕："林则徐等经朕委任，此次查办粤洋烟土，甚属认真，朕断不疑其稍有欺饰。且长途转运，不无借贷民力。著无庸解送来京，即交林则徐、邓廷桢、怡良，于收缴完竣后，即在该处督率文武员弁，公同查复，目击烧毁，俾沿海居民及在粤夷人，共见共闻，咸知震詟。"　[3] 折：指五月初四日（6 月 14 日）拜发的《会奏销化烟土已将及半情形折》。　[4] 石池：指销烟池。据林则徐五月初四日（6 月 14 日）奏："其池平铺石底，纵横各十五丈余尺，四旁栏桩钉板，不令少有渗漏，前面设一涵洞，后面通一水沟，池岸周围广树栅栏，中设棚厂数座，为文武员弁查视之所。"　[5] 端节：端午节，即农历五月初五日（6 月 15 日）。　[6] 米利坚国：美国。经：即美国商人 C.W.King，奥立芬公司（Olyphant & Co.）的合伙人。别治

文：又译裨治文，即美国牧师 Elijah Coleman Bridgman（1801—1861），时在澳门主办《中国丛报》（Chinese Repository）。弁逊：即美国"马利逊号"商船船长 Capt.Benson。　　[7]水师提标：从一品武官水师提督统领的水师，广东水师提督驻虎门寨，辖中、前、后、左、右五营，为提标营，此外，节制阳江、碣石、琼州、南澳等镇官兵。游击：为从三品武官，分置各省，位在参将之下，分领绿营兵。　　[8]震詟（zhé）：震惊恐惧。　　[9]出示：指林则徐四月十九日（5月31日）发布的《虎门销烟告示》，英文译载于《中国丛报》第八卷第一期（5月号）。　　[10]遵谕前来：美商经等人遵照告示的晓谕，于五月初七日（6月17日）到虎门参观销烟。　　[11]公斑：Bengal Opium，主要产于印度八达拿（Patna）、比纳斯（Benares）和孟加拉，每箱约重一百二十斤。白土：Malwan Opium，即白皮土，主要产于印度麻洼（Malwa），每箱约重一百斤。金花：Turkey Opium，主要产于土耳其士麦那（Smyrna）。　　[12]小公斑：小包装的公斑土，制造较精致，便于分割销售携带。　　[13]邸钞：又叫邸报、京报，由提塘官到六科抄录、刊刷、发回本省的谕旨及题奏事件抄印本。　　[14]"可否"句：八箱样土后来道光帝谕令无庸解京，就地销毁。　　[15]英国外交部档案所存《凭据》，作二万零二百八十三箱二十八斤又七个，此奏数字或将箱袋分计。　　[16]约立于三章：即约法三章。《史记·高祖本纪》：刘邦入关中，"与父老约法三章耳：杀人者死，伤人及盗抵罪"。此处指制订严禁鸦片的法律。　　[17]关天培（1781—1841）：字仲因，号滋圃，江苏山阳（今淮安）人。道光十四年（1834）起任广东水师提督。　　[18]豫堃：字厚庵，满族人。道光十八年至二十年（1838—1840）任粤海关监督。

【点评】

道光十九年五月二十五日（1839 年 7 月 5 日），钦差大臣林则徐与两广总督邓廷桢、广东巡抚怡良会衔拜发此折，向道光帝报告销烟过程。本文是禁烟运动的总结性文献，在中国近代史上具有深远历史意义。林则徐主持的虎门销烟，以禁毒、拒毒的文明形式对抗英国海势渗透，显示了中华民族不畏强暴的爱国主义精神和英雄本色。

沥陈民间烟土枪具仍宜收缴片

道光十九年五月二十五日
（1839 年 7 月 5 日）于广州

再，广东距京遥远，臣近日始阅三月邸钞[1]："钦奉上谕：'嗣后拿获吸烟人犯，不准以呈缴烟膏烟具入奏，其从前投首[2]不实之犯，仍著各督抚等严饬该地方官随时查察，如有再犯，即加重治罪，以杜蒙混而归核实。将此谕令知之。钦此。'"现在部文尚未行到[3]，而臣就邸报中跪诵再三，仰见我皇上于为民除害之中，示核实戒欺之要，严明训饬，感懔交深。

臣恭绎圣谕所指收缴之弊，约有三端：一则恐以拿获之犯作为自首，希图减罪也；一则既缴之后，官不复查，听其吸食也；一则地方官塞责邀功[4]，假造烟膏烟具，以滋蒙混也。凡此三弊，皆臣所切齿痛恨，矢以极力扫除者[5]。兹蒙训谕提撕，弥钦核实从严之至意，敢不倍加厘剔，务绝根株[6]。惟是滨海愚民，无知误会，近日纷纷传播，转谓烟禁已弛，有枪有土仍听存留。前此赴乡查访之绅耆，辄被乡民恃顽抗阻[7]，谓已奉旨免缴，何得多事。此等借词摇惑[8]，以严为宽，实属诈妄之尤，亟宜痛加惩创。除严拿重办外，惟念臣等所办收缴之法，并非令罪人自行投首，官不复查，亦不敢听州县塞责邀功，假造蒙混。伏求皇上恕臣愚昧，容其据实沥陈[9]。

查鸦片久已盛行，广东尤甚，所谓遍地皆是，早在圣明洞鉴之中[10]。即使此后外夷断绝来源，正恐内地囤积之多，数年用之不能尽。在臣与督抚臣等尽力督拿，无日不有获犯起赃。然察看向来陷溺之深，与到处窝藏之密，地方辽阔，民俗凶顽，岛澳既不可胜穷，胥役又大都难恃，是即设法拿获，亦只千百中之什一，如必扫数拿尽，窃恐遥遥无期。因思保甲之行，本系诘奸良法[11]，每乡总有公正绅士，良善耆民，五家十家之间，耳目最为切近，兴贩吸食，断难瞒其邻人。故保甲有五家连坐之条，在官者因即借以儆众，如一家有犯，责四家以告发，否则与之同罪。而为邻右者，既知其人有犯，恐必连累及身，又念比屋相亲，不忍遽置于法，则必多方劝戒，悚惕而禁止之[12]。并取其烟枪膏土，汇缴于官，官则验明即收，并不诘其姓名来历，盖明以留其廉耻，而实则杜其避趋，故第收之于例应举发之族邻，而不收之于律许减轻之罪犯。犹恐不实不尽，一面购线查拿[13]，有犯即惩。其于何人曾缴，何人未缴，拿者本不过问，犯者无可借词。此所以不相妨而适相济也。夫有鸦片即有吸食，势所必然，在官多一分之收，即在民少一分之食，诚能减之又减，以至于无，似亦有益无损之事。且吸食之人，其畏收缴转甚于畏查拿。盖查拿不能无漏网，况父兄溺爱，亲族碍情，虽恨子弟之吸烟，而恐其到官问罪，转必多方为之隐瞒，有收缴之一途，则凡家人骨肉，戚友乡邻，平日劝之不从者，至此皆得悚以功令之严，夺其物以祛所嗜[14]，是一人之瘾，众人断之。既立死罪以慑其心，复饬收缴以去其疾，迫之以不得不断之势，正所谓以生道杀民[15]，而比闾族党间变化愧厉之方备焉，保受和亲之俗成焉[16]。故报缴者虽见其多，并无公然免罪之犯，而报获者并行不悖，实无缴后不查之人。盖以保甲禁鸦片，而寓收缴于编查[17]，犹之以保甲查教匪，即应收其经卷，以保甲治械斗，即应收其器械，其理一也。

至假造之弊，惟不验乃至被蒙，果其验之，则真伪判然，难逃众目。故烟土必用刀剖开，烟膏必以火燃试，不惟全假者即时发觉，即搀和者亦立见区分。若烟枪则外面一观，已有生熟之别，又劈破以视其内，必其烟油久渍[18]，乃为旧枪，即新枪尚不能相混，而他物所假，更无论矣。现在粤省所收膏土枪具，惟僻远隔海之雷、琼二属[19]，为数本少，免令解省外，其余各属悉经通饬解验。且不独收缴者当验，而拿获者更当验。盖收缴无功可见，惟拿获始足见功，地方官如存

道光十九年六月十八日内阁奉上谕：原以地方官既已拿获吸烟人犯，其烟具烟膏自应一并收缴，何必纷纷入奏，意存见好，非谓吸烟人犯拿获之后，烟具烟膏即可无庸收缴也。林则徐既有此奏，恐他省地方官误会谕旨，并不认真查拿，殊非朕核实办理之意。著通谕各直省大吏，拿获吸烟人犯，务将烟具烟膏销毁尽净。其有呈缴之后仍复吸食，或地方官假造邀功，或该犯因拿借以免罪，种种弊窦，均著详查，从实严办，毋得任其蒙蔽。至所称寓收缴于编查，以期除恶务尽，全在该地方官等不避嫌怨，实力严查，不许支饰畏难，稍涉懈怠，行之既久，自有成效。至自首一节，所颁新例业有明文，将此谕知林则徐等，并通谕各直省将军督抚府尹等知之。"

邀功之心，则与其假造而报收缴，不如假造而报拿获之为得也。夫以粤省作伪之风，命案尚有顶凶，盗案亦有买犯，要在上司认真，乃不受其蒙蔽耳，况鸦片获利最厚，弊窦最多，有卖放正犯真赃而以从犯假赃报获者[20]，有获时明系真赃而侵吞偷换，解时变作假赃者，诈伪丛生，何所不至。然既不能因查拿之有伪，遂并查拿而停止之，则收缴中之真假，或亦责成臣与邓廷桢等逐一调验，如有假造，惟臣等是问。且查粤省自上年以来，未曾于鸦片案内保举一员[21]，是既不使邀功，安敢听其蒙混。臣到粤以后，叠准邓廷桢等将解省之烟土等物移同查验，间有一二搀和之膏土，搪塞之新枪，皆必剔出，发司澈底究办。此后更当责成地方官先自劈验，再行封解，如有不实，即将该州县严参示儆。

又如烟枪一物，臣始亦以为不过如寻常之烟杆耳，断瘾与否，于枪何与[22]。迨屡获烟犯，细加研讯，始知溺于鸦片之人，直以其枪为性命。缘新枪不能过瘾，总须平素用熟有烟油久溃其中者，方能适口。故一枪有值数十金百余金者，甚至父子兄弟间不肯相假[23]。其陷溺之深如是，所以欲去其瘾，先去其枪，有如理发而夺其栉，作字而夺其笔，虽酷嗜者亦无可如何，非第使之明志也[24]。谨查《大清律例》内〔载〕，禁止赌博，必并赌具而严禁之，盖有具则有赌，无具即无以为赌也。烟之需枪，恐或类是。臣前于邸钞中，见有被罪圈禁而仍群聚吸烟者[25]，是因破案而不收枪之故。若不收枪，则未犯案者固难望其自毁，即已犯案者仍不甘于弃枪，将使在家独吸之人，合之而同吸于囹圄，并将各处散吸之人，徙之而聚吸于配所，窃恐辗转流传，其势更难于禁止矣[26]。凡人不见可欲则心不动，烟入于目，枪入于手，欲其口之不馋，不可得也。吸旱烟者若无烟杆，亦有不能不歇之势，然旱烟之新杆尚可将就，而鸦片之新枪与无枪同。由此观之，收枪之法或亦禁烟者所不废耳。

至自首一节，现在粤省固无其事，而《大清律例》明有此条，除杀人不准首外，小而寻常罪犯，大而习教为盗，尚皆准首。设有人烟瘾已断，本身出首，察看得实，似亦只得遵例办理，未便竟不准首，致与定例两歧，而与怙恶不悛之人亦无区别[27]。惟流弊必须严杜，倘州县将拿获之犯捏为投首，定当以故出人罪，严行参办；而罪人首后复犯，似宜即照新例定罪，不得仍与初犯者同科[28]，始足以昭警戒。

伏念我皇上明罚敕法，因恐臣工不知振作，是以训饬加严，而无知蚩氓相率传讹，转幸明谕之颁，冀遂深藏之术[29]。若因此顿更大局，非独前功可惜，更虞挽救无方。且风闻外夷于呈缴之后，知内地民人烟可不缴，不无反唇相稽者，于国体尤有关系[30]。臣仰蒙委任专办此事，下怀实深焦急，不揣冒昧，披沥密陈，如臣言谬妄难行，应请皇上破其颛愚[31]，示以惩儆。倘蒙俯念臣心无他，惟冀于公有济，可否特颁申谕，将前旨系为核实查办，正以从严之处，明白宣示，嗣后寓收缴于保甲，责大吏以督查，如有州县以拿作首，以假混真，不行严参者，事发以徇庇论，而总不得借口希图免缴，俾天下臣民憬然领悟，庶久藏之毒物，渐收获以无遗。并请将臣奏留中，毋庸发下，臣既得以遵循办理，断不敢居建白之名。顶感鸿慈，倍无既极[32]。

再，督臣邓廷桢与臣筹议意见相同，因接奉硃批[33]，令其酌核，亦已自行另片复奏。惟系专差赍递，恐到京在臣此折之后，合并声明。伏祈圣鉴训示。谨奏。

【注释】

[1]邸（dǐ）钞：见前文注[13]。　[2]投首：投案自首。　[3]部文：六部的公文，这里指刑部的公文。　[4]塞责邀功：推脱责任，追求功劳。　[5]矢：通"誓"，表决心。　[6]提撕：拉的意思，引申为开示、提醒。厘剔：厘清剔除。　[7]绅耆：旧时地方的绅士和年老有地位的人。　[8]借词摇惑：借用别人的话进行招摇迷惑。　[9]沥陈：竭诚陈奏。　[10]洞鉴：指看待某事明白、透彻。　[11]诘（jié）奸良法：查究奸人的好办法。诘：查究。　[12]悚（sǒng）惕（tì）：戒惧。　[13]购线：购求眼线。线指眼线，即提供盗贼线索的人。　[14]功令：政府的法令。祛（qū），除去。　[15]生道杀民：即《孟子》"以生道杀民，虽死不怨杀者"，意为以保障人民生活安定为基础而诛戮一些罪民，罪民虽然被杀，也不会怨恨杀他的人。　[16]比闾族党：指街坊邻里、亲族。愧厉：愧，使羞愧；厉，严格、严肃。　[17]寓：寄寓。　[18]油渍（zì）：长期吸食鸦片而积累在烟枪中的烟油。　[19]雷：雷州府，今广东雷州。琼：琼州府，

今海南。　[20]顶凶：顶替凶手。买犯：用钱购买穷人充当犯人。卖放：受贿放走真犯。　[21]保举：官员向朝廷举荐人才的制度。　[22]何与：有什么关系？　[23]相假：相借。　[24]非第：非但，不仅仅。　[25]圈禁：清代刑律名称，皇族宗室犯罪，折以板责，圈禁于空房。枷罪、徒罪为拘禁，军流罪为锁禁。　[26]囹（líng）圄（yǔ）：监狱。配所：发配之地。　[27]怙（hù）恶不悛（quān）：坚持作恶，不肯悔改。怙：依靠。悛：悔改。　[28]同科：同样判罪。　[29]明罚敕法：明定赏罚，整饬法令。蚩（chī）氓：愚蠢的民众，这里指吸食和贩卖鸦片的人。[30]反唇相稽：指受到指责后不服气而反过来与对方计较。国体：国家的典章制度。　[31]颛（zhuān）愚：愚昧。　[32]顶感鸿慈，倍无既极：极端感激大恩，达到了无以复加的程度。　[33]硃批：皇帝在奏折上用红笔写的批语。硃：红色。

【点评】

道光十九年三月初三日（1839年4月16日），正当禁烟运动进入高潮的时候，道光帝发布了一道上谕，命令各省督抚："嗣后拿获吸烟人犯，不准以呈缴烟膏烟具入奏。"林则徐从邸钞上看到这道上谕以后，深感禁烟运动有被扼杀的危险，没等接到刑部的正式公文，便立即写了这个奏片。文中，林则徐详细地阐明了收缴烟膏烟具的必要性。他认为，要彻底肃清鸦片流毒，除了尽力拿获吸烟人犯之外，烟膏烟具一定也要全部收缴。"若因此顿更大局，非独前功可惜，更虞挽救无方。"这个奏片充分表明，林则徐在禁烟运动的关键时刻，敢于挺身而出，毫不动摇，决心把禁烟运动进行到底。

会奏细察夷情务绝鸦片来源片

道光十九年七月二十四日
（1839 年 9 月 1 日）于香山县

再，臣等会办夷务以来，窃思鸦片必要清源而边衅亦不容轻启，是以兼筹并顾，随时密查夷情，乃知边衅之有无，惟视宽严之当否。宽固可以弭衅，宽而失之纵弛，则贻患转足养痈[1]；严似易于启衅，严而范我驰驱，以小惩即可大戒。此中操纵，贵审机宜[2]。

夫震于英吉利之名者，以其船坚炮利而称其强，以其奢靡挥霍而艳其富[3]，不知该夷兵船笨重，吃水深至数丈，只能取胜外洋，破浪乘风，是其长技。惟不与之在洋接仗[4]，其技即无所施。至口内则运掉不灵，一遇水浅沙胶[5]，万难转动，是以货船进口，亦必以重资倩土人导引[6]，而兵船更不待言矣。从前律劳卑冒昧一进虎门，旋即惊吓破胆，回澳身死，是其明证。且夷兵除枪炮之外，击刺步伐俱非所娴[7]，而其腿足裹缠，结束紧密。屈伸皆所不便，若至岸上更无能为，是

此时林则徐受传统"驭夷"观念的束缚，对英国侵略者的认识表面肤浅、不切实际，甚至幼稚可笑。

其强非不可制也。该夷性奢而贪，不务本富，专以贸易求赢，而贸易全赖中国畀以马头，乃得借为牟利之薮。设使闭关封港，不但不能购中国之货，以赚他国之财，即彼国之洋布棉花等物亦皆别无售处。故贸易者，彼国之所以为命，而中国马头，又彼国贸易者之所以为命，有断断不敢自绝之势。而彼肆其贪狡，乃以鸦片漏中国之卮，历年既深，得财无算，于是奸商黠贾[8]，富甲诸夷。第又闻该国前因搆兵[9]多年，大亏国用，乾隆年间于粤省夷馆设立公司，抽取贸易之利，原议三十年，限满即听民自作买卖，迨限满而国用无出，又展两次限期，该国夷民遂多不服，甫于道光十四年将公司撤去，是其富亦不足夸也。

且该国所都阑顿[10]地方，来至中华须历海程七万里，中间过峡一处，风涛之恶，四海所无，行舟至此，莫不股栗。是则越国鄙远，尤知其难，迥非西北口外得以纵辔长驱之比[11]。又闻该国现系女主，在位四载，年仅二十，其叔父分封外埠，恒有觊觎之心[12]。内顾不遑，窥边何暇？惟其贸易夷商，向在他国往往争占马头，虽无国

英国对外侵略，乃贸易商人私约兵船攻夺，并无国主之命，"万不敢以侵凌他国之术窥伺中华"。

主之命，亦可私约兵船前往攻夺，得一新地，则许出资之人取利三十年，乃归其主，故于贸易之处，辄起并吞之心。如夷洋所谓新埠、新嘉坡等处[13]，皆其数十年来侵踞之地，距广东海程不过旬日。占得一处，则以夷目镇之。蚕食之心，由是日肆，而畏强欺弱，是其秉性所成。当嘉庆十三年图占澳门之先，曾以七船夷兵图夺安南东京之地[14]，被安南人诱入浅港，乘夜火攻，七船俱成灰烬，从此遂不敢进窥一步。今其商船条约尚有不许近安南马头之语，其为创巨痛深可知。即同在粤省贸易之米利坚等国夷人，皆言英国不知好丑，但受制压，盖亦深知其虚骄之习也。

臣等细察夷情，略窥底蕴，知彼万不敢以侵凌他国之术窥伺中华，而其肱篚奸谋总以鸦片为浸淫之渐[15]。当臣林则徐到粤之始，雷厉风行，该夷知臣等上秉天威，惟恐患不可测，故一经严谕，即将二万余箱和盘托出。嗣见稍为宽假，未曾僇及夷人[16]，甫定惊魂，复萌故智，遂徘徊海上，请以澳门为马头，冀逃约法之严，兼收东隅之失[17]。此又其情之大可见者也。

　　臣等前于收缴烟土册，逐箱检出夷票，交洋商译出汉文，始知其按年按月计箱编号，竟有一月之内装至一万二千数百箱者。是牵算夷地一年所发[18]，不下十余万箱。虽其售于他国者亦在此数之内，而中国总居大半。若源源再至，贻害何穷！此时绝续关头[19]，间不容发，假使新烟不缴完，须遵照新例实办一二夷人，方足以示惩创。况命案抵偿，华夷通例，乃敢宣言示众，以为英国不能与他国相同。并知臣林则徐已调两江[20]，私探起身何日。

　　值此除恶务尽之际，臣林则徐何敢意存趋避[21]，粉饰目前？邓廷桢职在海疆，亦岂敢稍存泄视[22]？屡与抚臣怡良、提臣关天培，并海关监督臣豫堃，仔细熟商，咸知该夷别无伎俩，即使私约夷埠一二兵船，如前此律劳卑，马他仑之类，并未奉该国主调遣，擅至粤洋游奕[23]，虚张声势，亦惟严防各口，总不与之接仗，一面断其薪水，使之坐困。至偏僻港口，该夷大艘断不能行，而三板小船应须防其阑入[24]。臣等察看民情，所有沿海村庄，不但正士端人衔恨刺骨，即渔舟村店亦俱恨其强梁，必能自保身家，团练抵御[25]。彼见处处有备，自必不致停留。而鸦片来源非如此严重坚持，不能永远断绝。是以臣等同操定力，意见均属相符。但该夷义律在粤多年，狡黠素著，时常购觅邸报，探听揣摩，并习闻有"边衅"二字，借此暗为恫喝，实则毫无影响，只因该国相距太远，转得影射欺人，且密嘱汉奸播散谣言，皆其惯技。凡此诡诈百出，无非希冀鸦片复行。伏乞皇上明降严旨，切责臣等务将夷船新烟查明全缴，如违即照新例惩办，彼奸夷自必靡然帖服，于杜弊清源之道实为有裨[26]。在民生永断病源，无非托一人之福祜[27]，在臣等懔肩重任，尤须仗圣主之恩威。

不揣冒昧，谨合词附片沥陈，伏乞圣鉴。谨奏。

【注释】

[1]弭：消除。贻患转足养痈（yōng）：患：祸害。痈：毒疮。成语本为养痈遗患，此处患足养痈，形容恶性循环。 [2]贵审机宜：指处理事情的关键在于审时度势，把握时机。 [3]艳：艳慕，羡慕。 [4]接仗：接触打仗。 [5]沙胶：指船在河滩水浅

处搁浅。　[6]土人：当地人。　[7]击刺：用刀剑矛戈等搏击。娴（xián）：熟练。　[8]黠（xiá）贾（gǔ）：狡猾的商人。　[9]搆兵：兴兵打仗。　[10]阑顿：即英国伦敦。　[11]越国鄙远：形容与中国相距遥远。纵辔（pèi）长驱：骑马长驱直入。辔：马缰绳。迥（jiǒng）：形容差别大。　[12]女主：指英国维多利亚女王，1837—1901年在位。觊（jì）觎（yú）：非分的希望或企图。　[13]新埠（bù）：今斯里兰卡。新嘉坡：新加坡。两地曾为英国殖民地。[14]安南：今越南。东京：越南首都河内。[15]胠（qū）箧（qiè）：撬开箱子，指偷盗。浸淫：渗透。　[16]僇（lù）：通"戮"，杀。　[17]东隅（yú）之失：借用"失之东隅，收之桑榆"，比喻先有所失，后有所得。　[18]牵算：合算起来。　[19]绝续关头：断或不断的紧要时刻。　[20]两江：指林则徐调任两江总督。　[21]趋避：躲避。　[22]泄（yì）视：轻视。　[23]马他仑：英国海军少将。游奕（yì）：又作游弋，来回巡视。　[24]阑入：擅自闯入。　[25]强梁：凶暴强横。团练：民团集训，乡兵组织。　[26]有裨（bì）：有益。　[27]祜（hù）：福。

【点评】

　　虎门销烟后，义律阻挠英商遵式具结进口贸易，又借林维喜命案挑战中国司法主权，拒不交凶，诡谋入居澳门。林则徐、邓廷桢亲赴到香山，七月十六日下令驱逐英商出澳门。二十三日，英舰窝拉疑号来粤海，次日要求进入澳门。林则徐、邓廷桢分析形势，认为英军船坚炮利，"破浪乘风，是其长技。惟不与之在洋接仗，其技即无所施"。但他低估了英军的陆战能力，认为英兵除枪炮之外，"击刺步伐俱非所娴，而其腿足裹缠，结束紧密。屈伸皆所不便，若至岸上更无能为"。呼吁严禁鸦片不动摇，允许沿海民人团练自卫，"臣等察看民情，所有沿海村庄，不但正士端人衔恨刺骨，即渔舟村店亦俱恨其强梁，必能自保身家，团练抵御。彼见处处有备，自必不致停留"。

会奏九龙洋面轰击夷船情形折

道光十九年八月十一日
（1839 年 9 月 18 日）于虎门

臣林则徐、臣邓廷桢、臣关天培跪奏，为英夷义律于出澳后[1]，率领该国夷船，以索食为名，突向师船开炮，经参将赖恩爵等奋勇抵御[2]，大挫其锋。该夷旋向澳门同知投递恳求说帖，并托西洋夷目代为转圜[3]。臣等仍当相度机宜，酌筹剿抚，先将现办情形，恭折奏祈圣鉴事：

窃照英吉利国领事义律，前因求在澳门装货不准，辄将该国新来货船阻留尖沙嘴洋面，图卖鸦片，并主令奸夷空趸任意逗遛[4]。又命案抗不交凶，给谕亦不接受。是以臣等断其接济，并勒

奏报九龙海战经过和胜仗成果。是为鸦片战争的前哨战。

兵分路严防。义律与住澳各英夷悉行迁避出澳，经臣等于七月二十四日会折具奏在案。嗣知被逐奸夷，多住尖沙嘴船上，臣林则徐、臣邓廷桢当即移驻虎门，就近调度。臣关天培自七月以来，常在沙角洋次，督领本标师船与调到之阳江、碣石两镇舟师，排日分合操练，以振军威，并加派弁兵，协防排练，添雇水勇，装配火船，以备随时调遣[5]。旋据探报：义律将该国货船中挑出较大之得忌刺士等船两只，及屡逐未出之空匪数只，一并凑集炮械，假扮兵船。又有自夷埠新来之兵船一只，番捎炮械较多，抛泊各夷船之前，恃为保护。臣等于各路水陆要口，虽已严密布置，不使一处空虚，仍谆谕领兵各员，不得轻举肇衅[6]。原冀义律早知悔悟，果能交凶缴土，将货船陆续进关，即可撤去兵防，照常贸易。

诓七月二十九日，接据大鹏营参将赖恩爵禀称[7]：该将带领师船三只，在九龙山口岸查禁接济[8]，防护炮台，该处距尖沙嘴约二十余里。七月二十七日午刻[9]，义律忽带大小夷船五只赴彼，先遣一只拢上师船，递禀求为买食。该将正遣弁兵传谕开导间，夷人出其不意，将五船炮火一齐点放。有记名外委之兵丁[10]欧仕乾，弯身料理军械，猝不及防，被炮子打穿胁下殒命。该将赖恩爵见其来势凶猛，亟挥令各船及炮台弁兵，施放大炮对敌，击翻双桅夷船一只，在旋涡中滚转，夷人纷纷落水，各船始退。稍顷，该夷来船更倍于前，复有大船拦截鲤鱼门[11]，炮弹纷集，我兵用网纱等物设法闪避，一面奋力对击。瞭见该夷兵船驶来帮助，该将弁等忿激之下，奋不顾身，连放大炮，轰击夷人多名，一时看不清楚，但见夷人急放三板下海捞救。时有兵丁陈瑞龙一名，手举鸟枪，毙一夷人，被回炮打伤阵亡。殆至戌刻[12]，夷船始遁回尖沙嘴。计是日接仗五时之久，我兵伤毙者二名，其受伤重者二名，轻者四名，皆可医治。师船间有渗漏，桅篷亦有损伤，均即赶修完整。嗣据新安县知县梁星源等禀报[13]：查夷人捞起尸首就近掩埋者，已有十七具。又渔舟叠见夷尸，随潮漂淌，捞获夷帽数顶，并查知假扮兵船之船主得忌剌士手腕被炮打断，此外夷人受伤者，尤不胜计。

道光帝朱批："可嘉之至。"

朱批："可惜。"

自此次对仗以后，巡洋舟师均恨奸夷先来寻衅，巡缉愈严。八月初五日寅刻[14]，守备黄琮等率领兵勇[15]，在潭仔洋面侦见虾笱小艇靠拢夷船一只[16]，带同引水，认明系屡逐未去之丹时那趸船，知又潜卖鸦片，当即上前查拿。该趸船水手数人即先跳入小艇，飞桨逃窜。其在船之人，正欲开炮，经黄琮等先掷火斗火罐[17]，船中火发，众夷始行走出。除凫水登岸外[18]，获解伙长工人二名，现饬审究。该丹时那趸船亦即被火烧毁，并无伤人。各据禀报前来。

臣等查英夷欺弱畏强，是其本性。向来师船未与接仗，只系不欲衅自我开，而彼转轻视舟师，以为力不能敌，此次乘人不觉，胆敢先行开炮，伤害官兵。一经奋力交攻，我兵以少胜多，足使奸夷胆落。即空趸屡驱不去，故智复萌，一炬成灰，亦可惩一儆百。

正在察看该夷动静，以筹操纵机宜。兹八月初九日接据署澳门同知蒋立昂等禀称：初七日义律潜至澳门，该同知等闻信，正欲驱逐，旋据西洋夷目代递义律说帖一纸，内写"英吉利国领事义律敬字上澳门军民府大老爷清鉴[19]：义律在粤有年，每奉大宪札行办事[20]，无不认真办理，而此次岂有别心乎！盖义律所求者，惟欲承平[21]，各相温和而已，谨此奉知"等语。并据西洋夷目，以义律恳求伊等代为转圜，欲请该同知订期与该夷目面商会议，明定章程，义律仍已回船，不敢留澳等情。臣等核其帖内，虽无狂悖语句，第自谓认真办事，而竟潜卖鸦片，庇匿凶夷，自谓岂有别心，而以索食为名，先行开炮，是其言又安可遽信！然既经此番摧挫，其懔畏之状亦已情见乎词[22]。在臣等所责其遵令而行者，亦不过缴土交凶、货船进口等事，并非苛以所难，究竟西洋夷目所请代为禀商之处，是否即能将此数事遵照办理，抑或另有干求，臣等已批饬署澳门同知蒋立昂，于会议后缕晰禀陈[23]，以凭核办。此后义律果能恪循法度[24]，不越范围，自当宣布皇仁，宽其既往；若万不得已，仍须制以兵威。臣等亦已密定机宜，蓄养精锐，于山海形胜逐一详细讲求，且察看水陆官兵，似亦皆能用命，总期上足以崇国体，下足以慑夷情，不敢稍

朱批："既有此番举动，若再示以柔弱，则大不可。朕不虑卿等孟浪，但诚卿等不可畏葸，先威后德，控制之良法也，相机悉心筹度，勉之慎之。"

畏一日之难，致贻百年之患，以仰副圣主恩威并济、中外兼绥之至意[25]。

除俟筹议复到，核明准驳，再行具奏外，所有现办情形，谨合词恭折具奏，伏祈皇上圣鉴。

再，广东沿海闾阎仍俱十分静谧[26]，各国货船照常进口，计自本年五月至今，已进二十五只，合并声明。谨奏[27]。

【注释】

[1]出澳：退出澳门。　[2]参将：清代汉军正三品武官，掌管一营军务。　[3]转圜（huán）：挽回，调停。　[4]主令：主使、指令。　[5]沙角：在广东东莞县虎门口外，形势险要，与南山的大角炮台隔海相对，为海道进入广州的门户。本标：指水师提督关天培统辖的提标水军。阳江：今阳江县。碣石：今陆丰县东南。水勇：临时招募的水兵。　[6]肇衅：开启衅端。　[7]大鹏营：大鹏在广东省南部大亚湾，当时建有营制，驻守兵丁。　[8]九龙山：在今广东省宝安县东南，属大鹏营防区。　[9]午刻：午时，上午十一时至下午一时。　[10]记名：清代官吏有功绩，在吏部或军机处记录姓名，以备升用。外委：清代在千总、把总总额以外，由督、抚、提、镇给予札付委任的绿营低级武官。　[11]鲤鱼门：在尖沙嘴东，属于大鹏营防区。　[12]殆：将近。戌刻：晚上七时至九时。　[13]新安县：今广东省宝安县。　[14]寅刻：早晨三时至五时。　[15]守备：清代绿营武官，正五品，位都司下，分领营兵。　[16]虾笱（gǒu）小艇：捕鱼捕虾的小船。　[17]火

斗火罐：火攻武器。　　[18]凫（fú）水：游水，游泳。　　[19]敬字：恭敬地呈上短信。清鉴：尊请对方阅览。　　[20]大宪：对总督、巡抚的尊称。　　[21]承平：平安相承。　　[22]懔畏之状：害怕畏惧的样子。　　[23]缕晰禀陈：有条理明晰地禀报陈述。　　[24]恪循法度：严格地遵守法令制度。　　[25]中外兼绥：兼顾中国和外国，使相安无事。　　[26]静谧（mì）：安宁平静。　　[27]道光十九年九月初五日（1839年10月11日）上谕："林则徐等经朕谆谕，谅必计出万全，一劳永逸，断不敢轻率偾事，亦不致畏葸无能也。广东大鹏营参将赖恩爵，著赏给呼尔察图巴图鲁名号，照例赏戴花翎，以副将即行升用，先换顶带。守备黄琼，著以都司即行升用，先换顶带。记名外委欧仕乾、兵丁陈瑞龙并阵亡兵弁，著该大臣等查明咨部，照例赐恤。"

【点评】

这是林则徐向道光皇帝汇报九龙海战实况的一篇奏折。1839年9月4日，英国驻华商务监督义律率领五艘兵船，在九龙洋面以索取食物为名，靠近中国广东水师巡逻船，乘人不觉，突然开炮。水师在林则徐的领导下早有准备，立即还击，附近炮台也开炮助战。经过近十个小时的战斗，英国兵船被打退。文中，林则徐不仅详细地叙述了英国侵略者蓄意挑起的这次海战的经过，而且提出要警惕义律在战败以后继续玩弄的假和谈的新阴谋。他指出，绝不能轻易相信英国侵略者所说的"惟欲承平，各相温和"的"好话"，而是要看他们在缴烟、交凶和具结三件大事上究竟有没有诚意。他认为，如果英国侵略者今后真的能"恪循法度"，仍然可以"宽其既往"，否则的话，就一定还要"制以兵威"。因此，他一面派人去同义律谈判，一面加强战备。事实证明，林则徐的这种认识和做法都是正确的。

会奏穿鼻尖沙嘴叠次轰击夷船情形折 [1]

道光十九年十月十六日
（1839 年 11 月 21 日）于虎门

臣林则徐、臣邓廷桢跪奏，为英国货船正在具结进口，被该国兵船二只拦阻滋扰，即经舟师击逐，逃回尖沙嘴，窥伺陆路营盘，复经我兵据险俯攻，叠次轰击，将尖沙嘴夷船尽行逐出，不使占为巢穴，现只散泊外洋，不敢近岸。臣等仍饬严行堵御，一面绥抚良夷，以示恩威而安贸易，恭折奏祈圣鉴事：

窃照英夷领事义律，前因抗违法度，当经示以兵威，旋据悔罪求诚，已将趸船奸夷尽驱回国，其甘结亦经议具，惟命案尚未交凶 [2]。臣等以夷情反复靡常，虽已具禀乞恩，仍将夷埠兵船暗招来粤，名为护货，恐有奸谋，业于前折奏明 [3]：

"静则严防，动则进剿，不敢稍示柔弱。"旋于九月二十八日由驿递到回折[4]。伏读硃批："朕不虑卿等孟浪，但诫卿等不可畏葸，先威后德，控制之良法也，相机悉心筹度。勉之慎之等因。钦此。"又钦奉上谕："当此得势之后，断不可稍形畏葸，示以柔弱，虽据该夷领事义律浼西洋夷目恳求转圜，但该夷等诡诈性成，外示恐惧，内存叵测，不可不防。著林则徐等相度机宜，悉力筹画。如果该夷等畏罪输诚，不妨先威后德。倘仍形桀骜，或佯为畏惧而暗布戈矛，是该夷自外生成，有心寻衅，既已大张挞伐，何难再示兵威。林则徐等经朕谆谕，谅必计出万全，一劳永逸，断不敢轻率偾事，亦不致畏葸无能也等因。钦此。"臣等跪诵之下，仰见我皇上先几洞烛，训示严明，数万里外夷情，毫发难逃圣鉴。臣等服膺铭佩，遵守弥虔。其特蒙恩赏呼尔察图巴图鲁名号[5]、并照例赏戴花翎、以副将即升先换顶带之参将赖恩爵等[6]，感激天恩，益图报效。凡在将弁士卒，亦皆感奋倍常。

提臣关天培，督率舟师，数月以来，常驻虎

门二十里外之沙角炮台，巡防弹压，间赴三十里外之穿鼻洋面，来往稽查。近日各国货船络绎具结，俱经验明带进黄埔。英国货船中首先遵结者曰弯刺[7]，亦已进埔贸易。其次遵结者曰当郎[8]，于九月二十八日正报入口。讵有该国兵船二只，于午刻驶至穿鼻，其一即七月内向九龙滋扰之士密[9]，其一则近来新到之华伦[10]，硬将已具结之当郎货船追令折回，不得进口。提臣关天培闻而诧异，正在查究间，士密一船辄先开放大炮，前来攻击。关天培亟令本船弁兵开炮回击，并挥令后船协力进攻。该提督亲身挺立桅前，自拔腰刀，执持督阵，厉声喝称："敢退后者立斩。"适有夷船炮子飞过桅边，剥落桅木一片，由该提督手面擦过，皮破见红。关天培奋不顾身，仍复持刀屹立，又取银锭先置案上，有击中夷船一炮者，立刻赏银两锭。其本船所载三千斤铜炮，最称得力，首先打中士密船头。查夷船制度与内地不同，其为全船主宰者，转不在船尾而在船头，粤人呼为头鼻，船身转动得此乃灵，其风帆节节加高，帆索纷如蛛网，皆系结于头鼻之上。是日士密船

十一月初八日（12月13日）道光帝硃笔旁批："可嘉之至！"

头拨鼻拉索者，约有数十夷人，关天培督令弁兵对准连轰数炮，将其头鼻打断，船头之人纷纷滚跌入海。又奏升水师提标左营游击麦廷章[11]，督率弁兵，连轰两炮，击破该船后楼，夷人亦随炮落海，左右舱口间有打穿。华伦船不甚向前，未致受创。接仗约有一时之久。士密船上帆斜旗落，且御且逃，华伦亦随同遁去。我军本欲追蹑，无如师船下旁灰路，多被夷炮击开，内有三船渐见进水，势难远驶。而夷船受伤只在舱面，其船旁船底皆整株番木所为，且全用铜包，虽炮击亦不能遽透，是以不值追剿。收军之后，经附近渔艇捞获夷帽二十一顶，内两顶据通事认系夷官所戴，并获夷履等件，其随潮漂淌者尚不可以数计。我师员弁虽有受伤，并无阵亡。惟各船兵丁，除中炮致毙九名外，有提标左营二号米艇，适被炮火落在火药舱中，登时燃起，烧毙兵丁六名，继已扑灭。又有受伤之额外黄凤腾，与受伤各弁兵，俱饬妥为医治。

此次士密等前来寻衅，固因前在九龙被击，意图报复，而实则由于义律与图卖鸦片之奸夷暗中指使。臣等访知义律，于该国烟土卖出一箱，有抽分洋银数十元，私邀夷埠兵船前来，以张声势。每次送给劳金数至巨万，到粤后，全船伙食皆从各货船凑银供给。无非恃其船坚炮利，以悍济贪。臣等并力坚持，总不受其恫喝。所定具结之令，虽据义律勉强遵依，但不肯缮写"人即正法"字样，而九月间复有该国富商数人至澳门集议，又谓义律但虑人之正法，而各商尤虑货之没官，反复刁难，迄无定议。所喜该国犹有良夷，如弯剌、当郎两船，屡谕之余，颇知感悟，甫与他国夷商一体遵式具结，臣等加意优奖，冀为众夷之倡。而义律与该国奸夷，恐此结具后鸦片绝不能来，遂痛恨该二船之首先遵具，怂恿士密等兵船与之寻衅生事。因弯剌已进口内，无可如何，探知当郎入口之时，赶来追捉，适我师在口外弹压，辄敢开炮来攻。是滋扰虽系夷兵，而播弄实由义律。诚如圣谕："佯为畏惧，暗布戈矛，自外生成，不得不大张挞伐。"经提臣关天培统师攻击，虽已逃窜不遑，究以师船木料不坚，未便穷追远蹑，则仍须扼其要害，务使可守可攻。

　　查该夷船所泊之尖沙嘴洋面，群山环抱，浪静风恬，奸夷久聚其间，不惟藏垢纳污，且等负隅纵壑，若任其踞为巢穴，贻患曷可胜言。臣等自严断接济以来，已于尖沙嘴一带择要扎营，时加防范，本意只欲其畏威奉法，仍听贸易如常，原不忍遽行轰击。而乃抗不具结，匿不交凶，迨兵船由穿鼻被创逃回，仍在该处停桅修理，实难容其负固，又奚恤其复巢。

　　节据派防各文武禀称：尖沙嘴迤北，有山梁一座，名曰官涌[12]，恰当夷船脊背之上，俯攻最为得力。当即饬令固垒深沟，相机剿办。夷船见山上动作，不能安居，乃纠众屡放三板，持械上坡窥探。即经驻扎该处之增城营参将陈连陞、护理水师提标后营游击之守备伍通标等，派兵截拿，打伤夷人二名，夺枪一杆，余众滚崖逃走，遗落夷帽数顶。九月二十九日，夷船排列海面，齐向官涌营盘开炮，仰攻数次，我军扎营得势，炮子不能横穿，仅从高处坠下，计拾获大炮子十余个，重七八斤至十二斤不等。官兵放炮回击，即闻夷船齐声喊叫，究竟轰毙几人，因黑夜未能查数。十月初三日，该夷大船在正面开炮，而小船抄赴旁面，乘潮扑岸，有百余人抢上山岗，齐放鸟枪，仅伤两兵手足，被增城右营把总刘明辉等率兵迎截，砍伤打伤数十名，刀棍上均沾血迹，夷人披靡而散，帽履刀鞘遗落无数，次日望见沙滩地上掩埋夷尸多具。初四日，夷船又至官涌稍东之胡椒角，开炮探试，经驻守之陆路提标后营游击德连将大炮抬炮一齐回击，受伤而走。

臣等节据禀报，知该处叠被滋扰，势难歇手，当又添调官兵二百名，派原任游击马辰，暨署守备周国英、把总黄者华，带往会剿。复思该处既占地利，必须添安大炮数位，方可致远攻坚，复与提臣挑拨得力大炮六门，委弁解往，以资轰击。并派熟悉情形之候补知府南雄直隶州知州余保纯，带同候补县丞张起鹍驰往，会同新安县知县梁星源，相度山梁形势，妥为布置。复札驻守九龙之参将赖恩爵、都司洪名香、驻守宋王台之参将张斌，亦皆就近督带兵械，移至官涌，并力夹击。兹据会禀：十月初六日，该文武等均在官涌营盘会同商定，诸将领各认山梁，安设炮位，分为五路进攻：陈连陞、伍通标、张斌各为一路，赖恩爵及马辰、周国英、黄者华为一路，德连、洪名香为一路，该县梁星源管带乡勇前后策应。晡时，夷人在该船桅上窥见营盘安炮，即各赶装炮弹，至起更时连放数口打来，我军五路大炮重叠发击，遥闻撞破船舱之声，不绝于耳。该夷初犹开炮抵拒，迨一两时后，只听伊哑叫喊，竟无回击之暇，各船灯火一时灭息，弃碇潜逃。初七日天明瞭望，约已逃去其半，有双桅三板一只在洋面半沉半浮，余船十余只退远停泊，所有篷扇桅樯绳索杠具，大都狼狈不堪。该文武等因夷船尚未全去，正在查探间，即据引水等报称：查有原扮兵船在九龙被炮打断手腕之得忌剌士[13]，及访明林维喜命案系伊水手逞凶之多利两船[14]，尚欲潜图报复。该将领等因相密约，故作虚寂之状，待其前来窥伺，正可痛剿。果于初八日晡时，多利并得忌剌士两船，潜移向内，渐近官涌，后船十余只相随行驶。我军一经瞭见，仍分起赶赴五路山梁，约计炮力可到，即齐放大炮，注定头船攻击，恰有两炮连打多利船舱，击倒数人，且多落海漂去者。其在旁探水之夷划一只，亦被击翻。后船惊见，即先折退，而多利一船尤极仓皇遁去，无暇回炮。

计官涌一处，旬日之内，大小接仗六次，具系全胜。惟初八日晚间，有大鹏营一千斤大炮放至第四出，铁热火猛，偶一炸裂，致毙顺德协兵丁二名。除与穿鼻洋面阵亡兵丁及受伤兵内，如有续故者，一体咨部请恤外。现据新安县营禀，据引水探报：士密、华伦兵船，义律三板，暨英夷未进口大小各船，自尖沙嘴逃出后，各于龙鼓、筲洲、赤沥角、长沙湾等处外洋四散寄泊。查粤省中路各洋，为汉夷通商总道，虽皆可许泊舟，亦须察看形势，随时制驭。即如道光十四、五年间，夷船借称避风，辄泊金星门，该处地属内洋，不得任其逼处，经臣邓廷桢严行驱逐，至今不敢进窥。年来改泊尖沙嘴，只于入口之先、出口之后，暂作停留，尚无妨碍。今岁占泊日久，俨有负固之形，始则抗违，继且猖獗，是驱逐由其自取，并非衅自我开。此次剿办之余，于澳门既不能陆居，于尖沙又不能水处，苟知悔悟，尽许回

同日硃笔旁批："不应如此，恐失体制。"

头。若义律与士密等尚以报复为心，则坚垒固军，静以待之，亦自确有把握，不敢轻率畏葸，致失机宜。

　　至贸易一事，该国之国计民生皆系于此，断不肯决然舍去。若果英夷惮于具结，竟皆歇业不来，正米利坚等国之人所祷祠而求，冀得多收此利者。与其开门揖盗，何如去莠安良。而良莠之所以分，即以生死甘结为断。臣等现又传谕诸夷，以天朝法纪森严，奉法者来之，抗法者去之，实至公无私之义。凡外夷来粤者，无不以此为衡，并非独为英吉利而设。此时他国货船，遵式具结者，固许进埔，即英国货船，亦不因其违抗于前，而并阻其自新于后。又如英国弯剌之船，已在口内，闻有穿鼻、官涌之役，难免自疑。臣等谕令地方印委各员，谆切开导，以伊独知遵式具结，查明并无鸦片，洵属良夷，不惟保护安全，且必倍加优待。复经海关监督臣豫堃，亲至黄埔验货，特传弯剌面加慰谕，该夷感激涕零。惟当郎一船，被士密吓唬之后，尚未知避往何处，臣等饬属查明下落，护带进埔。倘士密兵船复敢阻挡，仍须

同日硃笔旁批："虽有把握，究非经久之谋。"

同日硃笔旁批："所见甚是，而所办未免自相矛盾矣。"

同日硃笔旁批："恭顺抗拒，情节虽属不同，究系一国之人，不应若是办理。"

示以兵威，总期悉就范围，仰副圣主绥靖华夷之至意。

现在沿海间阎照常安贴，堪以上慰宸怀。所有现办情形，谨会同广东巡抚臣怡良、水师提督臣关天培、粤海关监督臣豫堃，恭折具奏，伏乞皇上圣鉴。谨奏。

【注释】

[1] 穿鼻：即穿鼻洋，在珠江口外。　[2] 命案：即林维喜命案。道光十九年五月二十七日（1839 年 7 月 7 日），英船"卡那蒂克"（Carnatic）号和"曼加罗尔"（Mangalore）号约三十名水手在九龙尖沙嘴村酗酒行凶，打伤多人，村民林维喜伤重于次日殒命。案发后，义律收买尸亲，掩饰事实，拒绝交凶，并于七月初四日（8 月 12 日）在"威廉要塞"（Fort William）号上自设法庭，对商人陪审团提出的谋杀起诉状不予受理，只判五名水手监禁三至六个月并处罚金，送回英国执行。但英国政府并未授予义律设立法庭的权力，审判无效，这五名水手回到英国后即被释放。　[3] 前折：指道光十九年九月二十八日（1839 年 11 月 3 日）林则徐拜发的《英国趸船及应逐烟贩现已驱逐并饬取切结情形折》。　[4] 回折：指道光十九年八月十一日（1839 年 9 月 18 日）拜发的《会奏九龙洋面轰击夷船情形折》。　[5] 巴图鲁：满语"勇士"音译。清代用作封号，赐给屡立军功者，名为"勇号"，有清字勇号和汉字勇号之分。呼尔察图巴图鲁属清字勇号。　[6] 赖恩爵：广东水师大鹏营参将。九龙之战时，指挥九龙炮台和师船反击英国武装挑衅。　[7] 弯剌：英国"担麻士噶"（The

Thomas Coutts）号船主 Capt.Warner。他于道光十九年九月初八日（1839年10月14日）具结，进黄埔港贸易。　[8] 当郎：英国"皇家萨克逊"（Royal Saxon）号船主。　[9] 士密：英舰"窝拉疑"（Volage）号舰长 Capt.H.Smith。"窝拉疑"号于道光十九年七月二十三日（8月31日）驶抵广东海域，七月二十七日（9月4日）参与九龙洋面的武装挑衅。　[10] 华伦：英舰"海阿新"（Hyacinth）号舰长 Warren。"海阿新"号比"窝拉疑"号迟近一个月抵达广东海域。这两艘军舰系英印总督奥克兰（Lord Auckland）应义律要求派出的增援部队。　[11] 麦廷章（1802—1841）：广东鹤山（今鹤山市）人。时任水师署提标左营游击。次年赏戴花翎，加参将衔。道光二十一年二月初六日（1841年2月26日）虎门炮台保卫战中阵亡。　[12] 官涌：即官涌山，在今香港九龙尖沙嘴之北。　[13] 得忌剌士：英国武装商船"甘米力治"（Cambridge）号船长 Douglas。　[14] 多利：英船"曼加罗尔"（Mangalore）号船长。

【点评】

　　虎门销烟后，义律阻挠英商遵式具结进口贸易，又借林维喜命案挑战中国司法主权。道光十九年七月二十七日（1839年9月4日），义律挑起九龙之战，继又于九月二十八日（11月3日）至十月初八日（11月13日）连续在穿鼻洋面和官涌一带，进行武装挑衅。这几次中英前哨战，拉开了鸦片战争的序幕。林则徐与邓廷桢在此折中报告穿鼻官涌交战情形，和采取"奉法者来之，抗法者去之"的策略，欢迎遵守中国法律的各国商人前来经商，对以前犯法的英商也"苟知悔悟，尽许回头",绝"不因其违抗于前,而并阻其自新之后"。但这一策略为道光帝所否定。十一月初八日(12月13日)道光帝下旨:"著林则徐等酌量情形,即将英吉利国贸易停止,所有该国船只,尽行驱逐出口,不必取其甘结。其殴毙华民凶犯,亦不值令其交出。当郎一船,毋庸查明下落。并著出示晓谕各国,列其罪状,宣布各夷。"

复奏遵旨体察漕务情形通盘筹画折

道光十九年十一月初九日
(1839年12月14日)于广州

奏为遵旨体察漕务情形[1],通盘筹画,恭折复奏,仰祈圣鉴事:

窃臣承准军机大臣字寄:"七月初四日奉上谕:'前据金应麟奏请将漕运事宜量为变通[2],已有旨交两江总督、江苏巡抚等妥议具奏矣。著陈銮、裕谦即将原奏内所指各情节[3],体察情形,通盘筹画,仍俟林则徐到任后,再行会商,务臻妥善,据实具奏。将此谕令知之。钦此。'"臣因奉差在粤,未见金应麟原奏,请俟江苏省将原奏咨到,即当体察筹议,先于八月内附片奏闻在

奉旨奏陈整顿变通漕运事务办法。

案。嗣准署江苏巡抚布政使臣裕谦，抄录金应麟原奏移咨到粤。

臣细阅奏内所陈查办六条，处分一条，皆办漕切要之事，自应大加整顿，力挽积疲。而其附片采访见闻，亦不得已而求变通之法。惟是漕务势成积重[4]，如医家之治久病，见证易而用药难。盖他端政事，只求官与民两相安而已，独漕务则粮户输之州县，州县兑之旗丁[5]，而旗丁领运于南，斛交于北[6]，则又有沿途闸坝与通仓经纪操其短长[7]，故弊常相因而事难独善。即论病根所起，南北亦各执一词。以北言南，则谓州县浮收，以致旗丁勒索，旗丁勒索，以致到处诛求[8]。而以南言北，又谓旗丁既被诛求，安得不勒索，而州县既被勒索，安得不浮收，每以反唇相稽，鲜能设身处地。于是官与民竞[9]，丁与官竞，即官与官亦各随其职掌以顾考成，而无不相竞。而凡刁生、劣监、讼棍、包户、奸胥、蠹役、头伍、尖丁、走差、谋委之徒，亦皆乘机挟制，以衣食寝处于漕[10]。本图私也而害公矣，本争利也而交病矣。原奏谓近年州县临漕规避，挟制上司，

莫可谁何，此亦难免之事。盖宽之，固不啻教猱
升木[11]；即严之，亦不过掩耳盗铃。各处类然，
而苏、松为尤甚。苏、松之漕果治，则他处当无
不治。臣前在苏省，虽历五次冬漕，只求无误正
供，实不敢言无弊。兹奉谕旨敕议，谨忆往时所
历情形，与原奏互相参酌，分拟四条，或正本清
源，或补偏救弊，或为补救外之补救，或为本
源中之本源，近则先计一时，远则勉图经久[12]。
不揆固陋，谨逐条另缮清折，恭呈御览，伏候圣
裁。惟差次未带案卷[13]，窃恐记忆舛讹[14]，如
蒙圣明采择，可否发下署两江总督臣陈銮、署江
苏巡抚臣裕谦，核对案据，并将本届冬漕有无堪
以照办之处，斟酌具奏，请旨定夺。

　　是否有当，谨缮复奏，伏乞皇上圣鉴训示。
谨奏。

　　谨将筹议漕务四条，缮具清折，恭呈御览。

一、正本清源，
县督帮收。

　　一、议正本清源。必使自南至北皆无例外苛
求，然后可以杜州县之浮收，绝旗丁之勒索。要
不能专禁一处，故其事极难。然果法在必行，则
亦不敢因难而阻也。臣窃拟一简便之法，曰县督

帮收[15]。缘州县一经开仓，则逐日用度不胜枚举，不独帮费繁重已也。与其进仓出仓，时日耽延，耗费无算，何如合收兑为一事，就粮船为仓廒[16]。查每年重运过后，本次总有减歇及届造之船，先令依限修造，一经开漕，先以此船收米，回空到后，速催修舱[17]，接续贮收。收完一船，即取一船关结，先开离次[18]。州县于岸上搭盖篷厂，令花户斛米交船[19]，丁与民相授受而官监之，务使平斛响挡，颗粒不得浮加，其米色之高低，胥由州县持平[20]，不任旗丁欺压。盖在官既无沾染[21]，则理直气壮，即禁止令行，不但旗丁无敢刁难，即索规包抗之徒皆可执法从事，而小民胥免浮折，征收可决公平矣。

惟就中窒碍者有三：一则春筛白粮[22]，采买糯米，一切夫工折耗口袋麻绳，向由州县津贴。一则逃亡绝户，废地老荒，向由州县垫补。一则票册纸张，夫役饭食，篷厂薪烛，向由州县措办[23]。一收新漕，皆无从挹注。但能责州县以洁己，不能责州县以解囊，即帮费不花一钱，而亏漕误运之患自若，况重船不能不胫而走，又人所共知者乎。不得已仍仿成法而变通之。

溯查丁代民劳之始，每石原有耗米六斗六升，办运极为充裕，嗣将耗米划出四斗，起运归公，其余二斗六升折征银一钱三分，由粮道批解仓场衙门[24]，以充支放公用，故有二六轻赍之名[25]，而丁不与焉。又有筛飏耗米一款，每石给二升七合有零，专以贴丁，嗣则奏准米归通仓，其贴丁之款由县折银支给。复有漕赠一款[26]，正耗二米每石赠银一钱，改兑之米每石赠银五分，原由粮户津贴旗丁，故谓之赠。迨后此款内每石划出二十七文分给北坝[27]，名曰个儿钱。又于雍正七年，前大学士尹继善奏准革除江苏漕弊[28]，每米一石津贴银六分，半归旗丁，半归州县，近闻此款专归丁收。凡此皆贴漕之大略，或载《全书》，或见部案[29]，班班可考，今果力办清漕，似须统核仓场经纪以及旗丁、州县每处应得漕务款项，实有若干，其用度万不可少者若干，彻底查明，通盘筹画。凡有可以取资之款，各支各用，彼此不许侵克。其实在无从设措者，即不得不参酌成法，仍著粮户贴银。盖完米既颗粒无浮[30]，则粮户受益不少，而县帮办公掣肘之处，粮户亦无不周知。从前中外条陈[31]，每有八折收漕之议，事多流弊，自不可行。若仿尹继善奏准章程，参考历来成案，比较现在情形，则每石酌贴银三四钱，似亦不诡于正[32]。可否责令各府州细加察看，由司道议详[33]，督抚分别奏明，予以限制，将大小户一律征收，比之目下完漕，定可减轻过半。如县帮再有婪索，粮户再有抗延，以及后手之尖丁，白规之生监[34]，惟有尽法痛办而已。

虽然，疲帮军船不得不裁汰也[35]。查江淮、兴武二帮[36]，因无屯田，疲名久著，然尚有造费贴息。其最不堪者，如太仓后帮、滁苏帮、太河二三帮，债积巨万，船坏八九，不调剂不能出运，即调剂亦无完肤[37]。且孤寡废疾之流皆其债主，沿河拦索以累百计，故津贴到手即罄[38]，而开行数里即停。索债者认船不认人，谓之黑帐，惟船去然后债去。虽定例各帮额船不许缺少，然负重洒带[39]，雇募买补，与夫加一免雇，亦例内所许通融者。与其强留之而各帮效尤，何如酌减之而米归洒带，抑或减疲帮之额以添殷帮之船[40]，似宜责成粮道体察办理，勿以原额拘之，庶可悉归完善矣。

虽然，闸坝关缆不得不酌减也[41]。查重运挽过清江浦，向称三闸五坝[42]，每船关缆夫钱不过十余千至二十余千为止。嗣因清江一闸亦难挽放，而临黄各坝复有加添，道光二年前漕臣李鸿宾所定木榜[43]，则称四闸九坝。近年复加至十四坝。每处关缆皆以头、二、三进为差，年增一年，每船渡黄，需钱百余千至百数十千不等[44]。固由水势湍急，而夫头之乘危勒诈，委员之暗地分肥，薄人于险，实为可恶，欲除其弊，先须大减委员，留一二实心者[45]，专其责成，以每日所放船数分勤惰，以所放之有无失事核功过，其坝座设法减少，关缆夫钱悉定其数，刊榜晓谕。此外沿途各闸，亦皆照行，如有讹诈，立置于法，似可以杜其弊。

虽然，候补卫弁不得不甄别也[46]。捐纳卫官，分发到淮图差使者，无非图规费耳[47]。从前自南而北，漕委不过二十余人，迨道光七年奏

定重运不得过四十员，回空不得过二十八员，至
十六年又有不得过八十员之奏，总由候补人众，
难令空闲。然与其调剂而累丁，何如酌留而汰冗，
或量其膂力改补营职，或按其捐数量改佐杂[48]，
似亦可以疏通矣。

虽然，通仓使费不得不核实也。查通仓经纪，
以米为生，凡米之好丑，斛之赢缩，俱不难随手
改移，故费足则秕稗亦珠玑[49]，费不足则釜钟
当升合。不独旗丁惟命是听，即各省粮道恐亦莫
可如何，惟赖本管官为之裁制而已。查粮船有带
北存公一款[50]，本系从帮费内划出，以为坝费。
闻近年存公款银每不敷用，以致坝债愈多，则累
丁之故可想。似宜准令各帮旗丁于抵通交米后，
将经纪有无勒索，禀知该管粮道，即由道汇取丁
结，径揭部科一次[51]。如有指出赃款，准予查
办按实者，置之重典，或可互相钤制。至赋出于
田，理宜清丈顷亩，以除寄庄飞洒之弊[52]；丁
起于屯，理宜稽核卫地，以裕贴造赡运之资。此
亦本源之所应治，而不能期诸旦夕，似当从容以
理之者也。

二、补偏救弊，在县在帮，各有六事。

一、议补偏救弊。漕务已成积重，若一时不能骤改，亦须补救有方。金应麟原奏所陈，本已详悉。兹臣所议，有于原奏中融会者，有于原奏外推详者，在县在帮，各有六事。

一则核旧章以去太甚也。查苏、松粮户向分大小，而收数因有短长[53]，大户愈占便宜则小户愈受苛刻，彼此相较，有数十等之差。于是小户效尤，亦诡寄于大户[54]，而办漕愈难矣。今虽未能遽令画一，断不可过于偏枯[55]。该管府州耳目切近，应令确查所属州县历年收兑旧章，援以为准，不及者曲在民，太过者曲在官，随地随时，持平核办。至近年祠堂公产假托者多，即义产息田[56]，亦窃善举之名，以遂短漕之计。应令散归各户，照众征完，以杜影射[57]，有挟制者罪之，总以去其已甚为主。

一则治经造以除弊窦也。查近岁完漕，不但征新，且多带旧，其中分年分限，各届完数不同，民间要见由单[58]，始可照数完纳，而阖县粮户多者数十万，少亦十数万，一切完带之数，琐碎畸零，官吏难以周知，不得不假手于里甲庄差，统名谓之经造[59]。而若辈居为奇货[60]，不以实征户册与官，不以易知由单与民，私折暗包，以完作欠。迨至兑漕紧急，硬将短数交官，而加贴之多，早经肥己，迟误把持，莫此为甚。应令州县于开漕之先[61]，速将由单散给，并将给单日期出示通谕，各粮户如五日内单未到手，许控经造，若单到手而不完纳，另差查催。倘已由经造折收匿不禀官者，一经发觉，立办重罪。

一则清讼米以杜抗延也[62]。查收漕之事，固少持平，而告讦之人[63]，总非善类[64]，无粮而上控则索规可知，有粮而上控则躲避可知，控案固须审明，正供岂容借抗？应将上控之粮户，由赴诉衙门押令到仓交完本名下米石，始行准理[65]。

一则稽丁胥以凭惩蠹也[66]。查漕书、记书、仓差、斗级，以及管仓、管廒、家人，皆不能不用，若辈莠多良少，非鱼肉百姓，即侵盗本官，飞串洒米、搬户挂筹等弊难以枚举[67]。甚且结尖丁而分肥于后手，引讼棍而调处以居间，破案即逃，浮踪莫捉。应先责令州县将此等的实姓名、年贯、住址并其家属、亲丁，详列册内，送该管府州复查，一有弊端，立即提究。如查造不实，提拿不到，惟该州县是问。至总运厅差，亦须裁减，并永禁坐仓[68]，以免勾结滋弊。

一则严截串以杜豫亏也[69]。州县阘茸之员[70]，间有漕前先截板串，或挪解下忙钱粮，或垫办修仓铺底，其串或给书差，或付钱铺，无非明亏暗损，挖肉补疮，至临漕而无所措手矣。更有不肖之员，暂时署事，将值交卸，赶将善区美户，截串先征，此为营私误公之尤，必须重办。

一则消漕尾以实库贮也。江苏漕额之大，有一县而可抵湖南、北一省者，漕船催开紧急，断不能守待阘县疲户一律全完，故州县垫漕[71]，万不能已，所谓漕尾是也。惟其恃有现存未征之串，得交后任接征，而后任又以新届钱漕为亟，未遑兼顾，一辗转间，旧串流交，久之几成废纸。应责令州县，按年分月带征二成，征不足者著赔，则虽往复乘除，总无五年以外之漕尾，而库款庶免虚悬[72]。至有一种取巧州县，将短缩太甚之大户故意不征，留作漕尾移交者，察出特参，与大户一同惩办，庶可示儆。此在县之六事也。

其在帮者，亦有六事：

一则复冬兑以符趱限也[73]。查漕船例应冬兑冬开，嗣因节节为难，不能悉符旧制，近年叠奉谕旨，统限四月初十以前，全数趱至清江，渡黄北上，定须懔遵钦限，不得刻逾[74]。但冬间若不多兑，春间必不能早开，而旗丁惯以米色为词，停兑议费[75]，且其意欲令米石在县仓发热过后，始行上船，故兑愈疲而费愈重，漕亦愈迟。嗣后冬间，须尽县中所收之米全行兑帮，不得任丁刁揢，庶来春只须找兑，差可速漕矣[76]。

一则按兑米以给津贴也。帮费即不能遽裁，而频岁叠加，何以为继？惟当钦遵嘉庆二十二年九月所奉谕旨，统以米石多寡，按水次旧章[77]，酌给津贴，作为一定限制，如再格外需索，即当治罪。而给付之法，总惟兑一石之米，给一石之费，如兑多给少，不依州县，给多兑少，不依旗丁，有逐日兑单为凭，自足以昭公允。至于未兑以前，责在州县，既兑以后，责在旗丁，历奉谕旨严明，定须敬谨遵守。若兑竣之后，勒揢通关[78]，及空船先开，随后赶米，皆旗丁误漕大弊，必须重治其罪。

一则别虚船以昭核实也。查加一免雇及轮减存次之船，并不受兑出运，而仍给与行月苦盖[79]，已属格外从优，岂得复争津贴。应查照从前奏案，此项虚船，不准混索帮费，致全帮延缓开行，如违即当严办。

一则实行月以防正亏也。查旗丁行月米粮，皆计口授食之需，升合不容短少。乃近闻县帮串合折干[80]，每船有折米数十石及百余石不等。独不思沿途食米不足，致亏正粮，谁执其咎[81]？嗣后水次如有此弊，县帮一体治罪。

一则惩水手以节身工也。粮船水手有额雇在船者，有游帮短纤者，总之皆凶很之徒，或师傅盘踞老堂，或头船勒荐伙党[82]。偶遇风水阻滞，即借端勒加身工，甚至殴丁折舱，大为帮累。近年叠经严办，略见敛戢。嗣后如有勒加身工之水手，即于所在地方尽法惩创，不稍姑息，毋使旗丁被累，方免误公。

一则定轮开以齐跨兑也。苏、松等属，向有

调帮章程，原使酌剂均平，而船数米数，不能恰合，故一县之米有兼兑数帮者，一帮之船又有跨兑数县者，与其按县全开，不如按帮为便。应饬粮道排定日期，每县先轮一帮开行，周而复始，其跨兑者合轮数县，遂齐一帮，以免参差，似亦可以速漕利运。此在帮之六事也。

一、议补救外之补救。查原奏片称：兑费断不能减，南粮恐不能来。有谓宜于粮船大修时将改小，以一分二，即免剥费闸费[83]。有谓宜于淮上建廒贮米[84]，即令小船运京。有谓宜令苏、松、常、镇、杭、嘉、湖等府，逐年试办海运，仍将兑费提存藩库。此三者皆不得已而求变通之法也。臣查中途建仓以利转盘，与古之洛口仓相仿[85]，本系成法。但核计一廒贮米约五六百石，大者亦止千石，以南漕四百万石计之，每廒贮一千石，即须廒座四千，就令减半转运，二千廒亦不可少，经费殊觉浩繁，且淮上逼近河湖，亦恐难以择地。若粮船以一分二，过闸既觉轻灵，遇浅又免盘剥，诚利运恤丁之善策。然查南漕起运之船约有四千只，其中本已区分大小，江广

三、补救外之补救，实施海运南漕。

之船最大[86]，浙次之，苏又次之。缘江广重运，直下长江，小船难禁风浪。若江浙之船改小而江广不改，则闸河磨浅起剥，仍费周章。且即江浙之船，所载正漕照例只四百石，此外则为加载负重，而又有例准携带土宜[87]，自不能强小船以受大船之载。若因改船，而船数骤加一倍，是欲去累而累转增矣。且大修较之折造，例限尚隔三年，领项亦少三分之一，当大修而令其折造，丁必借口抗延，尚有未届大修者尤不能一律勒改。是一帮之船有大有小，既难稽核，而剥费亦所省无几，是以臣未敢轻议更张也。

窃谓三者之中，惟海运曾经办过，尚有成案可循，若按候放洋，得乘南风北驶，春、夏二季中，一船必可两运。如以涉险为虑，则沙船往来关东[88]，每岁以数千计，水线风信皆所精熟，只令装载六七分，已合松舱之数[89]，则风暴无虞也。如虑米石出洋易滋影射，查南北洋面，沙船鸟船各有所宜[90]，本难越驶。倘恐萑苻窃发[91]，自应护以舟师，且每岁沙船所运关东豆石杂种，不知凡几，奚独于载米而疑之。海运若行，或以官运，或以商运，或运正供额漕，或运采买米石，尚当细酌情形，另行从长计议。惟原奏有将兑费提存藩库，以实库项之议。查道光六年办理海运，雇募沙船，每石给价七钱，若兑费另提，则雇资安出？且既明提兑费，又奚能禁止浮收？如谓轮年提费补亏，正恐一年提存难补节年亏缺，若提者自提，亏者自亏，于事仍恐无济。大抵海运尚属可行，而所以行之者不同，设或规费渐增，亦与河运奚择？惟现在河运甚形棘手，未卜日后如何，而海道直捷易通，亦不敢不豫留地步[92]。如蒙饬令议行，容臣到两江之任，再与江苏抚臣及司道等详细筹商，会同具奏，请旨定夺，理合声明。

一、议本源中之本源。臣愚窃惟国家建都在北，转粟自南，京仓一石之储，常縻数石之费，循行既久，转输固自不穷，而经国远猷[93]，务为万年至计，窃愿更有进也。恭查雍正三年命怡贤亲王总理畿辅水利营田[94]，不数年垦成六千余顷。厥后功虽未竟，而当时效有明征，至今论者，慨想遗踪，称道勿绝。盖近畿水田之利，

四、本源中之本源，兴修畿辅水利农田。

自宋臣何承矩[95]，元臣托克托[96]、郭守敬[97]、虞集[98]，明臣徐贞明[99]、邱浚[100]、袁黄[101]、汪应蛟[102]、左光斗[103]、董应举辈[104]，历历议行，皆有成绩。国朝诸臣章疏文牒，指陈直隶垦田利益者，如李光地[105]、陆陇其[106]、朱轼[107]、徐越[108]、汤世昌[109]、胡宝瑹[110]、柴潮生[111]、蓝鼎元[112]，皆详乎其言之。以臣所见，南方地亩狭于北方，而一亩之田，中熟之岁，收谷约有五石，则为米二石五斗矣。苏、松等属正耗漕粮，年约一百五十万石，果使原垦之六千余顷修而不废，其数即足以当之。又尝统计南漕四百万石之米，如有二万顷田即敷所出[113]。倘恐岁功不齐，再得一倍之田，亦必无虞短绌。而直隶天津、河间、永平、遵化四府州可作水田之地，闻颇有余，或居洼下而沦为沮洳[114]，或纳海河而延为苇荡[115]，若行沟洫之法，似皆可作上腴[116]。臣考宋臣郏亶、郏乔之议[117]，谓治水先治田，自是确论。直隶地方，若俟众水全治而后营田，则无成田之日。前于道光三年举而复辍[118]，职是之故。如仿雍正年间成法，先于官荡试行，兴工之初，自须酌给工本，若垦有功效，则花息年增一年[119]。譬如成田千顷，即得米二十余万石，或先酌改南漕十万石折征银两解京，而疲帮九运之船[120]，便可停追十只。此后年收北米若干，概令核其一半之数折征南漕，以为归还原垦工本及续垦佃力之费。行之十年，而苏、松、常、镇、太、杭、嘉、湖八府州之漕，皆得取给于畿辅。如能多多益善，则南漕折征岁可数百万两，而粮船既不须起运，凡漕务中例给银米，所省当亦称是[121]。且河工经费，因此更可大为撙节。上以裕国，下以便民，皆成效之可卜者。至漕船由渐而减，不虑骤散水手之难；而漕弊不禁自除，绝无调剂旗丁之苦。朝廷万年至计，似在于此。可否饬下廷臣及直隶总督筹议酌办之处，伏候圣裁。

【注释】

[1]漕务：明清时期将南方数省的粮米通过运河运往北京，以保障京城粮食供应的一系列相关事务。　[2]金应麟（1793—1852），字亚伯，号兰汀，浙江钱塘（今杭州市）人，道光六年（1826）进士。道光十九年（1839）四月补鸿胪寺卿。　[3]裕

谦（1793—1841），原名裕泰，字衣谷，号鲁山、舒亭，姓博罗忒氏，蒙古镶黄旗人。嘉庆二十二年（1817）进士。道光十九年（1839）六月迁江苏布政使，署理江苏巡抚。　[4]势成积重：指漕务的积弊已经很严重。　[5]旗丁：清代专门运送漕粮的军丁。　[6]斛（hú）：测量粮米等多少的量器。斛交，指用斛测量后上交北运。　[7]通仓经纪：通州西仓、中仓共用经承五人。　[8]诛求：苛求、勒索。　[9]竞：指争利。　[10]讼棍：专门挑唆别人打官司而从中得利的人。包户：代别人纳粮而从中获利的人。蠹役：害民的差役。头伍：指旗丁的伍长。尖丁：船帮旗丁的头目。走差：衙役等走卒。寝处：居处，指依靠。　[11]教猱（náo）升木：猿猴爬树本不待教，教则助长其势。猱，善于爬树的猿类。　[12]勉图经久：指勉力作长久的计划。　[13]差（chāi）次：在差委的地方。这里指在广东任钦差。　[14]舛（chuǎn）讹：错误。　[15]县督帮收：在县官的监督下由船帮收粮。　[16]就粮船为仓廒：比喻直接上交粮船，省去了中间建仓储粮的环节。　[17]重运：粮船装载漕粮运往北方。减歇：轮流停歇。回空：漕粮运到通州仓后空船返回南方。修舱（niàn）：舱，用桐油和石灰填补船缝，指修理旧船。　[18]关结：通过关闸的凭证。离次：离开停船的地方。　[19]花户：指名册上缴纳漕粮的人户。　[20]胥：全部。持平：主持公平。　[21]沾染：指从中非法获利。　[22]舂（chōng）筛白粮：舂，用杵捣去谷物的外壳。白粮，明清时期在江南五府征收的糯米，供宫廷和官员食用。　[23]措办：筹划办理。　[24]粮道：即督粮道，清代于有漕粮的省份设置的专门负责督运粮的正四品道员。　[25]轻赍（jī）：加征耗米折算成银两的部分。　[26]漕赠：征收漕粮时随征赠贴银米，作为运粮军沿途运送费用，江南称作"漕赠"。　[27]北坝：通州城东有石、土两坝，各省漕粮运归京仓的在石坝起卸，

运归通仓的在土坝起卸。这里泛指两坝。　[28]大学士：即内阁
大学士。清代文官最高阶，正一品官。尹继善（1696—1771），
字元长，号望山，姓章佳氏，满族镶黄旗人。雍正元年（1723）
进士。历任江苏巡抚、江南河道总督等职，后官至文华殿大学
士。　[29]贴漕：见注[26]漕赠，每石另给旗丁的津贴。部案：
指户部的档案。　[30]完米：交纳漕粮完毕。　[31]中外：指中
央和地方。　[32]不诡于正：不违反法规、常规。　[33]司道：
指布政司和各粮道。　[34]白规：向州县讹索漕规，江阴叫白
规。　[35]疲帮：指船坏人少、实力弱小的船帮。　[36]江淮、
兴武二帮：指江淮和兴武两个卫的船帮。　[37]调剂：指调整船
只，使船帮适合运粮。无完肤：指漕船已破坏得很厉害。　[38]馨
（qìng）：尽。　[39]负重洒带：指每帮因故被抽调一部分船只去
负担其他运输任务后，因船坏原来这些船应运的漕粮，便分洒
到其他船上带运。　[40]殷帮：实力雄厚的船帮。　[41]关缆：
给与纤夫的钱。　[42]清江浦：今江苏省淮安市清江浦区。三
闸：指黄河渡口枫林闸、清江天妃闸、直隶居清闸。五坝：指
北京通州坝、黄河永安坝、高邮车罗坝、皖北五凤坝、淮河淮
安坝。　[43]漕臣：漕运总督。李鸿宾（1767—1840，一说
1767—1846）：字象山，号鹿苹，江西德化（今九江）人。嘉
庆六年（1801）进士。道光元年（1821）任漕运总督。木榜：
木牌告示。　[44]每个地方的闸坝所要给与纤夫的钱，都以头、
二、三进的船帮为别，一年比一年多。　[45]实心者：认真做事
的人。　[46]卫弁：负责运送漕粮的卫所武官。甄（zhēn）别：
审查区分。　[47]捐纳：向官府缴纳一定银钱而获得官职。分发
到淮：分到淮安任职，淮安为漕运总督的驻地。规费：一种勒索
和贿赂的陋规。　[48]汰冗（rǒng）：冗，多余的，指裁减闲散
的人员。膂（lǚ）力：体力，这里指才能的大小。佐杂：六品以

下首领官、佐贰官、杂职官的统称。　[49]秕(bǐ)稗:秕子和稗子,这里比喻漕粮质量低劣。　[50]带北存公:指从帮费内划出,由旗丁带交北坝,存入仓场衙门作为北坝使费的一部分款项。　[51]丁结:指旗丁所写关于仓场经纪有无勒索行为并承担责任的凭据。径:直接。部科:即户部户科。　[52]寄庄:地主为逃避赋役,在别地买田。飞洒:地主勾结地方官吏,把田地和赋税化整为零,分别写在贫苦农户、逃亡绝户和无地农民名下,借以逃避赋役。　[53]短长:这里指多或少。　[54]诡寄:是明、清时代纳粮小户将田附在大户名下,借以躲避州县官勒索的一种方法。　[55]偏枯:中医学上症候的名称,即半身不遂,这里指偏于苛征小户。　[56]义产息田:义产,旧时家族或地方为救济贫穷的族人或公共事务而置办的田产。息田,生息之田。旧时大家族为救助贫穷族人、祭祀祖先、提供教育等,置田收租,作为族中公产。　[57]影射:指地主把自己的部分田地冒充为祠堂公产或义产息田,借以逃避漕粮。　[58]由单:易知由单的简称,是官府发给粮户征收地丁钱粮数目的通知单。　[59]完带:指缴纳新的漕粮和带缴旧欠的漕粮。假手:利用他人为自己做事。里甲:里长和甲首。庄差:田庄差役。　[60]居为奇货:指商人把少有的货物囤积起来,高价出售,也泛指垄断某种东西向别人讨价还价。　[61]开漕:开始征收漕粮。　[62]讼米:指为索取规费或躲避征粮而上告州县应征的部分漕粮。　[63]告讦:告发别人的阴私。　[64]善类:正直善良的人。　[65]始行准理:才允许受理。　[66]惩蠹(dù):这里指惩处舞弊的人员。蠹,蛀虫,即前文所指的蠹役。　[67]斗级:过斗量米的人。串:串票,又叫截票或粮串,是征收税粮的凭证。一般有三联,一联留官府,一联给差役,一联交粮户。飞串洒米:征收粮过程中的弊病之一,即收粮人员得到粮户的贿赂之后,便不发该粮户的串票,将其应征粮米分成升斗小数，摊入其他粮户内征收。搬户挂筹：征收漕粮过程中的弊病之一，即收粮人员在得到大户的贿赂以后，便将该大户的名签挪移，或把该大户化为许多小户，或把该大户挪入小户，增加小户的负担，减免该大户的负担。　[68]总运厅差：指漕运总督所属的管粮同知、通判和各种工役人员。坐仓：坐守仓库。　[69]截：切断，指在串票用印的地方截开。豫亏：预先亏空。意为要严格截发串票以杜绝预先亏空的现象。[70]阘（tà）茸：人品卑劣或者庸碌无能。　[71]疲户：指交纳漕粮有困难的粮户。垫漕：指州县动用库款采买粮米，垫交漕粮。　[72]虚悬：这里指空挂账目。　[73]趱限：规定粮船运行的期限。　[74]不得刻逾：片刻也不能超过规定的时间。　[75]停兑议费：停止兑米而索取额外的贴费。　[76]刁揢（kèn）：刁难。差可：尚可，勉强可以。　[77]水次：停船装载漕粮的地方。　[78]勒揢通关：故意刁难，不肯出具通过关卡的凭证。　[79]苫（shān）盖：苫，用草编织成的草席等。这里指给船帮购买遮盖船舱所用布、席等的费用。　[80]折干：货物折算成银钱。　[81]谁执其咎：谁来担负这样的罪责。　[82]老堂：漕船水手秘密组织拜师收徒的香堂。头船：一船或数船水手的头目。　[83]剥费闸费：剥即剥运，将大船上的货物用小船分装，在此过程中产生的费用叫剥费。闸费：船帮过闸的费用。　[84]淮上：指淮安。　[85]洛口仓：在河南巩县，隋代大业二年（606）修建，存储东南运来之粮，然后转运至京师。　[86]江广：江西、湖北、湖南。　[87]土宜：清代规定漕船上可以装载的土产物品，交易后补贴运费。[88]沙船：江苏、山东沿海使用的一种平底帆船，在沙滩上搁浅时不易损坏。关东：指山海关以东的吉林、辽宁、黑龙江三省地方。　[89]松舱：船不载满，船舱有剩余空间。　[90]鸟船：宁波海船，形状如鱼，头部翘起，画有两只眼睛。　[91]萑（huán）

苻：《左传》载："郑国多盗，聚人于萑苻之泽。"后来将盗贼出没的地方称为萑苻。　[92]未卜：不能预料。豫留地步：预先留有余地。　[93]猷（yóu）：计划。远猷，长远计划。　[94]怡贤亲王：清康熙帝第十三子爱新觉罗·胤祥（1686—1730），雍正时封和硕怡亲王，死后谥号贤，故称怡贤亲王。　[95]何承矩（946—1006）：字正则，河南洛阳人。宋太宗时，任沧州节度副使，疏请于顺安砦西（今河北高阳东）开易河蒲口，资其陂泽，筑堤贮水为屯田。旋被任命为制置屯田使，董其役，自顺安以东，濒海东西三百余里、南北五七十里，悉为稻田。　[96]托克托：即脱脱（1314—1355），字大用。元惠宗（顺帝）时，任至右丞相。至正十三年（1353），脱脱言："京畿近水地，召募南人耕种，岁可收百万余石。"于是，西至西山，南至保定、河间，北抵檀顺，东至迁民镇，凡系官地及屯田，悉从分司农司，立法佃种，岁及大稔。　[97]郭守敬（1231—1316）：字若思，邢州邢台县（今河北邢台市信阳区）人。元世祖时任都水监，设计开凿通惠河，并修治其他河渠多处。　[98]虞集（1272—1348）：字伯生，号道园、邵庵，崇仁（今属江西抚州市）人。元泰定帝时任翰林直学士兼国子祭酒，进言：京师之东，濒海数千里，宜用浙人之法，筑堤捍水为田。听富民欲得官者，授以地。　[99]徐贞明（约1530—1590）：字孺东，一字伯继，江西贵溪（今属江西鹰潭市贵溪市）人。明隆庆五年（1571）进士。万历三年（1575）任工科给事中时，上水利议，主张仿虞集意，在北京附近开治水田，未被采纳，被谪后著《潞水客谈》申其说。万历十三年（1585），以尚宝司少卿兼监察御史领垦田使，诣永平募南人垦田。　[100]邱浚（1420—1495）：字仲深，号玉峰，广东琼山（今属海南省）人。明景泰五年（1454）进士。官至礼部尚书、文渊阁大学士。在《大学衍义补》中提出京畿地势平衍，不必霖潦之久，辄有害稼之苦，莫若少仿遂人之制，每郡以境中河水为主，又随地势，各为大沟广一丈以上者，以达于河。又各随地势，开小沟广四尺以上者，以达于大沟。又各随地势，开细沟广二、三尺以上者，委曲以达于小沟。　　[101] 袁黄（1533—1606）：字庆远，又字坤仪、仪甫，号了凡，浙江嘉善人。明万历四十四年（1616）进士。官兵部主事。著有《皇都水利》，主张在近畿开治水田。宝坻县令任内，劝农随地形势开凿水利。　　[102] 汪应蛟（1550—1628）：字潜夫，号登原，南直隶徽州府婺源（今属江西）人。明万历二年（1574）进士。天津巡抚任内，募民于葛沽、白塘二处垦田五千亩，为水田者十之四。万历三十年（1602），移抚保定，请应兴水利，通渠筑堤，量发军夫，一准南方水田之法行之。　　[103] 左光斗（1575—1625）：字遗直，桐城（今属安徽）人。明万历三十五年（1607）进士。任御史时，出理京畿屯田，上《屯田水利疏》，陈三因十四议，被采纳实行。　　[104] 董应举（1538—1625）：字崇相，号见龙，福建闽县龙塘乡（今属福州市连江县）人。明万历二十六年（1598）进士。天启二年（1622）为太仆寺卿，奉命管天津至山海关屯田，规画数年，开田十八万亩。　　[105] 李光地（1642—1718）：字晋卿，号厚庵，别号榕村，福建安溪人。清康熙九年（1670）进士。在直隶巡抚任上，治理漳河、永定河，饬兴水利，上《请开河间府水田疏》，建议"其可兴水田者，教之栽秧插稻之法，其难以成田者，则广其蒲稗菱藕之利"。　　[106] 陆陇其（1630—1692）：字稼书，浙江平湖人。清康熙九年（1670）进士。在灵寿知县任上，督民疏浚卫河。在《论直隶兴除事宜书》中，主张讲求水利于未荒之前，通查所属州县水道，统一规划，分年举行。　　[107] 朱轼（1665—1736）：字若瞻，一字伯苏，号可亭，江西高安人。清康熙三十三年（1694）进士。雍正初任大学士时，协助怡贤亲王经理畿辅水利营田。　[108]徐越：字山琢，江苏山阳（今淮安）人。清顺治进士。任御史时，上有《畿辅水利疏》，建议大兴畿辅水利，积漕利国，富旗安民。　[109]汤世昌：字其五，号对松，浙江仁和（今杭州市）人。清乾隆十六年（1751）进士。任御史时，上有《西北各省疏筑沟道疏》，建议西北各省于大道两旁开沟蓄泄。　[110]胡宝瑔（1694—1763）：字泰舒，号饴斋，晚号瓶庵，江苏青浦（今属上海市）人。原籍安徽歙县。任河南巡抚时，上《开田沟路沟疏》，率属在浚河道工竣后，开民田沟洫，加挑路沟及小沟，修复废渠。　[111]柴潮生：字禹门，浙江仁和（今杭州市）人。乾隆七年（1742）考选山西道监察御史。乾隆九年（1744）上《水利救荒疏》，考古证今，建议在直隶兴水利、开水田。　[112]蓝鼎元（1680—1733）：字玉霖，别字任庵，号鹿州，福建漳浦人。雍正元年（1723）拔贡，充内阁一统志馆纂修效力。二年（1724）作《论北直水利书》，认为"不特北直之水可兴，而山东、河南、淮徐上下数千里，亦可以次第举行"。　[113]即敷所出：二万顷田以中等收成计算可收米五百万石，足够抵上运来南漕的数量。　[114]沮洳（jù rù）：湿地。　[115]苇荡：长满芦苇的荡地。　[116]上腴（yú）：肥沃的上等田地。　[117]郏亶、郏乔：郏亶（1038—1103），字正夫，苏州太仓人。北宋嘉祐二年（1057）进士。曾任司农寺丞，提举兴修两浙水利，著有《治田利害大概》等。郏乔，郏亶的儿子，继承父业，编撰《吴门水利书》。　[118]举而复辍：指道光三年（1823）清廷发银五十万两，命直隶总督蒋攸铦浚河北各河道，未成功而中止。　[119]花息：指工本的利息。　[120]九运：漕船每十年轮届大修，运过九年的漕船，其状况可想而知。　[121]当亦称是：应当也有这个数字。

【点评】

　　林则徐总结了以往办理漕务的经验，针对当时漕务中所存在的主要弊病，提出了一套改革方案。"正本清源"，就是把过去由州县收粮兑给船帮改为"县督帮收"，以减少浮勒。"补偏救弊"，即责令州县严格照章办事，不许偏苛小户和贪污舞弊。"补救外之补救"，即借用商人沙船的力量从海道运送粮米，以消除弊端，节省兑费。"本源中之本源"，就是要在河北省一带地区开治水田，种植水稻，以便就地取粮，从根本上解决南粮北运问题。但这一主张未被清廷采纳，道光十九年十二月二十日（1840 年 1 月 24 日）承准军机处片开："贵督具奏前事一件，并清折一件，现留本处备查，为此知会。"

复奏曾望颜条陈封关禁海事宜折

道光二十年三月二十六日
（1840 年 4 月 27 日）于广州

　　臣林则徐、臣怡良、臣关天培、臣郭继昌、臣豫堃跪奏[1]，为遵旨悉心筹议，恭折复奏，仰祈圣鉴事：

　　窃臣等承准军机大臣字寄[2]："道光十九年十二月十一日，奉上谕：'本日据曾望颜奏，夷

曾望颜奏请封关禁海。

情反复，请封关禁海，设法剿办，以清弊源一
折。又另片奏，澳夷互市货物[3]，亦请定以限制
等语[4]。著林则徐、怡良、关天培、郭继昌并传
谕豫堃知之。钦此。'"臣林则徐、臣怡良谨将
钞发原折，细加阅看，并传知臣豫堃一体领阅。
因关各国夷人事务，只宜慎密商办，未便遽事宣
扬，复经函约臣关天培、臣郭继昌于查阅营伍之
便，过省面商。兹已询谋金同，谨将察看筹议情
形，为我皇上敬陈之。

查原奏以制夷要策首在封关[5]，无论何国夷
船，概不准其互市，而禁绝茶叶、大黄，有以制
伏其命。封关之后，海禁宜严，应饬舟师将海盗
剿捕尽绝。又禁大小民船，概不准其出海。复募
善泅之人，使驾火船，乘风纵放，而以舟师继之，
能擒夷船，即将货物全数给赏，该夷未有不畏惧
求我者。察其果能诚心悔罪，再行奏恳天恩，准
其互市，仍将大黄、茶叶，毋许逾额多运，以为
钳制之法。所论甚切，所筹亦甚周。臣等查粤东
二百年来，准令诸夷互市[6]，原系推恩外服，普
示怀柔，并非内地赖其食用之资，更非关榷利其

抽分之税。况自上冬断绝英夷贸易以来，叠奉谕旨[7]："区区税银，何足计论！"大哉谟训，中外同钦。臣等有所秉承，更可遵循办理，绝无所用其瞻顾。即将各外国在粤贸易一律停止，亦并不难。惟是细察情形，有尚须从长计议者。

窃以封关禁海之策，一以绝诸夷之生计，一以杜鸦片之来源，虽若确有把握，然专断一国贸易，与概断各国贸易，揆理度势，迥不相同。盖鸦片出产之地，皆在英吉利国所辖地方[8]。从前例禁宽时，原不止英夷贩烟来粤，即别国夷船，亦多以此为利。而自上年缴清趸船烟土以后，业经奏奉恩旨[9]，概免治罪，即未便追究前非。此后别国货船，莫不遵具切结，层层查验，并无夹带鸦片，乃准进口开舱[10]。惟英吉利货船聚泊尖沙嘴，不遵法度，是以将其驱逐，不准通商[11]。今若忽立新章，将现未犯法之各国夷船，与英吉利一同拒绝，是抗违者摈之，恭顺者亦摈之，未免不分良莠，事出无名。设诸夷禀问何辜，臣等即碍难批示。且查英吉利在外国最称强悍，诸夷中惟米利坚及佛兰西尚足与之抗衡，然亦忌且惮

抗违者摈之，恭顺者亦摈之，未免不分良莠，事出无名。

之。其他若荷兰、大小吕宋、连国、瑞国、单鹰、双鹰、甚波立等国到粤贸易者[12]，多仰英夷鼻息。自英夷贸易断后，他国颇皆欣欣向荣[13]。盖逐利者喜彼绌而此赢，怀忿者谓此荣而彼辱，此中控驭之法，似可以夷治夷[14]，使其相间相睽，以彼此之离心，各输忱而内向。若概与之绝，则觖望之后，转易联成一气，勾结图私。《左传》有云："彼则惧而协以谋我，故难间也[15]。"我天朝之驭诸夷，固非其比，要亦罚不及众，仍宜示以大公。

鸦片断与不断，不在乎关之封与不封。

且封关云者，为断鸦片也。若鸦片果因封关而断，亦何惮而不为。惟是大海茫茫，四通八达，鸦片断与不断，转不在乎关之封与不封。即如上冬以来，已不准英夷贸易，而臣等今春查访外洋信息，知其将货物载回夷埠，转将烟土换至粤洋。并闻奸夷口出狂言，谓关以内法度虽严，关以外汪洋无际；通商则受管束，而不能违禁，不通商则不受管束，而正好卖烟。此种贪狡之心，实堪令人发指。是以臣等近日更不得不于各海口倍加严拿，有一日而船烟并获数起者[16]。可见英夷货去烟来之言，转非虚捏。不然，以外洋风浪之恶，而英夷仍不肯尽行开去，果何所图？

若如原奏所云，大小民船概不准其出海，则又不能。缘广东民人以海面为生者[17]，尤倍于陆地，故有"渔七耕三"之说，又有"三山六海"之谣。若一概不准其出洋，其势即不可以终日。至捕鱼者，只许在附近海内，此说虽亦近情，然既许出洋，则风信靡常，远近几难自定，又孰能于洋面而阻之？即使责令水师查禁，而昼伏则夜动，东拿则西逃，亦莫可如何之事。臣林则徐上年刊立章程，责令口岸澳甲编列船号，责以五船互保，又令于风帆两面，及船身两旁，悉用大字书写姓名，以及里居牌保。惟船数至于无算，至今尚未编完。继又通行沿海县营，如有夷船窜至该辖，无论内洋外洋，均将附近各船，暂禁出口，必俟夷船远遁，始许口内开船。其平时出入渔舟，逐一验查，只许带一日之粮，不得多携食物，若银两洋钱，尤不许随带出口，庶可少除接济购买之弊。

至大黄、茶叶二物，固属外夷要需，惟臣等

大小民船概不准其出海，影响民间生计。

历查向来大黄出口[18]，多者不过一千担。缘每人所用无几，随身皆可收存，且尚非必不可无之物，不值为之厉禁。惟茶叶历年所销[19]，自三十余万担至五十余万担不等，现在议立公所，酌中定制，不许各夷逾额多运，即为箝制之方。然第一要义，尤在沿海各口查拿偷漏。若中路封关，操之过蹙，而东、西各路得以偷贩出洋[20]，则正税徒亏，而漏卮依然莫塞。是以制驭之道，惟贵平允不偏，始不至转生他弊。若谓他国买回之后，难保不转卖英夷，此即内地行铺互售，尚难家至目见，而况其在域外乎？要知英夷平日广收厚积，本有长袖善舞之名[21]，其分卖他夷，以牟余利，乃该夷之惯技。今断绝贸易之后，即使他夷转售一二，亦已忍垢蒙耻，多吃暗亏。譬如大贾殷商，一旦仅开子店，寄人篱下，已觉难堪。惟操纵有方，备防无懈，则原奏所谓该夷当畏惧而求我者，将于是乎在矣。

至于备火船，练乡勇，募善泅之人等事，则臣等自上年至今，皆经筹商办理，惟待相机而动。即各山淡水，上年本已派弁守之，始则夷船以布帆兜接雨水，几于不能救渴，继而觅诸山麓，随处汲取不穷，则已守不胜守，似毋庸议。

总之，驭夷宜刚柔互用，不必视之太重，亦未便视之太轻。与其泾渭不分，转致无所忌惮，曷若薰莸有别[22]，俾皆就我范围。而且用诸国以并拒英夷，则有如踣鹿[23]。若因英夷而并绝诸国，则不啻驱鱼[24]。此际机宜，不敢不慎。况所杜绝者，惟在鸦片，即原奏亦云"凡有夹带鸦片夷船，无论何国，不准通商"，则不带鸦片者，仍皆准予通商，亦已明甚。彼各国夷人，原难保其始终不带，若果查出夹带，应即治以新例，不但绝其经商，如其无之，自不在峻拒之列也。

又另片请将澳门西洋贸易，定以限制。查上年臣林则徐先已会同前督臣邓廷桢暨臣豫堃，节次商议及之，嗣经核定章程，谕令澳门同知转饬西洋夷目遵照[25]。即如茶叶一项，每岁连箱准给五十万斤，仍以三年通融并计，以示酌中之道。其他分条列款，该夷均已遵行。本年正月，澳内容留英夷，即暂停西洋贸易[26]，迨其将英夷驱出，仍即准令开关。亦与原奏请议章程不谋而合。

至所请责令澳夷代英夷保结一节，现既不准英夷贸易，自可毋庸置议。

臣等彼此商酌，意见相同。谨合词恭折复奏，伏乞皇上圣鉴训示[27]。

再，此折系臣林则徐主稿，内有密陈夷情之处，谨请毋庸发钞。合并声明。谨奏。

【注释】

[1] 曾望颜（1790—1870）：字瞻孔，号卓如，广东香山县（今中山市）人。道光二年（1822）进士。时任大理寺正卿、顺天府尹。郭继昌：道光十七年十二月（1838 年 1 月）到粤担任陆路提督。　[2] 字寄：林则徐等于道光二十年二月初四日（1840 年 3 月 7 日）前收到军机大臣字寄。　[3] 澳夷：即澳门葡萄牙人，又称西洋人。明嘉靖三十二年至三十六年（1553—1557）间，泛海东来的葡萄牙人入据澳门，并将其发展为固定居留地。　[4] 限制：雍正三年（1725），定澳门夷船额数为 25 只。林则徐《严禁中外商民贩卖鸦片烟示》："照得粤东自通商以来，一切贸易章程至为周备，除住澳之西洋夷人设有澳船额数，相延已久，该船所带货物，例许进澳行销外，其余各国货船到粤，均须驶进黄埔，方准报验开舱，投行交易，此天朝一定法制。"　[5] 原奏：即曾望颜折，道光十九年十二月十一日（1840 年 1 月 15 日）奏。见《筹办夷务始末·道光朝》卷九。　[6] 互市：贸易。康熙二十三年（1684），清朝在统一台湾后，宣布开放海禁。次年（1685），设粤、闽、浙、江（苏）四海关，准令外商互市。清廷允许外商互市的理由，最典型的是乾隆帝的这段谕语："天朝物产丰盈，

无所不有，原不借外夷货物以通有无。特因天朝所产茶叶、瓷器、丝斤为西洋各国及尔国（按，指英国）必需之物，是以加恩体恤。"[7] 叠奉谕旨：林则徐接到相同的谕旨有两次。即：道光十九年十一月初八日（1839年12月13日）上谕："若屡次抗拒，仍准通商，殊属不成事体。至区区税银，何足计论！我朝抚绥外夷，恩泽极厚，该夷等不知感戴，反肆鸱张，是彼曲我直，中外咸知，自外生成，尚何足惜！著林则徐等酌量情形，即将英吉利国贸易停止。"又，同年十二月初二日（1840年1月6日）上谕："著林则徐仍遵前旨，凡系英吉利夷船，一概驱逐出境，不准逗留。……至于区区关税之盈绌，朕所不计也。"[8] 英吉利国所辖地方：指印度。当时输入中国的鸦片以公班土和白皮土为主，产地都是英属印度殖民地。土耳其产的金花土，主要由美国鸦片贩子贩运。　[9] 奏奉恩旨：收缴趸船鸦片后，林则徐奏请暂时首缴免罪。道光十九年四月二十九日（1839年6月10日），道光帝谕军机大臣等："本日据林则徐等由驿驰奏，收缴鸦片烟土，有赢无绌。又另片奏，请将夷人带鸦片来内地者，定例治罪等语。夷人违禁带物，并暂时首缴免罪，自应专定条例，已明降谕旨，交军机大臣会同刑部议奏矣。"同日谕内阁："林则徐等奏，夷人带鸦片烟来内地者，请照化外有犯之例，人即正法，货物入官，议一专条，并暂时首缴免罪，如何酌予限期之处，著军机大臣会同刑部议奏。"五月十三日（6月23日），穆彰阿等议奏："恭候命下，臣等即行知两广总督，以奉文之日为始，予以一年六个月限期，如于限内自将烟土全数呈缴者，仍免治罪。"奉旨："依议。"[10] "此后"五句：据林则徐道光十九年七月二十四日（1839年9月1日）奏："截至七月初八日（8月16日），进口报验夷船共一十七只，经粤海关监督臣豫堃验明，均无鸦片，准其开舱贸易。不进口而回国者亦有三只，其中即有鸦片，当不至毒流内地。"　[11]"惟英吉利"四句：义律在上缴趸船鸦片后，拒绝英船在具结的条件下恢复贸易，带领广州英商退往澳门，英国货船遂聚泊于尖沙嘴（今香港九龙）一带洋面。道光十九年五月二十七日（1839 年 7 月 7 日）英船"卡那蒂克"（Carnatic）号和"曼加罗尔"（Mangalore）号水手在尖沙嘴村酗酒行凶，致村民林维喜于次日死亡。事发后，义律抗不交凶。交涉无效后，林则徐于七月初八日（8 月 15 日）援引嘉庆十三年（1808）成例，宣布驱逐英人出澳门。七月二十七日（9 月 4 日），义律率武装船只，以要求接济之名，挑起九龙之战。九月二十七日（11 月 3 日），挑起穿鼻洋海战。九月二十九日至十月初八日（11 月 4—13 日），英船又对九龙的官涌山进行六次小规模的窥探和偷袭。十月二十一日（11 月 26 日），林则徐宣布从十一月初一日（12 月 6 日）起，停止英国贸易。十二月初一日（1840 年 1 月 5 日），奉旨宣布封港，断绝英国贸易。　[12] 米利坚：即美国。佛兰西：即法国。大吕宋：即西班牙。小吕宋：即菲律宾，时为西班牙殖民地。连国：即丹麦。瑞国：即瑞典。单鹰：即普鲁士。双鹰：即奥地利。甚波立：即汉堡。　[13] 他国：指丹麦、瑞典、普鲁士、汉堡、美国等。林则徐道光十九年十一月初七日（1839 年 12 月 14 日）奏："如连国、瑞国及单鹰、甚波立等国，历年不过偶来一、二船，本年来者特多，是他夷皆有欣欣向荣之象。而米利坚国之船现来四十五只，则比往届全年之数已有浮多。……至他国遵照具结进口，查无鸦片者已有船六十二只，并据报带来洋钱将及二百万元。"十二月二十四日（1840 年 1 月 28 日），又奏："本年夷船载运入口洋银，已经查验者有二百七十三万二千九百余元，其未验者尚不在此数之内。"　[14] 以夷治夷：中国古代朝廷处理边疆少数民族事务的传统办法。林则徐将其运用于海外国家，表面上看是简单的套用，实际上已寓有新意。从逐利者（商人）的心态分析西方国家间的利益矛盾，符合市场的原则，这是林则徐通过翻译西文书报得到的新知，在当时是难能可贵的。　[15]《左传》有云：引文见《左传·桓公六年》。　[16]一日而船烟并获数起：林则徐道光二十年二月二十六日（1840年3月29日）奏："各口岸近日所获鸦片，得自渔船蜑艇者尤多，内有余阿盛等一起烟土二千七百三十余两，曾亚八等一起烟土七千六百八十余两，更为通夷售私之大夥。"　[17]以海面为生：以海面为生计，即"以海为田"。案：民船出洋捕鱼或经商是广东传统海洋经济的主要构成。顺治时，"渔箔横列，以海为田，滨海之人渔佃为生"（道光《电白县志》卷一四，艺文，《观海记》）。雍正时，"广东沿海数百万生灵复以捕鱼为业，海即其田也"（杨琳奏，《雍正朝汉文硃批奏折》第二册，第605页）。林则徐认为重新禁海将剥夺沿海人民的生计，"其势即不可以终日"，是很有见地的。当时的统治高层中有此认识的不多。在此之前，他还以转述"市井之谈"的方式，上奏说："且闻华民惯见夷商获利之厚，莫不歆羡垂涎，以为内地民人格于定例，不准赴各国贸易，以致利薮转归外夷"，反映民间要求开放华民出国贸易的愿望。　[18]大黄出口：清朝官方一向把大黄当是外国不可一日缺少的商品，林则徐原来也持此看法。湖广总督任内，尝奏称："茶叶、大黄、湖丝，皆内地宝贵之物，而外洋所不可一日无者。"到广州后不久，还说："至茶叶、大黄两项，臣等悉心访察，实为外夷所必需，……果能悉行断绝，固可制死命而收利权。"这里表明他的看法已经改变。　[19]茶叶历年所销：鸦片战争前几年，茶叶占广州出口货值的70%，其中75%以上销往英国。若对英国实行经济制裁，茶叶是首要的商品。　[20]中路，东、西各路：林则徐道光十九年五月初四日（1839年6月14日）奏："窃照粤省海洋，向分中、东、西三路。中路自老万山以内，如九洲、伶仃等洋，皆各国夷商来粤贸易准其行船之路，寄碇聚泊，岁以为常。若西路之高、廉、雷、琼，东路之潮州、南澳，皆夷船例不应到之区。" [21]长袖善舞：《韩非子·五蠹》："鄙谚曰：'长袖善舞，多钱善贾。'此言多资之易为工也。"林则徐用以描述英国以商立国。此前，他还说过："该夷性奢而贪，不务本富，专以贸易求赢，……故贸易者，彼国之所以为命。" [22]薰（xūn）：香草。莸（yóu）：臭草。 [23]踣：僵仆。《左传·襄公十四年》："譬如捕鹿，晋人角之，诸戎掎之，与晋踣之。"后以"踣鹿"喻得到旁人帮助。 [24]驱鱼：即为渊驱鱼，把鱼赶入深潭中。《孟子·离娄上》："故为渊驱鱼者，獭也。" [25]西洋夷目：即葡萄牙澳门议事会的理事官（Procurador）。 [26]暂停西洋贸易：道光二十年正月十八日（1840年2月18日），林则徐因义律潜入澳门，澳葡当局借口中立不加驱逐，遂暂停澳门葡萄牙人贸易。 [27]圣鉴训示：道光帝于四月二十五日（5月26日）收到此折，谕曰："览奏均悉。俱著照所议办理。该督等务当水陆交严，趁此可乘之机，永将来源断绝。至汉奸接济淡水或代为包庇运送烟土，亦应严密查办，毋稍疏懈。"但此谕旨下达广东时，英军已到珠江口，发动侵华战争，林则徐的策略难以施展。

【点评】

道光帝下令断绝英国贸易后，曾望颜上奏提出封关禁海的主张。林则徐在复奏中阐述了反对的理由。首先要区别对待对外贸易，不宜"概断各国贸易"，应"以夷治夷"，"使其相间相睽，以彼此之离心，各输忱而内向"。其次，"惟是大海茫茫，四通八达，鸦片断与不断，转不在乎关之封与不封"。最后，禁绝出海也是不明智的，"缘广东民人，以海面为生者，尤倍于陆地，故有'渔七耕三'之说，又有'三山六海'之谣，若一概不准其出洋，其势即不可以终日。"在这本奏折上，林则徐严禁鸦片并保护合法贸易的思想表露无遗，对曾望颜封关禁海这一主张进行了毫无保留的批驳。

英夷在浙洋滋事密陈攻剿事宜片

道光二十年七月初七日
（1840 年 8 月 4 日）于广州

再，英夷先后来粤兵船，上年秋间有士密、华伦两只，本年春间有都鲁壹船一只，自五月至六月中旬又有谷巴士等船二十三只，除陆续据报驶出老万山外[1]，在粤洋者尚有十只。又送信之车轮船[2]，自五月以后共来五只，旋于六月初旬全出老万山外，均经臣等于五月二十五日及六月初五、二十一等日节次奏闻在案。嗣于六月下旬，又报驶去兵船五只，续到二只，现在共存七只，其上年九月在穿鼻洋与官兵接仗之士密一船，亦在驶去之内。臣等以英夷兵船既经来粤，即因防

英军离粤北上，飞咨沿海各省防备。

范严密，不敢进口滋事，亦未必遽肯回国，何以其中有二十一只先后驶出老万山？恐系越窜各洋，乘虚滋扰，不特本省水陆文武，刻须谆饬严防，并沿海各省，亦叠经飞咨防备去后[3]。

兹于七月初六日准浙江抚臣乌尔恭额来咨[4]，六月初间英夷兵船窜至浙洋，肆其猖獗，致定海县失守，闻之不胜发指！因查六月初间，粤洋开去之英夷兵船，仅止九只，而浙洋彼时已到三十一只之多，大抵径从该国黑水洋乘风北驶[5]，乃敢聚于定海，妄逞鸱张，明因该处孤悬海中，希图据为巢穴，是必豫相纠约，早蓄逆谋。臣等六月初五日奏片内所陈，闻有欲赴浙江舟山之语，竟非虚传，实属罪恶滔天，亟宜痛加剿办。

惟思闽、粤等省，四面环海之地，与定海形势相似者不一而足，逆夷既谋窥伺，难免各处垂涎[6]，此时粤省各岛澳，随在设防，更宜密益加密。第彼之所恃，只在炮利船坚，若赴大洋与之交锋，总应相度机宜，须得确有把握，方无虚发。一至岸上，则该夷无他技能，且其浑身裹缠，腰腿僵硬，一仆不能复起，不独一兵可以手刃数夷，

英军攻陷定海。

即乡井平民，亦尽足以制其死命。况夷人异言异服，眼鼻毛发，皆与华人迥殊，吾民协力齐心，歼除非种 [7]，断不至于误杀。但恐啸聚日久，彼即结汉奸为护符，筑炮台为障卫，剿办不免费手。此时定海县城甫被占据 [8]，即使城中人户仓卒逃亡，而该县周围二百余里，各村居民总不下十余万众。夷匪既在岸上，要令人人得而诛之，不论军民人等，能杀夷人者，均按所献首级给予极重赏格 [9]。似此风声一树，不瞬息间，可使靡有孑遗 [10]。其人既已尽诛，则其船炮皆为我有，是破格给赏，所费不为虚糜，似亦敌忾同仇之一道。

除飞咨浙江抚臣外，是否有当，臣等谨合词附片密陈。伏乞圣鉴，谨奏。

奏陈利用村民杀敌收复定海。

【注释】

[1]老万山：在今广东省珠海市东南大海中大万山岛。 [2]车轮船：以蒸汽机为动力的轮船。 [3]飞咨：快速发送公文。 [4]乌尔恭额（？—1842）：姓富察氏，满洲镶黄旗人，道光十四年至二十年任浙江巡抚。 [5]径从：直接从。 [6]窥伺：窥探虚实，伺机侵占。垂涎（xián）：这里指图谋侵占别处，形容得陇望蜀。 [7]非种：不与我同一种族，指英国侵略者。 [8]甫被占据：刚刚被占据。甫，刚刚，才。 [9]赏格：奖赏数目。 [10]靡

有孑（jié）遗：没有遗留，指全部消灭英国侵略者。

【点评】

　　道光二十年六月初八日（1840 年 7 月 6 日），英国侵略军攻占了定海，林则徐得知以后非常愤怒。他激于爱国的热诚，立即写了这个奏片，除了表示接受定海失陷的教训，在广东沿海"随在设防，更宜密益加密"之外，恳切地建议道光皇帝鼓励定海地区的人民群众奋勇杀敌，收复失地。他指出，英国侵略者所依仗的是"炮利船坚"，在大海中作战是其长技，但一到陆地他们就"无他技能"了，因此，只要把定海地区的十多万军民动员起来，"令人人得而诛之"，凡是能够杀敌的都"给予极重赏格"，那就一定能够很快取得胜利。林则徐的这一建议，虽然仍旧是从单纯利用民力的观点出发的，而且对英军的陆上作战能力判断错误，但在当时却在一定程度上反映了人民群众反抗侵略、保卫祖国的强烈愿望。

密陈夷务不能歇手片 [1]

道光二十年八月二十九日
（1840 年 9 月 24 日）于广州

　　再，臣渥受厚恩，天良难昧，每念一身之获咎犹小，而国体之攸关甚大，不敢不以见闻所及，敬为圣主陈之。

　　查此次英逆所憾在粤省，而滋扰乃在浙省，虽变动若出于意外，而穷蹙正在于意中[2]。盖逆夷所不肯灰心者，以鸦片获利之重，每岁易换纹银出洋，多至数千万两。若在粤得以复兴旧业，何必远赴浙洋。现闻其于定海一带，大张招帖，每鸦片一斤，只卖洋钱一元，是即在该国孟阿拉等处出产之区，尚且不敷成本。其所以甘心亏折，急于觅销者，或云以给雇资，或云以充食用，并闻其在夷洋各埠，赁船雇兵而来，费用之繁，日以数万金计；即炮子火药，亦不能日久支持。穷蹙之形，已可概见。又，夷人向来过冬以毡为暖，不著皮衣，盖其素性然也。浙省地寒，势必不能忍受。现有夷信到粤，已言定海阴湿之气，病死者甚多。大抵朔风戒严，自然舍去舟山，扬帆南窜。而各国夷商之在粤者，自六月以来，贸易为英夷所阻，亦各气愤不平，均欲由该国派来兵船，与之讲理。是该逆现有进退维谷之势，能不内怯于心？惟其虚骄性成，愈穷蹙时，愈欲显其桀骜，试其恫喝，甚且别生秘计，冀得阴售其奸。如一

道光二十年九月二十九日（1840年10月24日），道光帝在旁画硃线。

道光帝硃点。

切皆不得行，仍必帖然俯伏。臣前此屡经体验，颇悉其情。即此时不值与之海上交锋，而第固守藩篱[3]，亦足使之坐困也。

夫自古顽苗逆命[4]，初无损于尧、舜之朝。我皇上以尧、舜之治治中外，知鸦片之为害，甚于洪水猛兽，即尧、舜在今日，亦不能不为驱除。圣人执法惩奸，实为天下万世计；而天下万世之人，亦断无以鸦片为不必禁之理。若谓夷兵之来，系由禁烟而起，则彼之以鸦片入内地者，早已包藏祸心，发之于此时，与发之于异日，其轻重当必有辨。今臣愚以为鸦片之流毒于内地，犹痈疽之流毒于人心也[5]。痈疽生则以渐而成脓，鸦片来则以渐而致寇，原属意计中事。若在数十年前查办，其时吸者尚少，禁令易行，犹如未经成脓之痈，内毒或可解散。今则毒流已久，譬诸痈疽作痛，不得不亟为拔脓，而逆夷滋扰浙洋，即与溃脓无异。然惟脓溃而后疾去，果其如法医治，托里扶元，待至脓尽之时，自然结痂收口。若因肿痛而别筹消散，万一毒邪内伏，诚恐患在养痈矣。

溯自查办鸦片以来，幸赖乾断严明，天威震叠，趸船二万余箱之缴，系英夷领事义律自行递禀求收，现有汉夷字原禀可查，并有夷纸印封可验。继而在虎门毁化烟土，先期出示，准令夷人观看。维时来观之夷人，有撰为夷文数千言以纪其事者，大意谓天朝法令足服人心，今夷书中具载其文，谅外域尽能传诵[6]。迨后各国来船，遵具切结，写明"如有夹带鸦片，人即正法，船货没官"，亦以汉夷字合为一纸。自具结之后，查验他国夷船，皆已绝无鸦片，惟英逆不遵法度，且肆鸱张，是以特奉谕旨，断其贸易。然未有浙洋之事，或尚可以仰恳恩施。今既攻占城池，戕害文武，逆情显著，中外咸闻，非惟难许通商，自当以威服叛。第恐议者以为内地船炮，非外夷之敌，与其旷日持久，何如设法羁縻[7]。抑知夷性无厌，得一步又进一步，若使威不能克，即恐患无已时；且他国效尤，更不可不虑。臣之愚昧，务思上崇国体，下慑夷情，实不敢稍存游移之见也。即以船炮而言，本为防海必需之物，虽一时难以猝办，而为长久计，亦不得不先事筹维。且

道光帝硃点。

林则徐力陈禁烟抗敌是非，道光帝斥为"无理、可恶"，君臣态度殊若霄壤。

道光帝在旁加硃线，硃批："汝云英夷试其恫喝，是汝亦效英夷恫喝于朕也。无理，可恶。"

广东利在通商，自道光元年至今，粤海关已征银三千余万两。收其利者必须预防其害，若前此以关税十分之一制炮造船，则制夷已可裕如，何至尚形棘手。臣节次伏读谕旨[8]，以税银何足计较，仰见圣主内本外末[9]，不言有无，诚足昭垂奕祀[10]。但粤东关税既比他省丰饶，则以通夷之银，量为防夷之用，从此制炮必求极利，造船必求极坚，似经费可以酌筹，即裨益实非浅鲜矣。

朱批："一片胡言。"

臣于夷务办理不善，正在奏请治罪，何敢更献刍荛[11]。然苟有裨国家，虽顶踵捐縻[12]，亦不敢自惜。倘蒙格外天恩，宽其一线，或令戴罪前赴浙省，随营效力，以赎前愆，臣必当殚竭血诚，以图克复。至粤省各处口隘，防堵加严，察看现在情形，逆夷似无可乘之隙，借堪仰慰宸怀。谨缮片密陈，伏祈圣鉴。谨奏。

朱批："点出者，俱当据实查明具奏，另有旨。"

【注释】

[1]本文是《自陈办理夷务不善请从重治罪折》的附片。　[2]意中：意料之中。案：林则徐意料的只是武装走私鸦片的"滋扰"。　[3]固守藩篱：固守门户。即以守为战，不与敌海上交锋。　[4]苗：三苗，古部族名。原居于江淮荆州一带，传说舜时

被迁到三危（今甘肃敦煌一带）。逆命：抗命。　[5]痈疽（yōng
jū）：结成块状的毒疮，浮浅者为痈，深厚者为疽。　[6]来观之夷
人：指裨治文。夷文：裨治文所撰《镇口销烟记》。夷书：指《中国
丛报》。此文载于第八卷第二期（1839 年 6 月号）。　[7]羁縻（jī
mí）：牵制、笼络。　[8]谕旨：参见《复议曾望颜条陈封关禁海事
宜折》注 [7]。　[9]内本外末：以国内经济为本，对外通商为末。
中国传统社会以农为本、以商为末的引申。　[10]昭垂奕祀：世代
流传。垂，流传下去。祀，祭祀，这里作年解。奕祀，一年接一
年。　[11]刍荛（chú ráo）：谦词，草野鄙陋之言。　[12]顶踵捐縻：
从头到脚全部献出。

【点评】

　　道光二十年六月初八日（1840 年 7 月 6 日）英军
攻陷定海后，道光帝对林则徐的态度显起变化。七月
二十四日（8 月 21 日）在收到林则徐《续获人烟枪具折》
后，硃批训斥道："外而断绝通商，并未断绝，内而查拿
犯法，亦不能净，无非空言搪塞，不但终无实济，返生
出许多波澜，思之曷胜愤懑，看汝以何词对朕也。"八月
二十三日（9 月 18 日）夜，林则徐收到这份批折，当即
致书怡良，表示："徐不敢不懔天威，亦不敢认罪戾，惟
事之本末，诚不得不明白上陈耳。"二十七、二十八日
（22—23 日），林则徐写作《自陈办理夷务不善请从重治
罪折》和这份附片，二十九日拜发。在这份附片中，林
则徐力辩禁烟的本末和是非。但九月初三日（9 月 28 日）
林则徐、邓廷桢就被交部严加惩处，初八日（10 月 3 日）
照部议革职。他的辩解没起任何作用。

商议新疆南路八城回民生计片

道光二十六年二月初十日
（1846 年 3 月 7 日）于西宁

离开新疆，仍
关注新疆民生，为
民请命。

　　再，臣承准军机大臣密寄："道光二十六年
正月十三日奉上谕：'昨据布彦泰奏[1]，查明哈
密另有可垦地亩一折，已批交军机大臣会同该部
议奏矣。其另片所称，回子近日穷苦，由于该伯
克等科派所致[2]，自系实在情形。各城回子生计
本少，加以科敛，愈不聊生，全在各城大臣力矢
清操，方能约束该伯克等顾念同类，不至借端鱼
肉。此后该将军应如何密加查察，使各大臣等破
除积习，不令该伯克有所借口，著布彦泰、林则
徐悉心妥议，据实具奏。至该扎萨克郡王伯锡
尔将私垦地亩呈献充公[3]，拟安置民户等语。此
项地亩既据呈出，一经垦种，渐可扩充，是否足
以安置民户，借资控制，并著布彦泰等详议奏
闻。原片著钞给林则徐阅看。将此各谕令知之。
钦此。'"臣跪诵之下，仰见皇上廑念新疆，务
期长治久安之至意。并将发下布彦泰原片详加阅

看，其所称南路回子穷不聊生，及哈密地属咽喉，尤资控制等语，均系实在情形。缘布彦泰统辖新疆，平日既常加体察，迨臣与全庆奉命周历各城，查勘地亩，复经布彦泰随时函嘱密查各处回情，臣与全庆有所见闻，即俱不敢缄默。

查南路八城回子生计多属艰难，沿途未见炊烟，仅以冷饼两三枚便度一日，遇有桑葚瓜果成熟，即取以充饥。其衣服蓝缕者多，无论寒暑，率皆赤足奔走。访闻此等穷回，尚被该管伯克追比应差各项普尔钱文。诚如圣谕："全在各城大臣力矢清操，方能约束伯克等不至借端鱼肉。"布彦泰在伊犁将军任内，本已严密稽查，兹蒙谕令悉心妥议，容臣即与布彦泰详细函商，期于慎密周详，以除积习而免借口。

至哈密距嘉峪关较近，凡内地民人出口，首在该处营生，且原派驻防眷兵年久，滋生尤众。臣上年与全庆在该处勘地，即有军民数万人环跪具呈，求为清厘地土。旋据该扎萨克郡王伯锡尔以清字印文将伊私垦地亩呈献充公，声请招民垦种，由哈密办事大臣转送核办，是以臣与全庆赴地丈明，并预拟民户完粮科则，呈请布彦泰核奏在案[4]。兹奉谕旨，以此项地亩是否足以安置民户，借资控制，著布彦泰等详议奏闻等因。计布彦泰由伊犁赴陕甘总督之任，此时正应行至哈密，自必将该处地利民情，亲加察看。臣亦即驰函与布彦泰详细商议，总期控制有资，以仰副圣主慎重边防、训诲谆谆之至意。

除俟布彦泰筹度定议之后，臣谨会同奏请圣裁外，所有奉到谕旨钦遵商议缘由，谨先附片复奏，伏乞圣鉴。谨奏。

【注释】

[1]布彦泰（1799—1880）：字子谦，颜扎氏，满洲正黄旗人。时任伊犁将军。　[2]伯克：维吾尔语音译，即官。清朝在新疆设有各级伯克。　[3]道光二十五年十月二十九日（1845年11月28日），奉命与全庆查勘哈密垦地的林则徐，回城途中，接受绅商军民数百人环跪递呈，控告扎萨克郡王伯锡尔私垦勒租索费等枉法行为。十一月初一日（11月29日），会同哈密大臣询问伯锡尔，伯锡尔答应将私垦土地献出作为公田。　[4]林则徐与全庆赴东新庄勘丈，连未垦之地共有一万余亩，并预拟民户完粮科则，呈请布彦泰核奏。

【点评】

道光二十六年正月十三日（1846年2月8日），道

光帝下旨命林则徐与伊犁将军布彦泰商议改善新疆南路
回民生计办法，时林则徐已离开新疆，在凉州接署陕甘
总督，二月初五日（3月2日）前往西宁，仍根据他在
南疆八城和哈密地区查勘垦地所见所闻，将南疆维吾尔
族人民的生活困苦情况先行附片复奏，并表示"即与布
彦泰详细函商，期于慎密周详，以除积习而免借口"。体
现他对新疆民生的关心。

由襄阳赴省传牌 [1]

道光十年八月上旬（1830 年 9 月下旬）于襄阳
为传知事：

照得本司自京来楚，现已行抵襄阳，由水路
赴省 [2]。所雇船只，系照民价自行给发，不许沿
途支付水脚，亦无须添篙帮纤 [3]。行李仆从俱系
随身，并无前站及后路分路行走之人。伙食一切，
亦已自行买备，沿途无须致送下程酒食等物 [4]。
所属官员，只在本境马头接见，毋庸远迎。为此，
牌仰沿途经过各站遵照。倘有借名影射，私索水
脚站规及一切供应者，该地方官立即严拿惩办，
不得稍有徇纵。切切！须至传知者。

为官严于律
己，严格管理下属，
出行不烦扰地方。

【注释】

[1]传牌：清代公文传递的形式之一。即将公文书写在牌上，一站一站地递送应传知的官员。　[2]水路：河道。此指襄河。省：省城，此指武昌。案：林则徐七月出都，"由河北之河南，驱车宛洛，买棹襄樊，于中秋后五日到鄂受事"。见本年八月二十日（10月6日）致张祥河书。　[3]水脚：船户的工钱。添篙帮纤：增添篙工和纤夫。　[4]下程：下一路程。

【点评】

道光十年八月上旬（1830年9月下旬），林则徐赴湖北布政使途中，从襄阳发给到武昌沿途水路下属官员传牌，宣布不接受属员的任何招待，不准随从借名私索水脚站规及一切供应，体现他清正廉洁的官风。

江苏查赈章程十条 [1]

道光十一年十月（1831年11月）

为饬发查赈章程事：

照得此次江、扬、淮、海等属赈恤事宜[2]，叠经三令五申，期与各属洗心涤虑。但恐明不足以察积弊，诚不足以格众心，陋习尚未尽除，奸徒尚未尽慑。当兹挨查户口之际，最为紧要关键，合再严立章程，刊刷颁行，共相遵守。凡我在事

制定规章制度，严禁赈灾工作中的贪腐违法行为。

各员，官职虽有崇卑，天良总难泯灭。经此更番申儆之后，若不力办清赈，则是别有肺肠，惟有执法从事而已。

所有章程开列于左：

一、官员吏役均须免其赔累，以清办赈之源也。查委员下乡，备尝艰苦，舟舆仆隶，需费孔多。例销薪水每日一钱，随从三分，实不足以敷食用，致有受乡保之供应，纵丁役之侵渔者。乃或鉴此弊端，概令州县捐廉贴补，而灾岁疮痍满目，州县安有余资？如必责以捐赔，只得将饥口增多，钱价缩少。初意但求免累，尚非侵入己囊，岂知一涉通融，则人人得而挟制，骑虎之势，有不至于串冒分肥而不止者，智士仁人所宜慎之于始也。查委员每人跟随两仆，并带书差五、六名，每日船价、饭食约共需银二两，以一月为度，即需六十两。灾重者一县十员，其次递减至五、六员，自应按数核给，俾资食用。除现任正印以上本员不给外[3]，其候补正佐各员与现任佐杂[4]，皆应一体准给。此项经费，拟于官捐银内提出二万两[5]，分别州县灾分轻重，派委查赈几员，

一、免官员吏役赔累。

核计需银若干，发交该州县转给。所有委员下乡船只饭食，均以此项自行开发，已极从容，不准州县另为给付，尤不准收受地保、圩长丝毫供应。随从人等如有需索情弊，将本员一并参办。

一、各衙门陋规，宜尽行裁革也。查州县请领赈银，司道府书向有厘头[6]，选册核销，又有使费[7]。赈务所以不清，大率由此。今议将司书纸饭另行筹款赏给，不准向州县索取分毫，道府衙门亦应一体裁禁。即如赈济花名细册，已于道光二年奉部删除，则本省亦毋须纷纷造送。应自此次为始，各属只造花名册一分送司查核，此外一概免造。若各衙门书吏仍有私索规费，遇事吹求者，该州县立即指禀，以凭究办。徇隐者予受同罪，决不姑宽。

一、书役、地保，宜责令委员严加约束也。办赈弊端百出，而随查之书役、地保为尤甚。造册有册费，给票有票钱，灾民无力出钱，则删减口数，以多报少。奸民暗地勾串，则又浮开口数，以少报多。积弊累累，指不胜屈。且伊等视委员非其本管官，辄敢吓制愚弄，无所不至。在明干之员虽能自主，尚不免因息事而姑容，彼暗弱者之堕其术中更无论矣。此次应将书役、地保交各委员严加管束，如有舞弊逞刁，轻则当场责惩，重则移县究办。倘能实心出力，亦由委员移县酌赏，庶几有所忌惮，而呼应亦灵。至赈册赈票，皆责令委员亲填，不许以役、保所造为据。如委员懒惰失察，任其滋弊，即无受贿，亦当立予严参。

一、印委各员，宜令互相稽察也。此次委查之员，应各给木戳一颗，刊明"承查某州县户口某员戳记"字样，俾其携带下乡。除查完一户用油灰书其门首，查完一村将户口揭榜通衢，如有舛错，准于五日内呈明更正外，应另将各村总数随时汇开清折，径行报司，外用木戳官封，写明"灾赈公文马上飞申"字样，并编列号次，以凭查考。其赈票上亦以木戳盖之，使验票即知为何员所查。仍将查过底册移送州县，则印官无从添入户口矣。印官接到委员底册，立即下乡抽查。如其有册无榜，或册榜不符，即将该委员揭参撤换。藩司与该管道、府仍节次亲查，核对榜册，

四、稽察印委各员。

若印委通同回护，定即一并参办。

五、区别应赈与不应赈之人。

一、应赈不应赈之人宜详细区别，以防争论也。赈银原以赒困乏，其有微本经营与手艺得以资生者，即不宜滥入。乃乡愚习于蛮野，往往力可支持之户亦要混作贫民，且必争为极贫，而不愿为次贫。又欲概填大口，而不愿有小口，在襁褓而硬求入册，约宾朋而凑报多人。田地本坐熟庄而借题影射，养赡非无亲族而诡说零丁。若斯之类，不胜枚举。应由该州县申明定例及历办应赈、不应赈条款，另缮高脚牌，令地保掮负，随同委员明白晓谕，以杜争论之端。倘宣示后仍复强争，即属明知故犯，应先除名扣赈，再行严拿重惩。如一乡之中无理取闹者多，必有指使之人，应先将地保、圩长痛加惩治。

六、严禁灾头搅闹。

一、严禁灾头以戢刁风也。灾之轻重，户之极次，口之多寡，皆应静候印委各员查明册报。乃有刁生劣监、土豪地棍倡为灾头名色，号召愚民，敛钱作费，到处连名递呈。及委员查赈时，呼群结队，牵挽喧嚣，不令挨户入查，直欲先抢赈票。又暗使妇女泼水掷土，围轿拦舟。或请委员上楼而绝其梯，或诱委员入庙而扃其鐍[8]。此种混行搅闹，目无法纪，尤为可恶。现已拿获在泰州滋闹之灾头王玉林、夏体元等，奏明严行审办。应责令该委员于查赈时访有前项灾头，立即锁拿。一面具文通禀，一面移送该州县严讯，按律定拟。倘值刁徒滋闹，委员坐困在乡，而州县漠然坐视，许该委员据实禀揭，立即撤参示儆。

一、棚栖灾民宜附庄给赈，以示体恤也。查逃荒灾民以荒就熟者多[9]，以荒就荒者少，应令印委各员于查赈之时，详加体察。如系外来乞食之过路流民，自应不准入册。其有搭棚栖止者，或由本属别村暂移高阜，或系外县人氏寄居堤塍，应先询明原籍村庄，谕令回籍领赈。其原籍实在无处栖身，不愿回归者，若强令遣回，转虞失所。应即准其附庄列入册尾，照次贫予以赈济，以免流离。仍一面开列花名户口，移明原籍，以防重领。其虽系棚栖而积有余粮或小本营生者，仍不给赈，以杜影射。

七、体恤棚栖灾民。

一、闻赈归来宜明立限制，以防重冒也。例载：闻赈归来者并准入册赈恤。此次流民外出者

八、防止重冒给赈。

甚多，若不论到籍先后，概予补给，则若辈有恃无恐，必俟行橐充盈之后，始肯言旋。而放赈早已过时，亦恐倍滋弊混。除出示晓谕，务于大赈未散以前各还原籍外，现令查赈委员将各村外出之户，皆用另册登明，俟其回归之时，验有留养资送之州县移来名册可查，并本籍房屋与委员查赈时册载相符者，方准一体给赈。仍按其何月归来，即以何月为始，庶免两处跨领之弊。其延至展赈毕后始归者，若非散处别村，业已附庄给赈，即系留养熟地，所获较赈为多，应不准其补给。

九、领银易钱多寡，以定办赈优劣。

一、领银易钱，须择价善之区设法购运也。查历届散赈所报钱价，比平时每减至十分之一。其弊一由于市侩之乘机射利，跌价病民；一由于州县之挹彼注兹，将多报少。独不思在官多散一钱，即穷黎多得一钱之益，为民父母，于此而不用吾情，乌乎用吾情？况此次办赈规费既议革除，纸饭又有津贴，并将应发银两预先解到府州，更何词之可借乎？查刻下省城库纹一两易足钱一千三百文，该地方官应将现领之银，速即探明何处多换钱文，即向何处交易，虽不免有盘运之费，而水路运脚总不甚多，比之偏僻地方易钱，自必有赢无绌。将来即按其所报钱数，以定其办赈之优劣。如每大口一月赈银能给钱至二百文以上者，定当列为优等，详明奖励；若仅给一百七十文以下，则须将因何少换之故，切实声明，以凭查访。如有克扣，法立随之，勿以向来积习相沿，恬不为怪也。

一、赏票名目，应严行革除也。委员赴乡查赈，每于截数之后，随查人等求赏赈票，以资酬劳。殊不思伊等给有饭食，即不敷用，亦应由地方官捐资另赏，岂可以拯灾之帑项，作为赏犒之私恩。且此次饭食已由各官捐廉优给，更不得借口赔贴。应将赏票永远禁革，倘仍私相予受，察出倍惩。

十、革除赏票名目。

以上十条，皆目前查赈要务，汇核各属所禀，参以闻见，通饬遵行。至放赈之时，宜于适中之地多设厂所，妥为散放。钱数不可短少，赈票不许质卖。总期民沾实惠，弊绝风清，乃不负司牧之任，是所厚望焉。

【注释】

[1] 道光十一年十月（1831 年 11 月），江宁布政使林则徐奉旨总司江北赈抚事宜，制定这份查赈章程十条。十月十九日（11月 22 日），林则徐奏："臣先经督臣陶澍传奉谕旨，总司江北赈抚事宜，……旋经督抚臣奏明，敕俟盐巡道葆谦提调文闱事竣，将藩署事件移交代印代行，再往淮、扬查勘等因，臣于灾务事宜业经颁发章程，正在移交出省，……现仍钦遵前奉谕旨，周历淮、扬一带查勘督办，断不敢稍图暇逸，自外生成。" [2] 江、扬、淮、海等属：即当时江苏的江宁府、扬州府、淮安府和海州所属各县。 [3] 正印：布政使至知州、知县均用正方形的官印。此指府州县官。 [4] 候补：等候补授实缺的职官。佐杂：见《复奏遵旨体察漕务情形通盘筹画折》注 [48]。 [5] 官捐银：各属官员捐献的救灾款。案：此处指从官捐银中拨款作为查赈委员的补助，杜绝他们以"赔累"作为向基层需索、贪污的借口。 [6] 书：书吏、司书，办理例行公事的官吏。厘头：整数外的些少富余。 [7] 使费：费用。 [8] 扃（jiǒng）：自外关闭。鐍（jué）：锁钥。 [9] 以荒就熟：逃荒灾民从灾区逃到非灾区。荒、熟，指农作物的歉与丰。

【点评】

道光十一年二月初九日（1831 年 3 月 22 日），林则徐交卸湖北布政使职任；二十九日（4 月 11 日），在开封接任河南布政使。这年夏天，运河在江苏马棚湾、十四堡溃口，酿成江北大水灾，连省会江宁，亦被水淹。道光帝据两江总督陶澍奏请，调林则徐为江宁布政使，负责救灾事宜。林则徐于八月初三日（9 月 8 日）在扬州接任。十月初，江南灾区粗定，又奉旨总司江北赈抚事宜。他根据以往救灾的经验，制定这份查赈章程十条，约束官员吏役，力除赈灾工作的腐败行为，十月初九日（11 月 12 日）经江苏巡抚程祖洛奏请批准施行。这一章程的实行，取得明显成效，使灾民得到实惠。"道路传言，皆谓之清赈，嗣后查办灾务，即以此为定章。"同年程恩泽《寄别林方伯少穆》诗中推林则徐救灾恤民的才能："江南粗定抚江北，直跻东海寻桑田"，"君来弭节慰穷城，全活奚止恒沙千"。

防汛事宜

道光十七年五月下旬（1837 年 6 月下旬）于武昌

一、设窝铺[1]。凡临流顶冲最险要处，必须多聚人夫料物，应择适中最要处所，报明建盖窝铺。计所辖各段，正堤共需窝铺几座，每座所雇人夫约以三名为度。合两三铺再派家丁一人往来稽查，仍按段竖立宽阔牌签一枝，大书丁役人夫姓名，以凭点验。

一、制抬篷。窝铺不能多设，既设即难迁移，自应添制抬篷。篷以木为之，上盖箬席，中有板铺，可睡二人，两头俱有木杠伸出，可以抬走。

一、积土牛[2]。汛涨猝至，临时无土，每致束手。必须挑土积起，即以所雇人役为之。每一土牛高约四尺，长二丈，顶宽二尺，底宽一丈，每日一夫应挑土几担，几夫可积一土牛，按夫按日核定挑积，报候点验。其无土之处，挑堆瓦矿亦属可用。

一、备物料。石块方圆大小不拘，多多益善，下俱仿此、砖块、木桩、板片、木橛、草束、柴把、苇把、树枝、绳缆、草帘、油篓、麻袋篓袋内均贮沙贮土，或贮瓦矿，俱不拘、破烂棉絮、破锅、破缸以扣泉眼、硬煤、芦席、火把、油烛。

一、储器具。石硪、木夯、铁锄、铁锨、粪箕、木桶成担、扁桶、路灯、灯架、手灯、雨伞、箬笠、蓑衣、草鞋、铜锣、木梆。

一、境内工段，最要几处，次要几处，某处派丁役几名，通堤统共若干，归于汛委何员管束，先即核定人数，造册详明候验。

一、防汛之人，每名每日饭食连油烛约一百文，挑土者视其难易远近，酌予加增，不得少发。

考虑周详，未雨绸缪，措施得力，责任明确，体恤民工。

一、修工时监修之董事人等[3]，大汛责令如所修工段，随同印汛委员住堤防护，该州县应即随时督率，务使认真。遇有险工，协力抢护，以期化险为平，不得听其推诿躲避。

一、此段有险，上下段及对岸夫役均须赶往帮抢，并携带料物协济。

一、各属所配军流徒犯及有案窃匪[4]，如可收作夫役，使之挑积土牛，给予饭钱，以免逃脱复犯，较之充警，更为一举两得，似属可行。应饬各州县督率汛员，查明境内此种人犯共有几名，分别安插，以资役使，仍造册报候点验。

【注释】

[1]窝铺：临时搭建的供睡觉用的窝棚。　[2]土牛：堆在堤坝上以备抢修用的土堆。　[3]修工时监修之董事：民征民修的堤坝，设董事监修。　[4]军流徒犯：犯充军、流刑和徒刑的案犯。

【点评】

道光十七年正月二十二日（1837年2月26日），林则徐升任湖广总督。三月初五日（4月9日），抵武昌就任。五月，长江流域进入夏汛期，林则徐亲自制订防汛事宜十条，从组织机构到人力物资的配置等事项作了明确具体的部署，督饬沿江各地官员做好防汛准备。本文是对长江防汛经验的总结和推广。

奉旨前往广东查办海口事件传牌稿

道光十八年十一月二十三日
（1839 年 1 月 8 日）于良乡

为传知事：

照得本部堂奉旨驰驿前往广东查办海口事件 [1]，并无随带官员供事书吏，惟顶马一弁 [2]，跟丁六名，厨丁小夫共三名，俱系随身行走，并无前站后站之人，如有借名影射，立即拿究。所坐大轿一乘，自雇轿夫十二名；所带行李，自雇大车二辆、轿车一辆。其夫价轿价均已自行发给，足以敷其食用，不许在各驿站索取丝毫。该州县亦不必另雇轿夫迎接。至不通车路及应行水路之处，亦皆随地自雇夫船。本部堂系由外任出差，与部院大员稍异，且州县驿站之累，皆已备知，尤宜加意体恤，所有尖宿公馆 [3]，只用家常饭菜，

严禁糜费接待，只用家常便饭。不许随行人员暗受站规门包。

不必备办整桌酒席，尤不得用燕窝烧烤，以节糜
费。此非客气，切勿故违，至随身丁弁人夫，不
许暗受分毫站规门包等项[4]。需索者即须扭禀[5]，
私送者定行特参。言出法随，各宜懔遵毋违。切
切。须至传牌者。

右牌仰沿途经过各州县驿站官吏准此。

此牌由良乡县传至广东省城[6]，仍缴。

【注释】

[1]海口事件：指广东沿海鸦片走私相关的一系列活动。[2]顶
马：官员出行时仪仗中前导的骑马差役。　[3]尖宿：打尖和住
宿，打尖为旅途中休息之意。　[4]站规门包：通指贿赂、小费
等。　[5]扭禀：扭送禀告。　[6]良乡县：县治在今北京市房山
区良乡镇。

【点评】

道光十八年（1838），道光皇帝决定禁烟，在北京
连续召见林则徐八次，最后授林则徐为钦差大臣到广东
去"查办海口事件"。十一月二十三日（1839年1月8
日），林则徐肩负禁烟重任，离京赴粤。这是起程时发
出的"传牌"。传牌严禁沿途糜费款待，严禁随身丁弁
求索门包，体现了林则徐体恤下情、为官清廉和办事认
真的作风。

密拿汉奸札稿

道光十九年正月十一日
（1839 年 2 月 24 日）于泰和

为密饬查拿事：

照得本部堂恭膺简命[1]，来粤查办海口事件，首在严拿汉奸。缘外夷鸦片之得以私售，皆由内地奸民多方勾串，以致蔓延日广，流毒日深。现在新令极严，查拿不容不力。所有包买之窑口，说好之孖毡[2]，与兴贩各路之奸商，护送快艇之头目，有经京堂科道指名陈奏[3]，奉旨将原折发交本部堂查办者，有经密查暗访得其踪迹者，现俱开出姓名，间有访知住址，合急粘单密札饬拿[4]。为此札行布、按两司，速即会同查照单开各项人犯，密派妥干之印委人员[5]，即日改装易服，分投查探，出其不意，带役拘拿，并查起所藏赃具簿据，一并搜寻务获，不可稍任窜匿。其获到之犯，随即讯取供情，一俟本部堂到省，即日解送行辕[6]，以凭饬审。

惟其中多有各衙门堂差及营兵在内，恐该管

密令广东布政、按察两司，严拿贩毒汉奸。

官及委员均不免意存回护，化有为无，或称卯册无名[7]，或称其人早故，并或谓其因缉获过严，致被挟仇诬陷者。不知此等久已著名[8]，难瞒众人耳目，一经审讯，无难水落石出。即使果有一二被诬，亦须讯明，即予昭雪[9]，总不容听其躲避。至在官人役犯法，本管官虽有失察处分，而自行拿获惩办者，例准免议[10]。况上年各省拿获鸦片，奏奉恩旨："既往之事，付之不咎"，更毋庸规避处分[11]。如目下再有徇庇，是转自陷于私罪矣[12]。岂服官者尚不明此义耶[13]？其或前充兵役、后已缘事革去者，亦准据实声明。但书差久已通同一气[14]，当此极力整顿之际，断不可稍任庇延[15]。其单内列入最要者，尤不得一名远飏，大干未便。嘱切伫切[16]！特札[17]。

【注释】

[1]部堂：清代京师各部堂官及总督的别称。总督例兼兵部尚书衔，林则徐时为湖广总督，故自称"本部堂"。简命：选派任命。　[2]窑口：暗中包售鸦片的地方。孖（ma）毡：也写作"马占"，是merchant的译音，即经纪人。因善于在中国商人与

外国商人之间说合成交，所以叫"说好之孖毡"。　[3]京堂：清代都察院、通政使司、詹事府、大理寺国子监、太仆寺、太常寺、光禄寺各卿寺衙门的堂官。这里指都察院，即掌管监察弹劾的机构。科道：明、清两代对吏、户、礼、兵、刑、工六科的给事中与各道监察御史的合称。　[4]粘单：旧式公文后面附粘一纸，上写与该公文有关的事项，类似现在的附件。这里指犯人的名单。　[5]妥干：办事妥当干练。　[6]行辕：清代高级官员衙署前例设木栅辕门，钦差奉命出京办事，驻地设辕门，故称行辕。　[7]卯册：古代官署的点名册。　[8]此等：指各衙门堂差及营兵中的烟犯。　[9]昭雪：洗刷冤屈。　[10]例准免议：条例规定准许免予处分。　[11]付之不咎（jiù）：不再追究。规避：设法躲避。　[12]徇庇：徇私包庇。私罪：由营私所获的罪行。　[13]服官者：当官的人。　[14]书差：书吏、差役等官署中办事和勤杂人员。　[15]庇延：庇护拖延。　[16]大干未便：违犯条例没有好处。嘱切伫（zhù）切：殷切嘱托。旧时公文常用的语句，表示重视、希望、期待等。　[17]札末原附汉奸名单，略。

【点评】

这是林则徐在去广东的途中，从江西泰和县发给广东布政使和按察使的一封公文，叫他们密拿汉奸，立即按照已经查知的汉奸名单，"出其不意，带役拘拿"，决不许一名漏网。他严厉警告地方官吏，不得徇私包庇，否则从严惩处，而对那些本来应有失察处分，但能"自行拿获惩办者"，则免予处分。这是林则徐坚持禁烟的有力措施。

谕洋商责令夷人呈缴烟土稿

道光十九年二月初四日
（1839 年 3 月 18 日）于广州

谕洋商知悉[1]：

照得广东华夷互市，已历三百余年，彼岂不能自相交易，所以必设洋商者，原为杜私通而防禁物起见也[2]。恭查嘉庆二十一年钦奉上谕："责令洋商查明，如各夷船带有鸦片，即将货物全行驳回，不许贸易，原船逐回本国等因。钦此。"钦遵在案。

查节次夷船进口[3]，皆经该商等结称，并无携带鸦片，是以准令开舱进口，并未驳回一船。今鸦片如此充斥，毒流天下，而该商等犹混行出结，皆谓来船并无夹带，岂非梦呓[4]！若谓所带鸦片，早卸在伶仃洋之趸船[5]，而该商所保其无夹带者，系指进口之船而言，是则掩耳盗铃，预存推卸地步，其居心更不可问。譬如人家防夜，设立更夫，乃财物已被席卷而逃，而看更者犹曰无贼，此非通盗而何？况夷馆系

指责洋商历年弊端。

该商所盖，租与夷人居住，馆内行丁及各项工役，皆该商所雇，马占等皆该商所用，附近银铺皆该商所与交易者[6]。乃十余年来，无不写会单之银铺，无不通窑口之马占，无不串合快艇之行丁工役[7]。并有写书之字馆，持单之揽头，朝夕上下夷楼，无人过问[8]。银洋大抬小负，昼则公然入馆，夜则护送下船，该商岂能诿于不闻不见[9]？乃相约匿不举发[10]，谓非暗立股份，其谁信之！

且闻从前夷人来馆，先穿大服，佩刀剑拜候，各商多有辞而不见，候其再来，而后答之。近年乃有托言照应过关，下澳远迎者矣。甚至东裕行竟送肩舆与大班嚜乘坐，而该大班转不许该商乘轿入馆[11]。种种悖谬，廉耻何存[12]！此虽皆由试办之商觍颜作俑[13]，素有身家之原商尚不至此，而薰莸同臭，实为尔等羞之[14]！在尔等只知致富由于通商，遂尔巴结夷人为利薮[15]。岂知夷人之利，皆天朝所予，倘一旦上干圣怒，绝市闭关，彼各国皆无锱铢之利可图[16]，而何有于尔等乎？乃不知朝廷豢养深恩[17]，而引汉奸为心腹。内地衙门，一动一静，夷人无不先知。若向该商问及夷情，转为多方掩饰，不肯吐实。即如纹银出洋，最干例禁，夷人果皆以货易货，安有银两带回[18]？况经该商等禀明，每年交易之外，夷人总应找入内地洋钱四五百万元不等。如果属实，何以近来夷船，并无携带新洋钱到港，而内地洋钱日少一日？该商中之败类者，又何至拖欠夷债百余万之多[19]？可见"以货易货"四字，竟是全谎。更有奇者，该商借有前任粤海关阿所奏余剩洋银带回三成暂时试行之案，遂援为定例，年年影射，禀请下船，多制木箱，如同解饷[20]。甚且代称某年夷人寄存某处银若干，今托某夷人带回，因与海关书吏串通做案，商则一面出结，银则一面出洋。言与行违，恬不为怪[21]。曾经奉旨饬查，仅以一禀支饰了事[22]。况如夷人查顿等[23]，皆惯卖鸦片最为奸滑之人，前年奉旨查逐，而该商尤为力保，有"察出串卖鸦片，取银给单，情甘坐罪"之语，结犹在卷，试问此结应坐罪乎否乎？又因义士船上之鸦片[24]，系在内河搜出，是并进口之船出结亦不足据矣。旧冬三板船七只，因该商等屡禀，甫经准行，乃漏货物者有之，带火药者有之[25]。如曰不知，要尔何用？如曰知之，罪不容诛！今计历年中国之银耗于外洋者，不下几万万矣。叠奉谕旨，以鸦片入口纹银出洋之事，责备大小官员，十分严切，而该商等毫无干系，依然藏垢纳污，实堪令人切齿！本大臣奉命来粤，首办汉奸，该商等未必非其人也。合亟谕查[26]。谕到，该商等立即逐一据实供明，以凭按律核办。

责令洋商向外国鸦片贩子传达缴烟谕令。

至现在先以断绝鸦片为首务，已另谕夷人将趸船所贮数万箱鸦片悉数缴官，并责令签名出具汉字夷字合同甘结，声明"嗣后永不敢带鸦片，如再夹带，查出，人即正法，货尽入官"。此谕即交该商等赍赴夷馆[27]，明白谕知。必须严气正性，晓以利害，不许仍作韦脂之态，再说央恳之词，务令慷慨激昂，公同传谕[28]。限三日内取结禀复。如此事先不能办，则其平日串通奸夷，私心外向，不问可知。本大臣立即恭请王命，将该商择尤正法一二，抄产入官，以昭炯戒[29]。

显示禁绝鸦片之决心。

毋谓言之不早也。特谕。

【注释】

[1]洋商：也称行商，广州十三行商人。 [2]杜私通：杜绝私下不合法的来往、贸易等。禁物：政府不允许贸易的物品，这里主要指鸦片。 [3]节次：有次序的。 [4]混行出结：乱作担保、保证。梦呓（yì）：梦话，比喻胡说。 [5]伶仃洋：又作"零丁洋"，在广东珠江口外。趸（dǔn）船：固定在水面供装卸和堆积货物的一种船只。 [6]夷馆：行商租与外国商人使用的商馆。行丁、工役：在商馆为外国商人提供翻译、看门、看货、挑水等服务的中国人，须由行商代雇和担保。马占：即孖毡。银铺：以兑换银钱、鉴别银钱质量为主要业务的店铺。 [7]会单：外国鸦片贩子开出的发货单。串合：串通勾结。 [8]写书：中国鸦片走私商人通过窑口缴纳现银，从外国鸦片贩子手中取得鸦片会单的过程。字馆：写会单的地方。揽头：包揽鸦片走私船的把头。 [9]大抬小负：数量多则抬，数量少则背负。诿：推诿，找借口。 [10]匿不举发：隐瞒起来不报告揭发。 [11]东裕行：广州十三行之一。谢嘉梧创设于嘉庆十六年（1811），道光十三年（1833）歇业。肩舆：一种轿子。大班：鸦片战争前夕，中国人对到广州的外国商船中管货和处理商务的货长以及英国东印度公司驻广州办事处的负责人等的称呼。大班噹：英国东印度公司驻广州的大班噹师（也译作盼师）。道光十年（1830），东裕行送绿呢小轿给噹师，引发中英冲突。 [12]悖（bèi）谬：言行荒谬，不合事理。 [13]靦（tiǎn）颜作俑：厚着颜面不知羞耻地首开恶例。 [14]薰莸（yóu）同臭：薰，一种香草，比喻好人。莸，一种臭草，比喻坏人。此句意为好人混杂在坏人中间同样沾有恶名声。 [15]利薮：利益之源。 [16]锱（zī）

铢（zhū）之利：极少的利益。锱铢是古代很小的重量单位，六铢为一锱，四锱为一两。　[17]豢（huàn）养：喂养。　[18]干例禁：违反禁令。干，触犯。　[19]拖欠夷债：行商拖欠外国商人的债务。　[20]粤海关阿：指粤海关监督阿尔邦阿，道光元年（1821）任。粤海关是清代设立的广东海关。影射：故意借甲为乙，迷惑人，从中得利。　[21]恬（tián）不为怪：对于不合理的事情，安然不以为奇怪。[22]支饰：支吾掩饰。[23]查顿：来广州从事鸦片走私活动的英国人。　[24]因义士：从事鸦片走私的英国人。　[25]漏货物：偷漏走私货物。　[26]藏垢（gòu）纳污：隐藏容纳肮脏的东西，比喻隐瞒包容坏人坏事。合亟：应该赶紧。　[27]赍（jī）：携带。　[28]韦脂之态：形容柔媚讨好的样子。韦：软牛皮，脂：油脂。　[29]炯（jiǒng）戒：严肃明白的警戒。

【点评】

道光十九年正月二十五日（1839年3月10日），林则徐抵广州。二月初四日（3月18日）午后，林则徐在越华书院寓所会同两广总督邓廷桢、广东巡抚怡良传讯十三行洋商，颁给谕帖二件。这是责令洋商向外国商人传达呈缴烟土的谕令。严厉斥责洋商"巴结夷人为利薮"，对夹带鸦片进口的外国商船"混行出结"，对鸦片贩子的走私活动"匿不举发"，甚至同鸦片贩子"串通做案"，从中分肥，大量偷漏白银出国。他坚决表示，对于里通外国的洋商，一定要"按律核办"。为了禁绝鸦片，林则徐还勉励洋商在禁烟斗争中戴罪立功。

谕各国夷人呈缴烟土稿 [1]

道光十九年二月初四日
（1839 年 3 月 18 日）于广州

谕各国夷人知悉：

照得夷船到广通商 [2]，获利甚厚，是以从前来船，每岁不及数十只，近年来至一百数十只之多。不论所带何货，无不全销；愿置何货，无不立办，试问天地间如此利市码头，尚有别处可觅否？我大皇帝一视同仁，准尔贸易，尔才沾得此利，倘一封港，尔各国何利可图？况茶叶、大黄，外夷若不得此，即无以为命 [3]，乃听尔年年贩运出洋，绝不靳惜，恩莫大焉。尔等感恩即须畏法，利己不可害人，何得将尔国不食之鸦片烟带来内地，骗人财而害人命乎！

查尔等以此物蛊惑华民，已历数十年 [4]，所得不义之财，不可胜计，此人心所共愤，亦天理所难容。从前天朝例禁尚宽，各口犹可偷漏。今大皇帝闻而震怒，必尽除之而后已，所有内地民人贩鸦片开烟馆者立即正法，吸食者亦议死罪。

谴责外国鸦片贩子积年贩卖之罪。谕令将夷船鸦片尽数缴官。

尔等来至天朝地方，即应与内地民人同遵法度。本大臣家居闽海，于外夷一切伎俩，早皆深悉其详[5]，是以特蒙大皇帝颁给平定外域、屡次立功之钦差大臣关防[6]，前来查办。若追究该夷人积年贩卖之罪，即已不可姑容。惟念究系远人，从前尚未知有此严禁，今与明定约法，不忍不教而诛。查尔等现泊伶仃等洋之趸船[7]，存有鸦片数万箱，意欲私行售卖。独不思海口如此严拿，岂复有人敢为护送，而各省亦皆严拿，更有何处敢与销售？此时鸦片禁止不行，人人知为鸩毒，何苦贮在夷趸，久碇大洋，不独枉费工资，恐风火更可不测也。

合行谕饬。谕到，该夷商等速即遵照将夷船鸦片尽数缴官。由洋商查明何人名下缴出若干箱，统共若干斤两，造具清册，呈官点验，收明毁化，以绝其害，不得丝毫藏匿。一面出具夷字汉字合同甘结，声明"嗣后来船永不敢夹带鸦片，如有带来，一经查出，货尽没官，人即正法，情甘服罪"字样。闻该夷平日重一信字，果如本大臣所谕，已来者尽数呈缴，未来者断绝不来，是能悔罪畏刑，尚可不追既往，本大臣即当会同督部堂、抚部院禀恳大皇帝格外施恩[8]，不特宽免前愆，并请酌予赏犒，以奖其悔惧之心。此后照常贸易，既不失为良夷，且正经买卖尽可获利致富，岂不体面？倘执迷不悟，犹思捏禀售私，或托名水手带来与尔无涉，或诡称带回该国投入海中，或乘间而赴他省觅售，或搪塞而缴十之一二，是皆有心违抗，怙恶不悛，虽以天朝柔远绥怀，亦不能任其藐玩，应即遵照新例[9]，一体从重惩创。

　　此次本大臣自京面承圣谕，法在必行，且既带此关防，得以便宜行事，非寻常查办他务可比。若鸦片一日未绝，本大臣一日不回，誓与此事相始终，断无中止之理。况察看内地民情，皆动公愤，倘该夷不知改悔，惟利是图，非但水陆官兵，军威壮盛，即号召民间丁壮，已足制其命而有余。而且暂则封舱，久则封港，更何难绝其交通。我中原数万里版舆，百产丰盈，并不借资夷货，恐尔各国生计，从此休矣。尔等远出经商，岂尚不知劳逸之殊形，与众寡之异势哉。

"若鸦片一日未绝，本大臣一日不回，誓与此事相始终。"道光帝："批览至此，朕心深为感动。卿之忠君爱国皎然于域中化外矣。"

先说以天理人情，后警以国法军威，禁绝鸦片断不中止。

　　至夷馆中惯贩鸦片之奸夷，本大臣早已备记其名，而不卖鸦片之良夷，亦不可不为剖白。有能指出奸夷，责令呈缴鸦片并首先具结者，即是良夷，本大臣必先优加奖赏。祸福荣辱，惟其自取。

　　今令洋商伍绍荣等到馆开导[10]，限三日内回禀，一面取具切实甘结，听候会同督部堂、抚部院示期收缴，毋得观望逶延，后悔无及！特谕。

【注释】

[1]夷人：当时对外国人的传统称呼。　[2]广：广东。乾隆二十二年十月初七日（1757年11月10日），清廷宣布"嗣后口岸定于广东"，夷船"止许在广东收泊贸易"。广东口岸，即广州。从乾隆二十二年到鸦片战争战败被迫废止，史称广州一口对外通商时期。　[3]大（dài）黄：多年生草本植物，根茎有苦味，用作药材，健胃止泻。无以为命：无法生活。林则徐在湖广总督任上，就认为"茶叶、大黄、湖丝，皆内地宝贵之物，而外洋不可一日无者"。此句反映林则徐初到广州时，对外国情况还不够了解。　[4]已历数十年：乾隆二十二年（1757），英国在东印度公司名义下占领印度鸦片产地孟加拉，乾隆三十八年（1773），东印度公司取得鸦片专卖权，开始向中国输入鸦片。到林则徐抵广州禁烟时，已有五十五年。　[5]家居闽海：家住福建沿海。林则徐出生地福州，为闽东港口城市，濒临台湾海峡。于外夷一切伎俩，早皆深悉其详：嘉庆十一年（1806），林

则徐在厦门任海防同知书记时，对外国鸦片贩子走私鸦片的伎俩有所了解。　[6] 钦差大臣关防：钦差大臣的官印，长方形，用紫红色印水，也叫紫花大印。林则徐《戊戌日记》：道光十八年十一月十六日（1839 年 1 月 1 日），"出赴军机处领出钦差大臣关防，满汉篆文各六字，系乾隆十六年（1741）五月所铸，编乾字六千六百十一号。"　[7] 道光元年（1821）以后，外国鸦片贩子为对抗清朝的禁烟命令，将鸦片走私据点从澳门转移到伶仃洋上，设立固定的趸船，冬季停泊在伶仃岛洋面，西南季候风到来时移泊于金星门、急水门和香港岛附近。　[8] 督部堂：总督。此指两广总督，即邓廷桢（1776—1846），字维周，号嶰筠，江宁（今南京）人。嘉庆六年（1801）进士。道光十五年（1825）起任两广总督。抚部院：巡抚。此指广东巡抚，即怡良（1791—1863，一说 1791—1857），姓瓜尔佳氏，字悦亭，满洲正红旗人。道光十八年（1838）起任广东巡抚。　[9] 新例：新的禁烟条例。　[10] 伍绍荣：即伍秉鉴（1765—1843），袭用父伍国莹商名浩官（Howqua）和兄伍秉钧商名沛官（Puiqua）。广东南海人，祖籍福建泉州安海。怡和行洋商，时为广东十三行总商。馆：十三行夷馆，又称十三行夷楼，外国人称为"商馆"，在广州城西珠江岸边，今十三行街南面的文化公园附近。

【点评】

这是发给洋商转交住在十三行商馆的外国商人的谕令。宣布奉旨禁烟，"若鸦片一日未绝，本大臣一日不回，誓与此事相始终，断无中止之理"。责令外国鸦片贩子缴出趸船上所有存烟，并在三天之内取具"嗣后永不敢带鸦片，如再夹带，查出，人即正法，货尽入官"的甘结，开响了禁烟斗争的第一炮。

会谕澳门同知再行谕饬义律缴土交凶稿

道光十九年七月十四日
（1839 年 8 月 23 日）于香山

谕澳门同知蒋立昂，转谕义律缴烟交凶。

谕澳门同知再行传谕英吉利国领事义律知悉[1]：

照得义律前在省城夷馆，遵谕呈缴鸦片，先后递禀，不下二十次，词意俱甚恭顺，屡经本大臣、本部堂批谕褒嘉[2]。迨下澳以后[3]，尚请委员议杜鸦片章程，又经本部堂批奖，一面会同本大臣遴委大员赴澳查议[4]。乃于四月二十四日，忽据禀求格外施恩，准在澳门装货。当查与天朝定例不符，断难允行，是以会同批驳。该领事因所求未遂，辄将前禀请议章程之语[5]，自行翻悔，置委员于不理。此后，凡有批谕，不收不看，饬令洋商通事传谕，则竟掩耳走避，实属怪谬异常。本大臣、本部堂念其秉性未驯[6]，或日久自知悔悟，讵料桀骜日甚[7]，竟将该国来粤货船，一概阻留尖沙嘴洋面[8]，不许进口，又不能约束夷众，致令酒醉上岸，凶杀华民林维喜身死。本大臣、本部堂委员至澳，谕令义律交出凶夷，照例办理。乃延月余之久，抗不交凶，笔谕口传，一概不理。狂妄至此，虽在他国，尚且不容，况天朝乎！溯嘉庆十三年，该国兵头都路厘等，在澳门违犯禁令，奏奉谕旨："饬即实力禁绝柴米，不准买办食物等因。钦此。"钦遵在案。此次殴毙人命，抗不交凶，情节尤重，更应绝其口食。然本大臣、本部堂犹复加意绥怀，因见义律投递该丞说帖[9]，言及命案凶犯，彻底细查等语。复于七月初九日，剀切批示[10]，令该丞传谕义律，冀其改悔。乃又挨延多日，绝不禀复。经该丞再遣引水往催[11]，转将引水横加斥骂，实出情理之外。

夫杀人者死，天理昭彰[12]，无论中国外夷，一命总须一抵，若凶手得以庇匿，谁不可以杀人？本大臣、本部堂前日批谕中，已将此理明白详示，岂尚不知悔悟乎？且鸦片最为害人之

物，本大臣于二月间谕令呈缴之时，即已示明
"不追既往，严儆后来。如夷船再带鸦片，人即
正法，货物没官，毋贻后悔"等语。旋奉颁行
新例，凡内地军民，开设窑口向外夷买鸦片者，
为首斩决枭示，为从绞死；吸食者，一年六个
月限内拟流[13]，限外亦绞。夷人带鸦片者，为
首照开设窑口例斩决，为从者绞。所带货物，
概行入官。天朝立法森严，华夷一律，并无稍
有偏私，且于严法之中，仍寓怀柔之意。如义
律前次禀请宽限一节，据称"凡印度港脚属地
请限五月，英国本地请限十月，即以新例遵行"
等语。当经本大臣、本部堂据情具奏，兹蒙大
皇帝格外天恩，亦照内地民人之限酌予一年六
个月。凡限内误带鸦片，果能悔罪自首，全行
呈缴者，即予免罪；如匿不呈缴，或所缴不实
不尽，及限外仍敢带来者，仍照新例分别斩、
绞。较诸义律所请之限更觉从宽。而呈缴则可
免罪，不缴即须治罪，是该夷等死生祸福，惟
其自取。

今奸夷尚有多名未去，趸船尚有一半未开，

尖沙嘴所泊货船，带来鸦片为数更倍于前，屡经
示谕，皆又匿不呈缴。并闻义律宣言于众，更要
大卖鸦片，现在拿获汉奸烟犯多名，皆已供明在
某某夷船上卖出，赃证确凿可凭。且又分遣三板
东驶西奔，凡潮州、南澳、高、廉、雷、琼[14]，
该夷船所不应到之地，无不窜往。每以劈柴作
为照牌，明写鸦片一个，洋银几元字样，于潮
长时随流送入各口内，诱人售买。遇有兵船驱
逐，胆敢先放枪炮恐吓抵拒。又兵船拿获汉奸，
该夷胆敢将官兵诓去[15]，掳禁夷船，勒令释放
汉奸。如此狼突鸱张[16]，岂能将就姑容，致贻
民害。本大臣、本部堂尽此一次严谕，如果即
日送出凶夷，并将新来鸦片悉数呈缴，尚可宽
其一线。不然，即当肃将天威制其死命，毋谓
言之不早也。

　　合亟谕饬。谕到，该丞即行传谕义律，立即
禀复。如不接阅，即将此谕实贴大街，俾华民及
各国夷人共见共闻。本大臣、本部堂声罪致讨，
义正词严，断断不能再缓矣。特谕。

【注释】

[1] 同知：清代知府的辅佐官以及直隶厅级地方行政主官。　[2] 省城：省会，这里指广州城。褒嘉：表扬嘉奖。　[3] 下澳：到澳门。　[4] 遴委：遴选委派。　[5] 辄：就。　[6] 未驯：不顺从。　[7] 桀（jié）骜（ào）：凶暴蛮横。　[8] 尖沙嘴：九龙西边香港北边的一个小岛。　[9] 说帖：指清代对外交上照会的称谓。　[10] 剀（kǎi）切：切实，恳切。　[11] 引水：熟悉江河河道，船只驾驶经验丰富，引导航船前进的引航员。　[12] 昭彰：极为明显。　[13] 拟流：照流刑定罪。　[14] 潮州：广东省东部。南澳：今南澳岛。高：指高州府，今广东高州。廉：廉州府，今广东合浦。　[15] 诓（kuāng）：欺骗。　[16] 狼突鸱（chī）张：像狼一样奔突，像鹰鸱张开翅膀。形容为数众多的坏人到处胡作非为，没有顾忌。

【点评】

英国驻华商务监督义律在被迫缴烟以后，仍继续违法贩毒，并阻止英国商人具结进口，从事正当贸易。道光十九年五月二十七日（1839 年 7 月 7 日），英国水手在尖沙嘴行凶，打死中国农民林维喜，义律无视中国主权，竟将凶犯隐藏起来。林则徐多次令义律继续缴烟，让英国商人具结进口，并令义律交出杀人凶犯，按照中国法律处理。义律一概抗拒不交。七月十四日（8 月 23 日），林则徐又发出了这篇谕令，责斥义律不改鸦片走私的罪行，再一次命澳门同知谕令义律缴烟交凶，不然，"即当肃将天威制其死命"。如义律不接阅这份谕令，"即将此谕实贴大街，俾华民及各国夷人共见共闻"。

英夷鸱张安民告示 [1]

道光二十年六月初五日
（1840 年 7 月 3 日）于广州

谕近省一带军民、客商、工匠、渔户诸色人等知悉 [2]：

照得英吉利国夷人本多狡诈，且以鸦片害我民人性命，骗我内地资财，亦我民所同仇共愤。乃自断其贸易以后，该夷人尚不迅速回国，又不悔罪输诚，近更传言有兵船来粤 [3]。其来意之善恶，到后之顺逆，虽不可尽知 [4]，而彼既自外生成，我无难力制其命。在不知者，或恐其闯近内河 [5]，不无滋扰；有知者，正欲其闯入内河，乃可一鼓聚歼，不留余孽。本部堂现于乌涌至大豪头一带备齐石船数十只 [6]，并非先塞河头，杜其闯入；乃欲俟其闯入，然后填塞，使其不能逃出也。英夷诡谲，凡事虚张，来兵即极多，亦不过一万余人为止。彼之数有尽，而内地兵勇用之不尽，不独以十抵一，以百抵一，直以十千万万抵一 [7]，又何不能剿灭之有？彼若敢来内河，一则

安民告示，"如英夷兵船一进内河，许尔人人持刀痛杀"。

欲诱敌深入，瓮中捉鳖，一举歼灭。

潮退水浅，船胶臌裂，再则伙食尽罄，三则军火不继，如鱼处涸河，自来送死，安能生全？倘因势迫奔逃上岸，该夷浑身裹紧，腰腿直扑，一跌不能复起[8]。凡我内地无论何等之人，皆可诛此异类，如宰犬羊，使靡有孑遗，方足以快人心而彰国宪。

本部堂、本部院今与尔等约：如英夷兵船一进内河，许尔人人持刀痛杀，凡杀有白鬼一名，赏洋一百元；杀死黑鬼一名，赏洋五十元[9]。如持首级来献，本部堂、本部院验明后，即于辕门立时给赏。擒夹带鸦片之侦船者倍之，擒及杀死鬼夷官者又倍之。如能夺其炮位，亦照炮之大小，分别给赏。虽通夷之汉奸杀无赦[10]，能立功赎罪并赏之。业经分别赏单[11]，榜诸道路，谅尔等共知。本部堂、本部院急于荡邪涤秽，无非除害安民，定必敌忾情殷，争先恐后也。至于十三行夷楼[12]，内有别国夷人住处，闭户安居，不与英夷助势，断不许尔等乘机滋扰，擅行入室。抢夺杀人，立斩抵偿。其各凛遵毋违。特示。

道光二十年六月初五日示

发动群众，军民合力，保家卫国。

【注释】

[1] 道光二十年五月二十二日（1840 年 6 月 21 日），英国远征军海军司令伯麦（J.G.Bremer）率舰抵达澳门湾外，次日在旗舰"威里士厘"（Wellesley）号上，发布一星期后封锁珠江口的公告。二十四日（25 日），马礼逊（John Robere Morrison）将伯麦公告按中文告示格式，编成汉字说帖，写在木牌上，插于尖沙嘴一带的海滩上。六月初四日（7 月 2 日），林则徐收到新安县抄送的伯麦汉字说帖，次日即和广东巡抚怡良会衔发出本告示。　[2] 近省一带：即靠近省城广州的地方，指广州附近濒海各县城镇与乡村。　[3] 兵船：指英国军舰。林则徐在发布本告示同日发出的奏片称："五月二十二、三等日，又到大小兵船九只，车轮船三只，游奕外洋，东停西窜。……兹查近日该英夷又先后到大小兵船十只，车轮船二只，仍止散泊外洋，别无动静。……而先来之谷巴士一船及后到之布林麻等船八只，车轮船三只，又据引水禀报，于五月底及六月初间，先后驶出老万山，东向扬帆而去，瞭望无踪。"由于义律认为"不宜于让广州中国当局最先知道英国的要求是什么"，未按英国政府训令向林则徐寄交巴麦尊外相致中国宰相书，林则徐靠探报才知道英国兵船到粤，故对外称为"传闻"。　[4] "其来意"三句：言对英军的来意并不清楚。发布本告示当日清晨，林则徐在致怡良书中说："前据禀报，出老万山之夷船，扬言向东而去，欲赴江浙天津。顷据阳江镇来禀，初二日有夷船大小七只到彼，谅即前报之船折向西去，仍只为护送鸦片耳。"林则徐估计到的是英军会为护送鸦片或求通贸易进行"滋扰"和"窜越"，即发生小型、局部的战争。　[5] 内河：指珠江。　[6] 乌涌、大豪：黄埔以东珠江沿岸地名，船只进入广州的必经之地。石船即装载石料的民船。　[7] 十千万万：形容内地兵源充沛，非实际计量。按：战争初起时，来华英军总兵力为 7000

人，清军总兵力为80万人，约1∶110。　[8]腰腿直扑：似指英兵正步行走的姿势。林则徐巡阅澳门时检阅过葡兵，可能由此得到的印象。一跌不能复起：跌倒爬不起来。可知当时他对英军的陆战能力并不了解。　[9]白鬼：指英兵。当时广东人称外国人为鬼子。林则徐《己亥日记》，道光十九年七月二十六日（1839年9月3日）巡阅澳门所记："其发多卷，又剪去长者，仅留数寸。须本多髯，乃或薙其半，而留一道卷毛，骤见能令人骇，粤人呼为鬼子，良非丑诋。"黑鬼：指印度兵。林则徐译编、陈德培录存的《洋事杂录》中云："孟呀拉（孟加拉）土番，即么罗黑鬼，脚长无腿肚，红毛选其身材高大者充伍，谓之叙跛兵。"　[10]汉奸：指与外国人多方勾串，贩毒走私、通风报信、接济食物的内地奸民。即林则徐《密拿汉奸札稿》所谓"包买之窑口，说好之孖毡，与兴贩各路之奸商，护送快艇之头目"。　[11]赏单：行赏的赏格清单。中籍失载，英文《中国丛报》（Chinese Repository）曾予报导，见第九卷第165—166页。　[12]十三行夷楼：林则徐札稿称："省城十三行夷楼，建于乾隆年间，从前原止在澳夷人，偶因贸易事宜来省暂住。嗣是夷船日益增多，各夷人常川在省，与民人交易往来。"

【点评】

从这份告示，可以看出鸦片战争一触即发之际，林则徐对英国兵船来粤的情报作了错误的判断，同时低估了英军的作战能力，特别是陆战的能力，还高估了沿海的防御能力。然而，在情况不明的处境下，林则徐能够估计到英军窜犯沿海各省的可能性，而且及时飞咨通报沿海各省督抚，在广东时刻严防，以守为战，则是当时唯一可以采取的正确措施。特别可贵的，是对沿海人民作了战争动员，允许民众参加抗英斗争，制定了各种赏格，甚至"虽通夷之汉奸杀无赦，能立功赎罪并赏之"。这就在利用民力抵抗外来侵略的问题上，达到了封建专制体制允许范围内的最高程度。尤其值得注意，林则徐动员民众"许尔人人持刀痛杀"，并不是盲目排外，在告示中明确规定："至于十三行夷楼，内有别国夷人住处，闭户安居，不与英夷助势，断不许尔等乘机滋扰，擅行入室。抢夺杀人，立斩抵偿。"这就是区分良莠，有利于用英国与西方诸国的矛盾，争取其他国家的同情，孤立英国。这也是十分高明的。

答奕将军防御粤省六条 [1]

道光二十一年三月（1841年4月）于广州

一、水道要口，宜堵塞严防也。此时夷船既破虎门，深入堂奥。查省河迤东二十余里，有要隘曰猎德，其附近二沙尾，两处皆有炮台，其河面宽约二百丈，水深二丈有零。又省河西南十五里，有要隘曰大黄滘，亦有炮台，其河面宽一百七丈，水深三丈余。若前此果于该两处认真堵塞，驻以重兵，则逆夷兵船，万难闯进，省垣

向靖逆将军奕山献防御粤省六条。

高枕，何须戒严。乃既延误于前^[2]，追悔无及。今夷船正于此两处要隘，横亘堵截，使我转不能自扼其要，几如骨鲠之在咽喉矣！惟有密饬近日往来说事之员，督同洋商，先用好言诱令夷船退离此两处，而在我则密速备运巨石，雇齐人夫，一见其船稍退，即须乘机多集夫兵累千，连夜填塞河道，一面就其两岸，厚堆沙袋，每岸各驻精兵千余，先使省河得有外障，然后再图进剿。此事不可缓图，尤不可偏废。若仅驻重兵而不塞水道，则夷船直可闯过，虽有兵如无兵也；仅塞水道，而不驻重兵，则逆夷仍可拔开，虽已塞犹不塞也；塞之驻之，而不堆沙袋，则以兵挡炮，立脚不住，相率而逃，仍犹之乎不塞不驻也。此两处办成后，应致力于内洋之长洲冈及蚝墩，最后则筹及虎门，彼处有南沙山巨石可采，如何堵塞，容再酌议。

一、洋面大小船只，应查明备用也。查虎门所泊师船，除沙角失事时被焚十只外，闻尚有提中营二号三号大米艇二只、五号小米艇一只，提右营二号大米艇一只、五号小米艇一只，现停镇口，自应由水师提督配齐弁兵炮械，以备调用。其虎门以外，附近之水师营，分东则提左营、大鹏协、平海营、碣石镇，西则香山协、广海寨。现在各有师船若干，配驾弁兵炮械若干，亦应分饬配足报明候调。至省河有府厂、运厂两处[3]，均系成造师船之所，现在各有造竣师船几只，另购堪以出洋大船几只，应饬据实开报，并将篷索杠具即日备齐，听候查验。再，上年府厂改造巡船，及新造安南三板[4]，现在尚存几只，装配炮械若干，亦即开明听用。其招到快蟹船十九只[5]，现泊何处，此内壮勇若干，炮械若干，亦即禀候核夺。

一、大小炮位，应演验拨用也。查此次虎门内外各炮台，既被占夺[6]，所失铜铁炮位，合各师船计之，不下五百余尊。其中近年所买夷炮[7]，约居三分之一，尽以借寇资盗，深堪愤恨。今若接仗，非先筹炮不可，而炮之得用与否，非先演放不可。查佛山新铸八千斤火炮十四尊[8]，佥谓无处试放，殊不知演炮并不必极宽之地，只须水上备一坚固之船，安炮对山打去，其山上两头设栅拦截，必不至于伤人。并须堆贮大沙袋，每袋约长四五丈〔尺〕、宽二尺余，堆成横竖各一丈，高七八丈〔尺〕，以为炮靶。对靶演放，既有准头，而炮子之入沙囊，深至多少尺寸，果否沙可挡炮，亦即见有确凭矣。此十四尊试过如皆可用，即日运省备防，其余即于佛山如式再铸。倘试后有须酌改铸法之处，亦即就近谕匠遵办，以臻周妥。又番禺县大堂，现有五千斤夷炮四位，似可拨至离省十五里之雁塘墟向来演炮处所，亦照前式，堆排沙袋演试。又广协箭道，有夷炮六位，斤重较小，似可拨在北较场如式堆演。所有来粤客兵[9]，即令该管官带领轮班演炮。如此则炮力之远近，炮挡之坚松，与兵技之高下，无不毕见，一举而三善备焉。再前据广州协赵副将开报，该协箭道并贤良祠现存堪用各炮，约五百位，又红单船、拖风船，卸下各炮，亦约有一百位，虽俱不大，然未尝不可备防，似应分别查验演放，以便分配各船，及岸上营盘应用。至装配船兵，宜将船只驾到将近佛山之五叉口、茉莉沙、瓜埠口等处，分起装就听调，庶免疏虞。

一、火船水勇，宜整理挑用也。查夷船在内河，最宜火攻。前月经杨参赞[10]，饬备柴草、油料、松香，装就火船，约百余只，闻系署督标中军副将祺寿、候补知县钱燕诒等，经理其事。兹隔多日，恐柴草等物霉湿短少，应饬查明，重加整理。其装载之船，原只以备焚烧，固不必坚固新料，但亦不宜过于敝旧[11]。且必须有篷，方能驶风，若专借一二人之力，犹恐推送迟缓，不能成功。其船约以数只为一排，驶近夷船，则环而攻之，能于各船头尾系大铁钉，钉住夷船燃火，使之推不开，拔不去，当更得力。其未用之先，此船宜移上游，近佛山一带，装载完妥，黄夜乘风，与有炮各船，一同放下，随攻随毁，谅必有效。又内河东路之茭塘司一带[12]，另有捐办火船百余只，即某所捐办也[13]，分段停泊，如需应用，亦可随时调集，以收夹击之效。至水勇一项，人人以为必须雇用，惟患其有名无实，前此虚糜雇资，已非一次，除淇澳之二百八十人[14]，系鲍鹏为前琦部堂雇用，闻已散去，可毋庸议外，若臬、运两司访雇之水勇一百二十名，闻有董事管带，应可得用，第未知其船现泊何处，似应查点试验。又番禺县张令[15]，原由揭阳带来壮勇三百名，皆系以鸟枪擅长，每人各有自带之枪，施放颇准。此一起虽系雇为陆路之用，而上年曾经谕明，肯下船者多加雇资，彼即欣然下船，似宜将此壮勇三百名，作为水战之用。此外再雇，务须考其技艺，查其底里，必使层层保结，不任滥竽[16]，并谕明临阵争先者，即予拔官，如敢潜逃，立斩示众。信赏必罚，自足以励士气而壮戎行矣。

一、外海战船，宜分别筹办也。查洋面水战，系英夷长技。如夷船逃出虎门外，自非单薄之船所能追剿，应另制坚厚战船，以资制胜。上年曾经商定式样[17]，旋因局面更改[18]，未及制办。其船样尚存虎门寨，如即取来斟酌，赶紧制造，分路购料，多集匠人，大约四个月之内，可成二十船，以后仍陆续造成。总须有船一百只，始可敷用。此系海疆长久之计，似宜及早筹办。若此船未成之前，即须在洋接仗，计惟雇觅本省潮州及福建漳、泉之草乌船[19]，亦以百只为率。

将其人船器械一齐雇到，给予厚资，听其在洋自与夷船追击，不用营员带领，以免牵掣。仍派员在高远山头瞭望探报，果得胜仗，分别优赏，其最得力者，赏拔弁职，充入营伍。缘漳、泉、潮三郡，人性强悍，能出死力，既可兼得名利，自必踊跃争先，较之本地弁兵顾惜身家者，相去远甚。至于能在水里潜伏之人，查本省陆丰县之高良乡，饶平县之井洲，及福建澎湖之八罩乡[20]，其人多能久伏水中，似亦可以募用。其火攻器具，如火箭、喷筒、火球、火罐之类，亦宜多制备，以便临阵抛用。

一、夷情叵测，宜周密探报也。查逆夷兵船进虎门内者，在三月中旬探报，有三桅船十四只，两桅船三只，火轮船一只，两桅大三板四只，单桅大三板一只。其各国货船，在黄埔者，现有四十只。自虎门以外，则香港地方，现泊有夷兵船十七只，伙食船三只。此等情形，朝夕变迁，并非一致，似宜分遣妥干弁兵，轮流改装，分路确探，密封飞报，不得捕风捉影，徒乱人意。其澳门地方，华夷杂处，各国夷人所聚，闻见最多，尤须密派精干稳实之人，暗中坐探，则夷情虚实，自可先得。又有夷人刊印之新闻纸[21]，每七日一礼拜后，即行刷出，系将广东事传至该国，并将该国事传至广东，彼此互相知照，即内地之塘报也[22]。彼本不与华人阅看，而华人不识夷字，亦即不看。近年雇有翻译之人，因而辗转购得新闻纸，密为译出[23]。其中所得夷情，实为不少，制驭准备之方，多由此出。虽近时间有伪托，然虚实可以印证，不妨兼听并观也。至汉奸随拿随招，自是剪其羽翼之良法。但汉奸中竟有数十等，其能为之画策招人、掉弄文墨、制办船械者，是为大奸。须将大者先除，则小者不过接济食物，即访拿亦易为力矣。

【注释】

[1]奕将军：奕山（1790—1878），姓爱新觉罗氏，字静轩，满洲镶蓝旗人，道光帝亲侄，时任靖逆将军。 [2]延误于前：猎德、二沙尾炮台和大黄滘炮台先后于这年二月十四日（3月6日）和二十一日（13日）被英军攻陷。 [3]府厂：广州府属船厂。运厂：广东盐运司属船厂。 [4]安南三板：越南轧船。林则徐于上年春命船厂"仿照越南制成轧船四只"。轧船专击船底，用以火攻。 [5]快蟹船：亦名扒龙。帆张三桅，左右有快桨五六十，

水手数十人，运桨如飞。当时广东沿海民间多以这种快艇进行走私。 [6]占夺：英军于二月初六日（2月26日）攻占虎门各炮台。 [7]夷炮：指林则徐到粤后，从澳门和新加坡买进的外国铜铁大炮。 [8]佛山新铸八千斤火炮：林则徐在三月十九日（4月10日）接到奕山、隆文来信，约赴前途面商事件，于二十二日（4月13日）到黄鼎，与奕山等一同前往佛山查验新铸炮位。 [9]客兵：外地征调来的军队。此指奉调来粤的湖南兵、四川兵、贵州兵。 [10]杨参赞：即参赞大臣杨芳（1770—1846），字诚村，贵州松桃人。杨芳于道光二十一年二月十三日（1841年3月5日）抵达广州主持军事。 [11]觕（cáo）：粗糙。 [12]茭塘司：在今番禺县境内东江入口处。 [13]某：林则徐自称。 [14]淇澳：在今中山市东九十八里处。 [15]番禺县张令：番禺县知县张熙宇。 [16]滥竽：滥竽充数。典出《韩非子·内储说上》。 [17]式样：战船图式。据汪仲洋《安南战船说》，林则徐在广东搜集的中外战船资料，绘有图式的有《广东水师营快蟹艇图》《知沙碧船图》《花旗船图》《安南国鱼船图》《安南国大师船图》《安南布梭船图》《安南大头三板图》《车轮船图》等八种。 [18]局面更改：指林则徐被革职，已无权柄。 [19]草鸟船：福建制造的海船，头小身肥，船头两侧绘有两只眼睛，多桨而能行，篷长橹快，有如飞鸟。一般用于捕鱼或商业运输，可改装成战船。闽南泉州、漳州和粤东潮州，是我国面向海洋发展的重要地区，素有造船和航海传统。 [20]八罩乡：今台湾澎湖列岛中的八罩屿。当时台湾隶属于福建省。 [21]新闻纸：报纸。此指《澳门新闻纸》，主要译自在澳门出版的英文报纸《广州新闻报》（The Canton Press），每逢星期六出版；《广州纪事报》（The Canton Register），每逢星期四出版，以及新加坡出版的《新加坡自由报》（The Singapore Free Press and Mercantile Advertiser），个别译自印度孟买出版的报纸，自 1839 年 7 月 16 日起，至 1840 年 11 月 7 日止。当时曾抄多份分送邓廷桢、怡良等同僚参考。林则徐西行带有新闻纸，留在西安。　[22] 塘报：各省派驻北京的提塘官，抄录部院公文，送往本省刊发，称为塘报。　[23] 雇有翻译之人：指林则徐到粤后，雇请曾在新加坡、印度、美国或澳门学习工作的袁德辉、阿曼（Aman）、阿伦（Alum）、梁进德等人，翻译西方书报。

【点评】

林则徐被革职后，琦善继任两广总督，与英军议和。英军为迫琦善就范，于道光二十年十二月十五日（1841 年 1 月 7 日）攻破大角、沙角炮台，道光二十一年正月初四日（1841 年 1 月 26 日）占领香港。道光帝接到英军攻占大角、沙角炮台的奏报后，于正月初八日（1 月 30 日）任命奕山为靖逆将军，隆文、杨芳为参赞大臣，调兵赴粤剿办。奕山于三月二十三日（4 月 14 日）抵达广州。在此之前，英军又攻破虎门各炮台，深入省河，兵临广州城下，局势十分危急。林则徐应奕山的要求，提供这份防御粤省的意见。他根据自己的抗英经验，建议堵塞严防水道要口，查明洋面船只备用，演验拨用大小炮位，整理挑用火船水勇，筹办外海战船，周密探报敌情，认为当前形势应从陆守转向海战，加强了解敌情，积极组织民力，增设外海战船。可惜这一御敌之策，未被奕山等采纳。

散文

林希五先生文集后序 [1]

嘉庆十一年七月（1806年8月）于福州

丙寅岁 [2]，吾宗敬庐先生集同里诸耆宿 [3]，月一聚会，至则谈文学，互质所著，竟日乃散。则徐以侍家君往 [4]，获闻绪论。座中溥堂、希五、士辉三君子，俱以文集著，徐愿得观而未敢请也。

一日，谒希五先生，为崇邑宰魏某乞文 [5]，因并求先生所著集。先生知徐之不足示，而又念其愿学之切也，出一卷予之，且命曰："尔其据所见为序。"先生文岂待徐序者，抑徐岂知所以序先生文者？而顾以是命，盖以验其能读与否，且读而能领其意、审其要义否也。袖归，卒读之，漏下三刻，反复若不能已。

盛赞林希五先生之文，"大体出入唐宋诸家，而得力于《柳州集》者为多"。

　　徐维先生之文，理足词茂，叙事明洁而达于议论，大体出入唐、宋诸家，而得力于柳州集者为多[6]。夫柳州以窜逐故，得自肆力于文章，切劇斫削，戛戛乎言必己出，是以玉佩琼琚，大放厥词，其文与韩相上下[7]。先生梗直独操，出于天性，而道高毁来。身处冷官，触怒权贵，至于文致周内，下狱投荒；垂白在堂，孤身万里。士君子固有遇人不淑，守正被害，如先生者乎？此固见者之所怒目，而闻者之所扼腕也。观集中《辩惑》一首，指陈道义，炳若日星。读圣贤书，所学何事，古今人不平则鸣，大率类此。盖先生之于柳州，惟其神似，故其文之得力者为多也。

　　徐幼时即闻先生事，逮先生以恩宥旋籍[8]，徐年方冠，心敬慕之，欲修一见，然犹恐先生岩岩独立，绝不与后生小子以可炙之路。及以父执礼进谒，乃知先生处己若虚、诲人不倦如是也。即先生之文，间有自发悲愤，然皆平心言事，绝未尝以进奸雄、退处士、崇势利、羞贫贱者为过激之论。其余传记诸作，亦皆恬淡有法，不蹈畸异[9]，文之和平又如此也。乌乎！向之测先生者，不綦浅哉！

昔人谓司马子长系狱以后[10]，为文愈高，且周览天下名山大川，故能得其灵气。徐闻先生患难时，手不释卷，并于狱中著《大学中庸要义》等书，遭遣后行集若干卷，其帙尚未获见，要皆粹然儒者之言，婉乎风人之旨[11]。可知丈夫不得志于时，则以其事传之来学。今先生老而益壮，设馆授徒，都人士多从之游。先生既以古文词立教，犹且时自刻励，精益求精，穷研《史》《汉》之文[12]，旁参诸子之书。每有所作，与溥堂、士辉二先生及同社诸耆宿往来商榷，一语不苟。他日斯集行世，后进英髦[13]，咸资准酌。先生之文不朽，先生之教其亦不衰矣。

则徐初识读书门径，以谋食故驰四方[14]，未获时受长者训诲，今秋又将为鹭门之役矣[15]。承先生命，附言简末，以志愿学之诚。濒行书此，不胜太息云。

丙寅秋七月，宗后学则徐稽首谨叙。

【注释】

[1] 林希五：即林雨化（1744—1811），字于川，一字希五，福建闽县（今福州市）人。乾隆三十年（1765）举人，大挑补宁德教谕。性伉直，疾贪如仇，曾揭发福建按察使钱士椿，被诬控下狱，遣戍新疆。嘉庆元年（1796）释回后仍以读书作文为事，著有《林希五文集》。　[2] 丙寅岁：即嘉庆十一年（1806）。　[3] 敬庐：林芳春（1729—1812），字崇兰，号敬庐，福建闽县（今福州市）人。乾隆二十一年（1756）举人。著有《介石堂文钞》。耆宿：有名望的老年人。　[4] 家君：父亲。即林宾日（1749—1827），原名天翰，字孟养，号旸谷。嘉庆二年（1797）侯官岁贡生。一生以教读为业，晚年与林芳春等里中老人结真率会，讨论文字，探求经世之学。　[5] 崇邑：崇安县（今福建武夷山市）。宰：此指县令。魏某：即魏大名，字虚谷，嘉庆十年（1805）任崇安知县。按：林则徐可能在崇安当过书启，故受托向林雨化乞文。　[6] 柳州：指柳宗元（773—819），字子厚，祖籍河东（今山西运城永济）。唐文学家。贞元九年（793）进士。任礼部员外郎时，参与王叔文领导的革新活动，失败后贬为永州司马，后迁柳州刺史，故又称柳柳州。　[7] 韩：即韩愈（768—824），字退之，河南河阳（今孟州）人。官至吏部侍郎。谥文。世称韩吏部或韩文公。唐文学家。与柳宗元并为唐代古文运动的主要代表。　[8] 宥：宽恕。旋籍：回原籍。林雨化于嘉庆元年（1796）被释放回福州。林则徐时年十二岁。　[9] 畸异：超凡脱俗，奇特。　[10] 司马子长：司马迁（约前145或前135—？），字子长，夏阳（今陕西韩城南）人。西汉史学家。早年游踪遍及南北，周览天下名山大川。元封三年（前108）继父职，任太史令。系狱：指因替李陵辩解，得罪下狱，受腐刑。出狱后任中书令，发愤续撰史籍，成《史记》一书。　[11] 风人：古代采诗官。即

采编《诗经》者。　[12]《史》《汉》:《史记》和《汉书》。　[13]英髦:有才华的少年。髦,儿童垂在前额的短头发。　[14]谋食:谋生。林则徐对中举后的谋生活动没有直接的记载,清代笔记提到他外出就幕地点有将乐县、长乐县、福清县等不同说法。由此句可见,曾离开家乡福州外出谋食是可信的。　[15]鹭门:厦门的别称。据林聪彝《文忠公年谱草稿》嘉庆十一年(1806)条,林则徐七月"就厦门同知房永清书记之席"。按:《(道光)厦门志》卷十职官表,嘉庆朝海防同知,"房永清,栾城人,举人,十年任"。

【点评】

嘉庆九年(1804)秋,林则徐中举。次年三月,第一次到北京参加会试,落榜。年底返回福州后,由于家境不佳,不得不外出当私塾先生和当地方官府的书启。其间曾跟随父亲林宾日参加同里耆宿的文学聚会,结识了素所敬佩的乡前辈林雨化。嘉庆十一年七月(1806年8月),林则徐赴厦门担任海防同知书记(文书)的前夕,写下此文,表达青年林则徐对官场腐败势力的憎恨和向林雨化学习的志愿。他认为林希五先生之文,"理足词茂,叙事明洁而达于议论,大体出入唐、宋诸家,而得力于柳州集者为多"。指出柳宗元遭遇二王八司马之变,"以窜逐故,得自肆力于文章,切劘斫削,戛戛乎言必己出,是以玉佩琼琚,大放厥词",其文与"文起八代之衰"的韩愈相上下,表明唐宋八大家思想文化的精髓和要义,对林则徐人品、能力、学识、操守的形成,产生重要的影响。

重修于忠肃公祠墓记 [1]

道光二年秋（1822 年）于杭州

明代于谦与宋
代岳飞，纯忠伟伐，
千古以两少保称。

忠肃于公之祠于杭也，其一在清河坊，曰怜忠，为公故居；其一在西湖三台山麓，曰旌功，则公邱墓在焉。维公纯忠伟伐，与岳忠武同昭天壤 [2]，千古以两少保称。拜公祠者，士夫以兴其感愤，又从而嗟叹永言之，虽妇孺无知，亦不自解而生祗肃。或斋宿其中以祈梦，应如响，故奔走于祠无虚日。然之天竺、之净慈、之他佛寺者，膜拜已，辄委金钱以去，命曰香资，而于公祠独否。公裔孙依丙舍 [3]，亦世守清白罔替，恂恂然，落落然 [4]。

前年奉祠生于潢以旌功祠之宜修请 [5]，大府命前钱塘令宣君周视之 [6]，入门则前庭圮，升阶则殿宇之右二楹又圮，降而适门左为梦神祠，亦半圮。又左数十武为文丞相祠 [7]，虽未圮亦岌岌矣。盖是祠既濒湖，其地卑湿，山岚之所蒸郁，林木之所翳蔚，易蛊易腐，故垣墉栋宇之缮完，自乾隆乙卯迄今不三十年 [8]，而顿失旧观，无足怪也。于是大府允其请，斥白金八百余两，属后钱塘令方君终始其事，又得绅士陈君桐生、许君乃谷集资成之，凡五阅月而讫工，是为道光壬午春二月[9]。

余以夏六月再至杭，闻之窃喜。顷之，或语余以公墓犹弥剥[10]，祠后三楹亦半朽苦漏，其前之阶碱堂坳坼且如龟[11]。余曰：是未可已也。爰集数同志，复醵四百金，畀今钱塘令吕君[12]，俾悉甓治之[13]。及是而剥者朽者坼者，与向所为圮者、半圮而岌岌者，乃咸坚好如初。墓顶累新砖凡三成，加灰，庭五楹皆幂以石[14]，则昔所无也。

自福田利益之说中于人心[15]，纲常之有待于扶树[16]，匪细故也。如公浩气不磨于宇宙，祠墓之有无，初不足为加损。然守土者顾听其隤剥而莫之省，尚奚以言治哉？余拜公墓，累累然凡七，盖公祔于先茔[17]，而子弟孙曾以次祔焉。惟祠文信国于墓左，其义无考，岂以公生平向慕信国，尝悬画像拜之，故为是以成公志耶？九原而有知也。公方尚友信国，进而尚友岳忠武，相

重修英雄祠墓，弘扬爱国精神，是地方治理的大事。"赖有岳于双少保，人间始觉重西湖。"

与徜徉于湖光山色间，感念志事，抚膺言怀，亦
庶乎其不孤已。

【注释】

[1] 于忠肃：即于谦（1398—1457），字廷益，号节庵，浙
江钱塘（今杭州）人。永乐十九年（1421）进士。官至兵部尚书。
明代著名清官。土木之变后，督师抗击瓦剌保卫北京有功，加太
子少保衔。天顺元年（1457），英宗复辟，含冤遇害。次年，归
葬杭州西湖南面三台山麓的于氏祖茔。成化二年（1466）平反，
杭州清河坊故居改建为"怜忠祠"。弘治二年（1489），追谥肃愍，
赐在墓旁建"旌功祠"。万历十八年（1590）改谥忠肃。　[2] 岳
忠武：即岳飞（1103—1142），字鹏举，宋相州汤阴（今河南省
安阳市汤阴县）人。南宋抗金名将，绍兴十年（1140），升为少
保。尽忠报国，为收拾旧山河百折不挠，后被秦桧等以莫须有的
罪名杀害。宋孝宗登基后平反，淳熙五年（1178），追谥武穆。
宋宁宗嘉泰四年（1204），追封为鄂王，追赠太师。宋理宗宝庆
元年（1225），改谥忠武。　[3] 丙舍：在墓旁的房屋。　[4] 恂
恂然：恭顺的样子。落落然：坦率开朗的样子。　[5] 前年：即嘉
庆二十五年（1820）。　[6] 大府：对总督、巡抚的尊称。此指
时任浙江巡抚的陈若霖。钱塘令：钱塘县知县。　[7] 文丞相：即
文天祥（1236—1283），字履善，一字宋端，号文山，吉州庐
陵（今江西吉安）人。宝祐四年（1256）进士。授宁海军节度
判官，历官江西提刑、军器监兼直学士院、湖南提刑等。景炎元
年（1276），被宋端宗赵罡拜为右丞相，三年（1278），加少保、
信国公。　[8] 乾隆乙卯：乾隆六十年（1795）。　[9] 道光壬午：
道光二年（1822）。　[10] 弸（péng）：充满。刴（huō）：象声词，

形容破裂。　[11]阶礓：石砌的台阶。堂坳：堂屋的低洼处。坼：裂开。　[12]醵（jù）：凑钱、集资。畀（bì）：给。　[13]甃（zhòu）：用砖砌。　[14]幂（mì）：覆盖。　[15]福田：《佛说福田经》："佛告天帝，复有七法广施，名曰福田，行者得福，即生梵天。"福田利益，指积善行如种田，可收其获，死后进入天堂。此句指信仰佛教。　[16]纲常：三纲五常。指传统道德准则。扶树：扶植、树立。　[17]祔：附。此处指附葬。先茔：祖先的坟墓。

【点评】

道光二年四月二十四日（1822 年 6 月 13 日），林则徐在京觐见，奉命"仍发原省以道员用"。六月初七日（7 月 24 日），抵达杭州。在听候补用期间，他发起捐资重修于谦祠墓。是秋工竣，林则徐撰此文为记。

于谦是明代一位杰出的英雄人物，与岳飞同昭天壤，千古以两少保称。林则徐称赞他"纯忠伟伐"，"浩气不磨于宇宙"，以崇敬的心情倡议集资整修西湖于谦祠墓，并指出"公方尚友信国，进而尚友岳忠武，相与徜徉于湖光山色间"，是西湖重要的人文景观，加以保护与传承，是地方治理的大事。

跋岳忠武王墨迹[1]

□□□□□□道，□□双拂□归草。
油壁车轻□犊死，流苏帐晓春鸡报。

笼中娇鸟暝犹睡，帘外落花开不扫。

衰桃一树开前池，似惜容颜镜中老。[2]

观岳飞墨迹，
生敬慕英雄之情。

飞此迹与汤阴石刻满江红词、送张紫岩诗、通判学士等三札，笔势俱略相类。观其潇洒生动，翰逸神超，想见王之英灵昭铄寰宇，七百年来，犹凛凛有生气，不第于点画分布间求之也。忆徐官武林时[3]，修王祠墓，因得观思陵手敕[4]。不独书法超妙，而敕中"练兵恢复，尽孝于忠"数语，岂非大哉王言！何以墨沈未干，金牌踵至[5]，抚遗迹者莫不太息痛恨。而王之手书，独使千百世下起敬起慕。乌乎！君臣之不可同日语也如此，岂不以其人哉！翠庭珍藏此帧，幸勿以寻常翰墨玩之也。

【注释】

[1] 岳忠武王：即岳飞，著有《岳忠武王文集》。　[2] 缺文，是林则徐引录岳飞墨迹内容。经查，岳飞所录乃唐温庭筠《春晓曲》，其诗全文如是："家临长信往来道，乳燕双双拂烟草。油壁车轻金犊肥，流苏帐晓春鸡早。笼中娇鸟暖犹睡，帘外落花闲不扫。衰桃一树近前池，似惜红颜镜中老。"诗见《全唐诗》卷五七七，可补林录所缺。所录墨迹中之"死"字，疑是《云左山房文钞》石印本对"肥"草书的误认；"暝"（暖）、"開"（闲），

疑是形近而误；"报"（早）、"开"（近）、"容"（红），疑是岳飞误记或有版本异同。　[3]武林：杭州。嘉庆二十五年七月十九日（1820年8月26日），林则徐到杭州接任杭嘉湖道，道光元年七月二十四日（1821年8月21日），因得知父亲在原籍患病，以本人有病为由辞官，返回福州。　[4]思陵：宋高宗赵构。葬永思陵，其书法开南宋书风。　[5]金牌踵至：绍兴十年（1140），岳飞挥师北伐，连克蔡州、郑州、洛阳等地，取得郾城大捷。七月，宋高宗、秦桧执意和金兵议和，一日连下十二道金牌命令岳飞班师。

【点评】

岳飞虽戎马一生，也有极高的书法造诣，"潇洒生动，翰逸神超"，颇具淳正之气。此文是林则徐为岳飞墨迹所题的跋文，从观赏岳飞的手迹，"想见王之英灵昭铄寰宇，七百年来，犹凛凛有生气"，读后增添了起敬起慕之情，反映了林则徐崇拜英雄的心境和爱国的情怀。

先妣事略

道光四年八月（1824年）

先妣姓陈氏[1]，闽县故岁贡士时庵先生之第五女[2]，乾隆己亥举人武平县教谕讳文华、今孝廉方正名兰泰之胞妹也。幼读书，通晓大义，勤于女红[3]。时庵先生以宿儒讲学于乡，为都人士所宗仰。尝见家君文，异之，遂许婚焉。年十八来归，时先大父母已弃养[4]，家无立锥，而宿逋山积[5]。家君馆谷所入尽取偿焉[6]，于是饔飧恒不继[7]，先妣每忍饥饿，不使家君知之。逾年家君入学，旋食廪饩[8]，此后馆谷虽稍充，而食指渐繁[9]，贫如故。先妣工针黹，又善翦采为草木之花，大者成树，其小至于一茎一叶，皆濯濯有生意，岁可易钱数十缗，遂资其直以佐家计。

　　不孝姊妹八人[10]，皆以先慈之教，备传其妙。不孝幼随家君之塾，每夕归，则敝庐四壁，短几一檠[11]，读书于斯，女红亦于斯。不孝夜分就寝，而先妣率诸姊妹勤于所事，往往漏尽鸡号尚未假寐。其他困苦之状，类非恒情所能堪者。不孝见而愀然[12]，请代执劳苦，或推让饮食，辄正色曰："男儿务为大者、远者，岂以是琐琐为孝耶？读书显扬，始不负吾苦心矣。"嘉庆二年，家君贡成均[13]，次年不孝入学，九年甲子不孝举于乡，十六年辛未不孝叨馆选[14]，嗣是屡忝文柄，转阶御史，而先妣于女工之事未尝一日辍也。家君掌教将乐书院垂十年，每以春往冬

（书眉）家境虽然艰难，不辍读书上进。

（书眉）识见明达，教育子女立存高远。所谓孝之大者，立身行道，扬名于后世，以显父母。

归，其间经营家事，黾勉有无[15]，先妣独任其劳，心力交瘁。

庚辰夏不孝承乏杭嘉湖道[16]，遣人迎奉二亲。家君惮于水陆之险，未肯就养[17]，先妣至署居将一年，虽不必躬操作，而珍食必却，美衣弗御，常曰："一身之福有几，奈何遽欲尽之？但以分赒三党之贫乏者[18]，不尤愈乎！"是以亲族乡党缓急，无不周恤，非廉俸有余，实先妣减衣惜膳之所分及也。平日济困扶危，在人若己，必曲尽其心而后即安。虽臧获辈[19]，体恤备至，未尝有所凌淬。

辛巳秋，在署闻家君病，欲归视，适不孝疾作，遂辞官捧舆驰归，而家君以愈。次年命不孝复出供职，蒙恩授淮海道，旋擢江苏臬使[20]。自是先妣以家君不欲相离，遂亦不复就养。不孝回望白云，中心摇摇，无非喜少惧多之日矣。今秋家书来，云偶感寒疾，服药已愈，命勿为念。不孝方切疑惧，谋所以归省者，乃不旋踵[21]而讣至。呜呼痛哉！

不孝在杭嘉湖道任内恭遇覃恩[22]，先慈诰

子欲养而亲不待。

封恭人，今例晋淑人[23]。子二，长不孝则徐；次需霖，出继先伯。女八，俱适人[24]。孙四，汝舟、秋柏、聪彝，不孝则徐出；龙言，需霖出。女孙三，不孝则徐出者二，需霖出者一。

【注释】

[1]先妣（bǐ）：对已故的母亲敬称。林则徐母亲名叫陈帙（1759—1824）。　[2]时庵：即陈时庵（1713—1789），名圣灵，字尹梅，乾隆四十年（1775）贡士，候选训导。　[3]女红（gōng）：即女工，指妇女所作纺织、刺绣、缝纫等事。　[4]大父母：祖父祖母。弃养：去世之意。　[5]宿逋（bū）：意为欠有很多旧债。逋，拖欠。　[6]馆谷：给塾师的酬金。　[7]饔（yōng）飧（sūn）：饔，早餐；飧，晚餐。这里形容家境困难，时常短吃少喝。　[8]廪（lǐn）饩（xì）：官府供给学校优秀学生的粮食。　[9]食指渐繁：指家里人口渐多，需更多花费。　[10]不孝：此处为林则徐自称。　[11]短几一檠（qíng）：短几，短小的桌案；檠，灯架，指灯。这里指家中学习环境简陋。　[12]愀（qiǎo）然：形容神色变得严肃或不愉快。这里指林则徐忧虑担心的样子。　[13]成均：古代大学，后泛称官设学校。　[14]叨馆选：指林则徐1811年第三次参加会试，中进士后选翰林院庶吉士。　[15]黾（mǐn）勉有无：指努力经营家事。　[16]承乏杭嘉湖道：嘉庆二十五年（1820）林则徐接任杭嘉湖道。道，即正四品道员。承乏：指接任。　[17]就养：接受奉养。　[18]赒（zhōu）三党：赒，周济、救济，这里泛指周济亲人族党。　[19]臧获：古代称奴婢。　[20]臬（niè）使：按察使的别称，又称臬台、臬司，林则

徐于道光三年（1823）任江苏按察使。　[21]旋踵：旋，掉转，踵，脚后跟。比喻时间极短。　[22]覃（tán）恩：广施恩泽，用于帝王对臣民的封赏、赦免等。　[23]诰封：清代对官员及其先代和妻室授予封典的制度。恭人：清代为四品官员之妻或母亲的封号。淑人：清代为三品官员之妻或母亲的封号。林则徐时任正三品的江苏按察使，故其母得封淑人。　[24]适人：即出嫁、嫁人。

【点评】

　　道光四年（1824），林则徐于江苏按察使任上闻知母亲去世的消息，含悲写下此文。该文言简而情深，表现了林则徐母辛勤操持家计，爱护子女的慈母形象，同时反映出林母见识明达，教子有方，命林则徐志存高远，不务琐屑。此外，也体现出林则徐在官则忠于职守报效国家，居家则侍奉双亲、孝顺父母的品格。林则徐为一代贤臣，其成长与其父母的家庭教育亦不无关系。在家尽孝，为国尽忠是中华民族的优良传统，林则徐正是这一优良传统的典型代表。

闽县义塾记

道光五年正月（1825年2月—3月）于福州

　　治莫重于教，教莫先于养蒙。古者庠序而外，家必有塾[1]，时术之义备焉。晚近难言之矣，小民困于饥寒，不能赡身家，奚暇课子弟？于是总

治莫重于教，教莫先于养蒙。贫民不能延师，倡导推广义塾，实行传统教育以维护人心风俗。

卝之徒 [2]，目不识诗书礼乐之文，口不道孝悌忠信之言，里党征逐，习于匪僻 [3]，比长而不知悔。岂无颖悟之质，而终于不可教诲者 [4]，非一朝一夕之故也。

夫三代以前，吏即为师。《周礼》党正州长之职，皆以教治与政令并掌之。盖其德行道义足为民表，而职任又必以教化为重，不如是则为旷官。故吏之于民，若父兄之训子弟，不敢任其不率也。后世吏与儒异趣，政与化殊途。牧令疲于簿书 [5]，而教士之职仅以文学、博士领之 [6]，微论称职者鲜，即其受教之人，亦惟青衿子弟而已 [7]，未尝外及也。夫童蒙不养，何以逮于成人？家塾已废，何由登之庠序？贫民既不暇言学，牧令又不暇言教，其流必胥里党之子弟尽习为匪僻而不可挽，岂非人心风俗之大惧也哉！

莱臧明府来宰闽邑 [8]，独以教化为重，悯贫民之不能延师也，甫下车即捐清俸，倡设义塾于郡学之侧，聘董茂才羹墀主其教，凡愿学者咸得造焉。严其出入之规，密其诵习之程，复以公余亲至其地，课其勤惰而劝惩之。一时觿觽象勺之侣[9]，虽媭人子亦近近然知所向学。此一举也，有数善焉：广教育也，恤贫穷也，植始基也，遏邪僻也，吏与儒同其趣而政与化同其途也。由是推诸一邑之内，无不设塾之乡，无不入塾之童，行之以实，持之以久，且使凡为邑者咸取则焉，是诚人心风俗之大幸也，可不重欤，可不重欤！

【注释】

[1]庠序：古代乡学，泛指学校。塾：私学场所，家族书院。家塾为家庭创办，以教其一家子弟。　[2]总卯（guàn）：《诗经·齐风·甫田》："总角卯兮"的省语。指儿童。卯，儿童束发成两角的样子。　[3]匪僻：不好的行为习惯。　[4]诲：原作"悔"，据文义改。　[5]牧令：牧民之官，指地方官。簿书：文书册簿。此指事务性工作。　[6]文学、博士：唐代官学授徒学官的名称。《新唐书·百官志三》载地方官学，"武德初，置经学博士、助教、学生。德宗即位，改博士为文学"。"文学一人，……掌以五经授诸生"。　[7]青衿（jīn）：读书人穿的一种衣服。指秀才，借指读书人。　[8]莱臧：即陆我嵩（1789—1838），字芳玖，号莱臧，江苏青浦（今上海市）人。道光二年（1822）进士。时权闽县知县。后陆我嵩之女嫁给林则徐长子汝舟，两人成为亲家。　[9]觿（xī）：解结锥。韘（chè）：扳指。两物为古代儿童所佩。

【点评】

道光四年闰七月十七日（1824年9月9日），林则徐母亲在福州逝世，年六十五岁。八月初二日（9月24日），林则徐在江苏按察使任上获知讣讯，即照例丁忧奔丧，十九日（10月11日）抵里守制。道光五年正月（1825年2月），为闽县义塾写了此文，阐述启蒙教育的意义，倡导推广义塾，实行传统教育以维护人心风俗。

先考行状 [1]

道光七年十二月下旬（1828年2月）于福州

府君讳宾日 [2]，字孟养，号旸谷，系出九牧林氏 [3]。先世由莆田徙居福清县之杞店乡，国初再徙省治。累传皆儒业。先大父赠通奉大夫 [4]、闽县学生讳万选，生四子，府君其季也 [5]。

先大父随曾叔祖宦中州，伯父亦远馆于外。府君幼事先大母，躬习劳苦，以孝闻，顾贫甚，无与为延师者。比长，乃拊膺曰 [6]："男儿当自奋发，岂甘以贫废学耶！"年十三始就外傅 [7]，未晓文义，同塾生或笑之，愈自激厉，不期月，而所为文出同塾生上，塾师奇之。外大父陈时庵先生 [8]，闽之名宿也，激赏府君文，许以女字，先妣陈太夫人是也。既冠，与里中诸杰士游，所业益闳。有敦社、诚交社、绵充山堂者，皆府君与友朋讲学谭艺之所，通儒咸集焉。应府、县试皆前列 [9]，以遭先大母丧，不克终试。先大父晚自中州归，府君授徒以养。脯贽所入，甘旨必丰。

洎先大父见背 [10]，丧葬皆尽礼。数年之中，心力交瘁，犹苦志读书，终夜不寝，以是得目疾。乾隆丁酉，先妣陈太夫人来归 [11]。逾年，府君县试冠军，受知于学使沈云椒先生，补弟子员 [12]。庚子，窦东皋先生典闽试，得府君卷，评曰："理境澂澈"。已拟元矣，而第三场以病目未与。闱中觅卷不得，叹惜久之。既而朱笥河先生督学闽中，府君试第一，食廪饩。先生刊闽士之文曰《劝学编》，选府君文独多，有嗣响龙门之目 [13]。戊申、己酉文并入彀，而皆病目不能终试事 [14]。府君以科名有命，恬然处之，而孜孜于教诲子弟、成就后学之事。

不孝则徐以乙巳生，于时四龄矣，府君馆于罗氏 [15]，怀之入塾，抱之膝上，自之无以至章句 [16]，皆口授之。七岁教之属文，或疑太早，府君曰："非欲速也，此儿性灵，时有发现处，不引之则其机反窒，此教术之因材而施者耳。"其论诲人曰："《易》以养蒙为圣功，养之时义大矣哉！养其廉耻，使远于奇衺[17]；养其天真，庶免于浇薄；夏楚收威，特其偶耳，若习，焉有不生玩者乎？孟子曰：'中也养不中，才也养不才。'正与《易》义相表里。余以孟养为字，即此义耳。"故府君之教，谆谆然，循循然，不激不厉，而使人自乐于向学。前后门弟子发名成业登甲乙科者，凡数十辈，类能束身修行如古学者，胥是道也。

嘉庆丙辰，不孝霈霖生，以三伯父孟典君无后，命为之嗣。丁巳，府君贡成均。时不孝则徐年十三，应府试第一，旋入黉序[18]。学使陈春溆先生试贡士日，于府君文称奖至再，且备询所以教子者，府君逊谢不敏，而感其意，终身不忘也。不孝等兄弟三人，姊妹八人，皆同母出。食指既繁，宿逋又积，府君馆谷而外，别无所资，当时贫窭之状，有非恒情所能堪者。或劝令不孝则徐改业，府君惟笑不应。

先妣陈太夫人工针黹，又善翦采为草木之花，岁可易钱数十缗，稍佐家计。每际天寒夜永，破屋三椽，朔风怒号，一灯在壁，长幼以次列坐，诵读于斯，女红于斯，肤栗手皲[19]，恒至漏尽[20]。呜呼！此情此景，宛如昨日，而孰知其不可再得耶！

府君在庠序二十年，不妄与一事，不妄取一钱。文武童试，例由廪生保送[21]。有文童某，身家不清，以重资请，府君曰："盍他往乎？"某曰："所以匄先生者[22]，为信任有素耳，苟具结，则人不吾疑也。"再三云，卒婉辞之。然亦不究其所往也。里中有豪猾者，欲延府君课子，不惜厚聘，府君疾其衺行，坚却之，众以为讶。未几，其人以事败，人始服府君之先见。

不孝则徐自四龄入塾至二十举于乡，无一日离膝下，府君讲授书史，必示以身体力行、近理著己之道，罕譬曲喻，务使领悟而后已，然未尝加之笞挞，即呵斥亦绝少，其慈爱和平率类此。

乙丑以后，不孝则徐以家食难给，不得已假馆于外，府君亦赴将乐正学书院，讲席者十年。将乐人文素盛，中稍不逮，书院虽设，几为具文。府君每岁春往冬归，以朱子分年读书之法，与诸生相切劘[23]，其贫不能赴省试者，解囊为助，由是士气奋兴，科目复盛。士皆感服，相率为府君立像，府君以其近名力止之。维时不孝霈霖随侍左右，府君一以教则徐者教之，出入顾复未尝离也。辛未，不孝则徐通籍翰林[24]，请假归省，逾年还朝奉职。府君以不习北方水土仍里居，谕之曰："词臣当敦品力学，求称侍从之职，勿以我为念。"丙子春，不孝霈霖入庠。是秋，不孝则徐典试江西。府君自以踬于场屋[25]，倍知科名之难，屡谕："衡文当慎之又慎，已荐之卷，首场三艺当通阅到底，逐篇分评；未荐之卷，亦必逐卷有硃笔批点。"不孝谨如命行之。戊寅，府君七十寿辰，不孝则徐在都称觞遥祝，一时公卿、名流、同年生、门弟子多制锦为寿者。己卯，不孝则徐分校礼闱，寻复典试云南[26]。是年恭遇仁宗睿皇帝六旬万寿[27]，府君得蒙覃恩，诰封奉直大夫、翰林院编修加三级[28]，先妣诰封宜人[29]。庚辰二月，不孝则徐补江南道监察御史^[30]。四月间，放浙江杭嘉湖道，窃念闽浙连疆，仰荷主恩，得以迎养二亲，幸莫大焉，亟遣人至闽请行。不期，府君惮于水陆之艰，不欲成行，姑徐之。不孝则徐请益切，府君手谕之曰："汝勿强余，余行不能至，恐汝转以忧去职也。"^[31]不孝捧读涕泣，欲辞官归。先妣陈太夫人俯体其志，先以板舆就养^[32]。此辛巳二月事也。由今思之，府君之言果豫兆耶？抑先知之耶？何其验也！而要皆不孝孺慕之诚未至^[33]，不能于邻壤咫尺之地，奉府君一至官署，此即反身不诚，不顺乎亲之明征也。呜呼！尚何以为子乎！尚何以为人乎！

是岁为上初元^[34]，府君得蒙覃恩诰封中宪大夫、浙江杭嘉湖道，先妣诰封恭人。秋七月，府君在籍卧病，驰书至浙。不孝则徐仓皇惊悸，恨不能奋翼至闽，亟以归计请于先妣，先妣韪之^[35]。大府怜其情^[36]，而恐难于上达也。不孝方寸已乱，俄而疾作，遂以疾解职，即日奉先妣兼程驰归。既至，而府君之疾渐愈，家人交相庆幸。盖自旷养十年，至是始复聚首门内，晨昏定省[37]，燕笑言语，不异为童子时。不孝则徐固不愿作出山计矣。居踰年，府君谕之曰："余与汝母精神尚健，汝年未四十，荷蒙国恩，任以监司[38]，正当力图报效，不宜早退，且家无儋石储，安能长此闲居，以增我忧也。"复遣之出。旧例，起疾之员当坐补原缺，皇上恩逾常格，命仍发浙江以道员用。至浙未两月，蒙恩简授江南淮海道。莅任一月，又蒙恩擢江苏按察使。府君寄谕曰："汝叠被圣明恩遇，益宜矢诚竭力，以图报称。余与汝母俱无恙，不必顾虑。余在里中有友朋之乐，不欲舍以他适，汝勿固请迎养，以顺余心也。"纸尾系以一诗，有"江湖远涉烦舟楫，菽水长留胜鼎钟"之句[39]，观者以为达识之言。盖府君与里中之耆年硕德者为真率会，如香山洛社故事，月必数集，集必竟日，讨论文字，上下今古，有以乐其乐，垂二十年于兹矣。不孝则徐奉谕之后，虽不敢渎请，然一喜一惧之心，固无日不怦怦于胸中也。

癸未，江苏大水，田禾荡然，松江饥民聚众生事。府君寄谕曰："今日救荒第一策，在招致

客米，米多则价自平，不可强抑也。次则劝平
粜、禁囤积；次则清查贫户，按图贴榜，使不得
隐匿更改；次则官赈之外，分劝各图赈其邻里；
次则漂流尸棺，暴露饿殍[40]，速宜瘗埋；次则
收畜牛只，以备来岁春耕；次则捐设医局，以防
灾后大疫。"又曰："饥民生事，非平时之比，固
不可废法，尤不可穷治。"凡府君之所言，皆与
大府所行者相吻合。不孝则徐率循之，罔敢忽。
甲申，江浙大府议浚两省水利，奏请以则徐总司
厥事，奉硃批："即朕特派，非伊而谁？所奏甚
是。钦此。"府君谕以兹事体大，且知遇之隆若
此，宜辞臬司职任[41]，专办水利，以期垂利久远。
讵不孝则徐甫卸臬事，将往履勘，忽闻先妣陈太
夫人闰七月十七日在籍弃养之讣，痛不欲生。以
府君在堂，亟奔归里。治丧之后，旋遭大疾[42]，
反贻府君忧，不孝之罪滋重。乙酉春，疾渐愈，
而江南高堰自去冬决口，湖水尽洩，至是兴举巨
工，得旨以不孝则徐督其役。是时不孝则徐旁皇
踟躅[43]，有不即于心之疑。府君曰："三年之丧，
定制不得服官者，谓夫章服之荣[44]，俸养之厚，

皆人子之心所不安，而情所不顺，故曰夺情[45]。若国家有急切劳苦之事，责以致力，非若任官授职，有利禄之可图，此而不往，则是畏难诡避，不得为忠，即安得为孝？但以素服往，自合于古人墨絰从事之义[46]，心迹不已较然矣乎？"不孝则徐以是年四月至高家堰，素服催工，凛君父之命也。是秋，江南大府议行次年海运[47]，疏称则徐细密精详，堪任其事。奉硃批："所见不差。钦此。"是时不孝则徐在工痁作[48]，不克任事，呈大府转奏。寻蒙恩允，回籍调理。是岁乙酉科乡试，不孝霈霖虽已期年服阕，而心丧未忘，府君望其成名，谕以例许入闱，不必矫异[49]。不孝霈霖即以是科领乡荐[50]。呜呼！先妣已不得亲见之矣，痛何如哉！丙戌，不孝则徐在籍病尚未愈，四月，有旨以三品卿衔署两淮盐政。府君曰："主恩高厚，非梦想所及，宜如何感激！然此乃任官授职，非前此催工比也。上以恩被，下以礼守，斯其宜耳！且汝病未愈，亦安能就道？当据实呈大府代奏。"不孝则徐遵命而行。上允之。府君仰见圣慈宽大，感刻愈深。迨先妣葬事毕，不孝则徐于十一月服阕，而疾亦痊，府君命诣阙谢恩。不孝以府君老，欲陈情。府君曰："汝在服中，蒙恩除官未出，今既服阕，岂可不自效？若欲尽为子之心，余筋力尚健，亦不惮于就养也。"不孝则徐辗转踌躇[51]，至丁亥二月，见府君精神气色俱尚可恃，而后北行。五月朔得旨[52]，授陕西按察使，署布政使事。关中距闽较远，难以迎养，请训之日[53]，窃拟沥陈下情，而圣慈已俯鉴其微，谕曰："朕知汝于江浙熟悉，但此时西方有事，且先去。"仰绎圣训，似不久可量移近省，谨免冠谢，遂西行。甫至陕，则已续奉恩旨，擢授江宁布政使。不孝则徐望阙叩头，感激涕零。幸迎养之私由是得遂。府君在籍闻之，则亦欢忻顶感，决意就养。尝贻手谕示以秋末必行。不孝则徐在陕权理藩务，因代者未至，不能遽去。中间有略阳勘灾及改建城垣之役[54]。八月末返省，即遣仆从兼程南下，迎奉安舆。十月初得家书，知府君于八月二十八日挈眷属由福州就道。不孝霜霖随侍。又得浦城书云，途中眠食安健。方谓腊酒香时，定可于白下瞻园洗腆称觞

门人王家璧注："文从至性中流出，愈碎愈真，字字沉痛。叙救荒策，凡府君之所言，与大府所行相吻合云云，此公归美于亲于上之词，其实救荒诸政，皆公所当时设施也。而公之所以顺亲获止，正可于此想见，不但立言有体。"

以承色笑[55]，讵料十月十九日得浙省公牍，府君于九月二十七日卯时在衢州府城行馆弃养。呜呼痛哉！距浦城书来才数日耳。不孝则徐五中崩裂，辟踊哀号[56]，伏念生不能尽孝养，疾不能侍汤药，没不能亲含敛，罪孽深重，虽死不足以赎。惟府君体魄尚在异乡，敢不匍匐扶归，经营窀穸[57]，遂星夜自陕南奔。二十三日，不孝霈霖书来，泣述府君致疾颠末，乃知九月十八日过大竽岭，颇发寒热，其状似疟，胸前觉有冷气，心烦作呕，亟服温汤，即次安卧。翌日稍愈，众请暂息，不可。十九日次峡口，尚令不孝霈霖录途中所作诗，有《望江郎山歌》一首，末云："霓旆兮云车，仙之人兮招予。攀木樨兮佩茱萸，风飘飘兮吹我裾。予将逍遥兮天之衢。"[58]维时但以江郎山上有仙迹，歌辞惝恍，聊以寄兴，孰知以此绝笔，竟为归真之谶[59]。而衢字韵并为衢州之验。呜呼痛哉！二十日至江山县之清湖镇，复发潮热。杨明府绍廷延医来，府君素不喜服药，不令诊视，而促行愈急。不孝霈霖以舆夫未备为言，固请少待，逾三日觉渐愈，谕令必行。不孝霈霖恐肩舆难以偃卧，乃觅舟而下，舟过江山县，犹与孙汝舟谈及浙东景物。至夜又发热，腹微痛，仍不服药。二十六日昧爽[60]，犹起坐食粥，惟热未解，晚至衢州城内行馆。发热尤甚，加以喘逆。不孝霈霖惶惧无措，延医诊视，力求稍进汤药。讵知气血已竭，药力罔效，延至次日卯刻，竟以不起。呜呼痛哉！身后之事，赖西安县载明府葆莹为经纪之[61]。衢州材木难觅，而戴君代购者质甚坚美。戴君与不孝则徐为同年友，云天之谊，使人感泣。至于附身附棺之具，府君家居时已命制备。是行也，庋之箧中[62]，故不待猝办。府君易箦之后[63]，戴君以闻于浙江抚部刘筠圃先生，即日由驿驰奏。不孝则徐在陕闻讣，护抚部徐晴圃先生亦为奏闻，且移咨至闽，给以文照，俾循例扶榇入城治丧[64]，皆不孝等所哀感不忘者也。

　　府君笃于天伦，事诸兄惟谨。伯父芝岩君，讳文藻，侯官学生。先未有子。府君初举一子曰鸣鹤，实先则徐生，芝岩君欲之，即嗣焉[65]，不数月殇[66]。芝岩君之卒也，自敛至葬，皆府君任之。抚从子逢吉若己子[67]，携往将乐书院，教之读书，月赡其家，既又为之谋衣食之地，至今如一日。不孝则徐官淮海道时，恭遇覃恩，府君命以应得封典请于朝，貤赠芝岩君为中宪大夫[68]、江南淮海河务兵备道。次伯父孟昂君，性伉直，颇使酒，赖府君巽言以解[69]。中年贫不聊生，府君时时典敝衣、鬻文字给之。不孝儿时亲见吾父怀米与兄，归而与吾母同忍朝饥，且戒不孝曰："汝伯父来，不得言未举火。"盖恐以为有德色也。近年不孝则徐侍府君食，府君每述当时骨肉难言之事，辄欷歔不能下咽[70]。呜呼，可伤也已！孟昂君之子春三，稍自成立，不幸不永其年，先府君数月卒。府君资其身后，无所不至。三伯父孟典君，目疾甚于府君，府君常扶掖之，衣食之，且为似续之[71]。没则丧之葬之。其友于之笃如此。生平尚风气，重然诺，视人之急犹己，家虽至贫，而三郰疾病死葬，靡不竭力解推，忘乎其为屡空也。初往将乐，值建溪大水，舟侧有浮尸具，府君见之恻然，检行资才十金，悉倾之以资埋掩，不足则典衣继之。有沉

舟者，亟拯之，招与同舟。遇旅人穷困，每竭资
济之，而己转匮乏，略不介意。居平藜藿自甘，
缊袍不耻[72]，六十以外，家计粗给，岁时必赒
及戚友。洎不孝则徐滥叨朝禄，府君犹食不兼
味，衣不华饰，而以所积济穷乏者。吾宗自迁省
治以来，未立支祠。府君舍己宅为祠，买田数亩
以供时祭，下及子孙读书膏油之助，章程悉具。
不孝等当守而行之。故闽浙总督赵文恪公倡举恤
嫠[73]，府君欣然竭资，命不孝则徐与诸同志踵
其事，集资生息，以垂永久。里社岁时之事，至
老犹扶杖亲之。乡党有哄争者，得府君数言立解，
人谓有陈仲弓、王彦方之风[74]。所著《小鸣集》
诗八卷，古文、时文各二卷，不务炫异，惟以达
理适情为主。涉乐必笑，言哀已叹，盖蕴于中者，
真实无伪，故发于言者称是焉。诸经中尤邃于
《易》，汉宋之学皆深究之。与生徒讲《易》，辄
至移晷[75]，间或发前人所未发，而终以义蕴深
微，不以一己所见，遽矜述作。又尝采四部中两
字相连可以反复互用者，如天地、地天之类，名
曰《倒颠集》，约数卷，不孝等皆当梓以行世[76]。

府君读书之外，无他嗜好。善饮酒，不踰常度。颇喜奕棋，以目力不及渐置之。晚年于书不能自观，每令不孝等诵读，凭几听之，镇日忘倦。独坐则背诵经书及诗文，恒不遗忘。迩来犹欲亲教诸孙，不孝等恐府君劳神，婉请延师训课，然间一二日仍必稽核课程，与之讲贯，不肯自暇用逸。尝曰："安得吾目复明，日手一卷，虽寒饥无怼也。"呜呼！以府君之学行，而天顾限之于科名，且限之于目力，俾沉郁抑塞之气蓄积已久，而不孝之梼昧庸钝[77]，转得借荫微福，滥窃名位，以食府君阴德之报。自问何所树立，安能无忝所生，只此区区禄养之心，迟之于今，方幸吾父欣然肯出，而天忽又夺之于中道，不惟不得遂其捧舆撰杖之愿[78]，且不若安居牖下者之或可尚延其余年。乌乎！是直不孝以迎养之举陷吾父也。前遭吾母之丧，创巨痛深，尚不知永守庭闱，弗离跬步，而乃苟禄希荣，存此倖侥万一之念，而今而后，长为孤露，虽誓墓攀树，悔何及耶！而其罪尚堪擢发数耶！而尚何心于人世也哉！

府君生于乾隆十四年己巳六月十三日午时，终于道光七年丁亥九月二十六日卯时，享寿七十有九岁，例诰封通奉大夫、江宁布政使司布政使，配陈夫人，道光四年先卒。子二：长不孝则徐，嘉庆甲子举人，辛未进士，江宁布政使，现署陕西布政使，前江苏、陕西按察使，江南淮海、浙江杭嘉湖海防河务兵备道，江南道监察御史，翰林院编修。娶郑氏，乾隆庚戌进士、前河南永城县知县讳大谟女。次不孝霈霖，出嗣三房孟典君后，道光乙酉举人，娶李氏，乾隆丙午举人讳鸿诗女。女八：长适故太学生邓学汶；次适故处士翁崇起；三适庚午举人李铭经；四适故职员陈颖钊，早卒；五适故太学生程立爱；六适福州府学生沈廷枫；七适漳平县学生陈嘉勋；八适闽县学生叶预昌。孙四；不孝则徐生汝舟、聪彝、拱枢；不孝霈霖生龙言。女孙四。

不孝等苫块昏迷[79]，语无伦次，伏乞当代立言君子赐之铭诔传志[80]，不孝等世世子孙感且不朽。

【注释】

[1] 先考：对已故父亲的称呼。行状：又称"行述"，叙述已故者生平事迹的文章，常由其门生故吏或亲友撰写。 [2] 府君：古时子孙对其先辈的敬称。 [3] 九牧林氏：西晋南渡时中原士族入闽八姓中的林氏，至隋朝初年，第十世林茂迁居莆田北螺村。再传六代，十六世林披自北螺村迁澄渚村，生有九子，唐贞元间同时为九州刺史，时称九牧林氏。 [4] 通奉大夫：清代从二品文官，可封赠祖父母、父母。 [5] 季：古人以伯、仲、叔、季区别齿序，林宾日排行第四，故称季。 [6] 拊膺：拍胸，表示悲痛，常用于安慰别人。 [7] 就外傅：即赴塾堂读书。外傅，教导学业的师傅。 [8] 外大父：外祖父，指陈时庵。 [9] 府、县试：清代由各县主持的考试为县试，一般在农历二月，经县试录取的童生得参加管辖该县的府试，一般在农历四月。 [10] 见背：即去世。 [11] 陈太夫人来归：林则徐母亲嫁入林家。 [12] 学使：即学政，是提督学政的简称，又叫督学使者。学政按期至所属各府、厅考试童生及生员。补弟子员：明、清时代对县学生员的称呼。 [13] 嗣响：比喻继承前人事业。 [14] 戊申、己酉：乾隆五十三年（1788）、乾隆五十四年（1789）。终试事：完成考试。 [15] 乙巳生：即生于乾隆五十年（1785），这年干支为乙巳。馆于罗氏：寓居罗氏家中教学。 [16] 之无：之、无都是最基本的字。 [17] 衺（xié）：同"邪"。 [18] 黉（hóng）序：指学校。 [19] 肤栗手皲（jūn）：皮肤因寒冷冻伤破裂。 [20] 漏尽：刻漏已尽，指夜深或天将晓。 [21] 廪生保送：童生考试时由廪生担保应试童生无身家不清、冒名顶替等情况。 [22] 匄（gài）：同"丐"，乞求。 [23] 切劘（mó）：切磋探讨。劘，切削，磨。 [24] 通籍：籍是写着姓名、年龄、身份等的竹片，挂在宫门外，以备出入时查对。通籍指可以进出宫门，后来也称初

作官。翰林：林则徐中进士后选翰林院庶吉士。　[25]踬（zhì）于场屋：指林宾日屡次应试因目疾等原因而不能成功。踬，绊倒，事情不顺利、失败。场屋，指科举考试。　[26]礼闱：在京师由礼部主持的会试。嘉庆二十四年三月，林则徐充会试同考官，同年闰四月，林则徐派充云南乡试正考官。　[27]仁宗睿皇帝六旬万寿：即嘉庆帝六十岁生日。"仁宗"为嘉庆帝庙号，"睿"为其谥号。万寿：皇帝、皇太后生日。　[28]奉直大夫：清从五品文官，可封赠父母、妻室。翰林院编修：明清时期从进士中选拔的皇帝文学侍从官，正七品，主要负责起草诏书、史书修撰、编检资料等工作。　[29]宜人：明清时期对正五品官员母亲、妻子的封号。　[30]江南道监察御史：清代最高监察机构都察院设有十五道监察御史，分道稽察各省刑名，江南道包括当时的江苏和安徽。　[31]以忧去职：即因丁忧而离职。　[32]板舆就养：板舆，一种人抬代步坐具，多为老年人使用。这里指官吏迎养父母。　[33]孺慕之诚：指幼童爱慕父母之情，引申为对老师长辈的孝敬、爱戴。　[34]上初元：指道光元年（1821）。上，指道光帝；初元，改换年号的第一年。　[35]韪（wěi）：同意，赞成。　[36]大府：明清时期总督、巡抚之称，亦指上级。　[37]晨昏定省：旧时人子日常侍奉父母，晚间服侍就寝，早上省视问安。　[38]监司：清代对布政使、按察使及各道道员等具有督察职责官员的通称。林则徐任杭嘉湖道，故曰监司。　[39]菽水：豆和水，指平凡的食物。鼎钟：代指奢侈的生活。　[40]饿殍（piǎo）：饿死的人。　[41]臬司：按察使司，这里指江苏按察使。　[42]遘（gòu）：遇到，碰上。　[43]踯（zhí）躅（zhú）：形容徘徊不前。　[44]章服：古代以日、月、星辰、龙、鸟、兽等图文作为等级标志的礼服。　[45]夺情：古代官员父母去世后应回家守丧较长时间，称作丁忧，但官员因职责重要，皇帝不许回乡守制，或不守既定时间，称为夺情。 [46]墨绖（dié）从事：绖：古代丧服中的麻带。墨绖：黑色丧服。古代礼制，在家守制，丧服用白色。如果有战争或其他重大事件不能守制，服黑以代丧服。 [47]海运：即海上运输漕粮。 [48]痁（shān）作：疟疾。也泛指生病。 [49]入闱：指参加科举考试。 [50]领乡荐：乡试考中，即考中举人。 [51]踌（chóu）躇（chú）：形容犹豫不决。 [52]五月朔（shuò）：即五月初一。朔，每月的初一。 [53]请训之日：官员赴任前谒见皇帝，皇帝对其进行训诫。 [54]权理藩务：指林则徐暂时署理陕西布政使。略阳：县名，今陕西省汉中市辖县。 [55]白下：东晋南朝时建康（今南京）附近滨江要地，因之别称南京。瞻园：明代古典园林，是江南四大名园之一，位于南京市秦淮区夫子庙秦淮风光带核心区。以欧阳修诗"瞻望玉堂，如在天上"得名。洗腆：出自《尚书·酒诰》："厥父母庆，自洗腆，致用酒。"意为置办洁净丰盛的酒食，用来孝敬父母或款待客人。色笑：出自《诗经·泮水》："载色载笑，匪怒伊教。"指和颜悦色的态度。 [56]辟踊：拊心为辟，跳跃为踊，指极度悲哀。 [57]窀（zhūn）穸（xī）：墓穴。 [58]霓旆（pèi）：彩色的旗帜。云车：传说神仙以云为车。木樨（xī）：桂花。佩茱（zhū）萸（yú）：茱萸，植物名，有香味，可入药。阴历九月初九日重阳节，佩茱萸囊以辟邪恶。衢：四达之路。 [59]惝（chǎng）恍：迷迷糊糊，不清楚。谶（chèn）：预言、预兆。 [60]昧爽：昧为暗，爽为明，明暗交际之时，即黎明。 [61]西安县：西安县，衢州府治，1912年改名衢县，今衢州市境内。载明府葆莹：载应为戴误，即西安县知县戴葆莹，明府为知县的代称。 [62]庋（guǐ）之箧（qiè）中：指随身带着。庋：放置、保存。箧：小箱子。 [63]易箦（zé）：指人将死之际。箦，竹席。 [64]扶櫬（chèn）：扶柩。櫬，棺材。 [65]即嗣焉：以为后嗣，即过继。　[66]殇（shāng）：夭折。　[67]从子：侄子。　[68]貤（yí）赠：指将朝廷给与自己或父母的封号移赠给伯父。中宪大夫：明清时期正四品文官的散阶。　[69]巽言：恭顺委婉的言词。　[70]欷（xī）歔（xū）：叹息声，抽咽声，也作"歔欷""唏嘘"。表示感慨、叹息。　[71]似续：出自《诗经·斯干》："似续妣祖，筑室百堵。"以为继承、承续。　[72]藜（lí）藿（huò）自甘，缊袍不耻：比喻甘于粗茶淡饭和简朴的衣服，安贫乐道。藜藿：指粗劣的饭菜。缊袍：以乱麻为絮的袍子，为贫者所服。　[73]恤嫠（lí）：抚恤寡妇。嫠，寡妇。　[74]陈仲弓：即陈寔（104—187），字仲弓，东汉颍川许县人。勤奋好学，诵读不辍。王彦方：即王烈，师从陈寔，品德高尚。　[75]移晷（guǐ）：过了较长时间。晷，古代一种通过日影移动变化计时的工具。　[76]梓（zǐ）：雕制印书的木板，引申为刻印书籍。　[77]梼（táo）昧庸钝：愚昧、愚钝。　[78]捧舆撰杖：意为侍奉长者。　[79]苫（shān）块：古时居亲丧时，以草荐为席，土块为枕。苫，用草做成的盖东西或垫东西的器物。块，即土块。　[80]铭诔（lěi）：指记述死者经历和功德的文章。诔，哀悼死者的文章。

【点评】

　　道光七年（1827）闰五月，林则徐擢江宁布政使后，立即派人迎父亲林宾日到江宁团聚。八月二十八日（10月18日），林宾日由林则徐的弟弟霈霖随侍，从福州启程。九月二十七日（11月15日），行至浙江衢州府城时病逝，年七十九。十月十九日（12月7日），林则徐在陕西闻父讣讯，即南归奔丧。于十二月初八日（1828年1月24日）抵衢州，奉灵车返原籍。林则徐在籍守制时写了此文，对父亲表示沉痛悼念。文中写了林则徐的家世、父亲的恬淡处事和早年家庭的艰苦生活，记录了父亲对自己的精心培育、言传身教，灌输传统读书人的优良品质。他把出仕后的施政设施，归功于父亲的谆谆教导，表达了林则徐对父亲真挚和深厚的感情。

《筹济编》序[1]

道光十三年（1833 年）于苏州

《筹济编》三十二卷，常熟杨静闲比部所辑，盖取古今荒政之可行者，类次排纂，条分件系之，疏通证明之。良以救荒无善策，而不可无策。与其遇荒而补苴，何如未荒而筹备，诚使为民牧者，事理洞达于平时，偶值偏灾，措之有本，上以纾圣天子宵旰之忧[2]，下以托穷黎数十百万之命。于戏，其用心可不为至哉！

今夫牧民之官，民之身家之所寄也。年谷顺成，安于无事，民与官若相远；一有旱干水溢，则哀号之声、颠连之状，不忍闻而不能不闻，不忍睹而不能不睹。彼民所冀于官之闻之睹之者，谓必有以生活我也。夫民固力能自生活者也，至力穷而望之于官，良足悲矣。居官者诚知民以生活望我，而我必有以生活之，则筹备之方，不可不图之于早也。良医之为医也，布指知脉，取古方损益之，药性之温凉、质剂之轻重，了然于胸中，施之以其宜，而后沉疴可蠲，元气可复。若临证而取办，其不殆也仅矣。先生是书，古方之大成也，有未病之方，有既病之方，有病后摄补之方，而医之道尽矣。牧民者，民之医也。庸医误一人，病者犹戒而绝之，官之所医奚翅数十百万辈[3]，且皆在凋劫困偏九死一生之时[4]，得其方则生，不得则速之死，既为之官，即为之医矣，其得谓生死于我无与乎？有是方而无待于用，不失为良医；有是方而适资其用，又各视夫时与地以损益之，民之疾痛庶可以少瘳也哉。虽然，法之所以行者，意也。必使意之及民无弗实，而法始不为虚文；且必先使意之在已无弗实，而法始不为虚器。夫法本无弊者也，意不实则弊生。因弊而废法，是以噎废食也。故官能实一事之王之佐《绘水集序》："道光三年夏四月甚雨，至六月七月不止。吴中大水，居民之坏其庐者皆流徙他去，不得已而不去者则编筏以济、叠几张盖，惴惴然日与暴风骇浪相持，远近数百里皆为巨浸。"

甘熙《白下琐言》："道光癸未夏秋之间，江南大水，平地高数尺。滨江居民田庐悉被淹没，溺死者无算。"

《昆新两县续修合志》："五月望后，大雨浃旬，昼夜不止，水涨七八尺，低衢至没膝，禾苗俱沉水底。六月水渐退，七夕后复连昼夜大风雨，淹毙人畜，草房、旧屋、桥梁多倒塌，停棺悉漂荡。"

意，即民受一事之赐，凡政皆然，况救荒其尤亟者乎！

先生是书，感癸未之灾而作[5]。是岁也，某陈臬江苏，与赈恤蠲缓之事[6]。迤膺简命来抚此邦[7]，甚惧无以乐利吾民，所愿牧民之官通民疾苦，而意无弗实，则是书皆扁鹊、仓公所宜读者也[8]。益愿与郡县诸君共勉之矣。

先生讳景仁，嘉庆戊午科举人[9]，由中书历官刑部安徽司员外郎。别著有《式敬编》五卷，慎庶狱也。次子希铨，与某同岁举进士，入词馆[10]。季子希镛，举辛巳恩科顺天乡试[11]。留心民瘼者，其后必昌，矧有抚字之任者乎[12]，是又可以劝矣。

【注释】

[1]《筹济编》三十二卷，首一卷，为常熟杨景仁于道光三年（1823）所编的荒政参考资料书。道光丙戌（六年，1826）仲春镌，诒研斋藏板。道光十二年（1832），林则徐任江苏巡抚，自注作序时间为癸巳（十三年），《筹济篇》单刻本序后作"道光壬辰冬十月年家子林则徐拜撰"应是杨家刻书时添入。　[2]宵旰：宵衣旰食，天未明就穿衣起来，傍晚才进食。　[3]翅：只有，仅。奚翅，何止。　[4]劼（guì）：精疲力尽。偪（bī）：侵迫。　[5]癸未：道

光三年（1823）。是年江苏发生百年不遇的大水灾。　[6]某：即林则徐。陈臬江苏：担任江苏按察使。赈恤：赈灾救济。　[7]迩：近来。来抚此邦：来江苏任巡抚。　[8]扁鹊：即秦越人，渤海郡鄚（今河北任丘）人。战国时名医。仓公：即淳于意，齐临菑人。汉初名医。曾任齐太仓令，故又称仓公。见《史记·扁鹊仓公列传》。此处借指贤良官吏。　[9]杨景仁（1768—1828）：字育之，号静岩，又号静闲，江苏常熟恬庄（今属张家港市凤凰镇）人。嘉庆戊午即嘉庆三年（1798）举人。　[10]杨希铨（1787—1855）：字砚芬，一字仲衡，杨景仁次子，林则徐同年，嘉庆十六年（1811）中榜后同入庶常馆习清书。　[11]辛巳：道光元年（1821）。　[12]矧（shěn）：况且。抚字之任者：负有抚育治理人民之任的人。此指官吏。

【点评】

　　道光三年（1823）夏秋之际，江苏发生百年不遇的大水灾。林则徐时任江苏按察使，参与救灾赈恤蠲缓之事，曾与同科进士杨希铨的父亲杨景仁讨论救灾办法。灾后，杨景仁采集古今荒政可行的事例和经验，辑成《筹济编》一书。道光十二年六月初八日（1832 年 7 月 5 日），林则徐在苏州接任江苏巡抚，对江苏发展经济、安定民生、社会稳定负有责任，对民间疾苦、防灾救灾极为关注。他读了杨景仁编的《筹济编》，认为凡为贤良官吏都应该读读这本书，并欣然为之作序。在这篇序文中，他呼吁"牧民之官"要经常注意"乐利吾民"，"通民疾苦"，"居官者诚知民以生活望我，而我必有以生活之，则筹备之方，不可不图之于早也"。

《绘水集》序

道光十三年十月（1833 年）于苏州

震泽王砚农征君[1]，今所谓一乡之善士也。癸未水灾，奉其母夫人命，输白金千两以上，恤死者，振生者，大吏为闻于朝，得邀旌门之荣[2]。征君以是年所作悯灾诸诗，绘图征咏，东南士大夫凡目睹颠连之状、耳闻呼号之声者，莫不振触怀抱，形诸篇章，积时既多，遂成巨册，题曰《绘水集》[3]，会余巡抚吴中[4]，辱来请序。

嗟乎，余何以序是编哉！方水灾时，余适陈枲于此[5]，颠连之状，呼号之声，目不忍于睹，而所睹皆是也；耳不忍于闻，而所闻皆是也。幸逢天子仁圣，大吏贤明，都人士好义者众，补苴罅漏，稍事安辑[6]。至今呼号之声，颠连之状，犹无时不在耳目。而册中诸诗，多有归美余者。嗟乎，是殆滋余之咎矣乎！夫救荒无善策，为民牧者不能备之于未荒之先，使吾民凶岁无菜色，而仅持一二荒政，临事补救，即云有济，亦千百之什一耳。且此邦自癸未已来，民气未复。辛

朱绶《书王安人事有序》："之佐奉安人命，建众善堂，死者棺，溺者援，暴露者葬，生者衣与米、病者药，尽典簪珥不惜也。次年春，劝捐令下，之佐具白金四百，安人少之，搜箧中针黹，积益四百金，它富民闻之皆感发，皆多出金，事遂以济。"

姚燮《王征君蒲塘生圹志》："道光三年癸未，大江南北以水灾。君禀母氏赵太安人命，活饿殍者数万，封暴骸者累千。事闻于朝，旌闾以奖。"

卯、壬辰又值霪潦为患[7]，今岁一春苦雨，麦仅半稔[8]。迨四五月，方以雨旸应时为农民幸，孰意秋来风雨如晦，有恒寒之占，黍稷方华，而地气不上腾，虽犹是芃芃然也，而秀而不实者比比矣[9]。吴中士女业纺绩者什九，吉贝之植多于艺禾[10]。频岁木棉又不登，价数倍于昔，而布缕之值反贱。盖人情先食后衣，岁俭苦饥，衣虽敝而惮于改，为其势然耳！然而贸布者为之裹足矣，业绩者为之辍机矣，小民生计之蹙，未有甚于今日者也。

国家岁转南漕四百万石，江以南四郡一州居其半[11]。夫此四郡一州，地才五百余里耳，而天庾之供如是，京师官俸兵饷咸于是出。惟薪年谷顺成，犹可挹注耳，顾又遘此屡歉之余，国计与民生有两妨而无兼济，向所不忍听睹之声状，过此以往，恐将滋甚。嗟乎，是固司牧者所当返人牛羊之日，而余犹苟禄窃位于此，其尚可以终日乎哉！展君斯图，岂止掩卷三叹已耶！君诚一乡之善士也，其亟为桑梓策之[12]。

【注释】

[1] 王砚农：即王之佐（1791—1864），字翼如，一字澹霞，江苏震泽人。道光元年（1821）举人。征君：指为朝廷征聘而不肯受职的士人。　[2] 癸未：见《筹济篇序》注[5]，王之佐家仅中资，奉母命毁家纾难，捐资助赈白金千两。旌门：旧时对忠孝节义的人，由朝廷赐给匾额，悬挂门上，叫做旌门。道光六年（1826）三月，奉旨给予王家"乐善好施"匾额，准予建坊旌表。　[3] 道光四年（1824）四月，王之佐将癸未水灾诗十二首嘱蒋宝龄绘《癸未水灾纪事图》十二帧，各系短章，并系王之佐三题十七首诗，汇为《癸未水灾纪事册》，以此征题，"大江以南相率而题者至数十家"。道光十一年（1831）夏秋，汇编成为《绘水集》。　[4] 抚吴：指林则徐担任江苏巡抚。　[5] 陈桌：见《〈筹济篇〉序》注[6]。　[6] 补苴（jū）罅（xià）漏：弥补缝隙漏洞。这里指赈灾救荒。　[7] 辛卯、壬辰：即道光十一年（1831）、道光十二年（1832）。霪（yín）潦：久雨形成涝灾。　[8] 稔：庄稼成熟，这里指收成。　[9] 秀而不实：麦、稻等庄稼只吐穗开花而不结实。比比：形容很多。　[10] 吉贝：即绵花，马来文 kapok 的音译。　[11] 江以南四郡一州：指苏州、松江、常州、镇江四府和太仓州。　[12] 桑梓：桑和梓是古时房宅旁常栽之树，代称家乡。

【点评】

王之佐是道光三年癸未（1823）江苏特大水灾的亲历者和记录者，他的《癸未水灾纪事册》，以是年作悯灾诸诗，绘图征咏，留下珍贵的历史记忆。道光十三年（1833）江苏再次遭遇大灾，王之佐将上述诸诗编为《绘水集》，请时任江苏巡抚的林则徐作序。林则徐在序中记述了成书的缘起，并描绘了道光三年以来江苏民气未复，"小民生计之戚，未有甚于今日"的惨状，对于"册中诸诗，多有归美余者"颇多自责，表现了他的严格自律，对受灾乡民的深厚同情，对地方救荒应"备之于未荒之先"的殷切期待。

《江南催耕课稻编》叙 [1]

道光十四年二月（1834 年 3 月）于苏州

居今日而欲民无饥，则任举一术焉，可以广施生、资补助者，皆不惮讲求而尝试之，冀以收百一之效，而况其信而有征者乎？吴之民困矣，齿繁而岁屡俭，赋且甲天下，当官不能舒民困，诚予之辜矣！抑亦知二酺之不供 [2]，由吾民四体之不勤乎？古者于耜举趾 [3]，必以春时，今岂宜有异？而江南之稻，辄以夏至始艺之，其获乃不于秋而于冬。是时，严霜苦雾、饕风虐雪之厉，岁所恒有，故有垂成而不得下咽者。古谓收获如寇盗之至，今需滞若是，悔奚及乎！近者，潘功甫舍人劝行区田法 [4]，曰：深耕、早种、稀种、

李彦章《〈江南催耕课稻编〉自序》："前在广西思恩府劝民广垦水田，试种早稻，其年两种两熟。乃来官江南，当地农民习故安常，不事早种。因辑古今早稻品类、时地及一熟再熟之种，汇为此编，凡于江南种法物宜，尤急采之，以资农用。"

多收。此诚不刊之论，而从之者盖寡，非不知区田之利远且大也，惮目前之多费，以改图为弗便，所谓难与虑始耳。夫农民习其事而不明其理，惟以循常蹈故为安。吾侪读书稽古，明其理矣，而于事未习，弗躬弗亲，庶民弗信，有难以口舌争者。

余因就官廨前后赁民田数亩，具耰锄裋褐[5]，举所闻树艺之法与谷种之可致者，咸与老农谋所以试之，以示率作兴事之义[6]。于是得早稻数种，自四十日籽至六十日籽，皆于惊蛰后浸种，春分后入土，俟秧苗而分莳之。此数种者，固吾闽所传占城之稻[7]，自宋时流布中国，至今两粤、荆湖、江右、浙东皆艺之[8]。所获与晚稻等，岁得两熟。吾闽早稻艺于谷雨之前，小暑而获，大暑而毕，芒种时早稻犹未刈而晚稻之秧已苗，即植于早稻之隙，若寄生然而不相害，及早稻刈则晚稻随而长，田不必再耕，且早稻之根即以粪其田，而土愈肥，可谓极人事之巧矣。余尝按二十四气而绎其义：窃谓谷雨者，艺早稻时也；芒种者，艺晚稻时也，是皆顾名而可思者。天之于农，固予以再熟之时，而诞降其嘉种矣。《吴都赋》云："国税再熟之稻。"[9]是早晚两禾皆吴中所宜也。吴民纵不欲行区田法，而于两熟之利，岂独无动于中乎？

然春耕之废久矣！诘其故，则宿麦在地，不可以播谷也。盖吴俗以麦予佃农而稻归于业田之家[10]，故佃农乐种麦，不乐早稻，而种艺之法亦以失传。乃者，自去秋以逮今春，雨雪多而田水积，二麦既不能播矣，盍改图乎？江南故泽国，其土宜稻，本非如西北土性之宜麦，况下地已无麦则艺稻尤亟矣。或曰闽粤地暖，故早种早刈，江南春寒，未必宜此。然江右、荆湘地亦非尽暖也，且如江北之下河诸邑，无岁不恃早稻为活，立秋前则皆登矣。其不能两熟者，以秋汛启坝，洪泽之水下注故耳。闻三十年前则两种而两刈也。江南地虽不暖，岂尚寒于江北乎？又或曰：早稻籼也，晚稻粳也[11]。江南输粮以粳不以籼，虽种之，不足供赋，奈何？曰：余固为民食计也，以晚易早，民或不乐，早晚兼之，又何不宜？或又曰：地力不可尽，两熟之利，未必胜于一熟。

此说固正，然以余所见，闽中早晚二禾，亩可逾十石，其地多山田，不能腴于江南也。且江南一麦一稻，岂非再熟乎？以所不宜之麦易而为所宜之稻，非尽地力也？夫地力亦患其遗耳，耘耙不勤，粪种不施，虽再易三易，而未必有获也，反是而尽力焉，安见地力之惫乎？且即两熟不能赢于一熟，而早晚皆有秋，民先资以果腹，则号饥之时少矣。况岁功难齐，或早丰晚歉，或早歉晚丰；不得于此，或得于彼，抑亦劭农者所不废乎[12]！所冀业田之家贷佃农以籽种，及其获也，仍以种麦例之，则愿从者众矣。至晚稻当种之时，或如闽中法，或如江右、荆湘法，相时而动可也。

余既试其事，复述其理以质同人。适兰卿同年权三吴廉访[13]，为余言其官粤西时，尝以是课农，著有成效，因博征广采，厘为十条，以证余说，题曰《催耕课稻编》。首纪列圣纶诰以著朝廷之重本，而时地品类以及种艺之法以次递详。且所列江南早稻诸种，皆今之苏州、松江、太仓府州志及长洲、吴县、昆山、常熟、上海诸县志所详载者，则诚物土之宜而此邦父老之所传习，视他书所记尤信而有征，而非当官之诳吾民也。先畴畎亩之思[14]，其亦可以勃然兴矣。

道光甲午春二月，日躔降娄之次[15]。抚吴使者侯官林则徐叙。

【注释】

[1]《江南催耕课稻编》：李彦章著。内分十篇，详论稻类品种、时地、早植早熟等问题，以资农用。　[2]釜（fǔ）：釜，即锅。　[3]于耜举趾：语出《诗经·豳风·七月》："三之日于耜，四之日举趾。"　[4]潘功甫：即潘曾沂（1792—1853），原名遵沂，字功甫，号瑟庵、小浮山人、复生居士。江苏吴县（今苏州市）人。嘉庆二十一年（1816）举人，官中书舍人。宣南诗社成员。道光初年辞归乡里，办义庄，推广区田法。著有《潘丰豫庄课农区种法》和《潘丰豫庄课农区种法直讲三十二条》，均见《潘丰豫庄本书》。　[5]耰（yōu）：碎土、翻土的农具。袯襫（bó shì）：蓑衣。　[6]率作兴事：《尚书·益稷》："率作兴事，慎乃宪。"天子率领臣下兴起政治之事，要慎重法令。　[7]占城：即占城国，在今越南中南部。占城稻为水稻品种之一，俗称"占米"，耐旱早熟，一年可种植两季。宋时传入福建。　[8]荆湖：湖北。江右：江西。　[9]吴都赋：西晋左思作《三都赋》之一。吴都即吴国都城建业，今江苏南京市。　[10]业田之家：土地所有者。　[11]籼、粳：籼米、粳米。早稻与晚稻的名称。　[12]劼农：劝农。　[13]兰卿：李彦章（1794—1836），字则文，一字兰卿，福建侯官（今福州市）人。嘉庆十六年（1811）进士，林则徐同年，时署江苏按察使。廉访，对按察使的尊称。　[14]畴（chóu）：壅。畎

（quǎn）亩：田地，垄中为畎，垄上为亩。　[15] 日躔（chán）：日月运行五星的度次。降娄：星次名，日至降娄在惊蛰、春分间。道光十四年惊蛰为正月二十六日（1834 年 3 月 5 日），春分为二月十二日（3 月 21 日）。

【点评】

道光十三年（1833）冬，林则徐为避免自然灾害对农业的威胁，思考改变江南种稻"夏至始艺之，其获乃不在于秋而于冬"的传统习惯，推广双季稻，一面雇请农民在江苏巡抚衙门前后租民田试种早稻，一面请同里同年、时署江苏按察使的李彦章，查找历史文献的根据，汇为《江南催耕课稻编》，以为劝农之用。道光十四年二月（1834 年 3 月），林则徐为此书作序，反驳各种不宜种早稻的说法，说明江南种植早稻的有利条件和好处。

湖滨崇善堂记 [1]

道光十六年九月（1836 年 10 月）于苏州

太湖为东南巨浸，虞翻曰："水通五道，谓之五湖" [2]。界毗两省，跨越苏、常、湖三郡 [3]，商民往来，视官塘河较近，而风涛鼓荡，恒有倾覆之患。近湖居人，迤有救生之举，甚盛心也。其法略仿京口 [4]，而以属湖中罟船 [5]，凡救一生者钱三缗，得一尸一缗，将覆而援人船无恙者六缗。择地乌程之乔溇吕祖庙侧建崇善堂，旁及掩埋棺椁[6]，而江、震、程、安四邑之好善者[7]，迭为劝募，事赖以集。

曩余官浙江，分巡嘉湖者一年[8]。泊莅吴，先后且十年，太湖并在所辖，每闻波浪之险，怵然于怀[9]。夫恻隐之心，尽人同之。往时罟船非不知溺之当救也，而责不专属，或以多事为引嫌。有专责矣，而无以奖励之，则不久而倦。是举也，其有以充恻隐之心，而持之以久者乎。吕祖庙者[10]，素著灵应，诸君发信愿于此，而四邑之人于以踊跃输助，以底于事之成。抑余闻之，匪始之难，终之实难。太湖周行八百余里，舟楫之患，无地无之，他邑之人，必有闻风兴起者，而诸君敦善不怠，可质神明，在《易》之《中孚》，信及豚鱼[11]，大川利涉，所宜勉勉焉，慎恃其后也。倡其议者，杨体涵、王恩溥、吴杰，捐资尤巨，而诸善士继之，王征士之佐其一也。道光丙申九月[12]，请余为记，书其缘起如此。

奖励善举，使持之以恒。

树立崇善榜样，化民成俗。

【注释】

[1]崇善堂：太湖救难的民间慈善组织。　[2]虞翻（164—233）：字仲翔，浙江余姚人。三国时吴国经学家。　[3]苏、常、湖：江苏苏州、常州和浙江湖州三府。　[4]京口：今江苏镇江市。　[5]罟（gǔ）：渔网。罟船，带网的渔船。　[6]槥（huì）：粗陋的小棺材。　[7]江、震、程、安：即江阴、震泽、乌程、安吉四地，均滨太湖。　[8]曩余官浙江：嘉庆二十五年七月十九日（1820年8月27日），林则徐在杭州接任杭嘉湖道，道光元年七月二十四日（1821年8月21日）辞官回籍，前后一年。　[9]惄（nì）：忧思。　[10]吕祖：即吕洞宾，俗传八仙之一。《列仙全传》卷六说他名吕岩，字洞宾，唐蒲州人。晚年得道，始游江淮，试灵剑，除蛟害。　[11]易：《易经》。中孚：卦名。《易·中孚》："象曰：泽上有风，中孚。"疏："风行泽上，无所不周，其犹信之被物，无所不至。"信及豚鱼：《易·中孚》："豚鱼吉，信及豚鱼也。"[12]道光丙申：道光十六年（1836）。

【点评】

道光十六年九月（1836年10月），林则徐为太湖救难的民间慈善组织"崇善堂"撰写此文，盛赞民间救难的善举，鼓励他们持之以久，希望湖滨他邑之人闻风而起，兴办民间社会救济事务。

巡河日记 [1]

道光十六年十月（1836年11月）于苏北

十月初九日（11月17日）。午后东北风，天阴。由淮城东门外雇船行[2]，十五里至石场镇，三十里至崔家桥。约有三鼓时候，有微雨，泊船。是晚与船家闲谈，据称孟令操守颇好，不要钱，尚须赔钱，惟以做文章为事，不理民事，有抢劫之案不验不审，任听胥差调停，不免有索诈情弊，壮头邱二麻子、快头仓连、潘标其尤也。今年秋收有八九分年成，每两银完钱一千八百文，却无包漕包粮等弊。至粮差格外勒索，或所不免，未得其真。该县地方殷实户甚少，有县库吏吴姓者，家有三万金，即为上户。城内外无典铺，只有小押数间，亦照三年满限，头月加一起息，以后仍仅二分。小押多无真本，人来典物，先交小票与之，俟一二日后，或三五日，或七八日，将票来支现钱。盖押店须将原典之物转典于邻邑大当，始得有以借为挹注也。

盐邑之南伍祐场，为该处大市镇，向有宝场[3]，不甚大。

初十日（11月18日）。天晴，西北风。行十五里至金口关，七里至刘金沟盐邑地界。先五里

在苏北淮安、盐城间乘船微服探访官声与民情。

城内外无典铺，只有小押数间。

有普渡庵，为山阳、盐城交界之处，离淮安府城有六十余里。刘金沟人家颇大，上岸问其年成，云有十分收。一路来河港仅有二三丈阔，两岸高者有六七尺，低者不过二尺。坐船长有二丈余，中舱长有一丈，宽六尺余，恰够三人铺位，舱后即炉灶。船户吴太，系盐邑南门外人，船中只有帮篙一人，舱后有眷口，一妇一幼子。其妇之父姓董名新，亦系本邑快头。问其家道如何？据云亦罢。因问其孟太爷既不理事，所有案件何人代为料理？据船妇云，有罗老爷代为料理。问其罗老爷系何官职？云是左堂[4]，现已上清江去，下月即当回县，以便孟太爷上府交漕。午后转东北风，系属顶风。又问其太爷既不管事，胥差得以有权如此，邱二、仓连等自应发财？据云渠们虽有所得，但解费俱系其津贴，花费亦属不少。张福人颇明白，亦不刁乖。问其清河陶太爷只好做诗喝酒，不爱坐堂，究竟如何？据云有之，但醉后亦多坐堂打人。问其清否？据云不免要钱，然差事多而缺分苦，甚见掣肘，上半年入都，借债一千五百银，以凭作押，及回清江算还，约须二千余，无处张罗，甚为拮据，亏得本府周大老爷代为担认，始得有凭赴省。问其清江宝场，云现实无有，即摇摊亦少。问其各厅官有吃鸦片烟否？据云亦少，惟跟官者为多[5]。

由刘金沟行，三十里至涧河口出荡。荡湖虽比内港宽阔数倍，然水尚浅，中间所生芦苇多露于水面，两岸尽是芦田，现已收割净尽。去船少而来船多，而苇材之船居其八九。荡以南达于高、宝、兴、泰[6]，北达阜宁。荡旁多蟹籪鱼笱[7]，如吾乡浦城以下溪河样式[8]。十五里至武岗口，入内河。本由西阳村涧阳湖涂入东塘河，因东北风大，不便，故直由武岗口唐桥入东塘河。据船家云，少行三十里。张福云，前单系王三、王四所开，伊系湖涂住家，故往来多由彼处。船家所云，倒是直道，非由小径，理或然也。岸上近田处所多有风车，以备水旱车水之用，可与水碓作对。盐邑低田处所，夏秋被水，亦有歉收，在通邑中不过十分之一厘。蝗蝻所食，间亦有之，但无多耳。

由武岗口七里至金家河，遇有红伞船来，问

是牛姓千总查河[9]。船户因言今春盐邑唐桥地方有木客一船[10]，被劫去银百余两，牛千总曾于兴化地界获盗二名解交县讯，孟太爷诘马怪何不中用[11]，大案不能拿人，偏获此区区小贼。问其孟太爷亦肯问案？云看其高兴，若闲暇无事，亦有时坐堂。问其堂口如何？云堂口却清，亦多刻薄抓苦[12]。若不高兴，则委罗老爷讯问，甚至不问不委，所获人犯便搁在班管。又言此贼多由兴化汤家庄来的，汤家庄有二百余家，都是盗贼巢穴，盐邑马快到彼，率被打伤而回。又言孟太爷心慈，有一奸妇谋杀亲夫之案，临刑时孟太爷尚对之而泣。由金家河十四里至唐桥，是晚在此泊船。

十一日（11月19日）。天晴，西北风。挂帆而行，二十里至东塘河。自武岗口而来，港路仍止有三丈阔，两岸七八尺，或丈余不等，至此港阔数倍，与淮河相仿。五里入皮大河，河口尚深，中有四五尺水，两旁多淤成平陆，所存水仅二三丈阔，北岸有七八尺高，南岸止有三五尺，旁有一二家农民。上岸问其应挑与否？答云应挑。问其自何时淤起？答云年代已久，不能知其详细。问其每方挑工几何？答云亦是活的，约一百五六十文一方。问其要挑到何处止？答云自河口起至盐城之北门闸止，共四十五里。问其共估须若干方？答云此须问董事，董事有陈姓者，居住小富庄，此去十余里光景。问此河实系民间要挑？农田有关利益否？答云实为现不可缓之工，农田大有裨益，并非官府多事。

行五里，见南岸比北岸淤滩尤甚，两岸均是水田，一二顷便有风车，人家极少。至此见有一二农民，又上岸问其此河多淤成平陆，约隔几时不挑？答云乾隆年间挑后，距今有八十余年。河本甚大，故谓之皮大河，因其岔港多，故又谓之皮岔河，本与东塘河宽阔相仿，积久失挑，以至多半淤成平陆，河身狭者仅有三分之一，且河底浅壅，转高于东塘河，所有诸湖荡东注之水，不能容纳。一遇洪湖水大，各坝开放，便不免淹及两岸民田，若遇旱荒，田堤离水较远，亦不便于风车，此河必不可不挑。问其土工每方若干？答云一百八十文。问其何以照闲月缓工、忙月常办工之例？答云自以闲月挑为便，方价亦可较省。问其董事何人？答云领头系朱连芳，帮董有陈季元、潘长松、王庆元，皆是监生，家道殷实，办理素来妥当。问其孟太爷管理否？答云孟太爷人极公道，惟欠勤紧。问衙门有勒扣工项否？答云想工房总有规矩，此须问董事，我们不知。又问其挑土归于何处？答云即堆在两岸。诘其既在岸旁，大雨一来，不怕仍冲到水中否？答云此系淤泥，与沙土不同，不患冲流入水。诘其然则何以淤成平陆？答云此由积淤使然，若二三十年一挑，自不至此。

又五里，至小富庄上岸。有一杂货烟店，中有丹徒唐姓者，系属店东，颇明晰此河源委，因到其店内细询之。据云此河八年即议挑浚[13]，至旧年甫有头绪，连年潦荒，皆由此河失挑，湖荡东注之水不能畅流归海，加以海潮顶托，漫然回港，两岸之田被淹。若开通此河，将所挑之土作为岸堆，水既畅流，田亦有所障蔽，水利农田均有裨益。问其董事姓名，与前乡民所言悉合，且云董事皆极妥当。渠所以留心者，并无图利之

向杂货烟店东了解挑浚皮大河原委。

意，惟家有田亩，借此一挑，人己均受其益。孟太爷亦不要钱，官无可议，惟以无事为福，地方公件均不大亲理，内外诸事皆委任严师爷一人，因此严师爷大有权柄，与衙门内外问其姓名，亦不尽知通同舞弊，谅所不免，我们不能尽知。至此河，据各董事云，上岁据严师爷及衙内诸人与董事议妥，要成办此事，须先送其一万银，方能为之详请准办，董事因恐花费过多，不免赔累，不敢担承，后闻还过六千银，未知说妥否？若交董事办，自属妥当。又闻孟太爷自家督办，则未免多被衙中侵蚀矣。又问其此处收成若何？云东塘河以上有十分收，此处亦有六七分收。董事尚有徐宜金详内有名，住在北门闸，亦监生。

五里至冯家桥，此下港路稍阔，淤处比前亦减。十二里至陈家桥，十五里至天妃闸，旁有天后宫[14]，正闸五洞，越闸二洞。三里至盐城县北门，又五六里，至南门泊船，中遇两道长桥一登云，一太平。此处河阔水深，泊船已有定更时候。县城四面环河，将至天妃闸东南，望海云一带有似远山，因得一联云："岸树已消残叶绿，海云犹带远峰青。"是夜月明如昼。

到面馆点心，顺便探问官声。

十二日（11月20日）。天晴。早晨上岸，到茶场一坐，无可与谈。又到面馆近在县署点心，有打水烟者，问其县太爷如何？答云不好。问其如何不好？答云渠来三年，从未坐过大堂，人犯任听管押，高兴时审结一二案，余则置之度外，岂不坑死人么！问太爷既不管事，胥差自必弄权索诈？答云倒不见得。问衙门师爷有弄权否？答云不知。因令张福到他店点心，顺便探问。据云探得孟太爷官是好的，毫不要钱，惟疏懒性成，不爱坐堂审案。严师爷是绍兴人，系太爷官亲，内中各件都管，与门上金四爷俱孟太爷所委任。至书差，问他不肯说。内衙舞弊何事，亦不得其详。

上岸遇土人群坐，探问米价及钱粮状况。

又上岸遇土人群坐，问其今年收成如何？答云有八九分。米价如何？此地斗大，每石有一百八十斤答云顶上者亦须二十八文一升，粗者二十三四。问此处征收如何收法？答云钱粮每两完钱一千八百文每两银换足钱一千三百七十文，漕米完加一五或云加二，每石贴费四百零四文，太爷交漕贴费每石四十文零四毫。问太爷钱漕出息可以敷衍动用否？答云谅亦不至亏短，其如何动用，我们不知。问此外尚有要钱否？答云丝毫不要。问衙内师爷、官亲、内司有要钱否？答云官清衙内自清。问书差有要钱否？答云亦无十分乱要。问太爷多不理事，究竟如何？答云大事亦理，至寻常小事则不免延搁耳。问其皮岔河要挑，是否农民情愿？答云实系农民要挑，盖此河有四十五里长，若挑则两岸田亩均受其益，不挑则旱时无水灌田，潦时又被淹没，两受其害。问其挑将此土放在何处？答云即以堆培两岸。诘其堆在两岸不患大水冲散否？答云此河淤泥堆在岸上，可期结实，不比沙土质松，易于冲散。诘其既不冲散，则河中所淤之土从何而来？答云此由积渐使然。此河失挑距今将近百年，以百年之久，城垣都会破坏，何况土岸。以现在论，挑后之土堆在岸上，且离河亦有远近不同，远者有二三丈，何患经雨遽至冲散成淤。问其方价实系若干？答云百余文，或云百七八光景。问共须用若干银？答云须四万余银，现已详请尚未领回。问领回即开工否？答云若即领回，十一月即可动工。问此项尽数发交董事办理？抑系太爷自办？答云此尚未知的实。问衙内有克扣否？答云此却不知。问其董事共有几人？答云约有七人，分段督理。又往他处茶馆问讯，大略相同。看城厢内外，人民尚无菜色，亦无乞匄，市廛亦旺盛，人亦颇近循良，衙门前亦尚清静，未见有枷号之犯。据所见所闻，颇有政简民淳之象。

早饭后潮上，便即开船，乘潮西上。南门至北门河港甚阔，靠岸船只亦多，西门外尤其热闹，市多米行，船来亦多买米者，有自涧门来买米者。询其本地田收若何？据云因天落水蝗虫，稍形歉薄，只有五六分收。问一路有抢劫否？云今年各处多丰收，匪类较少，未有抢劫。又言今年本邑完漕有一万四千石，余皆折色。据土人言，折色每石折钱六千计，县中钱漕出息不下三万余两，算来亦足敷动用，不至赔累，或不善经理，则未可知耳。

午后北风，船由西路直上，不由天妃闸、皮大河行走矣。十里至九里窑，又十里至涧门村庄甚大，此处虽亦有淤，而河底却深。皮大河口至天妃闸，共长七千余尺[15]，为四十五里。昨船行通经阅过，上半段淤滩多而港面狭，下半段淤滩少而港面宽，按段办工，自有分别，按估册亦新旧开除。所问方价，有百五六文，百七八文之不同，若以百八文为准，照册中所开每方需银一钱九分细按估册方价，连戽水在内；所问乡民之方价，只就挑土而言，所以不同，合以本邑现在时价，每两曹纹换足串钱每千只扣四文一千三百七十文折算，计每方应长钱八十文，积而至于万方，则应长钱八百千文，以二十五万方计之，应长二万千文，再加以土坝、桩坝各工，再加以库平盈余，尚不止此数。图中所开汉港，船户多不知识，惟知有封子河而已。皮大河受西南北五六州县八八六十四万荡下注之水，十一年马棚湾漫口[16]，水没至盐城县城根二尺，诸农田均被淹浸，皆由此河淤塞不能畅流归海之故补记乡民语。

　　由涧门二十里至新河庙泊船，已有定更时候。此处由西直上，即为西盐河，船应由北折入东塘河归来时原路。是晚问船家，该邑城乡间有地棍地霸为害于一乡者否？答云先前原有，近来却无，地方极为安静。

【注释】

[1] 道光十六年十月初九日至十五日（1836 年 11 月 17—23 日），林则徐为挑浚皮大河，在苏北淮安至盐城间乘船微服查访，逐日记录了所见所闻。这里选用其中头四天的日记。 [2] 淮城：淮安府城。 [3] 宝场：赌场。 [4] 左堂：即佐堂，知县的辅佐官。 [5] 跟官者：即常随。 [6] 高：高邮。宝：宝应。兴：兴化。泰：泰州。 [7] 蟹簖（duàn）：捉蟹时用的竹栅。鱼笱（gǒu）：捕鱼的渔具。 [8] 浦城：今福建南平市浦城县。 [9] 千总：武职官员，在守备之下。 [10] 木客：木材商人。 [11] 马怪："怪"应是"快"。 [12] 抓苦：应是"挖苦"。 [13] 八年：指道光八年（1828）。 [14] 天妃、天后：即妈祖，原名林默（960—987），福建莆田人。死后成为福建沿海的航海保护神，后入国家祀典，元代至元十八年（1281），封为天妃。清初康熙二十三年（1684）封为天后。明代以后传播我国沿海地区和东南亚一带，内地临水处居民亦有信仰。 [15] 尺：应是"丈"。 [16] 十一年：道光十一年（1831）。是年夏，运河在马棚湾、十四堡溃口，造成苏北特大洪灾。

【点评】

这份《巡河日记》，体现林则徐重视调查研究、处事精详的作风，也保存了一百多年前苏北的地方社会资料，令人亲历其境，感受当时的官风民情。

《畿辅水利议》案语八则 [1]

开治水田有益国计民生

《周官》大司徒掌天下土地之图 [2]，辨十二壤而知其种，树艺之事繁矣。而王畿之内，惟稻人设专官，其用水作田之法，亦较诸职特详。盖五谷所殖，稻之入最丰，又性宜水，为之沟防蓄泄之制，天时不齐，可仗人力补救，非如他种之一听命于天。故农为天下本务，稻又为农之本务，而畿内艺稻又为天下之本务。我朝劭农重谷，列圣相承，茆檐耕织，悉被宸章，海滋雨旸，动关圣虑，稼穑惟宝，艰难周知，固已立万世不拔之基矣。而畿辅农田水利，历经奉旨兴修艺稻，迄犹未广。今畿辅行粮地六十四万余顷，稻田不及百分之二，非地不宜稻也，亦非民不愿种也，由不知稻田利益倍蓰旱田也。乃观《潞水客谈》所述 [3]，及本朝诸臣奏疏，先后指陈稻田利益，深切著明若此。是其上裨国计者，不独为仓储之富，而兼通于屯政、河防；下益民生者，不独在收获

农为天下本务，稻田又为农之本务。

之丰，而并及于化邪弭盗，洵经国之远图，尤救时之切务也。今诚逐条研核，确信夫营田艺稻实为根本至计，效可必致而事在必行，则万年美利既不难操券以观成，俶载经营乃可与更端而图始，而土宜之辨，已事之征，可递详矣。

直隶土性宜稻有水皆可成田

稻，水谷也。《禹谟》六府始水而终谷[4]，故天下有水之地，无不宜稻之田。近在内地者无论已，迪化在沙漠之境[5]，而有泉可引，宜禾锡以嘉名；台湾悬闽海之中，而有潮可通，产米甲于诸郡。此皆从古天荒，开自本朝，而一经耕治，遂成乐土。况神京雄据上游，负崇山而襟沧海，来源之盛，势若建瓴；归壑之流，形如聚扇。而又有淀泊以大其潴蓄，有潮汐以资其润泽，水脉之播流于全省，若气血之周贯于一身。奥衍之资，天造地设，是有一水，即当收一水之用，有一水，即当享一水之利者也。然非深明乎因地制宜之用，化瘠为沃之方，恐狃于成见，必将以水土异性为疑。今且不敢远征，断自元、明建都以

天下有水之地，无不宜稻之田。

来敷陈诸策，固已言之凿凿，试之有效；而我朝怡贤亲王周历经度，叠次疏陈，参之诸臣奏议、三辅志乘，凡土之宜稻、地之可田，悉经逐段指出，则畇畇畿甸[6]，实具天地自然之利，尤为万无可疑。今即水道之通塞分合，不无小殊，而土性依然，地利自在，可知稻田之不广，良田人事之未修，而所以物土宜兴水利者，可以考求遗迹，实力举行矣！

缓科轻则

水田之兴，西北大利也。然或计其岁入之饶而议及岁供之数，则民情惧罹重赋，必将瞻顾不前。昔徐贞明领垦田，使北人惧东南漕储派于西北，事初举而烦言顿起，遂以中止[7]，此其明征也。宋臣晁公武有言[8]："晚唐民务稼穑则增其租，故播种少；吴越民垦荒而不加税，故无旷土。"是因垦议赋，适因赋病垦，卒至田不加辟，赋无可增，于国于民，两无裨益。况我朝赋役之制，东南赋重而役轻，西北赋轻而役重，用一缓二，实为立法之精心。今役既无可议减，赋又何

新开水田，若本系行粮地亩，照原额征收，永不加增；或系无粮荒地，缓其升科，轻其赋则。

可议增？请自今新开水田，若本系行粮地亩，照原额征收，永不加增；或系无粮荒地，亦须酌宽年限，缓其升科，轻其赋则。明定章程，遍行晓谕，俾共知圣天子深仁大度，但求民间有倍入之收，不计国赋有丝毫之益，庶良懦绝顾瞻之虑，豪猾息梗阻之谋，而乐事劝功，共戴皇仁矣。

禁扰累

反对急功近利，禁止生事滋扰。

为国不患无任事之人，而患有债事之人 [9]。任事者，方兴利以救弊；债事者，即因利而滋弊。故曰："利不百不兴，害不百不去"，诚慎之也。今兴治水田，为西北百姓建无穷之利，民间自营之产，人自耕之，人自享之，赋税不增，租典由便，有利无害者也。特恐创行之始，或急于见功，奉行不善。或假手胥吏，生事滋扰。甚或违理妄行，借以阻挠政事，如雍正六年上谕处革之梁文中其人者 [10]，将养民之政反为扰民之事。此端一开，浮议乘隙而生，必至惩羹吹齑 [11]，因噎废食。是在承办各官，毋急近功，毋执偏见，虚心谘访，善言劝导，毋令书役得以借手，庶杜渐防微之虑周，而善作善成之效可期也。

破浮议　惩阻挠

天下事当积重难返之后，万不得已而思变通，幸而就理，万世之利也。然北米充仓，南漕改折，国家岁省经费万万，民间岁省浮费万万，此皆自蠹穴中剔出[12]，陋规中芟除者，则举行之日，浮议阻挠，必且百出。如前明宏治间浚大通河，漕船已达大通桥，节省金钱无算，而张鹤龄等因失车利[13]，造黑眚之说以阻坏之[14]。夫成功尚可坏，况未成乎？徐贞明初上《水利议》，格不行。迟之十年，重以苏瓒、徐待、王敬民、申时行诸人之力，仅得一试。无何，蜚语潜入，王之栋一疏败之而有余[15]。举事者何其难，挠事者又何其易也！今圣谟枢赞，一德一心，询谋既定，无虑异议之滋，而小人之浮言梗阻，势亦在所不免。要之，簧鼓不足听[16]，而刁健不可长，是在卓然不惑，处之有道而已。

破除浮议阻挠。

田制沟洫_{水器稻种附}

沟洫之利甚溥，非独水田宜设，前人论之详

沟洫修而田制备。

矣。而经画水田，要在尽力沟洫。陂塘之潴蓄，所以供沟洫之挹注也；闸堰涵洞之启闭，所以均沟洫之节宣也。沟洫修而田制备，田制备而地中之水无一勺不疏如血脉，水旁之地无一亩不化为膏腴。大禹之粒蒸民，举其要，不外浚川距海，浚畎浍距川。然则营田之政，亦尽力沟洫而已。

直隶八郡地势，西北高，东南下，而一郡之中，又各有高下之异。今择其近水之处，随宜经画，负山高仰之地，可导泉引溉，则为陂、为塘，以备暵旸；滨河平广之地，可疏渠引溉，则为闸为堰，以齐旱涝；濒海近淀之地，可筑围引溉，则为圩为堤，以防漫溢。如是，则水之为田患者寡，水之不为田用者盖亦寡已。经画既定，播种可施，乃更揆度地形，作水器以省灌溉之力；辩别土性，择稻种以适气候之宜。使向之听丰歉于天时者，一视勤惰于人事，人事修举而天时不害，地宝咸登矣。

作水器以省灌溉之力，择稻种以适气候之宜。

禁占垦碍水淤地

禁止占垦淤地，阻碍水道。

天以五行生万物，而先水，水之有利，水之

性也。至用水者，与水争地，而水违其性，水利失，水患滋矣。明臣潘凤梧曰[17]："若计开田，先计储水。"《荒政要览》曰："泽不得，川不行。川不得，泽不止，二者相为体用，为上流之壑，为下流之源，全系于泽，泽废，是无川也。"畿辅之地，百川辐辏，赖淀泊以为之容蓄，而后涝不虞泛滥，旱不至焦枯。自规图小利者，于附近淤地日渐占垦，以至阻碍水道，旱涝皆病，于通省水利大局关系非小。夫治地之法，将有所取，必有所弃。彼第知泽内之地可为田，而不知泽外之田将胥而为水，其弊视即鹿无虞，凿空寻访者，殆有甚焉。今履勘所至，凡有此等地亩，务须查明界址，分别划除，永禁侵垦。所谓舍尺寸之利，而远无穷之害，此正经营之始所当早为禁绝以杜流弊者也。

推行各省

西北诸省，古称沃饶之地，甚多河渠沟洫。汉唐以来，代有兴举，成效著于史策。自水利积久未修，膏腴之壤皆为陆田，遂若大河以北，土

令各省随宜相度，以渐兴举。

性本不宜稻者，骤举稻田之利语人，人必不信。然粤西民俗，则又止知水田种稻，不知旱地可种杂粮。先臣李绂因地有余利[18]，请多觅农师教导，兼植北方粱粟。易地以观，可知南北种植之殊，端由民习，不尽关土性也。今请俟畿辅倡行之后，确有明效，且共睹稻田之入倍于旱田，自必闻风兴起，乃以营种之法，颁之山、陕、豫、东诸省，令各随宜相度，以渐兴举。由是推行愈广，乐利愈宏，财用阜成，家给人足，风俗纯厚，经正民兴，东南可借苏积困，而西北且普庆屡丰，此亿万世无疆之福也。

【注释】

[1]《畿辅水利议》：光绪二年丙子（1876）三山林氏家刻本。初名《北直水利书》，原稿已佚。冯桂芬《跋林文忠公河壖雪辔图》：“余于道光壬辰（十二年，1832）以制举文受公知，尝招入署校《北直水利书》，有国士之誉，有饮食教诲之德。”（《显志堂稿》卷一二）传世本系林则徐四子林拱枢得于某友宅，署名《直隶水田事宜》之抄本。篇首为总叙，下分十二篇，每篇辑录历代有关议论，末有林则徐案语，这里选收其中八篇案语，删每篇前“臣则徐谨案”数字。　[2]《周官》：即《周礼》，又称《周官经》。大司徒：西周时期官名，掌国家之土地与人民。　[3]《潞水客谈》：明徐贞明著，一卷。又名《西北水利议》。　[4]《禹

谟》:《尚书》篇名,记载大禹事。　　[5]迪化:清迪化州,即今新疆维吾尔族自治区首府乌鲁木齐一带。　　[6]畇(yún)畇:田地整齐。　　[7]"昔徐贞明领垦田"四句:事见《明史·徐贞明传》:"初议时,吴人伍袁萃谓贞明曰:'民可使由,不可使知。君所言,得无太尽耶?'贞明问故。袁萃曰:'北人惧东南漕储派于西北,烦言必起矣。'贞明默然。已而之栋竟劾奏如袁萃言。"　　[8]晁公武(1105—1180):字子止,济州钜野(今山东省菏泽市巨野县)人。南宋绍兴二年(1132)进士。官至敷文阁直学士、临安少尹、吏部侍郎。著有《郡斋读书志》。　　[9]偾(fèn)事:败事。　　[10]梁文中:时为直隶营田工员,推行开治水田,强迫命令,拔去民间已种豇豆,被参革职。雍正帝上谕:"梁文中不行晓谕,于事先乃将已成之禾稼逼令抛弃,违理妄行,显欲阻挠政事,非无心错误可比。……著革职于工所,枷号示众。其所毁坏豇豆,著即于梁文中名下照数追赔。"　　[11]惩羹吹齑(jī):屈原《九章·惜诵》:"惩于羹者而吹齑兮。"人被热汤烫过后,吃冷菜也要吹一下。比喻戒惧过甚或矫枉过正。　　[12]蠹(dù)穴:虫蛀的穴洞。　　[13]张鹤龄:明孝宗孝康张皇后之弟,弘治五年(1492)袭封寿宁侯。以皇亲在畿辅一带广占田地,占据关津,与民争利,骄肆不法。车利:大通河未竣前,漕粮由车运入京中各仓。车运工价,若遇泥泞时,每米一石约银一钱;改船运直达大通桥,每石止钱几文(《明孝宗实录》卷一六〇),车运利益比船运高出十多倍。　　[14]黑眚(shěng):视力出现黑点的眼病。此指自内生成的妖祥。　　[15]"迟之十年"六句:指万历十三年(1585),御史苏瓒、徐待、给事中王敬民交章论荐徐贞明《水利议》之可行,明神宗乃敕贞明会抚按诸臣勘议,九月命领垦田使,诣永平试办。一时烦言四起,阉人、勋戚失其利者争言不便,神宗动摇。次年三月,阁臣申时行上疏陈时政,力言其利。而御史畿辅人王之栋上疏言水田必不可行，且陈开溏沱河不便者十二，神宗乃召见时行等，谕令停役。 [16]簧鼓：《庄子·骈拇》："使天下簧鼓以奉不及之法。"即迷惑人的花言巧语。 [17]潘凤梧：桐乡人，贵州籍，隆庆四年（1570）举人。著有《治河管见》四卷。引文见此书。 [18]李绂（1673—1750）：字巨来，号穆堂。江西临川（今抚州市临川区）人。康熙四十八年（1709）进士。历任广西巡抚、内阁学士、户部侍郎等职。

【点评】

《畿辅水利议》，初名《北直水利书》，酝酿于林则徐供职翰林院时期，编定于江苏巡抚任内，备采宋、元、明以来何承矩等数十家言，提出在畿辅即北京附近一带兴修水利、开治水田，就地取粮，作为解决南漕北运弊端丛生的根本方案。针对海河水系"形如聚扇"的地理环境，主张在高山地区建设节制性的蓄水工程陂塘，在平坦地区筑堤坝束水引灌分洪，在沿海地区开治水田，种植水稻，以逐步减少漕运数量，就近解决清朝国家机器正常运转所需的粮食，改善北方农民的生活。在案语中，林则徐指出：直隶有水皆可成田，"农为天下本务，稻又为农之本务，而畿内艺稻又为天下之本务"。推广水田，必须改革赋役之制，缓科轻则，禁扰累，破浮议，惩阻挠，禁占垦碍水淤地。对修沟洫、作水器、选稻种、向各省推行等相关问题，作了详细的解释。

《娄水文征》序

道光十六年（1836）于苏州

太仓王君宝仁[1]，汇其州人之文，自宋迄今，择尤雅者，辑为八十卷，曰《娄水文征》，谒余为序。

考汉时州为娄县地，娄江出焉，故以娄名。元初创海运，通番舶，始名太仓。然则州之所重莫若水利矣。宋时郏氏父子言之綦详，今是编取以冠集，尚体要也。夫水之行于地也，涣然而成文，故水利之废兴，农田系焉，人文亦系焉。太仓在明称极盛，弇山兄弟飚举于前[2]，天如、骏公诸君泉涌于后[3]，其时水道通达，田野沃衍，为东南上腴。国初已来，显者尤众，乾隆间犹有以巍科领节钺，为人士所仰望者。近十数年刘河湮塞，旱潦皆无备。农固失其利，即科目仕宦亦稍替矣。刘河即古娄江，盖三江之一[4]，而太仓一州之要津也。自刘河塞而州之贤有文者，或终老牖下，或偃蹇薄宦，今集中之文具在，其左验也。

水利兴而人文兴。

往在癸未，余陈臬来苏，值水灾后，有并浚三江之议。上命总理江浙水利，会以艰归，未亲其事[5]。后十年重莅吴中，则吴淞已浚，而刘河之塞如故，岁且屡歉。余乃诣州履勘，奏借公帑浚之[6]，得旨报可。先是，议刘河者咸曰海口有拦沙，凿去为便。然工艰而费巨，故屡议屡浸。自余议作清水河于海口，筑石坝，设涵洞，外潮至则御之，内水盛则泄之，盖欲为久远计也。岁甲午工成，州人大悦，乃并疏诸支河以畅其脉。乙未浚七浦河，丙申浚杨林河，皆支流之大者[7]。比又遍浚钱泾、瑶塘、朱泾、南北澛漕、石婆、萧塘、西南十八港、六窑塘、大凌门诸河，亘三万余丈，而太仓之水道无不贯输以达于尾闾矣。如甲午秋之大雨、乙未夏之亢旱，皆几几为害，赖水利既治，以时蓄泄，岁仍报稔。数年前田价亩仅二三缗，至是乃倍蓰[8]。而仕宦日显，成进士、选词馆者且辈出，将蒸蒸然复见昔日之盛，不可谓水利之兴于人文无与也。

王君是编，始郏氏父子治水治田诸说[9]，而于上下七百数十年来，凡有涉农桑、沟洫者，择之精而取之备，岂不以农田所系在此，即人文所系亦在此，故欲有所荟萃以与当世相发明乎！而是编之辑，适在刘河工举之时，洎其成书，又在诸河工蒇之后，地灵人杰，盖有明征，故余之序是编，第揭其大者声之，俾览者知体要焉。他如人物之显晦，理学之源流，高人逸士之超谊悬解，间阎妇子之奇志庸行，披卷可睹，兹不具书。

【注释】

[1] 王君宝仁：王宝仁（1789—1852），字研云，一字东壁。嘉庆二十四年（1819）举人。 [2] 弇山兄弟：指王世贞、王世懋兄弟。王世贞（1526—1590），字元美，号凤洲、弇州山人。嘉靖二十六年（1547）进士。官至南京刑部尚书。著有《弇州山人四部稿》《续稿》等。王世懋，字敬美，嘉靖三十八年（1559）进士。官至太常少卿。著有《王奉常集》等。 [3] 天如：张溥（1602—1641），字天如，崇祯四年（1631）进士。曾集郡中文士结复社以继东林。著有《七录斋集》。骏公：吴伟业（1609—1672），字骏公，号梅村，崇祯四年（1631）进士。康熙时出仕清朝，任国子监祭酒。著有《梅村集》《绥寇纪略》。 [4] 三江：吴淞江、黄浦江和刘河。 [5] 癸未：道光三年（1823）。天子命总江浙水利：金安清《林文忠公传》载，道光四年（1824），"江浙两抚议修七府水利，以继夏原吉之绩，奏公总其成。硃批：'即朕特派，非伊而谁'"。会以艰归：因母亲逝世而辞归。艰，丁内艰，即守母丧。 [6] 奏借：指道光十四年（1834）正月，林则

徐上《筹挑刘河白茆河以工代赈折》，奏请挑浚刘河，“尚不敷六万二千三百二十余两，请于封贮款内借支”。　[7] 甲午：道光十四年（1834）。乙未：道光十五年（1835）。丙申：道光十六年（1836）。　[8] 蓰（xǐ）：五倍，这里泛指数倍。　[9] 郏氏父子：即郏亶、郏乔。

【点评】

道光十六年（1836），林则徐为太仓王宝仁编《娄水文征》作序，以在江苏大办水利的体会，说明水利不仅对农业经济，而且对社会人文的发展有重要的作用。

栗恭勤公墓志铭

道光二十年五月（1840 年 6 月）于广州

公讳毓美，字含辉，别署朴园，浑源州人[1]。曾祖英，祖德本，考渥，皆赠如公官。年十七，受知于学使者戈仙舟先生[2]，补州学生员，食廪饩。会稽莫公继戈任[3]，拔充辛酉科选贡，实嘉庆五年也。七年朝考二等，改知县分发河南。历署温、孟、安阳、河内、西华诸县事，几案明允，所至有绩。重浚安阳万金渠，民尤利之。二十年补宁陵县。河决睢治，当顶冲[4]。公亲履四乡，

栗焜等撰《朴园府君行述》：“府君姓栗氏，讳毓美，字含辉，号箕山，又号朴园。”

李元度编《国朝先正事略》卷二十五：“公姓栗氏，名毓美，字友梅。”

勘减沙压地亩额赋，请蠲缓课。莳木绵、榆枣，兴筑城郭，以工代赈，民困借稍苏。旋丁父忧。服除，仍赴河南，即署淇、修武县事。河再决马营口，委勘灾[5]，因留办大工总局，协放淤工程积劳，加升衔。

道光元年补武陟县。县负沁面黄，堤卑薄不足捍大波。公至则加子埝[6]，画增筑大堤策。已而沁决韩村[7]，公议韩村之堤激水逆行，故数败，若导沁由漫口归故道，改建新堤，虽需帑较多而城邑永安，酌汰防汛工员，数亦适均，或徙县治宁郭驿，计尤便。大吏以经费有常，未允也。三年升光州知州，四年升汝宁府知府。五年调开封，剖判敏干，又于其间兴修贡院号舍万间，经营庀度，三载乃究。九年升河南粮盐道[8]，调开归陈许道。

十年授湖北按察使，定谳狱章程，行水保甲，江溢办赈，定煮粥条规，皆可法。十二年授河南布政使，革属邑供应浮费，于司库收支总簿外，增正、杂、捐、寄四散册，钩稽无隐。十四年正月、八月两护巡抚印务，奏撤桐柏县，重设查盐

张壬林编《栗恭勤公年谱》：嘉庆十四年七月，奉檄署安阳县。"万金渠年久淤塞，捐俸疏浚，农田借资灌溉。"

公厂[9]。

十五年授东河河道总督。公久历河干，得诸目验，知失事必在无工处所。北岸自武陟至封邱，串沟错出，与大河通气。伏秋两汛，巨浸杳然，其间衡家楼、马营工屡次漫溢，糜财病民阻运，所关尤巨。

是年七月，阳武汛迤上滩水，由十七堡南张庵界循旧顺堤河直达封邱汛西圈堰前归河。又张庵之北，旧有月石土坝，本以挡串沟，后因民田病潦，掘断之，架木两端导水，从封邱入河，积久分溜亦渐大。公虑万一张庵沟尾下移，由坝口进注，则阳武以东堤愈危重，因驻节坝前，堵合断流。次日大风雨，外河内滩盛涨联络，赖坝口先闭，堤根停淤，对岸万家恃以安枕。既乃乘小舟，由旧顺堤河曲折探量，勘得阳武支河分溜北驶，湍悍几敌大河。两汛向未储备秸石，无高崖可倚筑坝，而进水之口日益阔。忆前浚贾鲁河及武陟城隍，见砖经泥沙融结，坚不可入斧凿，故于开归道任即捐俸购砖，议将代埽。及是，遂令收买民砖，抛坝六十余道，挑溜而南，水维顿缓。

彭邦畴撰《栗公神道碑》："综公宦迹四十年中，惟在湖北两年，余与河南相终始。""公之治河不自任河督始，其知武陟也，修沁堤，协办马营坝，堵合韩村漫口。其转运也，建三清济运之议。其任方伯也，适祥符下汛有塌陷处，时抚军入闱，河督河道俱公出，公即率厅员赶筑柳坝，护保无虞。应变之才，先见于此。而以砖代埽之法于武陟浚濠及承挑贾鲁河时，见远年旧砖，沙泥浸灌，斧凿不能入，已留意及此矣。"

十六年二月，复勘阳武三堡迤下支河，又分两股，乃略仿塞决之法，先于原阳越堤筑挑水坝，从南股抽沟，北岸筑迎水坝，格之口门。将合溜，忽掀涌。当是时，咸以为无可展手足矣。公饬急采大柳，拨巨舰二，倒排口门，借舵作桩，纬以竹缆，系大柳其上，杀溜挂淤，然后分路进砖，力截北股，仍挽归南。复于间段抛筑坝朵，支河距堤遂皆在七八里外矣。

先是在布政使任，祥符三十二堡串水溃堤，料物萃于黑岗。公乘船往视，金曰："是非公责，且可以无工解。"不听，命速筑柳坝，杀其势。或匿笑，亦不顾。指麾兴筑至七十余丈，水渐涸，上游串沟尽力抵塞，决竟复合，凡此皆所谓杜患于将萌者也。

微公，漫溢之案且数生。公既灼见砖坝得力，因连疏，请以秸料碎石之款酌办砖。大指谓："以堤束水，土功乃其根本。筑堤宜兼筑坝，堤犹身，坝其四肢也。前人用卷埽法，竹络、木囷、砖石、柳苇同为治河工料。自镶埽法兴，始专以秸料为正则。而溜趋靡常，镶埽陡立，最易激水之怒。

溜势上提，埽之上首必须加镶。下坐，埽之下首又须接镶。片段日长，防守日难。秸质松袤，不三四年即归朽烂，机宜偶舛，辄成口岸。夫治河不外以土制水，先河臣黎世序用石之始，奏称石为土之刚者。臣谓炼土为砖，砖实土之坚者。石性滑，易于流转，仍不免引溜刷深。砖性涩，与土相胶，抛坝卸成坦坡，即能挑远溜势。况每方砖价六两，石价自六两至十三两无定科。豫省碎石产自土山，形质本脆，及采运到工，堆砌嵌空，查验不易。砖随地皆可烧造，尺砖一方以千计，平铺高叠，举目可瞭。又较量轻重，砖重尝倍过石三分之一有奇。以一方碎石之价可购两方之砖，而抛一方之砖，又可抵两方碎石之用，是用砖较之用石省帑更多也。或谓砖坝与水争地，不知埽工必先筑土坝，后乃加镶。隶埽朽脱胎，坝随埽蛰，有坝名，无坝实，大溜转逼堤根。砖坝则无须埽护，即师筑土坝之意，而不泥其法。臣履任之初，即试行抛筑，杜新工，护旧工。五年之间，搏埽节费已有百五十余万两，斯实效也。"

公每有陈奏，辄蒙嘉允。工员大不便，旁人

亦创闻此议，争倡浮言。赖上信公深，决其言必可行，后卒如所请，许之。试行之始，公终日立泥淖中，砖甫出水，势尚动摇，即率先屹立坝头，随时与厅员营弁讲求治策。于工之将生未生，无不预谋抵御。然其深意，不惟节省经费已也。

将以埽工所节之费，移而培大堤固，则漫溢之患可永除，宣房万福[10]，所以为国家计者甚至，奈何未竟其施而殁也。河标、黄运两营兵，专事桩埽城守。兵虽习弓马、技艺、阵势，亦非所娴。公惟济宁地界曹、兖，宵小时窃发，操防未可忽，因增演三才、速战诸阵势。捐造铳炮、刀矛、旗帜、铅丸、火药，躬自教练。又设义学五所，令兵丁子弟读书其中。

二十年正月京察，特旨交部议叙。二月十七日巡工至郑州胡家屯，夕食，感奇疾，眴厥，漏加子遽卒[11]，年六十有三。遗疏入，上震悼咨惜，晋宫衔，赐恤加一等。谕祭葬，予谥恭勤。

枢旋，豫民绕绋攀号，亘千里不绝。于是，济宁州奉木主入大王庙及任城书院；宁陵县祀于三贤祠及吕新吾祠，公尝重刻吕子书故也。襄城县祀汤公祠，祥符、宁陵、西华、武陟、原武、阳武、安阳诸县或恳祀名宦，建专祠。仁贤之实，其生被之民，而殁令人思也又如此。

配吴夫人。子男二，公卒之日，长子烜已由刑部郎中截取知府记名，乃推恩赐次子耀进士。孙男三，国华、国贤、国良。以二十年七月初七日葬州城外，赐茔。

则徐前在豫，稔公久[12]。谨因烜、耀请，撮叙其政事议论尤大者，俾丹诸石。铭曰：

帝任之专，公肩之力。财殚牵荄，虑沉炼墼[13]。五载试行，厥功已丰。北流不复，永式栗公[14]。

闽海林则徐顿首拜撰

【注释】

[1]毓美：栗毓美（1778—1840），字含辉，又字友梅，号朴园，又号箕山，谥号恭勤。浑源州：今山西省大同市浑源县。墓志铭：在埋进坟墓里的志石上所刻的文章，前面叙述逝者生平事迹的文字叫志，后面的咏唱韵文叫铭。道光二十年（1840）夏，时任两广总督的林则徐撰写了这篇墓志铭。道光二十年冬立《栗公神道碑铭》："七月，孤烜等奉公匶归葬于州城东北之官台，原林少穆督部已铭其藏。"按：道光二十年十一月立此碑时，林则

徐已于九月被革职，故称"原林少穆督部"。　[2]戈仙舟：即戈源（1738—1800），字仙舟，号橘浦，直隶献县人。乾隆十九年进士，由御史转给事中，擢太仆寺少卿，督学山西，所至皆有政绩。　[3]会稽莫公：即莫晋（1761—1826），字锡三，号裴舟，又号宝斋，浙江会稽（今绍兴）人。清乾隆六十年（1795）进士。嘉庆三年（1798），以翰林院侍读出任福建乡试主考官。提督山西学道，视学山西。　[4]宁陵县：今河南省商丘市宁陵县。睢治：即河南睢州（今商丘市睢县）。嘉庆十八年（1813）癸酉秋，黄河决睢州，宁陵首当其冲。次年复被漫淹，至二十一年（1816）麦收启征，而民力仍形拮据。　[5]《栗恭勤公年谱》：嘉庆二十四年（1819）七月，卸淇县事，"适马营口决口，仪封被灾，公奉委查办灾赈"。　[6]子埝：子堰。　[7]沁决韩村：沁，沁阳河。韩村，在今河南省焦作市沁阳市沁园街道。道光二年（1822）八月十四日，沁阳河在韩村决口。　[8]粮盐道：粮储盐法道。　[9]桐柏县：今河南省南阳市桐柏县。桐柏县行销潞盐，原设卡十七座。道光十年（1830）后桐柏知县自设公厂二处，由董事绅士经手过秤，毓美恐借收运钱，易滋纷扰，奏明裁撤。　[10]宣房：即宣房宫。《史记·河渠书》载，汉元光中，黄河决于瓠子。后二十余年，汉武帝命堵塞瓠子决口，筑宣房宫其上。宣房万福：即汉武帝作歌曰"宣房塞兮万福来"，借指河东河道总督栗毓美治河功绩带来万众的幸福。道光十九年（1839）栗毓美绘制《豫省黄河南岸堤埝埽坝长丈河势情形全图》（现藏台北故宫博物院），描绘了黄河南岸南河、中河等八厅各汛所辖河堤（包括缕堤、遥堤、月堤、子堤、护城堤、护岸堤）四百九十多里，堡二百九十多座，堡辖属坝（减水坝、顺水坝、逼水坝、挑水坝、鱼鳞坝、人字坝、磨盘坝、俄水坝、盖头坝）三百八十多座，标绘砖坝、土砖坝、砖石坝的有十一处。　[11]眴（xuàn）

厥：眩晕昏厥。眴同"眩"。漏加子：漏刻至午夜子时，漏，指漏壶，古代计时器。道光二十年（1840）二月十七日，栗毓美巡工至上南厅郑州汛胡家屯工次，"晚饭与幕宾汪君芸轩共食，举箸之顷，忽觉精神委顿，头痛异常，旋即失箸，右手足麻木，不能动履。……至十八日子时，端坐而薨。"（张壬林：《栗恭勤公年谱》，民国二十三年铅印本，第44页）[12]稔：熟悉，习知。林则徐道光十一年二至七月任河南布政使。十二月至道光十二年五月任河东河道总督，曾到河南黄河两岸各厅查验料垛。在此期间，林则徐和栗毓美结识往来。　[13]虑沉炼墼（jī）：指用烧成的砖筑坝。墼，未烧的土砖。　[14]北流不复，永式栗公：永式即永久的法度，这句指栗毓美治河成效显著，治河方法成为后人的典范。又有赞颂栗毓美虽然去世不能复生，但其品德为后人树立了榜样的意味，一语双关。

【点评】

　　道光二十年（1840）二月十八日，河东河道总督栗毓美殉职于郑州胡家屯工地。栗毓美长子栗烜、次子栗耀请时任两广总督的林则徐撰写墓志铭。林则徐任官河南时，与栗毓美素有交往，志同道合，于当年夏天欣然命笔，"撮叙其政事议论尤大者"，特别是对栗毓美治理黄河重大的贡献，筑坝工程技术"砖工"的发明和应用，大段引述，对这一堪称大河文明史上重大的文化事件，详加介绍，充分肯定他"五载试行，厥功已丰"，由衷赞叹他不畏浮言、不惜牺牲的精神，字里行间寄托了对故友的无限哀思。

分书[1]

道光二十七年正月（1847 年 2 月）于西安

父谕吾儿汝舟、聪彝、拱枢知悉：

余服官中外已三十余年，并无经营田宅之暇，惟祖父母在时，每岁于俸廉中酌留甘旨之奉[2]，祖父母不肯享用，略置家乡产业。除分给汝四叔外[3]，有留归余名下者，载在道光丙戌年分书[4]，汝等亦已共见。嗣于庚寅年起复再出[5]，至今未得回闽，惟汝母中间回家一次[6]，添买零产几处。合计前后之产，或断或典，田地不过十契，行店房屋亦仅二十三所，原不值再为分析，而吾儿三人，长已成名，少亦举业，尔等各图远大，当不借此区区。但余年已六十有三，汝母亦届六旬，且有废疾，安能更为尔等劳神照管？汝辈既已长成，自应酌量分给，俾其各管各业。除文藻山住屋一所及相连西边一所，仍须留为归田栖息之区，毋庸分析外，其余田屋产业，各按原置价值匀作三股，各值银一万两有零，即每股或有多寡，伸缩亦不过一、二百两之间，相去不远。

林则徐服官中外三十余年，分给三个儿子不动产各值银一万两。

合将应分契卷检付尔等分别收执，其应行收租者各自收取，如因中外服官不能自行经营，亦各交付妥人代理，将来去留，咸听尔等自便，我亦无庸过问。惟念产微息薄，非俭难敷，各须慎守儒风，省啬用度，并须知此等薄业购置甚难，当念韩文公"辛勤有此，无迷厥初"之语[7]，倘因破荡败业，即非我之子孙矣。再，目下无现银可分，将来如有分时，亦照三股均匀，书籍、衣服并皆准此可也。兹将所分三股产业，开列于左。此谕共录三纸，尔等各执一纸为照。

道光二十七年丁未孟陬吉日[8]，竢村老人亲笔书于西安节署之小方壶[9]。

【注释】

[1]分书：分家析产时所立的文书，又称阄书。 [2]俸廉：俸禄和养廉银。此指收入。甘旨：美味。甘旨之奉，即奉养父母的费用。 [3]四叔：指林则徐的弟弟林霈霖，字雨人，已于道光十九年（1839）在福州去世。林则徐排行第二，兄林鸣鹤早逝，另一弟弟出生不久就夭折了。 [4]道光丙戌年：即道光六年（1826）。当年林宾日为林则徐兄弟写立分书。 [5]庚寅年：即道光十年（1830）。 [6]回家一次：指林则徐赴广东查禁鸦片时，郑夫人从武昌回家，于道光十九年二月初八日（1839年3月22日）到福州。 [7]韩文公：即韩愈。韩愈《示儿》诗有云："辛

勤三十年，以有此屋庐。……诗以示儿曹，其无迷厥初。" [8] 孟
陬：农历正月。　[9] 竢村老人：林则徐晚年的自号。小方壶：陕
西抚署内斋名。

【点评】

道光二十七年正月（1847 年 2 月），林则徐时任陕
西巡抚，因病请假治疗期间，为三个儿子分家，对财产
进行处分，写立这份分书。从这份文书可知，林则徐当
官三十年，所有的积蓄仅三万余两银子，在"三年清知
府，十万雪花银"的时代，算是非常清廉的了。

豫备罢官后应用之项 [1]

道光二十九年（1849）于昆明

太太运枢回闽，连开吊、安葬二千两 [2]。

向苏大人让衣锦坊住屋五千两。

三位少爷各付一千两 [3]。戊申六月各已付讫。以
上共一万。

大少爷起复进京盘费五百两。

三、四少爷如能中举，进京盘费各五百两。

四少爷入泮用度二百两。

五小姐出阁费用五百两 [4]，又五百两。在任

已用，不止此数。

自备将来丧葬共二千两。

福州至亲帮项，酌备三千两。

□□红白应酬存公项一千两。

刊印诗文及奏疏、杂著约一千两。

应还人情约一千两。怡悦亭、惠芳、茅鹭渚、舒庼庵[5]。

以封建大吏而与仅预备两万余两，与所谓"十年清知府，十万雪花银"的贪官污吏形成鲜明对比。

【注释】

[1] 林则徐在云贵总督任上的两则记事，选自林则徐手书《滇黔杂识》，原件藏于国家博物馆。　[2] 夫人：林则徐妻子郑淑卿，道光二十七年十月十五日（1847 年 11 月 22 日）病逝于昆明。　[3] 三位少爷：林则徐长子林汝舟，三子林聪彝，四子林拱枢。　[4] 五小姐：林则徐小女。　[5] 怡悦亭：怡良。惠芳：林则徐六妹，沈葆桢的母亲。

附记陕西陋规　俱不收 [1]

保持廉洁的作风，不借所谓常规惯例收受下级官员财物。

藩三节两寿每次一竿[2]，上下忙盘库每次一竿。

粮每季一千三百两[3]，节、寿水礼。

潼商道三节两寿，每次五百两。

西安府年一竿，寿一竿，余水礼。

同州府年名世，余水礼。

【注释】

[1] 此件藏国家博物馆。　[2] 藩：藩司，此指陕西布政使。[3] 粮：粮道，此指陕西督粮道。

【点评】

道光二十七年六月十七日，林则徐接任云贵总督。道光二十七年十月十五日（1847 年 11 月 22 日），林则徐夫人郑淑卿在昆明病逝。道光二十九年三月以来，林则徐身体不佳，拟辞官养病。陋规是俸禄之外的规礼杂费，合法的敛财手段。林则徐列出布政使、督粮道等应收陋规"俱不收"。

复陈恭甫先生书[1]

道光十三年正月（1833 年 2 月—3 月）于苏州

恭甫老前辈大人阁下：奉别已三载[2]，前后惠书，积至数寸，而裁报阙如。若非河海之量，安能保其无他，复不吝教诲如是，铭心汗背，匪可言喻。

复出后三年的
经历和心境。

　　则徐庚寅之秋，自都至楚[3]，明年春移汴梁[4]，其秋再移江淮[5]，办灾未毕，谬领宣防，辞不获已[6]。去春载奉抚吴之命，以得离河上为幸，然吴中凋敝之余，谈者鲜不以为畏途，以芷林之敏练[7]，犹复知难而退，况贱子乎？受事甫半月，即以监临文闱，移驻白下。河事孔亟，淮、扬告灾[8]，未待撤帘，驰往抚视。是冬始返吴下，未几而兵差至矣，仆仆从事，迄今未能少休。突既不黔[9]，炊又无米，劳累之余，精力日以消沮，心绪日以恶劣。每欲伸纸一抒胸臆，自非数行可了，而他冗辄复间之，中辍之后，便不能续，至今案头零笺，即有奉报之书未及终幅者，不敢复达于左右也。来教期许殷切，且多忧时感事之语，知名山中无时不以苍生系念，钦佩奚似。

福建台湾府民
变及其善后。

　　则徐见近年以来，吏之与民愈不能以恩义相结，人心日以不靖。如陈连、黄番婆等之事[10]，固在意中，而仅见诸海外之隅，犹为不幸中之幸耳。台变明知不能持久，事起之际，鄙意总以内地之米为忧，致当事书，谓除截留江浙漕米海运赴闽之外，别无他策，而江苏有搭漕二十万石，乃于正漕之外，补还旧岁年额者，尤可挹注。昨奉谕旨，因此间距闽较远，故仅浙漕十万，而苏漕不准截留。此外江西及浙中购买之米，未知果能如议否？则徐已将上海之船尽数封雇，派水师将领押往乍浦协运，未知浙米果于何日兑上商船，如或迟延，恐望梅终难止渴也。近来江浙漕运已成不治之症，定例冬兑冬开者，今春兑夏开，天庾正供，尚复如是，则泛舟之役可知[11]。然犹愈于无，或人心因之少定耳。海东遭此蹂躏之后，西成东作，想各愆期。比接乡书，又闻台米到省，果非讹传欤？新节东渡[12]，专办善后，能不迁就为久远计，则非旦夕可毕。闻水沙连地广而腴[13]，若乘此兵力厚集之时，似可清理[14]，但不知果有格碍或转生他患否？新节能除情面，任谤怨，亦近今所难，若再虚怀延访，谅可收群策之效。则徐愧不能有益于乡里，但祝岁事顺成，安靖为福耳。

　　江苏之病，更比吾闽为难治者，以"局面太大，积重难返"二语尽之。自道光三年至今，总

江苏之病，积重难返。

未得一大好年岁，而钱漕之重，势不能如汤文正之请减赋，故一年累似一年。江北连岁水灾，更不可问，如洪泽湖蓄淮济运，即以敌黄，在前人可谓夺造化之巧。自河底淤高，而御坝永不能启，洪湖之水，涓滴不入于黄，则惟导之归江。而港汊纡回，运河吃重，高邮四坝，无岁不开，下河七州县，无岁而不鱼鳖！黠者告荒包赈，健者逃荒横索，皆虎狼也，惟老病之人，则以沟壑为归己计耳。官斯土者，岂无人心？但可为民食计，亦未尝不竭其思力。其如处处如是，岁岁如是，赈恤之请于朝者无可更加，捐输之劝于乡者亦已屡次，智勇俱困，为之奈何！

　　则徐窃不自量，谓欲救江淮之困，必须改黄河于山东入海，而以今之黄河，于淮涸出洪泽湖以为帝藉。江浙之漕米，可以稍轻，而运费遂有所从出。于张秋划南北岸，分造南北运船，隔岸转艘。漕既无误，河亦可治，江淮之间，民困可苏矣。尝谓古之善治河者如神禹，禹之治河，固非后人所可思议，若汉之王景[15]，非不可学者。何以王景治河，由千乘入海之后，史册中不闻河

欲救江淮之困，必须改黄河归故道，于山东入海。

患者千六百年[16]？大抵南行非河之性，故屡治而屡为患耳。则徐久欲将此意上陈，而非常之论，正不独为黎民所惧，近日都中物议，以则徐为以议论炫长者，且此议必为风水之说所阻，明知不行，不敢饶舌。缘来教询以河事及江淮之民困何由苏，故不禁纵笔及之。伏望启所未知，匡所不逮，曷胜感祷！

孙文靖公墓志[17]，出自巨手，其嗣君以书丹属，则徐辞不获已，公冗未清，尚未搦管。而闽中入祀名宦之请，已奉特旨允行，其嗣君遂欲添叙入文，自应寄烦大笔补入，庶机杼不致参差。惟其葬期在四月十三，刻石约须一月，祈即添叙寄至则徐处，能于二月中旬递到，自无不及。抑闻江左名士，颇有以此文为稍长者，在老前辈与文靖至契，惟恐言之不详，但其事迹过多，是否尚可酌删？乞裁示及之。莱臧亦附一函，统祈察入。

客冬美文大兄过苏，曾于肆中购有《读史方舆纪要》等书[18]，嘱为转托云锦号寄回，其信其书，均于过身之后，由无锡曾大令着人送到，知专为寄书而设，无甚要事。则徐侍添手信，亦复有稽代寄为罪，兹统祈检收。

【注释】

[1] 陈恭甫：即陈寿祺（1771—1834），字恭甫，又字介祥、苇仁，号梅修、左海、隐屏山人。福建闽县（今福州市）人。嘉庆四年（1799）进士。翰林院编修。后充广东、河南乡试副考官、会试同考官。四十岁时丁忧归里，不复出仕，先后主讲泉州清源书院、福州鳌峰书院二十余年。　[2] 前辈：陈寿祺进翰林院比林则徐早三科，故林则徐称他为前辈。奉别：告别。指道光十年正月（1830 年 2 月）林则徐丁忧服阕，离福州北上，与陈寿祺话别。　[3] 庚寅：道光十年（1830）。是年七月，林则徐由北京赴任湖北布政使。　[4] 明年：指道光十一年（1831）。是年二月二十九日（4 月 11 日），就任河南布政使。汴梁：开封，河南布政使驻地。　[5] 江淮：长江、淮河。指江苏。林则徐道光十一年八月上旬（1831 年 9 月上旬），就任江宁布政使。十月（11 月），奉命总司江北赈抚事宜。　[6] 辞不获已：道光十一年十月十九日（1831 年 11 月 22 日），林则徐接到擢任河东河道总督谕旨后，曾以不谙河务为理由请辞。但道光帝不允所请。　[7] 芷林：即梁章钜（1775—1849），字闳中，一字芷林（又作芷邻、茝林），号退庵，福建长乐县（今福州市长乐区）人。嘉庆七年（1802）进士。林则徐就任江苏巡抚时，梁章钜以苏州布政使署理江苏巡抚，辞职引退。　[8] 淮、扬告灾：指道光十二年八月二十一日（1832 年 9 月 15 日）陈端等盗决桃南厅堤岸，酿成苏北大水灾事件。　[9] 突：烟囱。黔：黑。汉班固《答宾戏》："墨突不黔。"　[10] 陈连、黄番婆：道光十二年（1832），台湾嘉义县民

众抗官起义的首领，清廷把他俩和张丙、詹通列为四大股首。陈连在茅港尾战败退至彰化县内山坵埔一带，被清兵捕获。黄番婆在盐水港战败后，被清兵捕获。 [11]泛舟之役：指林则徐封雇上海商船赴乍浦，海运浙米到福建。他估计会被迟延，故感叹望梅终难止渴。 [12]新节：指台湾嘉义民变后，清廷派遣东渡台湾查勘的钦差大臣、署福州将军瑚松额。 [13]水沙连：台湾日月潭周边内山地区。狭义指今南投县鱼池乡和埔里镇。原为布农、泰雅、邹、邵等土著族群生息之地。 [14]清理：指清理闽粤移民越界开拓水沙连番地的事件。 [15]王景（约30—85），字仲通，汉乐浪訷邯人。明帝诏与王吴修浚仪渠，又修渠筑堤，自荥阳东至千乘海口，凡千余里。 [16]千乘：原脱"乘"字。千六百年：史载东汉至唐代后期黄河维持八百年的相对安流。此处有误。 [17]孙文靖：即孙尔准（1770—1832），字鼎甫，号平叔，江苏金匮（今无锡市）人。嘉庆十年（1805）进士。官至闽浙总督，卒谥文靖。林则徐丁忧里居时，曾应孙尔准等之邀，主持修浚福州小西湖。 [18]《读史方舆纪要》：顾祖禹撰，凡一百三十卷。

【点评】

道光十三年（1833）正月，林则徐在苏州给乡前辈陈寿祺写了这封长信，倾诉复出后的经历和积重难返下兴利除弊的困难，透露了他曾有改黄河由山东入海以救江淮之困的设想，但这个治理黄河的宏观规划，终因"非常之论"阻力太大，"不敢饶舌"，没有正式上报。林则徐逝世后的第五年，黄河改道北流，证明了他的预见。

与钱泳书 [1]

道光十三年正月（1833年2月—3月）于苏州

论儒学南来第一人言子"开南方文学之源"。

　　岁除承以法书屏联见惠，珍荷良深。因冗次未肃谢笺，仅藉使附将微意，度已早荷察存。新正四日奉展瑶华 [2]，辱叨注饰殷拳，曷胜铭戢。即谂楳溪先生履綦康胜 [3]，潭福懋綏，咫尺元亭，欣符欣祝。承寄《言子》上下篇石刻数纸 [4]，虽尚未成全璧，而神采焕发，已可颉颃汉碑。言子开南方文学之源，兹得阁下辑录成编，以椽笔寿之贞石，诚吴中应有之盛举。惟现值漕务吃紧之际，且圣意严切，未敢少有因循。自郡守以下诸君，终日讲求征兑事宜。尘俗棼然，一时尚未暇及此。兹将墨拓数纸存留，其副本二册暂还清閟，俟大局确定，自当代为商榷以副雅怀。先此泐复鸣谢，顺颂新禧，并候安祉，敬完谦束。不宣。

　　　　　　　　　　　　愚弟林则徐顿首

【注释】

[1] 钱泳（1759—1844）：字立群，号台仙，一号梅溪，梅花溪居士，江苏金匮县泰伯乡（今无锡市鸿山镇）人。以工书

著名，亦嗜刻帖。清代中期书法家，精通金石碑版之学，著有《履园丛话》等。　[2]新正四日：此处指道光十三年正月初四日（1833年2月23日）。　[3]楳（méi）溪：即梅溪，钱泳的号。　[4]言子：言偃（前506—前443），字子游，又称叔氏，春秋末期吴国琴川（今江苏常熟）人。孔子晚年的学生，曾任鲁国武城宰。晚年把孔子思想带回江南，以礼乐教化乡民。

【点评】

道光十三年（1833）正月，时任江苏巡抚的林则徐收到无锡著名书法家钱泳寄来的《言子》上下篇石刻数纸，在回信中，对儒学南来第一人的言子，作了"开南方文学之源"的评价，肯定钱泳"辑录成编，以椽笔寿之贞石，诚吴中应有之盛举"。

答陶云汀宫保书

道光十三年十二月二十五日
（1834年2月3日）于苏州

云汀宫保老前辈大人阁下[1]：比以年终，事件诸费清厘，又值设局劝捐，稽查贫户，碌碌不遑，致疏肃启为歉。顷奉手翰，并准大咨，知侍前奏常郡缓征分数折[2]，因请免其造册，上干天诘[3]，致烦勘查复奏，闻之殊切难安。其应如何

道光十三年十二月二十三日（1834年2月1日），陶澍在江宁收到军机大臣字寄上谕，即写信给在苏州的林则徐询问办理常州缓征情形。二十五日，林则徐写此信答复。

勘奏之处，自荷鼎裁酌办。惟侍此次所勘常郡灾分，照依府县禀详，定为一律普缓者，实为杜弊起见，非敢以轻率从事，请缕陈之：

缘今岁苏、松等属灾歉情形，与历届不同，常郡与苏、松又复不同。盖历届灾分虽成于秋间，灾象先见于夏令，其或旱或潦，早有大概情形。旱则在高田，而低田不与焉，涝则在低田，而高田不与焉，其界限本属井然。故通县有全熟之田，有全荒之田，有荒熟参半之田。例应剔荒征熟，合通境额田而计，居十分中之几分几厘，此历办之成法也。当其报荒之际，禾稻仍熟于田，故委员先后履勘，得以区别轻重，定为分数。然地方既广，书吏往往因缘为奸，总因有熟有荒，有轻有重，则希图高下其手，潜向业户索费，卖给荒单，谓之注荒使费。故办一处之灾，先须防一处之弊。但情形本有轻重，理宜逐一区分，固不能因噎而废食也。若今岁之歉象，见于秋而甚于冬。当夏令时，雨旸非不周匀，禾棉非不畅茂，孰意入秋以后，风雨阴寒，稻正扬花，秀而不实；棉铃方结，遽被飘摇，加以重雾严霜，雨雪交集，

收获之际，损坏愈多。揆其被歉之由，非旱非
涝，大抵高低一律，本不相悬。当勘办苏、松之
时，即闻舆论纷纷，谓其普律酌缓。缘与向例颇
相阂隔，且彼时田禾已刈者少，未刈者多，尚可
于履勘之时酌其轻重，以定分数。至常州府属在
秋灾案内，原止勘办沿江被水之田，其腹地虽已
减收，究比苏、松为胜，是以未准勘办。迨十月
之后，阴雨连绵，至十一月初间，又五昼夜大雨
不绝。已收之稻，带湿堆贮，蒸变发芽；其未收
者，漂落雨潦之中，率多腐烂。据该府县迭次禀
报，侍饬司委勘，情形属实。复于因公过常，亲
加察看，洵系一律成歉。虽彼县与此县略有轻重
之分，而一县之中，实系情形如一。若必强为区
别，则禾之已刈者什九，而未刈者尚不及什一，
不能以腐落在田者为歉，而成堆霉烂者为非歉，
转失情事之平。且具呈报歉之民，庄庄麇集，亦
必不能此准彼驳，畸重畸轻，转与舆情不顺。且
通县普律酌缓，正以杜胥吏高下之弊。譬如准缓
一分，则每户额征一斗者，今冬先征九升，以此
推之，户户皆然，村村一律，吏胥即欲轩轾，而

无可握之权，给费者不能增一分，不减费者亦不致减一分，则其无从索费也必矣。在胥吏希图借灾敛费，正乐于办理参差，而不乐于普缓；且乐于饬造图册[4]，而不乐于免造。然灾情实系一律，岂可偏枯？

侍愚钝性成，但期据实敷陈，而未计及于例未协。以例而论，秋灾不出九月，今于十一月奏请，即已非宜。然民瘼攸关，仰维圣主轸念民依，是以不揣冒昧，破格具奏。在愚昧之见，正欲以此杜弊，且以俯顺舆情也。但图册究系照例应造之件，仰蒙谕旨驳饬，自应凛遵，仍饬造送。侍前在京口捧檄之时，虽曾将此件折稿呈览，而彼时仅于后尾会列崇衔，正可留为目下复查地步。如蒙查系实情，但饬添造图册，而不改普缓章程，则不特该属办理不致掣肘，而胥吏卖荒之弊并可永杜将来，实为于公有裨。

再，常郡续报歉收，虽经藩司核转，而通县普缓及请免造册一节，系侍经由该处查看情形，即据府禀入奏，并非出于司详。原折内前后声叙，本不相混，将来侍有应得处分，自当独任其咎，并祈于复奏折内声明为祷。

此间十六七两日已晴，十八后复雨，兹廿一至廿四透晴四日，本日早晨浓阴欲雨，幸于下午起西北风，明日或可望晴。漕务惟有竭力办理，截漕之请，各属密禀者纷纷，然其说似是而非，最滋口实。盖截之云者，取于民而不输于上之谓也。有漕可征，即不应截；若竟无漕，何截之有？但愿此后畅晴，或不致误。万一水穷山尽，则亦非截留二字所能了此大题。侍不惮为民请命，而总不敢使人议其为州县取巧也。惟兵匠行日等米，又当别论，苏属恐亦须酌留数万石。容即具稿，会列崇衔具奏，谨以先陈。至川米可否请饬该省通商运济，并免税之处，务祈指示是祷。肃此，复请勋安。恕不谨。

【注释】

[1] 宫保：清代对太子少保的尊称。陶澍号云汀，时为两江总督，加太子少保衔，故称云汀宫保。　[2] 常郡：郡指代府一级地方行政单位，这里是指常州府。林则徐奏《查明常州府属各县被雨歉收恳恩酌予缓征折》，今未见。其内容见诸道光十三年十二月十五日道光帝发给陶澍复查的上谕："本日林则徐奏，查明常州府属各县被雨歉收恳恩酌予缓征一折。据称常州府属之武进等七

县，本年十月以后连被阴雨，该抚亲加查勘，均系由丰转歉。恳恩无分轻重区图，将武进、阳湖二县本年新漕，各于通县普缓十分之二，无锡县普缓十分中之二分六厘，金匮县普缓十分中之二分四厘，江阴、宜兴、荆溪三县各普缓十分中之二分五厘。又据称，该七县被歉田亩，既系无分区图，一律普缓，所有区图顷亩、斗则、图册即无从分别查造，应请免其造送等语。　[3]天诘：指皇帝的责问。道光帝谕令陶澍确查，据实奏闻："试思请缓灾区不行造具详晰图册报部，何从查核勾稽，难保无吏胥蒙混，高下其手。该抚不即查勘明确，率行奏请，著该督即将常州府属续请缓征各县，应缓十分中之几分几厘，切实查勘，及图册免造有无蒙混之处，一并确查，据实奏闻。仍将请缓各灾区顷亩、斗则、图册，分晰造报，迅即查明具奏。"　[4]造：原作"于"，应是"造"。

【点评】

　　林则徐上奏苏、松等属灾歉情形后，又对秋灾案内未准勘办的常州府腹地亲加察看，认定一律成歉，奏请对常州府属各县一律普缓数分，并免于造册。道光十三年十二月十五日（1834年1月24日），道光帝下旨密令两江总督陶澍复查。陶澍于十二月二十三日（2月1日）接此谕旨后，即写信询问林则徐。二十五日（2月3日），林则徐写此信答复，陈述常州府因灾请求普缓的理由，一为"俯顺舆情"，二为"杜胥吏高下之弊"，表示"将来倘有应得处分，自当独任其咎，并祈于复奏折内声明为祷"。

再答陶宫保书

道光十三年十二月二十九日
（1834 年 2 月 7 日）于苏州

宫保老前辈大人阁下：廿五夜飞达一函，想邀鉴入。顷接廿六亥刻惠书，虔聆一一[1]。常郡普缓新漕一案[2]，前启已将办理缘由缕晰奏陈，未知当否？兹读台谕，想见斟酌登答，备费心神，曷胜感愧！复据方伯面言钧意，以常属各县既系通境普缓，何以阖府又有二分四、五、六厘之异？又苏、松二属何未续奏等因。仰见筹虑周详，弥深佩服。侍请亦再申其说：

查向来办灾成法，奏案内惟将成灾之区应行蠲免者，叙明成灾几分字样；其勘不成灾只系缓征者，历届奏内并不叙及应缓分数，俟饬属查明，方于题本内声叙[3]。其区图斗则，又于题后造送，尚有四十五日限期。此次因常郡歉收，最后准办，而彼处兑漕较苏、松为早，若不将分数即定，如何收漕？且彼时州县之心，尚在希图多缓，如苏、松、太三属分数，皆经几次加增，遂至三

除夕的前一夜，林则徐写信再答陶澍的来信。

分以上。侍见常属各县亦极观望，与其未奏而迭
禀请增，不如奏定而无可更改。彼时命意如是，
致奏内转欠空洞。又欲杜绝书吏使费，故准办普
缓并准免造图册。凡此皆吃力不讨好，钝滞之人
所为也。吏胥之于办灾，未有不愿高低而愿画一
者，有册斯有费，故乐于造册而不乐于免造。侍
以今年冬办秋灾，原系破例之举，若绳之以例，
则处处可挑，不独一处，故冀得以邀恩耳。至
此县与彼县之分数所以未能画一者，非特旱涝
之年，有地势高低之异，即今岁雨雪风雷霜雾，
一县之内大致相同，而隔县则此阴彼晴，此晴
彼雨，及同一雨雪，而分寸不等，皆事所常有，
所谓百里不同天也。且刈获之迟早，但隔一两
日，即不相同。譬如此县甲日刈禾，天尚未雨，
彼县乙日始刈，雨已滂沱，则此县之分数即轻
于彼县，然参差亦甚有限，故所异者在厘而不
在分。且各县各报情形，彼此本不宜约会，该
府亦不便意为增减，使归画一，非若一县之内，
出于一令所报，自有酌剂之道。况以杜弊言之，
通县一律，即吏胥无可轩轾，若别县则各不相

涉矣。侍仰窥饬查之旨，未尝指此，似可毋庸声说，仍乞钧裁。

再，此次常州缓征所以续奏之故，原因秋灾案内，除武进沿江外，仅缓旧欠而未缓新漕，迨后愈变愈坏，不得不续行奏缓。若苏、松新赋，则早于秋灾案内奏准缓征，惟奏内未叙所缓分数，各县先禀一分上下，嗣因情形加重，遂增至三分以上，统照司详，于题本内逐一声叙。即武进等县普缓分数，亦在司详之内。惟侍在镇江发折时，则藩司但先具禀而未上详，倘有应得处分，侍当独任也。

为民请命，勇于承担责任。

现在天晴已经八日，如能再晴半月，漕事谅可无误。但现收米数，各县俱尚寥寥，而米色之潮碎，尤为历届之所未有，可否于复奏之便据实声叙？伏祈裁夺[4]。

再，宁属借截兵米，先于原奏指明江宁、扬州两属，今闻续拨如皋、泰兴，可否附奏及之？统惟酌定。肃此驰复，敬颂元禧。

小除夕三鼓　谨上

【注释】

[1]虔聆：虔诚地聆听，这里指认真阅读陶澍来信。　[2]新漕：新征漕粮。　[3]题本：奏折公文书的一种，限高级文武官员使用。　[4]陶澍接到林则徐复信后，于道光十三年十二月三十日上《复奏查明常郡被灾普缓情形折子》，内云：

"查本年苏省歉收情形，与屡届迥别，常郡与苏、松各属勘办又各不相同。盖屡届灾歉，虽成于秋间，而其象先见于夏令。或旱或涝，尽可就田势之高低，剔荒征熟，合计通境额田，定为十分中之几分几厘。今岁苏省之歉收，始于秋深之阴寒，成于冬令之雨雪，非比寻常旱涝为灾，可以田亩高低为之区别。但当查办苏、松等属为时略早，尚可以在田未刈之禾分别轻重。逾至常郡为时益迟。先于秋灾案内仅止勘办沿江被水之田，其腹地虽已减色，究比苏、松为胜。及至十月间，雷电交作，雨雪连绵，十一冬以后转稔为歉，核其歉收分数，各县轻重微有不同，而就一县之中，田亩被雨歉收情形，均属一律。复据常州府汪河勘复，禀请一律普缓。抚臣林则徐因时已仲冬，开征紧要，具奏不敢稍稽。即据该府所禀，勘定武进、阳湖两县应缓征十分中之二分，金匮县应缓征十分中之二分四厘，江阴、宜兴、荆溪三县应缓征十分中之二分五厘，无锡县应缓征十分中之二分六厘，缮折会臣具奏。彼时因事出仓猝，非向来办灾所有所请缓征之数，虽有分厘之别其在一县，则悉从同，谓可无须区图、顷亩、斗则图册，并可杜吏胥高下其手之弊。未经计及定例，缓征全凭分数，而分数总须图册。诚如圣谕：请缓灾区不行造具详晰图册报部，何从查核勾稽？并难保无吏胥蒙混情事。

今奉谕旨，饬臣查勘。臣遵即复查。抚臣林则徐前次经过常州，本已亲加履勘，其请免造送图册，冀欲事归简捷，有涉疏率，并无弊窦。而每县一律普缓，吏胥无可轩轾，实亦无从蒙混。现在收兑漕粮正当紧急之时，各该县士民皆因收成歉薄，无力完纳全漕，情形实系拮据。合无仰恳圣恩，俯照所请，武进、阳湖二县本年新漕于通县普缓十分之二，无锡县普缓十分中之二分六厘，金匮县普缓十分中之二分四厘，江阴、宜兴、荆溪三县各普缓十分中之二分五厘。俾得尽力征输，免误全漕。感沐皇仁，实无既极。其所缓之米，仍照例于十四年秋成后，分作两年带征。缓剩之米，仍于今年新漕催征交兑。各该县十四年上忙新赋并请查照漕粮普缓分数，一律缓至该年秋后，同下忙钱粮一并启征。阳湖、金匮两县，另有本年秋后应行带征十一年二限灾缓银米亦请一并递缓至十四年秋后带征。本年挑竣孟渎、得胜、澡港二河，原借帮项，亦请从道光十五年起，分年摊征归款，俾纾民力。臣仍遵旨将各该县现请缓征田亩，饬令苏州藩司陈銮，遣员会同该府县造具区图、顷亩、斗则图册另送，以昭核实而便勾稽。其各该县本年田亩之歉收，已在收割之时，是以奏办稍迟。至本年地漕银两，已逾下忙全完之限，自应照旧征输，以杜将完作欠、征多解少之弊。

再，苏、松等属勘办较早，随后亦被雨雪，此时业已晴霁，情形能否不致加重，新漕能否不致竭蹶，容臣与抚臣再悉妥筹，设法赶紧办理。合并陈明。”

【点评】

陶澍"斟酌登答，备费心神"，提出两条疑问。林则徐复信进一步阐述因灾请求普缓、免于造册的用心，得到陶澍的理解。十二月三十日（1834年2月8日），陶澍复奏，认为林则徐"请免造送图册，冀欲事归简捷，有涉疏率，并无弊窦。而每县一律普缓，吏胥无可轩轾，实亦无从蒙混”。终使道光帝不再追究林则徐责任，于道光十四年正月初八日（1834年2月16日）谕令“加恩著照所请，武进、阳湖二县上年新漕于通县普缓十分之二，无锡县普缓十分中之二分六厘，金匮县普缓十分中之二分四厘，江阴、宜兴、荆溪三县，各普缓十分中之二分五厘，其所缓之米，仍照例于本年秋成后分作两年带征。缓剩之米，仍于十三年新漕催征交兑。各该县本年上忙新赋，著查照漕粮普缓分数，一律缓至本年秋后，同下忙钱粮一并启征。阳湖、金匮两县，另有上年秋后应行带征十一年二限灾缓银米，亦著一并递缓至本年秋后带征。上年挑竣孟渎、得胜、澡港三河原借帑项，亦著从道光十五年起分年摊征归款，以纾民力。仍饬该府、县造具区图、顷亩、斗则图册送部，以昭核实。至上年地漕银两，已逾下忙全完之限，著照旧征收，以杜将完作欠、征多解少之弊。该督抚即刊刻誊黄，遍行晓谕，务令实惠及民，无任吏胥舞弊，用副朕轸念灾区至意。”

龚自珍《送钦差大臣侯官林公序》：“钦差大臣、兵部尚书、都察院右都御史林公既陛，礼部主事仁和龚自珍则献三种决定义，三种答难义，一种归墟义。”

复龚定庵书 [1]

道光十八年十二月初二日（1839年1月16日）于茌平

定庵先生执事 [2]：月前述职在都 [3]，碌碌软尘，刻无暇晷，仅得一聆清诲，未罄积怀 [4]。惠赠鸿文[5]，不及报谢。出都后，于舆中绅绎大作[6]，责难陈义之高，非谋识宏远者不能言，而非关注深切者不肯言也。窃谓旁义之第三[7]，与答难义之第三[8]，均可入决定义。若旁义之第二，弟早已陈请，惜未允行，不敢再渎[9]；答难之第二义，则近日已略陈梗概矣[10]。归墟一义，足坚我心，虽不才，曷敢不勉[11]？执事所解诗人悄悄之义，谓彼中游说多，恐为多口所动；弟则虑多口之不在彼也[12]。如履如临[13]，曷能已已！昨者附申菲意，濒行接诵手函，复经唾弃，甚滋颜厚。至阁下有南游之意，弟非敢沮止旌旆之南，而事势有难言者，曾嘱敝本家岵瞻主政代述一切，想蒙清听[14]。专此布颂腊祺。统惟心鉴，不宣。

> 愚弟林则徐叩头
>
> 戊戌冬至后十日[15]

【注释】

[1] 龚定庵：龚自珍（1792—1841），一名巩祚，字璱人，号定庵，浙江仁和人。道光九年（1829）进士。按：林则徐和龚自珍之父龚丽正是旧交。据林则徐《壬午日记》，道光二年三月

二十八日（1822 年 4 月 19 日），林则徐与龚丽正在山东汶上县相遇，结伴同行上京，后又同日请训，同日南下，至五月二十二日（7 月 10 日）在清江浦离别，多次共饭聚谈。林则徐对龚氏家学渊源和"一门华萼总联芳"，留下深刻的印象。林则徐何时和龚自珍订交，未能确考。龚自珍在《重摹宋刻洛阳赋九行跋尾》中称："同者吴县顾莼、昌平王蘐龄、大兴徐松、侯官林则徐、太兴陈潮、阳城张葆采、邵阳魏源、道州何绍基、长乐梁逢辰、金坛于铿。道光九年，岁在己丑。"但是年林则徐在籍丁忧，疑龚自珍记误。　[2] 执事：龚自珍时为礼部主客司主事。　[3] 月前：上月。述职在都：据林则徐《戊戌日记》，道光十八年十一月十一日（1838 年 12 月 27 日），"入内递折。卯刻第一起召见，命上毡垫，垂问至三刻有余"。十二日（28 日），"第四起召见，约有两刻"。十三日（29 日）第六起召见，亦有两刻。蒙垂询能骑马否？旋奉恩旨在紫禁城内骑马"。十四日（30 日），"寅刻骑马进内，递折谢恩。第五起召见，蒙谕云：你不惯骑马，可坐椅子轿"。十五日（31 日），"卯刻肩舆入内，第四起召见，约三刻有余。旋奉谕旨：颁给钦差大臣关防，驰驿前往广东查办海口事件，该省水师兼归节制"。十六日（1839 年 1 月 1 日），"寅刻肩舆入内，递折，第七起召见，约有三刻。出赴军机处领出饮差大臣关防"。十七日（1 月 2 日），"卯刻肩舆入内，第五起召见，约有两刻零"。十八日（1 月 3 日），"卯刻肩舆入内，第六起召见，约有三刻，谕令即于是日跪安。计自到京后召见凡八次，皆上毡垫"。　[4] 聆：聆听。罄：倾诉。在此期间，林则徐利用晚上时间出城拜客五次，仅和龚自珍见上一面，未能将积怀尽情倾诉。　[5] 鸿文：指龚自珍的《送饮差大臣侯官林公序》。作于林则徐陛辞之后，出都之前，即十一月十九日（1 月 4 日）至二十二日（1 月 7 日）之间。　[6] 舆：轿。林则徐十一月二十三日（1月8日）出都，于良乡县发出传牌云："所坐大轿一乘，……所带行李，自雇大车二辆，轿车一辆。"绸绎（chōu yì）：理出头绪。此句意指在出都南下途中仔细拜读了大作。　[7]旁义之第三：即龚文所谓"火器宜讲求""宜下群吏议。如带广州兵赴澳门，多带巧匠，以便修整军器"。按：当时朝野普遍认为林则徐将到澳门查办，英国驻华商务监督义律（Captian Charles Elliot）也认为："钦差大臣和总督将立即前往澳门或其附近，从该处开始行动。"林则徐似有此打算，到广州后发出的第一份奏折就说："拟于旬日之间出赴中路之虎门、澳门等处，与水师提臣关天培乘船周览，以便相机度势，通计熟筹。"故龚自珍将"公驻澳门"，"此行宜以重兵相随"作为决定义之第三，而林则徐不仅同意，还进一步把"多带巧匠，以便修整军器"也列入决定义。　[8]答难义之第三：即"至于用兵，不比陆路之用兵，此驱之，非剿之也；此守海口，防我境，不许其入，非与彼战于海，战于艅艎也"，"况陆路可追，此无可追，取不逞夷人及奸民，就地正典刑，非有大兵陈之原野之事，岂古人于陆路开边衅之比也哉？"按：这是龚自珍对京中流行的"毋启边衅"言论的反驳，认为驱逐外国烟贩、防守海口、处决贩毒罪犯等都要"用兵"，但不能与古代陆路边境的对外战争相提并论。林则徐表示赞同，故将其列入决定义。　[9]旁义之第二：即龚文"宜勒限使夷人徙澳门，不许留一夷。留夷馆一所，为互市之栖止"。渎（dú）：亵渎，冒犯。　[10]答难之第二义：即龚文"于是有关吏逆难者曰：不用呢、羽、钟表、燕窝、玻璃，税将绌。……宜正告之曰：行将关税定额，陆续请减，未必不蒙恩允，国家断断不恃榷关所入，矧所损细所益大？"近日已略陈梗概：指陛见时已向道光帝面奏过。关于"答难"二句，林则徐到广州后，在《致莲友书》中亦提及此事："来教又以查办鸦片，关税不免暂绌，此一节第先已面奏，已蒙宵旰鉴原。"　[11]归墟一义：即龚文"我与公约，期公以两期期年，使中国十八行省银价平，物力实，人心定，而后归报我皇上"。曷敢不勉：怎么敢不为实现这一目标而努力。　[12]执事所解诗人悄悄之义：即"悄悄者何也？虑尝试也，虑窥伺也，虑泄言也"。彼中：指广东方面。多口：指"粤省僚吏中有之，幕客中有之，游客中有之，商估中有之，绅士中未必无之"。动：动摇。即"公此行此心，为若辈所动，游移万一。此千载之一时，事机一跌，不敢言之矣！"不在彼：即不在广东方面，隐喻阻力来自京师。"执事"四句，表明林则徐对禁烟形势之严峻，比龚自珍估计得更为深刻。　[13]如履如临：化用《诗经·小雅·小旻》："如临深渊，如履薄冰。"形容前途险象丛生，有危机感。　[14]"弟非"四句：沮（jǔ），阻止。事势有难言者，指事态发展很难意料。岵瞻：即林扬祖，字岵瞻，福建莆田人，时为户部主事。林则徐祖籍莆田，与他同属"九牧林氏"派下，故称本家。　[15]戊戌冬至后十日：即道光十八年十一月十六日（1839年1月1日）。按：林则徐此日尚在北京，复信日期显然有误。来新夏《林则徐年谱》考订："林在旅途中很可能把冬至、小寒两个相连的节气偶然记误或笔误，所以'戊戌冬至后十日'或为'戊戌小寒后十日'之偶误。林的复函很可能是写在十二月初二（1839年1月16日）。"

【点评】

　　道光十八年十一月十五日（1838年12月31日），林则徐奉命为钦差大臣，前往广东查禁鸦片。这一任命，在朝野引起巨大反响，各种不同的议论纷至沓来，不少人为林则徐能否顺利完成使命担忧。挚友龚自珍作《送钦差大臣侯官林公序》，剀切提供建议。林则徐在南下途中写了这封复函，展现离京奔赴广东的内心世界，表达为国家民族争命而不畏艰险的决心。

致怡良书

道光二十年十二月二十八日（1841 年 1 月 20 日）

今日闻一切俱许^[1]，则明日自可免攻，但鄙见窃大有虑者，不得不密陈于阁下^[2]。缘许价一节，或云已许先付二百万，或云先付一百万，此系先已定约，不在此次所议之条也。然银却未付，此次定和之后^[3]，彼必先索现银，无论二百万无所出，即一百万出于何地？此时洋商断不能垫，恐必图借库款。窃思关、藩、运三库，微论阁下与芸皋未必首肯，即楚香能担得起乎^[4]？如此项竟不应付，则再过三日，恐必长驱直入，以索欠为名，公然迫城劫库，此举自必豫防。然防之断非空言可了，若仅虚报约数丁勇，临时传集不到，或有人而器械火药不应手，与位置不得其宜，均之与无人等耳。

当此万紧之际，据鄙见看来，只有两三天工

林则徐道光二十年十二月二十八日日记："早间督抚署俱接到本月十四日六百里廷寄。琦节相刻即来寓，排闼而入，晤谈少顷，别去，随往答之，到门而回。"林则徐致信怡良，痛斥琦善之非，建议加强防守。

夫，似须开出事宜条款[5]，备出应用器具杂物，派定地段人员。且须知会众绅，齐集筹议，激以天良义愤，励以保卫身家，使之转相维系，固结莫解，始可以安众志而保会垣[6]。然其势即不能不宣扬于众，究须婉商爵相否[7]？惟阁下裁之。

盖和是虎门内外之事，防是内河至省城之事，似亦两不相悖。若以正言相告，至诚感动，或亦不至抵牾，未知是否？至库项如果可许借给，则此举固不必急筹，鄙意鳃鳃过虑耳[8]，正以许给之难故也。再闻城内外汉奸极多，最怕放火，而放火莫怕于药局[9]，又各监狱八月间之事，不可不防。各营军心闻已大散，如何收合，又费清神矣[10]。昨言黄埔贸易，今其所要各条中，直在沙角开舱，与昨所传不甚符合，此则关税全是子虚，然较之疆土城垣，犹为事之小者也。

心叩

折稿条款，想已见过了。

【注释】

[1]俱许：全部应许。　[2]阁下：对人的敬称，这里指怡良。　[3]此次定和：指道光二十年十二月二十八日（1841年1

月 20 日）琦善私自与义律议和，签订所谓的《穿鼻草约》，主要内容是：1. 割让香港；2. 赔偿烟价六百万银元，先付一百万元；3. 两国公文平等往来；4. 于 2 月 1 日以前开放广州港口，并在香港通商规程实施以前，贸易在黄埔进行；5. 英国撤出沙角、大角炮台，归还定海。　[4] 关、藩、运三库：指粤海关库、广东布政司库和广东盐运司库。当时怡良代理粤海关监督，掌管粤海关库。芸皋：即宋劭谷（？—1841），字鲁诒，号芸皋，贵州安顺人。嘉庆十六年（1811）进士。道光二十一年（1841）任广东盐运使。楚香：即梁宝常（？—1857），字楚香，直隶天津人。道光进士。道光二十年（1840）任广东布政使。　[5] 事宜条款：指处理当前局势的成文意见。　[6] 会垣：省城，这里指广州。　[7] 爵相：琦善为大学士，世袭一等侯爵，故称其为爵相。　[8] 鳃（xǐ）鳃过虑：形容担心忧虑。　[9] 药局：火药库。　[10] 清神：敬称对方的精神思绪。

【点评】

林则徐听到琦善私自同义律订立了屈辱的《穿鼻草约》的消息以后，异常气愤。他虽然已被革职，正在等待"查问差委"，有进一步遭到陷害的危险，但为了维护国家的独立和民族的尊严，又毅然给广东巡抚怡良写了这封信。他在信中分析了当时的形势，认为琦善的妥协投降决无法满足英国侵略者的欲壑，敌人一定会得寸进尺，将以讨取欠款为名，大举进犯广州。因此，他建议怡良抓紧时机，积极布防，组织民众，保卫省城，同时表达了他坚决反对妥协投降、誓与英国侵略者斗争到底的决心。

致沈维鐈书

道光二十一年正月二十八日
（1841 年 2 月 19 日）于广州

受业林则徐敬请夫子大人钧安[1]：昨于岁除接奉手诲，祇悉禔恭康泰，潭祉馨宜，足符翘颂。蒙以此间近事，远系荩怀，且复俯惜蠢庸，淳加慰问，感铭之下，惶愧交深。

窃念则徐自戌冬被命而来[2]，明知入于坎窞[3]，但既辞不获免，惟有竭其愚悃[4]，冀为中原除此巨患，拔本塞源[5]。其时外夷震慑天威，将趸船所有鸦片，尽行禀缴，未尝烦一兵、折一矢也。已来之鸦片既缴，则未来者自当禁其复来，故有饬取夷结之令，载明如夷商再带鸦片，人即正法，船货没官。他国皆遵，英夷独抗。其不肯自断后路，固已显然。适有条陈不应取结者，令遂中阻，而奸夷即已窥知内地人心不一，事必鲜终[6]。此后蜃气楼台[7]，随时变幻，造谣者亦如蜂起。犹幸粤疆严备，屡挫夷锋，而杜绝贸易之旨，先从内出。其窜往沿海各省，本在意中。则徐奏请敕下筹防，计已五次，并舟山之图占，天津之图控，亦皆先期探知入告，而浙省乌中丞[8]，并议有防夷六事复奏，大抵议而未行。若直省则亦因前次复奏水师不必设，炮台不必添，迨夷船驶来，恐蹈浙江复辙，是以别开生面，意在甘言重币，释憾快心，即可乘机而了目前之事，却未计及犬羊之欲无厌，即目前亦不得了也。

今自沙角挫衄之后[9]，夷性益骄，军情益怯，如防已溃，修复綦难[10]。侧闻简帅诘戎，足扬我武，群情引领，如望云霓。然南仲虽奉简书，而魏绛欲谐金石[11]，文武既因而观望，恐鬼蜮即捣其空虚，自顾手无斧柯，偏使身同羁绁[12]，刍献则疑于触讳，葵忱莫解于濒危[13]，何时得放归田，庶令省过杜门，养疴誓墓[14]，乃为万幸。知蒙慈念，谬述苦衷，要不敢为外人道也。

小门生汝舟去夏送眷来粤，秋间已令入都。行至吴门，始闻此间变局。伊欲折回来粤，则徐寄谕令其在苏候信。近日都中友人却有嘱其北上者，则徐亦令其自为裁酌，尚未知行止何如。知念，并以附及。

沈维鐈孙沈曾植跋云："右林文忠公上先司公书七纸，宣统辛亥从里中常卖人家得之。所称水师不必设，炮台不必添，盖皆琦氏之言，议论谬横至此，而敢以上陈圣听，非有主之者不至此。此辛亥年硃笔罪状穆相，所以言之犹有余痛也。公初受事，已知入坎窞，既解职，益切葵忱，劳臣荩怀，字字丹赤，百代之下见此者，当无不服公先识，抑先识岂公所乐言哉！"

则徐两年来须发俱成皓白，精力本难勉支，自释重负后，转可稍纾劳乏，眠食尚不至失时，请勿上廑注系。手此肃复，伏惟慈鉴。语多不检，并乞阅后付烬是幸。

　　　　　　　　则徐恭上

　　　　　　　　雨水节日

附请师母大人坤安，世兄文祉。

【注释】

[1]受业：从师学习。夫子：学生对老师的尊称。沈维鐈是林则徐辛未（1811）会试的房师。　[2]戌冬：天干地支纪年法，戊戌年冬天，即道光十八年冬天。　[3]坎窞（dàn）：坑穴，比喻险境。　[4]愚悃（kǔn）：真心诚意。悃，诚实、诚心。　[5]中原：指中国。巨患：指鸦片祸患。　[6]事必鲜（xiān）终：化用《诗经》"靡不有初，鲜克有终"，意为凡事没有不好好开始的，有结果的却很少，即有始无终。这里指禁烟的事很难进行到底。鲜，少。　[7]蜃（shèn）气楼台：通过光线的折射作用，把远处景物反映在天空或地面而形成的幻景，常发生在海边或沙漠地区，这里是变幻无常的意思。　[8]乌中丞：即浙江巡抚乌尔恭额（？—1842），满洲镶黄旗人，姓富察氏。道光十四年授浙江巡抚。中丞是对巡抚的代称。　[9]挫衄（nǜ）：挫败。　[10]綦（qí）难：极难。　[11]南仲：周宣王时人，奉命抵御外部侵扰，率军修筑城垒，立下战功。简书：文书，即有征役时，临行告诫的文书。一说邻国求救兵的文书。魏绛：即魏庄子，春秋时晋国大夫，力

主与戎议和，为晋悼公所采纳。金石：指钟与磬，都是古时的乐器。谐金石：不战而议和，这里指投降。　[12]斧柯：斧子的柄，比喻权柄。羁绁（xiè）：马笼头和马缰绳，这里是束缚的意思。　[13]刍献：草野之人为国家出谋献策。触讳（huì）：触犯别人所忌讳的事情。葵忱：为国担忧。濒危：临危。　[14]归田：这里指辞官回籍。省过杜门：闭门思过。养疴（kē）：养病。誓墓：晋王羲之曾在父母墓前发誓辞官。后以此称辞官归隐，誓不再出。

【点评】

　　这是林则徐在革职以后，留在广州"听候查问原委"期间，写给他的房师沈维镛的一封信。时为道光二十一年正月二十八日（1841年2月19日）雨水节日。在这封信中，林则徐言简意赅地叙述了二角炮台失守后的广东局势，深刻揭露了当局不事海防、投降赂敌的行径，传达了他空怀壮志、无能为力的悲愤心情。

致苏廷玉书

道光二十二年三月（1842年4月）于洛阳

　　退叟四兄大人阁下[1]：去秋别后，在邗上接手书，冬间叶芥舟到豫，复奉手翰，爱注之切，溢于毫间[2]。弟极欲即泐手笺，以慰眷注。无如工次既不能须臾离，即或勉强作答，亦断不能详，因是日延一日，拟于蒇事时畅述胸臆。适于二月复叨惠札[3]，滋切感惭。藉谂福履绥宜，潭寓均吉为慰。回闽原毋容亟亟，吴门寓公不少，甘棠之爱，人有同情，固不妨且住为佳也。

中州河事反复，由于在工文武心力难齐。追随王鼎朝夕驻坝，而得"苛刻催促"之名。

中州河事，旧腊本可合龙，所以迟回反复者，只由于在工文武心力难齐。譬如外科之沾疡疽，未必肯令一药而愈，迨局势屡变，几成大险之症，而向之明知易愈而不愿其遽愈者，至此亦坐视而莫知所措，言之可为寒心。幸而天悯民穷，不使久为鱼鳖，此次之得以堵合，大抵神力为之耳。弟朝夕在工，不过追随星使朝夕驻坝而已，曷尝有所建白？而苛刻催促之名，已纷然传，谅阁下亦自有所闻。今事竣仍作倚戈之待[4]，却是心安理得。昨奉文后，即由工次成行。路过洛阳，承叶小庚太守肫切相留[5]，在其署中作数日住，早晚亦即前往矣。目前时事不堪设想，穷荒绝域，付诸不见不闻，较之恶言入耳、悲愤填胸不犹愈乎？

造船、制枪，建设新式水军，追逐敌舰于南北巨浸之中。

去冬与雪樵制军书[6]，曾力陈船、炮、水军之不可已。嗣接其复书谓阁下即主此说。彼时犹

未得其详，昨有人持《平夷说》见示，虽不著撰
人名氏，我知必非异人所能也。当局果能师其
意，同心协力而为之，虽一时造船缓不济事，而
泉、漳、潮三处，尚未尝无可雇之船，其枪炮手
亦皆不乏。果以厚资雇募，确查其底里，维絷其
家属，结以恩义，勤其练习，作其志气，无不一
可当百者。惟大炮须由官造，必一一如法乃可得
用。弟有抄本《炮书》[7]，上年带至江浙，经陈
登之通守刻于扬州[8]，未知曾入览否？惟闻所刊
多鲁鱼，亟宜校正，今弟远去，亦不及问之矣。
有船有炮，水军主之，往来海中，追奔逐北，彼
所能往者，我亦能往，岸上军尽可十撤其九。以
视此时之枝枝节节，防不胜防，远省征兵，徒累
无益者，其所得失固已较然，即军储亦彼费而此
省。果有大船百只，中小船半之，大小炮千位，
水军五千，舵工水手一千，南北洋无不可以径驶
者。逆夷以舟为巢穴，有大帮水军追逐于巨浸之
中，彼敢舍舟而扰陆路，占据城垣，吾不信也。
水军总统甚难其人，李壮烈、杨忠武不复作[9]，
陈提军化成忠勇绝伦[10]，与士卒同甘苦，似可

以当一半之任，尚须有善于将将筹策周详者为之指挥调度。然不独武员中无其人，即中外文职大僚，亦未知肝胆向谁是也。

南风盛发时，津、沽不知何似？弈者举棋不定，不胜其偶，念此可三太息耳。

弟西出玉门，惟途中行程不无况瘁，若能得到伊江，即无异中土也。舟儿由金陵赶来，随侍出关，可免岑寂。惟病妻与少子侨寓金陵，殊非久计，此时回里，亦极费事。昨小庚太守意欲令其移居东洛，以便照应，甚为可感，然程途未免遥遥，故未定议也。

工次起身，不敢受一人之赠，缘处危疑之境，不能无戒心耳。回忆去年握别吴门，高义云天，能不令人增感！此后关山万里，鱼雁沉沉，幸勿远劳惠问，惟望为道爱身，以图他日相见耳。言不尽意，鉴之为幸。

【注释】

[1] 苏廷玉（1783—1852）：字韫山，号鳌石，晚号退叟，清泉州府同安县马巷厅翔风里澳头村（今厦门市翔安区新店镇澳头村）人。嘉庆十九年（1814）进士。道光十六年（1836），

擢四川布政使。道光十八年（1838）署四川总督。道光二十年（1840）奉命返京，任大理寺少卿。同年，休官返乡，定居泉州府城。　[2] 道光二十一年（1841）七月初三日，林则徐在扬州奉命折回东河效力赎罪，八月十六日到汴，驻开封祥符六堡河上。这年秋冬，苏廷玉两次写信给林则徐。手书、手翰：亲笔信。　[3] 二月：道光二十二年（1842）二月。　[4] 二月初八日，东河河工告竣。旋奉谕旨，林则徐仍由工次发往伊犁效力赎罪。　[5] 叶小庚：叶申芗（1780—1842），字维郁，一字小庚，又字培根，号箕园，福建闽县（今福州市）人。嘉庆十四年（1809）进士。官至河南河陕汝道。其侄女嫁林则徐子聪彝。道光二十二年三月上旬，林则徐西戍途中过洛阳，叶小庚肫切留住署中。　[6] 雪樵：即牛鉴（1785—1858），字镜堂，号雪樵，甘肃凉州人。嘉庆十九年（1814）进士。道光十九年（1839）河南巡抚，二十一年（1841）九月升为两江总督。制军：总督的别称。　[7]《炮书》：指明末焦勖据日耳曼耶稣会士汤若望（Johann Adam Schall von Bell，1592—1666）口述写成的《火攻挈要》。　[8] 陈登之：陈延恩（1800—1851），字登之，江西新城人。道光二十一年（1841）为扬州通判。　[9] 李壮烈：李长庚（1751—1808），字超人，号西岩，福建同安（今厦门市翔安区）人。清代名将。官至福建水师提督、浙江提督，总统闽浙水师。死后谥号壮烈。杨忠武：杨遇春（1760—1837），四川崇州人。清代名将。道光六年（1826），以参赞大臣率军参与平定张格尔叛乱，收复南疆西四城。十五年（1835）进封一等昭勇侯。死后追赠太子太傅、兵部尚书，谥号忠武。　[10] 陈化成（1776—1842），字业章，号莲峰，福建同安人。道光十年（1830）福建水师提督，二十年（1840）调任江南水陆提督。二十二年四月初六日（1842 年 5 月 15 日），在反击英军进犯吴淞的战斗中，壮烈牺牲。

【点评】

鸦片战争中，清朝调集大军组织发动的广州、浙东两大战役均遭惨败，在东河工地效力赎罪的林则徐，对专于陆守的海防战略作了反思，提出制炮造船、建立水军的构想。这支水军拥有大船百只、中小船五十只、大小炮千位、水兵五千、舵工水手一千，不同于以往的各省水师，有统一的指挥系统，由"善于将将筹策周详者为之指挥调度"，"往来海中，追奔逐北"，"南北洋无不可以径驶者"，"彼所能往者，我亦能往"，在海战中实行拒止战略，拒敌人于国门之外，"逆夷以舟为巢穴，有大帮水军追逐于巨浸之中，彼敢舍舟而扰陆路，占据城垣，吾不信也"。

致姚椿王柏心书 [1]

道光二十二年八月上浣
（1842年9月上旬）于兰州

春木、冬寿两先生师席：别已四载 [2]，思何可言。去年仲冬及岁暮，在祥符河干先后奉到春翁三书、冬兄二札，并各赠谪戍一诗，及附录数首。所以爱惜而诲注之者，皆从胸膈中推诚而出，岂寻常慰藉语所能仿佛一二哉？三复绅绎，背汗心铭，恨不能作累日面谭，以倾衷臆。又值河事孔艰之际，昕夕在畚锸间，未遑裁答。迨河上蒇工[3]，则仍有荷戈之役矣。行至西安，痁作而伏[4]，几濒于殆，因是迟迟无以奉报，万罪万罪。夏杪疟始渐止，秋初由长安西行[5]，比于兰州晤唐观察[6]，询知两先生仍馆荆州，吟著如旧，虽皆不免依人，而韩、孟云龙合并之缘[7]，为可羡也。

近者时事至此，令人焦愤填胸。贱子一身休咎，又奚足道！第爱我者既以累纸长言反复慰谕，亦姑陈其崖略[8]，不敢贻贤者以失听也。徐自亥年赴粤[9]，早知身蹈危机，所以不敢稍避者，当造膝时[10]，训诲之切，委任之重，皆臣下所垂泣而承者，岂复有所观望？及至羊城，以一纸谕夷，宣布德威，不数日即得其缴烟之禀。禀中既缮汉文，复加夷字，画夷押，盖夷印，慎重如彼，似可谓诚心恭顺矣原禀进呈，现存枢省[11]。遂于虎门海口收烟，徐与夷舶连樯相对者再阅月[12]。其时犬羊之性，一有不愿，第以半段枪加我足矣。何以后来猖厥诸状，·独不施诸当日？且毁烟之

早知身蹈危机，不敢稍避。

时，遵旨出示，令诸夷观看，彼来观者，归而勒成一书[13]，备记其事，是明知此物之当毁，亦彰彰矣。收缴以后，并未罪其一人，惟谕以宽既往，儆将来，取其切结，以为久远通市之法度。它国皆已遵具，即英国人亦已取具数结。惟义律与积惯卖烟者十余人，屡形反复，致与舟师接仗，我师迭挫其衄，彼即禀恳转圜。是冬明奉上谕，禁其贸易，且迭荷密旨："区区税银，不足计较。"徐曾奏请彼国已具结者仍准通商，奉谕："究系该国之人，不应允准。钦此[14]。"此办理禁烟之原委也。

英夷兵船之来，本在意中，徐在都时面陈者姑置勿论，即到粤后，奏请敕下沿海严防者，亦已五次[15]。各省奉到廷寄，率皆复奏，若浙中前抚军，则并胪列六条入告矣[16]。定海之攻，天津之诉，皆徐所先期奏闻者。庚子春夏间[17]，逆夷添集兵船来粤，徐已移督两广，只有添船雇勇，日在虎门操练，以资剿堵。而逆艘之赴浙，有由粤折去者，亦有未至粤而径赴浙者。是秋知有变局，徐犹自陈赴浙收复定海，而未得行。于是在羊城杜门省愆^[18]，不敢过问。迨和议不成，沙角、虎门先后失守，不得已仍自雇水勇千人，拟别为一队。未几奉有赴浙之命^[19]，遂以离粤，彼四月间事，固徐所未与闻也。到浙兼旬^[20]，奉文遣戍，行至淮、扬，蒙恩改发河工效力。自八月至今年三月，乃复西行。此三年来踪迹之大略也。

自念祸福死生，早已度外置之，惟逆焰已若燎原，身虽放逐，安能诿诸不闻不见？润州失后^[21]，未得续耗，不知近日又复何似？愈行愈远，徒觉忧心如焚耳。窃谓剿夷而不谋船、炮、水军，是自取败也。沿海口岸，防之已不胜防，况又入长江与内河乎？逆夷以舟为窟宅，本不能离水，所以狼奔豕突、频陷郡邑城垣者，以水中无剿御之人、战胜之具，故无所用其却顾耳。侧闻议军务者，皆曰不可攻其所长，故不与水战，而专于陆守。此说在前一二年犹可，今则岸兵之溃，更甚于水，又安所得其短而攻之？况岸上之城郭廛庐、弁兵营垒，皆有定位者也，水中之船，无定位者也。彼以无定攻有定，便无一炮虚发。

剿夷而不谋船、炮、水军，是自取败也。不此之务，即远调百万大军，恐只供临敌一哄溃散。

我以有定攻无定，舟一躲闪，则炮子落水矣。彼
之大炮，远及十里内外，若我炮不能及彼，彼炮
先已及我，是器不良也。彼之放炮，如内地之放
排枪，连声不断，我放一炮后，须辗转移时，再
放一炮，是技不熟也。求其良且熟焉，亦无它深
巧耳。不此之务，即远调百万貔貅[22]，恐只供
临敌之一哄。况逆船朝南暮北，惟水军始能尾追，
岸兵能顷刻移动否？盖内地将弁兵丁，虽不乏久
历戎行之人，而皆觌面接仗[23]，似此之相距十
里八里，彼此不见面而接仗者，未之前闻，故所
谋往往相左。

　徐尝谓剿夷有八字要言，器良、技熟、胆
壮、心齐是已。第一要大炮得用，今此一物置之
不讲，真令岳、韩束手[24]，奈何，奈何！前曾
觅一《炮书》，铸法练法，皆与外洋相同，精之
则不患无以制敌，扬州有刊本，惜鱼豕尚多[25]，
未知两君曾见之否？徐前年获谴之后，尚力陈船
炮事，若彼时专务此具，今日亦不至如是棘手。
为今之计，战舰制造不及，惟漳、泉、潮三郡民
商之舡，尚可雇用。其水军亦须于彼募敢死之士，

缘其平日顶凶舍命，有死无生，今以重资募其赴
敌，尚有生死两途，必能效命。次则老虎颈之盐
船与人，亦尚可以酌用，但须善于驾驭耳。逆艘
深入险地，是谓我中原无人也。若得计得法，正
可殄灭无遗，不然咽喉被梗，岂堪设想耶？两先
生非亲军旅者，徐之觇缕此事[26]，亦正为局外
人，乃不妨言之，幸勿以示他人。祷切，祷切！

　　大作未及尽和，惟谪成五律，专为徐而作，
谨次韵各一章，附请削正。孝长先生作亦所深
佩。张蔗泉孝廉向所未识，承摘示名句，实堪心
写。龚木民已调上元令，不知履任否？渠上年在
丹徒相晤，尚有到兴化后再约春翁之语，今非其
时，只可事定再说。建木兄事，因上年祥符工员，
皆不出东、南河之人，故无可图，曾与诗舲兄商
明，由渠奉复，谅早鉴及矣。子寿仁兄抱道藏器，
不患不传，寻常科名，奚足为君重，亦为其可传
者而已。三、四两儿年已渐长，而连岁奔波，学
俱不进。三儿于己亥岁乘便在里中小试，谬掇一
衿[27]。现在却携此两儿出关，缘大儿汝舟不能
擅自随去，须奏明请旨，而大府均惮于代奏，是

以随至关中，仍不能赴关外耳。诸叨注问，故以附陈。

此时江左军情，果能大得捷音，则如天之福。倘被久踞，则恢复之策，扼要首在荆、襄，须连结秦、蜀以为之。不识局中筹及否？龙沙万里[28]，鳞羽难通，但有相思，勿劳惠答也。子方观察诚意恳挚，心甚感之，此函托其代寄，谅不浮沉[29]。余惟为道自重，不宣。

　　　　愚弟林则徐手顿首

　　　　壬寅仲秋上浣兰州旅次

谦称心璧。顷闻荆州又被大水，万城堤有漫口，不知视前年何如？念甚，念甚！

【注释】

[1] 姚椿（1777—1853）：字春木，一字子寿，号樗寮生、自称蹇道人、东畬老民、廊下人，江苏娄县（今上海市松江县）人。著有《樗寮先生全集》《通艺阁诗录》。王柏心（1799—1873）：字子寿、冬寿，号螺州，晚号雪蕰、蕰叟，湖北监利螺山（今洪湖市）人。道光二十四年（1844）进士。著有《百柱堂全集》。两人都在湖北荆南书院讲学。林则徐在湖广总督任上，曾几次巡视荆州，与他们结识往来。　[2] 四载：林则徐和姚椿、王柏心最后见面在道光十八年（1838）秋，到此时正好已四年。　[3] 蒇（chǎn）工：完工。祥符堵口工程于道光二十

年二月初八日（1842年3月19日）竣工。　[4]痁（shān）：疟疾。林则徐于四月行至西安，因疟疾病倒。　[5]长安：即西安。林则徐于七月初六日（8月11日）从西安出发西行。　[6]唐观察：即唐树义（1792—1855），字子方，贵州遵义人。时任兰州道。　[7]韩：指韩愈。孟：指孟郊（751—814），字东野，湖州武康（今浙江德清县）人。唐代诗人，著有《孟东野诗集》。云龙：龙行生云，比喻关系融洽。唐宪宗元和元年（806），孟郊客长安，曾与韩愈等人交游唱和。　[8]崖略：大略。　[9]亥年：己亥年，即道光十九年（1839）。　[10]造膝：到膝下，此指道光帝召见时。　[11]枢省：朝廷中枢机构，此指军机处。　[12]再阅月：经历二个月。　[13]一书：指裨治文的《虎门销烟记》。　[14]奉谕：奉到上谕。指道光十九年十一月初八日（1839年12月13日）在林则徐奏折上的硃批，原文是"恭顺抗拒，情节虽属不同，究系一国之人，不应若是办理"。　[15]五次：现存林则徐奏折，仅见二次。一、道光十九年四月初六日（1839年5月18日）奏："应请敕下沿海各省一体严查，时加防范。"二、道光十九年十二月初四日（1840年1月8日）奏："其沿海各省，以福建为最近，浙江、江苏次之，应请敕下各直省督抚，一体严行防堵，以绝出路。"但奏明飞咨沿海各省严防，还有三次。一、道光二十年五月二十五日（1840年6月24日）奏："臣等现又飞咨闽、浙、江苏、山东、直隶各省，饬属严查海口，协力筹防。"二、同年六月初五日（7月3日）奏："有其驶至浙江舟山，或江苏上海等处，该二省已叠接粤省咨文，自皆有备。"三、同年七月初十日（8月7日）奏："沿海各省，亦叠经飞咨防备去后。"　[16]浙中前抚军：即乌尔恭额，道光二十年（1840）六月定海失陷后被革职治罪。六条：指乌尔恭额与闽浙总督钟祥、福建巡抚魏元烺会奏筹议海防章程六条。　[17]庚子：即道光二十年（1840）。　[18]省愆

（qiān）：反省过失。　[19] 赴浙之命：指道光帝谕令："著祁墫、怡良传知林则徐，赏给四品卿衔，迅即驰驿前赴浙江省，听候谕旨。"林则徐于道光二十一年闰三月十一日（1841 年 5 月 1 日）收到这份谕旨，十三日（3 日）离开广州。　[20] 兼旬：两旬。林则徐于是年四月二十一日（6 月 10 日）到浙江镇海军营，五月二十五日（7 月 1 日）奉到遣戍伊犁命令，离开镇海，整二十天。　[21] 润州：江苏镇江。道光二十二年六月十四日（1842 年 7 月 21 日）被英军攻陷。　[22] 貔貅（pí xiū）：传说中的猛兽，比喻勇猛的战士。此处指陆军。　[23] 觌（dí）：见，相见。按，此处对清军与英军作战能力的分析，较鸦片战争初起时已有很大改变，更切合实际。　[24] 岳：岳飞。韩：韩世忠（1089—1150），字良臣，陕西绥德人。南宋抗金名将。　[25] 鱼豕：即鲁鱼亥豕。因字形近似而产生的文字错误。　[26] 觇缕：逐条详尽地陈述。　[27] 衿：青衿，即秀才。　[28] 龙沙万里：遥远的西北边疆地区。　[29] 浮沉：典出《世说新语·任诞》："殷洪乔作豫章郡，临去，都下人因附百许函书。既至石头，悉掷水中，因祝曰：'沉者自沉，浮者自浮，殷洪乔不能作致书邮。'"此指书信丢失。

【点评】

道光二十二年八月上浣（1842 年 9 月上旬），林则徐赴戍途经兰州停留，给湖北旧友姚椿、王柏心写了这封信，倾吐别后三年踪迹，办理禁烟及受谴流放的原委，分析当时形势，阐述造船制炮、建立新式水军、与敌海战的思想。此时他虽然不知《南京条约》已签订，抗英战争以失败而告终，但他对抵抗英军应从陆守向海战转变的战略思考，在近代军事史上具有重要的思想启蒙意义。

复邵蕙西中翰_{懿辰}书 [1]

道光二十八年七月十八日
（1848 年 8 月 16 日）于昆明

　　蕙西大兄大人执事：中元后三日得诵手
教 [2]，辘辘数千言，于时事之得失利病，当代士
夫之品谊文章，犁然抒发胸臆，不随俗为俯仰，
非具范孟博澄清天下之志 [3]，许子将月旦士林之
识者 [4]，曷足语此！惟于不佞奖借逾量，殊令人
面頳舌挢，不敢自信。岂退之所谓诱之使进于是
者耶 [5]？至殷殷然属勿以年衰引身而退，则爱
之愈挚，而望之愈深。虽然，不佞之于执事，非
有握手觌面之交也，间以一书相酬答，亦未及倾
吐心曲也，而执事之肫切如是者 [6]，岂有私于庸
鄙哉！在执事固或误采虚声而奖借，不佞之衰钝
无以，深负厚望，且感且愧。

　　夫为国首以人才为重，此扼要之谈也。然人
之才地各异，亦因用之者为转移。有才而不用，
与无才同，用之而不使之尽其才，与不用同。且
当其未用之先，犹有所冀也，及用之而不能尽其

为国首以人
才为重。有才而不
用，与无才同；用
之而不使之尽其
才，与不用同。

才，或且以文法绳之，猜忌谴之，则其人之志困而不能自伸，而天下之有才者，闻之亦多自阻。自古劳臣志士之不能竟其用者此也。以王伯安之才[7]，国家所祷祀以求者也，然非本兵有人[8]，则宸濠之役亦必为宵人所挠[9]，而不足以有成。然则培养之，扶植之，使天下之才皆足以为我用，是所望于执事所谓虚公而好善之人矣。今日之人才诚不知其何如，而诚得虚公好善之人求之，则以汇聚，以汇征[10]，因其所长而分任之，虽艰巨纷投，未有不立办者，否则内忧外患交集于一时，安能以有数之人才分给之耶？况天下事，势合则易为功，势分则难为力，姚、宋、韩、范皆同心合意，以措天下于泰山之安[11]，故功成而不甚劳。若武乡侯则三代下一人耳[12]，而独任之，而无为助，故终其身无一日暇，而成败不敢逆睹，非才分之有优绌，乃时之难易，势之分合为之也。

今之时势，观其外犹一浑全之器也，而内之空虚无一足以自固。即得大有为者以振作之，尚恐其难以程效，况相率而入于因循粉饰之途，其何以济耶？狂澜东下，诚有心者所欷歔而不能已耳。执事所深嫉者，在于剜肉疗饥，吮血止渴，此诚确论。然上下皆明知之而故蹈之，亦曰计无所出云耳。夫以担囊揭箧负匮之盗，而无如之何，且相率而讳匿之，将顺之，竭江海而取偿于沟渎，其涸有不立待者耶！大疾不治，而药其轻者小者，即效亦奚以为？况药施于此，而疾且发于彼。即如大教所论圜法[13]，停铸减铸非不可行，然停减者已七八省矣，即以闽省言之，停炉已三十年，不独银钱皆有票，即洋钱亦用票，而银之贵且日甚一日。执事见京局铸出之钱[14]，而讶为过重，要知其重者砂也，非铜也，故掷地易碎，果其纯铜，则甫铸成而毁之者众矣，亦常不给之势也。外省所用之钱，轻而小者十之七八，其用重钱者仅一二耳。银之所贵者无他，岁去五千万有数可稽，其以洋银入者不及一也，譬如人之精血日耗于外，而惟于五官六腑自求运气之术，能敌其外出者乎？

　　至于滇南铜政，败坏极矣，往时鄙论亦主不运铜之议，谓一年可先省百万铜本也[15]。及来

针砭时弊，入木三分。

滇而始知其不可，若铜本一岁不发，则滇必乱，乱弭而所费且浮于铜本矣，终亦不能不发也，是势之无如何者也。

执事又谓不如将未发之仓谷变价待拨，似有激而言之。然仓谷者，缓急所资也，今亏空虽甚，要不致颗粒俱无也。许其变价，则困鹿为之一空矣[16]。设遇旱潦与兵革之事，虽白银可以易米，而急切无及，将如之何！此则迂见之所不敢强同，要亦不敢自以为是也。

不佞鲜学寡闻，自释褐至今三十余稔矣。驰驱中外，虽不敢妄自菲薄，而荷两朝知遇，无以仰答高深，又未尝不时萦惭恧。前者岛夷弗靖，自愧以壮往招尤。及生入玉关，惟以得归为幸，乃荷圣慈再造，重忝封圻之任，报称愈难。年来盗匪之恣纵，汉回之纠纷，竭其蠢愚勉为措置，幸不至覆悚诒诮，然筋力则已颓然矣！筹边重任，非一官一邑之比，而衰惫之躯厕其间，使擘画未周，则贻患非细，将如国事何？将如民事何？所以反复筹计，而不敢苟禄者此耳。

新秋暑退，即审履候胜常，无任延悰。

运去英雄不自由。

【注释】

[1] 邵蕙西: 邵懿辰 (1810—1861), 字蕙西, 浙江仁和 (今杭州市) 人。道光举人。时任刑部员外郎。讲今文经学, 著有《尚书通义》《孝经通论》《礼经通论》等。 [2] 中元后三日: 阴历七月十八日。中元, 即中元节, 阴历七月十五日。 [3] 范孟博: 即范滂 (137—169), 字孟博, 汝南征羌 (今河南郾城东南) 人。东汉清官。《后汉书·范滂传》: 范滂 "少厉清节, 为州里所服, 举孝廉, 光禄四行。时冀州饥荒, 盗贼群起, 乃以滂为清诏使, 案察之。滂登车揽辔, 慨然有澄清天下之志。" [4] 许子将: 即许劭 (150—195), 字子将, 汝南平舆 (今属河南) 人。东汉名士。与从兄许靖有名于世, 喜评论人物, 每月更换, 被称为 "月旦评"。 [5] 退之: 韩愈字退之。 [6] 肫切: 诚挚恳切。 [7] 王伯安: 王守仁 (1472—1529), 字伯安, 号阳明, 浙江余姚人。弘治十二年 (1499) 进士。官至南京兵部尚书, 封新建伯, 谥文成。明代政治家、思想家。 [8] 本兵: 兵部尚书的称谓。此指王守仁。 [9] 宸濠之役: 宸濠之乱。宸濠, 即宁王朱宸濠, 朱元璋第十七子朱权的玄孙, 封于南昌。正德十四年 (1519) 起兵反, 王守仁时为佥都御史, 奉命前往平定。宵人: 小人。 [10] 汇聚: 会聚。汇征: 连类同进, 进用贤者。 [11] 姚: 即姚崇 (650—721), 本名元崇, 改名元之, 陕西硖石 (今河南三门峡南) 人。历任武则天、睿宗、玄宗朝宰相。宋: 即宋璟 (663—737), 邢州南和 (今属河北) 人。调露进士。睿宗时任宰相。韩: 即韩琦 (1008—1075), 字稚圭, 相州安阳 (今属河南) 人。宋仁宗时进士。仁宗、英宗、神宗三朝宰相。范: 范仲淹 (989—1052), 字希文, 江苏吴县人。大中祥符进士。庆历三年 (1043) 任参知政事。 [12] 武乡侯: 诸葛亮 (181—234), 字孔明, 琅邪阳都 (今山东沂南) 人。三国时蜀汉丞相。殁后赠丞相、武乡

侯印绶，谥忠武侯。　[13]圜（yuán）法：又称钱法，指清代的铸钱制度。　[14]京局：户部宝泉局和工部宝源局。　[15]铜本：户部核拨采办铜运往京局铸钱的银两，拨付云南每年一百万两。　[16]困鹿：储藏谷物之所。圆曰困，方曰鹿。

【点评】

道光二十八年七月十八日（1848年8月16日），在云贵总督任上的林则徐收到未曾谋面的友人邵懿辰劝他不要引退的来信，便写了这封复信，谈论国势时事和希望告病还乡的原因。

致刘齐衔书 [1]

道光三十年八月初十日
（1850年9月15日）于福州

冰如贤婿如晤：七月初二日交督差陈连泰带去一函，谅此时已可入览矣。七月杪由梁孝廉带回杏仁、蘑菇各一匣收到，感感。兹八月初六日抚署折差带到七月初五日手翰，聆悉种种，并知迩来公私益臻顺适，添女平安，亦是好事也。惟未知寓所究移何处？下次信中望即写明，以便寄书至京交折差径送耳。

愚因病未即到京[2]，经徐抚军夹片代奏[3]，奉硃批："知道了。钦此。"即无催促，藉得从容调理，感幸实深。惟里中住居，刻无暇晷。会客与回拜两事，即已朝夕忙碌，其写字之纸与托题、托序之件，堆积如山，不能应付，甚为着急。此外，俗事为难之处更不胜言矣。王雁翁所言极是好意[4]，但出去仍然无济，则不如不出为宜。愚前月曾有一书寄之，谅可洞悉耳。七月十三日两家互定庚帖，系属上吉之日，欣慰良多。舟官肝疾比前虽觉略差[5]，然仍时时见痛，进京之说亦只可以为缓图。葬事究非大利之年[6]，亦尚未经筹定也。

犬羊在神光寺不肯去[7]，而又添占西禅寺[8]，其南台民屋被伊强典强租者[9]，更不知凡几？乡间公同拦阻，官府惟助夷压民，不知是何世界！日来，夷船之由北洋护送商船者木客等皆以数千圆央其护送[10]，皆进内港，连艕泊大桥边。言之于官，咸以为必不生事。试问每船或二三十炮，或十余炮，设或临时有变，措手不及，为之奈何？愚虽约数人暗中预备，然欲纾难，而无家可毁，尤患

里居不易，出山不宜。然欲纾难，而无家可毁。如欲移居，又无可移之处。

势孤；如欲移居，又无可移之处，所谓进退维谷者耳。

枢儿县试第二[11]、府试第三。闻学台按试汀州时[12]，武童不肯先拉硬弓，因而滋闹，在彼停搁拿办，大抵九月末十月初始能回省耳。

手此复候近佳，暨阖眷安吉。不戢。

　　　　　　　　　　八月初十日　少穆字

【注释】

[1] 刘齐衔（1815—1877）：字本锐，号冰怀，又号冰如，福建闽县（今福州市）人。道光十七年十二月（1838年1月）和林则徐长女尘谭在武昌完婚。道光二十一年（1841）进士。此时在北京任职。　[2] 到京：本年正月，道光帝死，第四子奕𬣞继立，改明年为咸丰元年。五月初，咸丰帝下《登极求贤诏》，大学士潘世恩，尚书孙瑞珍、杜受田应命推荐林则徐。五月初三日（6月12日），咸丰帝命闽浙总督刘韵珂、福建巡抚徐继畬等传旨，"敕令该员迅速北上，听候简用，毋稍延缓。如病体实未复元，谕令上紧调理，一俟痊愈，即行来京"。　[3] 徐抚军：徐继畬（1795—1862），字健男，号松龛，山西五台人。道光六年（1826）进士。时任福建巡抚。著有《瀛环志略》等。代奏：代为奏请。指徐继畬《复查林则徐病体疏》，见《退密斋文集》卷一。　[4] 王雁翁：王庆云（1798—1862），字家镇、贤关，初号乐一，又号雁汀，福建闽县（今福州市）人。道光九年（1829）进士，官至工部尚书。著有《石渠余记》等。时在京任通政使司

副使，写《复林少穆先生书》，劝林则徐复出，见《石延寿馆文集》。　[5]舟官：林则徐长子汝舟。　[6]葬事：郑夫人于道光二十七年十月十五日（1847年11月22日）在昆明病故，葬期原择于本年正月十三日举行，但林则徐从云南扶棺回里，路上因病耽搁，超过葬期才到福州，需另择日子，到这时尚未安葬。按：两个月后，林则徐赴广西途中在潮州普宁逝世，后来夫妻同时下葬。　[7]犬羊：指英国人。鸦片战争后，福州被逼开放为通商口岸，于道光二十四年（1844）开埠，英人在城外南台居住，和当地居民发生冲突。神光寺：在福州城内乌石山麓。始建于唐代。大中五年（851），观察使崔干请名于朝，宣宗夜梦神人发光殿庭，赐名"神光"。此句指租住神光寺的英国传教士和医生，不顾民众的抗议，不肯搬出。　[8]西禅寺：在今福州大学附近。按：英人继租地点，一说为城内积翠寺。　[9]南台：今福州台江区，当时属城外。　[10]夷船：指英国和澳门葡萄牙人的武装船只，借福州开放为通商口岸的机会，为北上宁波、上海、天津的中国商船强行护航，收取保护费。　[11]枢儿：即四子林拱枢，当年应考秀才。　[12]学台：福建学政。汀州：今福建龙岩市长汀县。

【点评】

道光三十年三月初三日（1850年4月14日），林则徐回到阔别二十年的家乡福州。五月间，福州发生英人租住城内神光寺事件，林则徐以在野有病之身，支持绅民驱逐英人出城的要求，和福建巡抚徐继畬意见不合。八月初十日（9月15日），他给在京的长女婿刘齐衔写了这封信，谈到对这一事件的看法和处境，"然欲纾难，而无家可毁，尤患势孤；如欲移居，又无可移之处，所谓进退维谷者耳"。

复苏廷玉书

道光三十年秋（1850 年）于福州

鳌石四兄大人阁下：七月初接读手答[1]，语长情重，不啻促膝倾谈。转叹省中发言盈廷，未闻有如刘荆州之一纸书贤于十部从事也[2]。弟早欲续陈缕缕[3]，因欲乘便带物，而未得其人，王月船刺史去时，竟未使弟知之，遂致稽延两月为歉。中间陈颂南、郭远堂二君与弟过从，叠询芳范，远堂述及别时寄语，敬佩尤不可殚言[4]。弟之蒿目焦怀，非一朝夕之故，若得执事在省[5]，此衷犹可畅陈，今隔数程，即有楮墨难宣之处[6]。而陈、郭皆云，迩来尊意定不欲上省，弟遂亦不敢遽邀[7]。盖倦鸟入林，彼此固无两境界耳。来教加圈之字，弟无时不念释在兹[8]。然既无斧柯，又不能谋诸肉食，此日之牢不可破，似更倍蓰于前[9]。自顾硁硁之怀[10]，每于愤激时辄思出山，迨静中细思，即出亦无所益。又欲暂移幽僻处，

抒写空杯壮志而无所措手，进退维谷、无可奈何的情绪。

所期于不见不闻，及徐思之，复有不可移之理在。凡此均非腕中所能觊缕[11]，阁下亦只能相喻以心耳。尊见极谓口门可恃[12]，弟意正同。近日密察彼处民情与其力量，洵不能不负此险。又水部、东门一带劲气相联，迩日亦甚著效，此差足以慰苝怀者耳[13]。顷适有赴漳人便，据云泉城尚有小停，因于灯下率缀数行，略述胸臆，要尚未及百一也。

蒙桂二枝察收。藉请道履康和，不尽。

【注释】

[1]手答：回信。　[2]省中：宫中。一说这里指福建省城。刘荆州：即西晋刘弘，任荆州刺史，故称刘荆州。十部从事：晋代州所领中郡以上，各设部从事一人，负责巡视郡国等事，刺史对于各郡的指示，往往通过部从事传达。刘弘任荆州刺史时管辖十个郡，所以称十部从事。　[3]续陈缕缕：接续细述，指继上封信后再写信。　[4]陈颂南：陈庆镛（1795—1858），字乾翔，一字笙木，号颂南，福建晋江（今晋江市）人。道光十二年（1832）进士。官至御史。郭远堂：郭柏荫（1807—1884），字远堂，福建侯官（今福州市）人。道光十二年（1832）进士。叠询芳范：多次打听你的情况。　[5]蒿目：极目远望。蒿目焦怀，对时事忧虑不安。省：省城，这里指福州。　[6]楮（chǔ）墨难宣：难以在信中表达。楮，古代楮皮造纸。　[7]遽邀：贸然邀请。　[8]倦鸟入林：比喻厌倦政事退职回乡。来教：对对方书信

的尊称。 [9]肉食：指享有厚禄的官吏。 [10]硁（kēng）硁之怀：形容浅薄固执，林则徐自谦之词。 [11]腕中：手腕间，引申为写信。觌（luó）缕：谓详述，指事情的原委。 [12]口门：江河入海口，这里指闽江口。 [13]水部、东门：福州水部门和东门。荩（jìn）怀：忠心爱国的心意。

【点评】

道光三十年（1850）秋天，林则徐给同安的老友苏鳌石写了这封复信，表白"既无斧柯，又不能谋诸肉食"的烦恼，面对国家的严重局势，真想再度出山进行挽救，但又感到无能为力；而想退隐山林，不过问政事，又不忍坐视敌人的猖獗，因而思想处于激烈的矛盾状态中。尽管如此，林则徐仍然抱病巡察闽江口和水部门、东门一带的民情和防务。

致沈葆桢书

道光三十年九月初六日
（1850年10月10日）于福州

幼丹吾甥如晤 [1]：八月初十日交抚差林廷魁带去一信，并附冰如一信，是日因赶赴家庙祭祀，草草数行，未及多述，想已照入矣。兹九月初二接七月廿五日一书，初六又接八月初四日一书，暨前后所寄邸报，俱已收阅无误。其七月初寄去信内，未将端节来函提及，只是漏叙，并非原信遗延。盖彼时与当轴尚少猜嫌[2]，不至被其匿信。迨六七月来，为夷务议论未合，难免虑此。此次初六所接之信，附入安报中来，最可免人猜忌。惟内有京报，恐封缄加厚，或另匀作第二封，别写酒资，俟府间代付之后，愚仍划还；抑或与冰如互商，两边自寄，均可酌量耳。都中累必不免，然用心必不可纷。明年考差自是首要，至度日如有可筹之处，愚再作信寄知也。此间家居情形一言难尽，而出去又有不能之势，焦心劳神，转较在滇为甚，不知如何可了。近事另缮数纸，封入冰如信中，自能转述，兹不复及。都中闻见，仍欲时时得之为妙。手此，顺问近佳，暨阖宅均吉。

九月初六夜灯下　竢村书

目疾忌煤火，食撇蓝似可解也。杰夫两次折皆佳[3]，晤时幸为致意，锡侯亦然。

六七月来与当权者为夷务议论不合。

【注释】

[1]幼丹：沈葆桢（1820—1879），原名振宗，字幼丹，又字翰宇，福建侯官（今福州市）人。道光二十七年（1847）进

士。母林惠芳是林则徐六妹，妻林普晴是林则徐次女。时在北京任职。　[2]当轴：身居要职的当权者。此处指闽浙总督刘韵珂、福建巡抚徐继畬。　[3]杰夫：何冠英（1791—？），字杰夫，福建闽县（今福州市）人。道光十六年（1836）进士。时为湖广道御史。

【点评】

道光三十年九月初六日（10月10日）夜，林则徐给北京的外甥、女婿沈葆桢写这封信，表达"此间家居情形一言难尽，而出去又有不能之势，焦心劳神，转较在滇为甚，不知如何可了"的处境。他迫切希望了解朝廷的动向，"都中闻见，仍欲时时得之为妙"，但又忧虑与在京亲人的通信受到当局的截留扣压，交代他与刘齐衔互商办法。

诗词

驿马行 [1]

嘉庆二十四年夏（1819年）

有马有马官所司，绊之欲动不忍骑 [2]。

骨立皮干死灰色，那得控纵施鞭箠 [3]。

生初岂乏飒爽姿，可怜邮传长奔驰 [4]。

昨日甫从异县至，至今不得辞缰辔 [5]。

曾被朝廷豢养恩，筋力虽惫奚敢言！

所嗟饥肠辘轳转，只有血泪相和吞。

侧闻驾曹重考牧 [6]，帑给刍钱廪供菽 [7]。

可怜虚耗大官粮，尽饱闲人圈人腹 [8]。

况复马草民所输，征草不已草价俱 [9]。

厩间槽空食有几？徒以微畜勤县符 [10]。

《使滇小草》眉批："真宰上诉天应泣。"

"再接再厉。"

"寄慨无限。"

莫友棠《屏麓草堂诗话》卷二："《驿马行》之'君不见，太行神骥盐车驱，立仗无声三品刍'……是皆因题抒写胸臆。"

吁嗟乎！官道天寒啮霜雪，昔日兰筋今日裂[11]。临风也拟一悲嘶，生命不齐向谁说？

君不见太行神骥盐车驱[12]，立仗无声三品刍[13]。

【注释】

[1] 林则徐于嘉庆二十四年（1819）六月赴云南乡试考差途中所作。驿马，驿站的马，专供传递官方文书和官员过往车辆运输使用。　[2] 司：管理。官所司即官府管理。绊：系在马足的套绳。　[3] 控纵：驾驭。箠（chuí）：鞭子。　[4] 生初：当初。邮传：驿传。　[5] 异县：别县。辞：卸下。缰辔（pèi）：嚼子和缰绳。　[6] 驾曹：管理驿马的官府。考牧：上司对饲养驿马情况的考核。　[7] 帑（tǎng）：国库。刍（chú）：马吃的草料。廪（lǐn）：粮仓。菽：豆类，马的食料。　[8] 圉（yǔ）人：养马的人。《周礼·夏官·圉人》："圉人掌养马刍牧之事。"　[9] 草价俱：草价随着征收马草不止而不断上涨。　[10] 勤：应差。县符：县衙门的公文。　[11] 官道：驿道。啮（niè）：啃。兰筋：马目玄中生出的一根筋。《相马经》："玄中者，目上陷如井字，兰筋竖者千里。"后以兰筋指千里马。　[12] 神骥：千里马。盐车驱：拉盐车。《战国策·楚策四》记伯乐发现千里马前，这匹马"服盐车而上太行，蹄申膝折，尾湛胕溃，漉汁洒地，白汗交流，中阪迁延，负辕不能上"。此句比喻人才不受重视，甚至被摧残。　[13] 立仗：立仗马。《新唐书》卷二二三上《李林甫传》："君等独不见立仗马乎？终日无声，而饫三品刍豆。"比喻庸才占据高位，饱食终日，无所作为。

【点评】

林则徐于嘉庆二十四年闰四月二十七日（1819 年 6 月 19 日）奉命充云南乡试正考官，五月初八日（6 月 29 日）出京，八月初一日（9 月 19 日）抵昆明。他沿途停靠驿站，从一匹飒爽英姿的驿马被折磨得"骨立皮干"的情景，联想到官吏的盘剥和民间的痛苦；从千里马和立仗马的不同遭遇，联想到用人不当、赏罚不明的官场腐败，感慨沉吟，表达了关注民生和改革吏治是他从政的初心。

病马行

嘉庆二十四年夏（1819 年）

生驹不合烙官印，服皂乘黄气先尽 [1]。

千金一骨死乃知，生前谁解怜神骏 [2]。

不令鏖战临沙场，长年驿路疲风霜。

早知局促颠连有一死，恨不突阵冲锋裹血创。

夜寒厩空月色黑，强起哀鸣苦无力 [3]。

昔饥求刍恐不得，今纵得刍那能食！

圉人怒睨目犹侧，欲卖死皮偿酒直 [4]。

马今垂死告圉人，尔之今日吾前身！

《使滇小草》眉批："神似少陵，读之令人声泪俱下。"

"接笔入古。"

"一声河满子，双泪落君前。如是如此。"

【注释】

[1] 驹：两岁以下的幼马。官印：官府印记。服皂：当差役。乘黄：传说中的神马。　[2] 千金一骨：成语"千金市骨"，源出《战国策·燕策一》，意为用重价购买千里马的骨头，这里比喻贤才。神骏：千里马。　[3] 厩（jiù）：马棚。　[4] 怒睨：怒目相视。直：价钱。

【点评】

这首诗刻画一匹"不令鏖战临沙场，长年驿路疲风霜"的病马，垂死之际控诉"围人怒睨目犹侧，欲卖死皮偿酒直"的行为，寄寓作者对压抑和摧残人才的愤慨。借驿马的用非其才，发出要求出路的呼声。

汤阴谒岳忠武祠 [1]

嘉庆二十四年五月二十一日
（1819 年 7 月 12 日）于汤阴

《使滇小草》
眉批："不加论断，
而忠武一腔热血已
自满于纸上。"

不为君王忌两宫 [2]，权臣敢挠将臣功 [3]。
黄龙未饮心徒赤 [4]，白马难遮血已红 [5]。
尺土临安高枕计 [6]，大军河朔撼山空 [7]。
灵旗故土归来后，祠庙犹严草木风 [8]。

【注释】

[1] 岳忠武祠：又称岳飞庙，在今河南省安阳市汤阴县城内西

南街。始建时间无考,重建于明景泰元年（1450）。　[2]君王:
宋高宗赵构。忌:忌讳。两宫:宋徽宗赵佶及宋钦宗赵桓。靖康
二年（1127）,金兵陷汴京（今开封）,掳去徽、钦二帝。此句意
为:岳飞不因触犯高宗害怕迎回二帝的大忌而力主抗金。明高启
《吊岳王墓》:"班师诏已来三殿,射房书犹说两宫。"　[3]权臣:
指秦桧。敢挠:敢于阻挠。将臣:指岳飞。　[4]黄龙:黄龙府,
治所在今吉林农安县,金建国后,以该地为首府。岳飞尝对将
士云:"直抵黄龙府,与诸君痛饮尔!"　[5]白马:岳飞的座骑。
《宋史·岳飞传》载,抗金大胜之际,岳飞因一天十二道金牌被
迫班师,"民遮马恸哭"。　[6]尺土:狭小的土地。高枕:安然
而卧。《战国策·齐四》:"三窟已就,君姑高枕而乐矣。"此句指
宋高宗偏安于临安（今杭州）,不思进取。　[7]大军:岳家军。
河朔:泛指黄河以北地区。岳飞曾提出连结河朔、收复失地的主
张。撼山:《宋史·岳飞传》:岳飞"谋定而后战,战有胜无败,
猝遇敌不动,故敌为之语曰:'撼山易,撼岳家军难。'"　[8]草
木风:草上之风必偃之义。《论语·颜渊》:"君子之德风,小人
之德草,草上之风必偃。"比喻君子的德行能够感化百姓,犹如
风吹草伏。

【点评】

　　嘉庆二十四年五月二十一日（1819 年 7 月 12 日）,
林则徐赴云南主持乡试途次,"黎明至汤阴县城,谒岳忠
武飞祠",只见祠庙里风吹草伏,气氛凛冽,不禁肃然起
敬,写下这首诗,表达对岳飞抗金"大军河朔撼山空"
的敬慕,为岳飞的死扼腕痛惜。

孟县拜韩文公墓 [1]

嘉庆二十四年冬（1819年）

《使滇小草》眉批："东坡作昌黎庙碑，起二语如有神助，此诗首二联真是拂拂而出，那得不令人俯首至地。"

乌乎！公去孔孟千有四百年，手引一发千钧悬 [2]。

公没距今一千载，我读公书若公在 [3]。

公之庙食遍九州，真形况此藏山邱 [4]。

几缘唐史误乡贯，紫阳考异加推求 [5]。《新唐书》传，指公为邓州之南阳人，朱子尝辨其讹。

公家河阳三城侧，祖茔迤逦盟津北 [6]。见张籍诗。

省坟瘗女文两称，见公集。首禾何日忘乡国 [7]。

要以致身誓死生，殊方坎壈平生历 [8]。

一疏潮州作逐臣，已拼收骨瘴江滨 [9]。

"叙事之中，间以议论，是太史公别传体，不谓于诗中见之。"

一诏镇州谕反贼，此身自分豺狼得 [10]。

卒能驱除妖鳄平强藩，功成节立无攀援 [11]。

易箦京师窆乡土，饰终定谥叨朝恩 [12]。

可知天心卫吾道，谓公能挽狂澜倒 [13]。

两庑长应奉瓣香，一邱岂合随荒草 [14]。

"低徊欲绝。"

惜哉！赵宋金元乏表章，石麟埋没苍烟凉 [15]。

皇甫之碑野火燎，居人空记呼韩庄[16]。

有明仅闻耿吏部，识以诗碣立飨堂[17]。

我朝圣人振儒术，曩哲精灵夺幽出[18]。

乾隆初元尺一颁，奉祀新增博士秩[19]。　　　　　　　"濡染大笔何淋漓。"

巡方旋睹翠华来，诏护松楸赐芬苾[20]。

国家恩礼辉九原，公德诚宜长子孙[21]。

一传襄州之别驾，再传咸通之状元[22]。　　　　　　"古节古音。"

矧今奕祀赏延世，帝旁足慰骑龙魂[23]。

乌乎！黄河嵩岳皆地灵，赖公郁郁留佳城[24]。

君不见南有南阳北修武，彼尚争公一抔土[25]。　　"余音绕梁。"

【注释】

[1]孟县：今河南省焦作市孟州市。韩文公：即韩愈（768—824），字退之，谥号文。河南南阳（今焦作孟州市）人。唐文学家、哲学家，古文运动的倡导者，"唐宋八大家"之首。嘉庆二十四年（1819）冬，林则徐自云南返京，途经河南孟县拜谒韩愈墓作此诗。　[2]孔孟：孔子（前551—前479）和孟子（约前372—前289）。韩愈生于孔孟1400年之后。一发，一根头发。千钧，三万斤。古代以三十斤为一钧。　[3]没：逝世。　[4]庙食：指死后得立庙，受人祭祀。真形：真实的画像。邱：丘。　[5]紫阳：朱熹（1130—1200），字元晦，号晦庵，别称紫阳。南宋理学家。著有《昌黎先生集考异》，对韩愈的籍贯作了推定求实。　[6]河阳三城：指唐代河阳三城节度使驻地，即韩愈的家乡。祖茔：祖

先的坟墓。盟津，古黄河津渡。韩愈祖茔在盟津北一带。张籍诗有"旧茔盟津北"之句。　[7]文两称：韩愈《祭郑夫人文》和《祭女挐子文》称兄嫂和小女死后归葬河阳。首禾：以禾为榜样，不忘根本。　[8]致身：《论语·学而篇》："事君，能致其身。"即事奉明主，能献出生命。殊方：远方。坎壈（lǎn）：困顿，不得志。　[9]一疏：指韩愈上奏唐宪宗的《论佛骨表》。潮州：今广东省潮州市。逐：贬逐，指韩愈被贬为潮州刺史。已拼：做好准备。瘴江：指韩江。时鳄鱼为患，韩愈作《祭鳄鱼文》，驱逐鳄鱼出海，为民除害。　[10]一诏：一封诏书。镇州：今河北省正定。谕：宣谕。指韩愈奉穆宗诏书到镇州宣谕。豺狼：指剑拔弩张的叛军。　[11]妖鳄：指潮州的鳄鱼为患。强藩：指镇州的叛军。攀援：攀附。　[12]窆（biǎn）：棺木入葬。饰终：给死者以尊荣之礼。　[13]天心：上天的心意。吾道：孔孟之道。　[14]两庑（wǔ）：宫殿或祠庙正殿外的东西两廊。瓣香：拈香一瓣。一邱：坟墓。　[15]表章：表彰。石麟：在陵墓旁的石麒麟。　[16]皇甫之碑：皇甫湜所立《韩文公神道碑》。韩庄：当地人对皇甫之碑所在地的俗称。　[17]耿吏部：耿裕（1430—1496），字好问，官籍河南府卢氏县，原祖籍山西平定州。明景泰五年（1454）进士。弘治初任礼部尚书，迁吏部尚书。诗碣：指皇甫之碑。立飨堂：命将皇甫之碑移立韩文公祠堂。　[18]我朝圣人：清朝皇帝。曩（nǎng）哲：先贤哲人。　[19]两句意为乾隆初年，颁诏奉祀时新增博士官秩。　[20]巡方：指皇帝巡视四方。翠华：用翠竹饰于竿顶的旗，即皇帝的仪仗。松楸（qiū）：松树和楸树，代指墓地。芬苾：指祭品。　[21]恩礼：恩泽礼教。九原：九州之土。公德：韩文公的德操。　[22]一传：韩愈之子韩昶成进士，官至襄州别驾。再传，韩昶次子韩衮，咸通七年（866）考中状元。　[23]奕祀：世世代代。骑龙：指皇帝去世。　[24]嵩岳：中岳嵩山。佳城：

墓地。　[25]南阳：今河南焦作孟州市。修武：今河南焦作市修武县。两地曾争称为韩愈故里。

【点评】

嘉庆二十四年（1819）冬，林则徐自云南返京，途经河南孟县拜谒韩愈墓作此诗。诗中称颂韩愈的道德文章和声名地位，叹息韩愈事君能致其身，但困顿不得志。赞赏清廷对韩愈的尊崇和显扬。

河内吊玉溪生[1]

嘉庆二十四年冬（1819 年）

江湖天地两沦虚[2]，党事钩连有谤书[3]。
偶被乘鸾秦赘误[4]，讵因罗雀翟门疏[5]。
郎君东阁骄行马[6]，后辈西崑学祭鱼[7]。
毕竟浣花真髓在[8]，论诗休道八叉如[9]。

《使滇小草》眉批："论古独具只眼。"

莫友棠《屏麓草堂诗话》卷二："藻丽则玉溪替人，论断则义山知己。其取材'毕竟浣花真髓在'，妙在多用本事，较见妥帖，即'罗雀翟门'，亦系借以杀缚令狐事，使意义吻合也"。

【注释】

[1]河内：指唐时怀州河内，即清代之怀庆府（今河南省焦作市之沁阳市），李商隐出生地。玉溪生：李商隐（811—858 或 813—858），字义山，自号玉溪。开成二年（837）进士。晚唐著名诗人。　[2]江湖天地：李商隐《安定城楼》诗："永忆江湖归白发，欲回天地入扁舟。"沦虚：落空。此句意为：李商隐

成就一番事业和晚年隐居江湖的两个愿望，都落了空。　[3]党事：唐穆宗至宣宗时的牛僧孺、李德裕党争。钩连：牵连。谤书：诽谤的书函。　[4]乘鸾：结为姻缘。秦赘：古时秦人风俗，男子家贫无力娶妻者，可入赘妻家为婿。《汉书·贾谊传》记贾谊上疏陈政事有云："故秦人家富子壮则出分，家贫壮则出赘。"东汉应劭注："出作赘婿也。"唐颜师古注："谓之赘婿者，言其不当出在妻家，亦犹人身体之有肬赘，非应所有也。一说，赘，质也，家贫无有聘财，以身为质也。"李商隐曾入李党河阳节度使王茂元幕府，又娶其女，被视为"乘鸾秦赘"。李氏有《与同年李定言曲水闲话戏作》诗云："相携花下非秦赘，对泣春天类楚囚。"　[5]讵（jù）：岂。罗雀翟门：《史记·汲郑列传》赞："下邽翟公有言，始翟公为廷尉，宾客阗门；及废，门外可设雀罗。"此处翟门指令狐楚府。　[6]郎君东阁：李商隐《九日》诗："郎君官贵施行马，东阁无因再得窥。"郎君，指牛党天平军节度使令狐楚之子令狐绹。东阁，指款待宾客之所。行马：程大昌《演繁露》卷一："晋魏以后，官至贵品，其门得施行马。行马者，一木横中，两木互穿以成四角，施之于门以为约禁也。"此句是说：李商隐早年为牛党令狐楚礼遇，后因娶王茂元女被视为李党，受令狐绹排抑，终身不得志。　[7]西崑：即西崑体，宋代模拟李商隐的诗歌流派，以《西崑酬唱集》而得名。祭鱼：宋吴炯《五总志》："唐李商隐为文，多检阅书史，鳞次堆积左右，时谓之獭祭鱼。"此句谓后辈西崑派诗人模仿李商隐追求华丽，堆砌典故。　[8]浣花：四川成都西郊有浣花溪，上元元年（760）杜甫在浣花溪畔营建草堂居住，人称浣花叟。此处借指杜甫。　[9]八叉：晚唐诗人温庭筠（约812—866），本名岐，字飞卿，并州（今山西太原）祁县人。相传他作诗敏捷，八叉手而成八韵，有"温八叉"之称。如：如同。

【点评】

嘉庆二十四年（1819）冬，林则徐自云南返京途经河南怀庆府，凭吊唐代诗人李商隐。诗中，林则徐肯定李商隐善于继承杜甫诗歌的精华，对李商隐终生不得志的遭遇深表同情。

答程春海同年恩泽赠行（选一）[1]

嘉庆二十五年冬（1820 年）

知交期我深，自待敢不厚[2]。

同调二三子，素心话杯酒[3]。

读书希致身，黾勉勤职守[4]。

首祈吏民安，余泽逮亲友[5]。

酌水矢冰檗[6]，罗材喜薪槱[7]。

暇乘总宜船，一玩苏堤柳。

明灯照离筵，昔语犹在口。

讵谓当官来，前意失八九。

笋舆织长衢[8]，尘牍塞虚牖[9]。

才拙奈务丛，支左还诎右[10]，

谯诃恐不免[11]，报称复何有？

《使滇小草》
眉批："工于发端。"

"衔接一片。"

"李又湖中丞诗云:'书生终日苦求官,及做官时步步难。'读先生此诗,更觉发挥明透"。

绝想禽鱼嬉,瘁形牛马走[12],

云霄有故人[13],下视真埃垢[14]。

旧侣联骖骓[15],今途判箕斗[16],

三叹作吏难,因风报琼玖[17]。

【注释】

[1]程恩泽(1785—1837),字云芬,号春海,安徽歙县人。林则徐的同年。累官至户部右侍郎,著有《程侍郎遗集》。林则徐此诗共二首,兹选其一。　[2]厚:从严。《论语·卫灵公》:"躬自厚而薄责于人。"　[3]素心:心地纯洁。晋陶潜《移居诗》:"闻多素心人,乐与数朝夕。""同调"二句,指在京时,与志同道合的朋友把酒畅谈抱负。　[4]致身:出仕。黾(mǐn)勉:努力。　[5]"首祈"二句:意为当官首要是察吏安民,有余力则顾及亲友。　[6]酌水:取水而饮。《晋书·吴隐之传》:吴为广州刺史,"石门有水曰贪泉,饮者怀无厌之欲。隐之……乃至泉所,酌而饮之。……及在州,清操愈厉。"后以酌水指廉吏。矢:誓。檗(bò):芽枝。冰檗,即饮冰食檗,指生活清苦。此句谓立誓做清官。　[7]罗材:罗致人才。槱(yǒu):聚积。　[8]笋舆:竹轿。长衢:长街。竹轿接连不断,应酬繁多。林则徐是年十一月二十四日(12月29日)致刘敬舆书云:"省垣孔道,冠盖如云,自辰迄酉,无非对客,事上接下而外,即为送往迎来。"　[9]尘牍:繁琐的公牍。牖(yǒu):窗户。此句言白天忙于接客应酬,无暇处理公务。林则徐在致刘敬舆书中说:"一切公牍管札,转待灯下理之。"　[10]支左还诎右:即"左支右诎"。语出《战国策·西周》,原指射箭之法,后转而形容能力或财力不足,顾此

失彼。　[11]谯（qiào）诃：申斥。　[12]绝想：断念。瘁形：形
状疲惫。牛马走：多用作为官之谦辞。司马迁《报任少卿书》有
"太史公牛马走"之句。两句言为官之辛苦。　[13]云霄：指在北
京任职，优越如在天上。　[14]埃垢：灰土、污垢。　[15]旧侣：
昔日好友，指在京同年。骖（cān）𬴂（fēi）：驾车时位于车两旁
的马。　[16]箕斗：箕、斗两星宿。《诗经·小雅·大东》："维南
有箕，……维北有斗。"　[17]琼玖：玉名。《诗经·卫风·木瓜》：
"投我以木李，报之以琼玖。"此指程恩泽的赠诗。

【点评】

　　嘉庆二十五年四月二十三日（1820 年 6 月 3 日），
林则徐被授任浙江杭嘉湖道。他结束京官的生涯，于七
月十九日（8 月 27 日）到杭州接任。离京时，同年程恩
泽赠诗送行。这年冬秋间，林则徐在杭州写了二首五古
答谢。这是第二首，描述了作吏难的苦闷，表示不会忘
记当清官的初衷而随波逐流。

答陈恭甫前辈寿祺（选一）[1]

道光二年三月下旬（1822 年 4 月中旬）

昨枉双鲤鱼[2]，发缄得赠言[3]。

奖借逮末学，誉扬及家尊。

更慨吏道媮[4]，期以古处敦[5]。

树立尚宏毅[6]，一语诚探原。

呜呼利禄徒，字珉何少恩[7]。

所习乃脂韦[8]，所志在饱温。

色厉实内荏，骄昼而乞昏[9]。

岂其鲜才智，适以资攀援[10]。

模棱计滋巧，刀笔文滋繁。

峻或过申商[11]，滑乃逾衍髡[12]。

牧羊既使虎[13]，吓鼠徒惊鹓[14]。

有欲刚则无，此际伏病根。

于《传》戒焚象[15]，于《诗》励悬貆[16]。

要在持守固，庶几恻隐存。

知人仰圣哲，弊吏扶元元[17]。

举错惬舆论[18]，激浊澄其源[19]。

侧闻官方叙[20]，驯致民物蕃[21]。

不才乏报称，循省惭素飧[22]。

但当保涓洁，弗逐流波奔。

三复吉人词[23]，清夜心自扪[24]。

感叹虽有聪明才智，而不能用于正途。

所志在物阜民丰，百姓安居乐业，与攀援利禄、峻滑少恩之徒形成反差。

【注释】

[1]陈恭甫，即陈寿祺，时为福州鳌峰书院山长。林则徐答诗共三首，兹选其一。　[2]双鲤鱼：古乐府《饮马长城窟行》："客

从远方来，遗我双鲤鱼。呼儿烹鲤鱼，中有尺素书。"后以双鲤鱼指书信。　　[3]缄：书信的封口处。发缄，打开信封。赠言：此指赠行诗。　　[4]媮（tōu）：苟且。　　[5]古处：以古道相处。《诗经·邶风·日月》："乃如之人兮，逝不古处"。　　[6]宏毅：即弘毅。弘改为宏，避乾隆帝名讳。宽广、坚忍。《论语·泰伯》："士不可以不弘毅，任重而道远。"陈寿祺赠行诗中有"苍生系安危，所尚在宏毅"之句。　　[7]字：乳哺、抚养。氓：民，百姓。　　[8]脂韦：屈原《卜居》："将突梯滑稽，如脂如韦，以絜楹乎？"用油脂和软皮装饰门面。后比喻阿谀圆滑。　　[9]骄昼：白天骄横。乞昏：昏夜乞怜。即晚上巴结、行贿权势者的随从、门卫，乞求引见、重用。　　[10]鲜：少。攀援：援引而登，趋附攀升。　　[11]申：申不害（约前385—前337），战国郑人，韩灭郑后，事韩任相。商：商鞅（约前390—前338），战国卫人，应召入秦，主持变法。他们都是法家，主张严刑竣法。　　[12]衍：邹衍，战国齐人，多谈阴阳怪异，言论闳大不经。髡（kūn）：淳于髡，战国齐人，以滑稽善辩著称。　　[13]羊：借指百姓。虎：借指暴吏。《史记·留侯世家》有"使羊将狼"之说，此反其意而用之。　　[14]"吓鼠"句：《庄子·秋水》："鸱得腐鼠，鹓鶵过之，仰而视之曰吓。"以鸱"吓"鹓，喻官场中的无聊猜忌。即唐李商隐《安定城楼》"不知腐鼠成滋味，猜意鹓雏竟未休"诗意。　　[15]《传》：指《左传》。焚（fèn）：僵仆。《左传·襄公二十四年》："象有齿以焚其身，贿也。"比喻贪贿而得祸。　　[16]《诗》：指《诗经》。貆（huán）：豪猪。《诗经·魏风·伐檀》："不狩不猎，胡瞻尔庭有县貆兮。"比喻不劳而获。　　[17]弊：通"惫"，疲劳。弊吏，当官者的谦称。元元：老百姓。　　[18]举错：举直错枉。《论语·为政》："举直错诸枉，则民服。"　　[19]激浊：《晋书·武帝纪》：泰始四年诏，"激浊扬清，举善弹违"。澄其源：正本清源。　　[20]叙：叙官。《荀子·致士》："德以叙位，能以授官。" [21]驯致：逐步达到。蕃：
繁滋生息。 [22]素飧（sūn）：不劳而食，无功食禄。 [23]三复：
反复体会。吉人：贤人，此指陈寿祺。 [24]心自扪：扪心自问。

【点评】

　　道光元年七月（1821 年 8 月），林则徐因父病从杭
州告病辞官归里。二年三月二日（1822 年 3 月 24 日），
由福州北上赴京候补。十九日（4 月 10 日），在闽北浦
城接到陈寿祺的赠行诗札。行进途中，他写了答诗三首。
此为第二首，倾吐对官场腐败的看法和自己的抱负。

题孙平叔宫保平台纪事册子 [1]

道光七年春（1827 年）于福州

题孙尔准《平
台纪事》，盼"功成
更画善后策"，"长
祝乐岁民康和"。

重瀛东去洋婆娑，卅六岛外毗舍那 [2]。
郑成功朱一贵歼夷郡县置 [3]，七日神速挥天
戈。

跳梁林爽文蔡牵亦授首 [4]，鲸鲵血溅沧溟波。
鲲身不响鹿耳帖 [5]，比户向义嘉诸罗 [6]。

台湾渐次开
发，以成宝岛。

噶玛兰开后垅拓 [7]，岛夷阡陌皆升科。
上腴沃野岁三稔，陆处真作安乐窝。
胡为哄争起蛮触 [8]，始祸只坐游民多。

泉漳粤庄区以类[9]，如古郡灌仇戈过。

一朝眭眦辄推刃[10]，但计修怨忘其它。

或乘风鹤播簧鼓[11]，瓯臾莫止流言讹。

潜结番黎出獽穴[12]，被发舞蹈惊天魔。

深林密箐掳人入，强弓毒矢藏山阿。

赤嵌城头急烽火[13]，金厦羽檄纷飞梭。

棘门灞上儿戏耳，威约渐积徒嫛婗。

横海楼船属连帅，乃假神手持斧柯。

谓彼蚩蚩各秦越[14]，吾惟一视无偏颇。

天心厌乱神助顺，愿速集事毋蹉跎。

十更迢迢一针度[15]，风樯不动安白螺。节使
渡海，历供左旋定风白螺[16]。

曼胡短衣属橐鞬[17]，刀头渐罢盾鼻磨[18]。

乘风破浪达彼岸，首问疾苦苏疲疴。

大宣德威谕黔首[19]，众皆感涕倾滂沱。

扫除妖孽落黄斗，遂殄番割汉奸别名祛么麽[20]。

渠魁就擒胁者抚，匪以雄阵矜鹳鹅。

功成更画善后策，要与休养除烦苛。

朝廷策勋赍祥赉，影缨翠羽冠峨峨。

秩跻疑丞媲周召[21]，拜恩行复鸣朝珂。

将渠魁首恶与普通百姓区别开来对待。

从今东郡息桴鼓[22]，长祝乐岁民康和。

台草无节番槺熟[23]，恬瀛如镜驯蛟鼍。

不须图编更续筹海议[24]，但听武洛来献番夷歌[25]。

【注释】

[1]孙平叔：孙尔准（1770—1832），字莱甫，号平叔。江苏无锡人。嘉庆十年（1805）进士。时任闽浙总督。　[2]卅六岛：即澎湖列岛。元汪大渊《岛夷志略·澎湖》："岛分三十有六，……自泉州顺风二昼夜可至。"毗舍那：即毗舍邪、毗舍耶。宋楼钥《汪公行状》：乾道七年（1171）四月，汪大猷知泉州郡。"郡实濒海，中有沙洲数万亩，号平湖，忽为岛夷毗舍邪者奄至，尽刈所种"。一说为台湾云林至台南一带的土著，包括洪雅族与西拉雅族。此处用指台湾。　[3]郑：郑成功（1624—1662），原名森，字大木、明俨，福建南安人，生于日本长崎平户。隆武二年（1646）起兵抗清，后以金门、厦门为基地，建立海上政权。永历十五年（1661），渡海东征。十二月十三日（1662年2月1日），接受荷兰长官揆一（Frederick Coyett）投降，收复台湾。置承天府，下设天兴县和万年县。清廷统一台湾后，康熙二十三年（1684）改为台湾府，下设台湾、凤山、诸罗三县。朱：朱一贵，福建漳州长泰县人，康熙五十二年（1713）到台湾，以养鸭为生。康熙六十年（1721）发动起义，同年失败。清廷于雍正元年（1723）增设彰化县和淡水厅。　[4]林：林爽文，福建漳州平和人，乾隆三十八年（1773）到台湾，以赶车为生。乾隆五十一年十一月（1786年12月）发动起义，五十三年正月（1788年2月）

被镇压。蔡：蔡牵，福建泉州同安（今属厦门市）人。嘉庆十年（1805）"大出海"，攻入台湾，称"镇海王"。四个月后退出，嘉庆十四年（1809）在广东黑水洋遭闽浙水师合击身亡。 [5]鲲身：一鲲身。鹿耳：鹿耳门。均在台南沿海。 [6]比户：地主、士绅。当时诸罗县粤籍士绅招募"义民"四万人配合清兵作战。林爽文失败后，清廷改诸罗县为嘉义县，以示表彰。 [7]噶玛兰：今台湾宜兰县。嘉庆十五年（1810），设噶玛兰厅。后垅：指后垅五社，在今台湾苗栗县后龙镇、竹南镇及苗栗市境内。 [8]蛮触：《庄子·则阳》："有国于蜗之左角者曰触氏，有国于蜗之右角者曰蛮氏。时相与争地而战，伏尸数万。"后称由于细末之事而引起的争执为蛮触之争。 [9]类：台湾居民以祖籍闽、粤或漳、泉各分气类，聚众械斗。 [10]睚眦：怒目而视。借指小怨小忿。 [11]风鹤：风声鹤唳。指传言。簧鼓：搬弄是非。 [12]番黎：指台湾土著。道光六年（1826）的闽粤分类械斗，"粤人即有勾串番割率令生番出山助斗"。见《清宣宗实录》卷一一〇。 [13]赤嵌城：荷兰据台后，在赤嵌地方建普罗民遮城。永历十五年（1661）五月初二日，郑成功置承天府于此。这里喻指今台南市，当时是台湾府治。 [14]秦越：春秋时秦在西北，越在东南，相距极远，因借以比喻关系疏远。 [15]十更：古航行一日一夜为十更。 [16]白螺：左旋定风白螺。此螺为班禅六世献给乾隆七十大寿贺礼，现藏台北故宫博物院。 [17]曼胡短衣：武士服装。《庄子·说剑》："吾王所见剑士，皆蓬头突鬓，垂冠，曼胡之缨，短后之衣。" [18]浙（xī）：渍。盾鼻磨：在盾牌把手上磨墨写檄文。司马光《资治通鉴》卷一六〇载，南朝梁人荀济常谓人曰："会于盾鼻上磨墨檄之。" [19]黔首：平民。 [20]番割：指进入台湾内山"生番"地区，"学习番语，偷越定界，散发改装，谋娶番女"的汉族移民。清廷只允许台湾汉族移民和"熟番"通婚，与

"生番"通婚者为"不法奸民""汉奸"。　[21]周召：周成王时，辅政的周公、召公。　[22]东郡：指台湾。永历十五年（1661），郑成功登陆台湾后，改台湾为东都。永历十八年（1664）八月，郑经改东都为东宁。　[23]番檨（shē）：芒果。　[24]图编：明胡宗宪主编的《筹海图编》。　[25]武洛：即台湾屏东一带凤山八社之武洛社，属马卡道族。此处借指台湾土著族。

【点评】

　　道光六年四月（1826年5月），台湾彰化粤籍人与闽籍人失猪相争，互有掳掠。在游民煽动下，发展为闽粤分类械斗，蔓延及嘉义、淡水。五月（6月），闽浙总督孙尔准派金门镇总兵陈化成带兵入台平定。事后，孙尔准编有《平台纪事》册子。林则徐因母丧，于道光四年八月十九日（1824年10月11日）至道光七年二月十八日（1827年3月15日）在福州守制。约在道光六年（1826）冬至七年（1827）初间题写此诗，提出不分闽粤、一视同仁、休养生息的治台方略。

区田歌为潘功甫舍人作 [1]

道光七年三月下旬（1827年4月）于苏州

　田父尔勿喧，听我区田歌。

　区田所种少为贵，收获乃倍常田多。

　问渠何能尔 [2]，只是下不尽地力，

　　　宣讲区田法，推广种植早稻，通过播种、深耕、早种、细耙、增肥、松土、锄草等方法多种多收。语言通俗，苦口婆心，为劝农佳作。

上不违天和，及时勤事无蹉跎。

尔农贪种麦，麦刈方莳禾，

欲两得之几两失，东作候岂同南讹[3]？

我今语尔农，慎勿错放青春过[4]。

腊雪浸谷种，春雨披田襄，

翻泥欲深耙欲细，牛背一犁非漫拖。

尔昔拔秧移之佗[5]，禾命损矣将奈何！

何如苗根直使深入土，不用尔手三摩挲[6]。

一区尺五寸，撒种但宜疏罗罗。

及其渐挺出，茎叶畅茂皆分科。

六度壅泥固其本，重重厚护如深窝。

疾风不偃旱不槁，那有禾头生耳谷化螺。

此术尔不信，但看丰豫庄中稻熟千牛驮[7]。

《本书》三十二说精不磨[8]，我心韪之好匪阿[9]。

噫嘻田父毋婩婴[10]，莫负潘郎一片之心慈如婆[11]。

【注释】

[1]区田：古代的一种抗旱高产的农作法。北魏贾思勰《齐民要术·种谷篇》："汤有旱灾，伊尹作为区田，教民粪种，负水浇稼。"区，指田中挖沟或穴，播下种子，通过深耕、增肥、松土、

锄草等方法，少种多收。潘功甫，即潘曾沂，[2]渠：他。尔：这样。　[3]东作：春耕。《尚书·尧典》："寅宾出日，平秩东作"。南讹：夏种。《尚书·尧典》："宅南交，平秩南讹。"南交为夏与春交。　[4]青春：春季。《楚辞·大招》："青春受谢，白日昭只。"注："青，东方春位，其色青也。"　[5]佗（tuō）：其他。　[6]摩挲（suō）：摸弄。　[7]丰豫庄：潘曾沂在道光七年（1827）捐田二千五百亩建成的义庄，"专备里中荒年平粜以及诸善举之用"。潘曾沂在丰豫庄推行区田，取得丰收。　[8]《本书》：即《潘丰豫庄本书》。三十二说：即收在《本书》中的《潘丰豫庄课农区种法直讲三十二条》。[9]韪（wěi）：是。阿（ē）：迎合。　[10]婑婗（ān ē）：犹豫不决。　[11]梁章钜《楹联丛话》卷六："区田之法，传自伊尹，潘功甫舍人曾沂于吴下试行之，因绘图撰说，流传远迩。"

【点评】

道光七年三月下旬（1827年4月），林则徐在苏州会见宣南诗社诗友潘曾沂，赞赏他捐田于本乡设丰豫义庄，推广区种法，帮助农民抵御灾害，发展农业生产，增产丰收，解决贫民的生计问题，作此诗加以支持，向农民宣讲，语言亲切通俗，是积极向上的劝农佳作。

过紫柏山留侯庙 [1]

道光七年夏（1827年）

赞赏张良功成身退的飘逸风怀。

除秦便了复仇心，勇退非关虑患深 [2]。

博浪若非椎中误，十年早已卧山林[3]。

翩翩偶出领三军，天汉通灵压楚氛[4]。
烧断褒斜千阁道，拂衣惟占一山云[5]。

咏史抒情，赞叹超凡人生选择。

【注释】

[1]紫柏山，在今陕西省汉中市留坝县留侯镇西秦岭南麓，相传为西汉张良晚年隐居之地。留侯，张良（？—前186），佐刘邦灭项羽后因功封留侯。留侯庙，即汉张留侯祠，在今留侯镇庙台子街。东汉末年汉中王张鲁始建。现存主要是明清时期的建筑，最外面的砖砌牌楼建于清道光四年（1824），五重垛拱，简瓦裹脊，券门上方"汉张留侯祠"为清蔡文璜题写。　[2]除秦：灭掉秦国。复仇心：指张良为韩报仇。勇退：急流勇退。虑患：顾虑君主诛杀功臣。　[3]博浪：博浪沙，今河南省新乡市原阳县东郊。椎：铁椎，《汉书·张良传》：张良为韩报仇，"得力士，为铁椎重百二十斤。秦皇帝东游，良与客狙击秦皇帝博浪沙中，误中副车"。　[4]偶出：张良原居下邳，后遇刘邦。　[5]褒斜千阁道：取道褒水、斜水两河谷，在峭岩陡壁上凿孔架桥连阁的栈道。拂衣：意指退隐。

【点评】

道光七年（1827）夏，林则徐在陕西按察使兼署布政使任上，勘察汉中略阳水灾后，过紫柏山拜谒留侯庙，写诗高度评价张良博浪沙狙击暴君、佐助刘邦推翻强秦、献策烧毁栈道、灭楚建立汉朝的卓著功业，赞赏张良不恋功名，急流勇退，隐居山林，飘逸风怀。

武侯庙观琴 [1]

道光七年夏（1827 年）

睹物思人，感
报知音。

不废微时梁父吟 [2]，千秋鱼水答知音 [3]。

三分筹策成亏理 [4]，一片宫商澹泊心 [5]。

挥手鸿飞斜谷渺 [6]，移情龙卧汉江深 [7]。

魂销异代文山操 [8]，同感君恩泪满襟。文信

思古贤事功，
感同身受。

国有琴，自题云：松风一榻雨潇潇，万里封疆不寂寥。独坐瑶琴
遗世虑，君恩犹恐壮怀消。

【注释】

[1]武侯庙：即"汉丞相诸葛武乡忠武侯祠"，始建于蜀汉
景耀六年（263）春，当时祠在定军山下武侯坪。明正德八年
（1513）重修武侯祠于沔阳城（今勉县老城）。东距武侯墓 5 公里，
即今武侯祠，距县城 3 公里。祠内乐楼系清嘉庆十四年（1809）
重修。东楼前有广场和东、西辕门，正中牌楼建于明万历十九年
（1591）。清雍正十三年（1735）果亲王重修。　[2]梁父吟：歌
谣名。《三国志·蜀书·诸葛亮传》："亮躬耕陇亩，好为《梁父
吟》。"　[3]鱼水：如鱼得水。《三国志·蜀书·诸葛亮传》载刘
备三顾茅庐后说："孤之有孔明，犹鱼之有水也。"　[4]三分筹策：
指诸葛亮的"隆中对"。　[5]宫商：音乐调式中的两个音阶。此

指诸葛亮抚琴声。澹泊：恬静。诸葛亮《诫子书》："非澹泊无以明志，非宁静无以致远。"　[6] 挥手鸿飞：嵇康《四言赠兄秀才入军诗》十八章之十四："目送归鸿，手挥五弦。俯仰自得，游心太玄。"此处用嵇康诗意，表达从容悠然情态，以写诸葛亮设空城计，在城楼上悠然弹琴，以退司马懿大军之事。斜谷：在今陕西岐山县，诸葛亮挥师伐魏至此，病卒于五丈原。　[7] 龙卧：即卧龙，诸葛亮号卧龙。　[8] 文山：文天祥号文山。操：指琴。林则徐所记文天祥琴，清代尚流传于福州。

【点评】

道光七年（1827）夏，时任陕西按察使署布政使的林则徐，往略阳勘灾，经沔县（今勉县）定军山拜谒诸葛亮祠即武侯庙，在庙里观琴，遥想当年诸葛亮与刘备隆中对，设空城计在城楼抚琴退司马懿大军，敬仰之情油然而生，遂作此诗凭吊。

题文信国手札后 [1]

道光九年（1829 年）

公身为国轻生死，绻绻故人尚如此 [2]。
薄君君之幕僚耳，闻疾乃如疾在己。
磨盾手挥书两纸 [3]，刀圭欲救膏肓起 [4]。
行府篝灯遣医视，二卒六夫任所使 [5]。

从文天祥手札，感佩他对幕僚"闻疾乃如疾在己"的情谊。

棉定奇温覆以被[6]，芝楮五百实其瓯[7]。

是时景炎岁丙子[8]，冬夜寒风彻肌髓。

书驰箓笃八十里[9]，双溪阁下期来止[10]。

吁嗟乎！天水皇纲势终靡[11]，一木难支大厦圮。

风雨何从庇寒士，簿君簿君长已矣。

三百圹砖公所絫，崇庆寺前舜卿诔[12]。

宿草萧萧成战垒[13]，此札人间独不毁，

墨花吐艳云凝紫[14]。再拜薰香庋棐几[15]，

欲废一部十七史[16]。朱鸟招魂泪如沘[17]，

猎猎酸风满柴市[18]。

【注释】

[1] 文信国：即文天祥。手札：文天祥致僚属赵文的两封亲笔信札。赵文，字维恭。《云左山房诗钞》卷三原有题注，诗前附有文天祥两札。　[2] 绻（quǎn）绻：即拳拳，恳切、忠谨。故人：指文天祥致赵文手札中提到的“令弟簿君”，即赵亦周。元兵南下，益王赵昰于德祐二年（1276）四月逃至福州，五月初一日即位，改元景炎，是为宋端宗。五月二十六日，文天祥应召至福州，拜为右丞相兼枢密使。七月，抵南剑州（今福建南平市），招募民兵，收集旧部。赵亦周同兄入闽依文天祥，途中病势加剧，文天祥闻讯，两次致书赵文探问、赠送药料、棉被，遣派医丞、卒夫，对僚属关怀备至。　[3] 磨盾：在盾牌把手上磨墨作文。　[4] 刀

圭：量药物的工具。此指药料。膏肓：危难的病势。　[5]"行府"二句：指文天祥手札中所说："俞管辖行府第一医丞，令籝灯前赴行幄，又专二卒六轮夫往听使令。"　[6]被：棉被。文天祥手札云："承须棉被，适昨日吾家遣至者两笼，启视具得之，敬以纳上。"　[7]芝：灵芝，此处指药。楮：钱币。芝楮，即药费。匦（guǐ）：匣。文天祥手札："芝楮五马番，薄奉药费。"　[8]景炎岁丙子：即景炎元年（1276）。　[9]"书驰"句：自注："簿君病在小筼筜铺。"　[10]"双溪"句：文天祥手札"双溪阁下来，冀可合并也"。地当在南剑（今福建南平市）境内。　[11]天水：赵姓郡望。皇纲：宋朝。　[12]"三百"二句：景炎元年（1276）十月，文天祥自南剑出汀（今福建长汀县），葬亦周于凤山崇胜寺，匆匆止得三百砖砌圹内，由舜卿撰写诔（lěi）文，即墓表。见赵文《青山集》卷八《诗九首托南剑刘教导寻亦周墓焚之》。"絫"后写作"累"。　[13]"宿草"句：化用赵文《青山集》卷七《正月十四日大雪上信国公冢》诗"荒山露宿草萧萧"之句。赵文，字仪可，一字维恭，号青山，江西庐陵人。句下自注："数语俱本赵仪可《青山集》。"　[14]"墨花"句：自注："公生时乘紫云而下。"　[15]再拜：一再拜读。薰香：焚香。庪（guǐ）：置放。棐（fěi）几：用榧木造的几。　[16]一部十七史：《续资治通鉴》卷一八四载，文天祥被执至燕京，元丞相博啰等劝降，天祥曰："一部十七史，从何处说起？吾今日非应博学宏词、神童科，何暇泛论。"　[17]朱鸟：二十八宿中南方七宿的总称。南方属火，七宿联起来像鸟形，故称朱鸟。泚（cǐ）：流汗。　[18]酸风：悲酸的风。柴市：北京柴市口，至元十九年十二月初九日（1283年1月9日）文天祥就义于此。

【点评】

道光九年（1829），林则徐在福州丁父忧期间，看到文天祥致僚属赵文的两封亲笔信札，为文天祥关怀僚属、敦笃故人情谊的高尚品德所感动，题写了此诗，表达对文天祥"公身为国轻生死"的钦仰之情。

题黄树斋爵滋《思树芳兰图》[1]

道光十年夏（1830 年）

君何思兮思潇湘[2]，楚佩摇落天为霜[3]。

君何思兮思空谷[4]，孤芳无人媚幽独。

人间桃李春可怜，眼中萧艾徒纷然[5]。

美人肯使怨迟暮[6]，为滋九畹开香田[7]。

开香田，蓺香祖[8]，此品羞为众草伍。

芳菲菲兮袭予[9]，情脉脉兮系汝。

以美人、香草自励，涵养高贵品格，羞于众草俗流为伍。

清风忽来，紫茎盛开；猗猗东山，油油南陔[10]。

庭阶玉树相映发[11]，当门之忌胡为哉[12]！

同心兮有言，仙之人兮如云；

阳春不采不自献，心清乃许香先闻。

君不见，秋江寂寞芙蓉老，雨露沾濡须及早。

十步搴芳有几人[13]，那知天意怜幽草[14]。

【注释】

[1] 本诗为黄爵滋《思树芳兰图》题，收入《己卯以后诗稿》，亦收入黄爵滋《仙屏书屋初集年记》，道光二十九年刻本。　[2] 潇湘：潇水与湘江，在古楚地，今湖南。　[3] 楚佩：屈原《离骚》：“纫秋兰以为佩。”此处指兰花。　[4] 空谷：空旷的山谷，指贤者隐居之地。　[5] 萧艾：一种臭草。借喻品质不好的人。屈原《离骚》：“何昔日之芳草兮，今直为此萧艾也？”　[6] 美人：壮年之人。迟暮：年老。此句化用屈原《离骚》：“惟草木之零落兮，恐美人之迟暮。”　[7] 九畹：屈原《离骚》：“余既滋兰之九畹兮，又树蕙之百亩。”香田：种植香草之田。　[8] 蓺：栽种。香祖：兰花的别称。宋陶谷《清异录》：“兰虽吐一花，室中亦馥郁袭人，弥旬不歇，故江南人以兰为香祖。”　[9] 此句出屈原《九歌·少司命》。　[10] 油油南陔：化用晋束晢《补亡诗·南陔》：“循彼南陔，厥草油油。”《诗经·小雅·南陔》是笙诗，有目无文。　[11] 庭阶玉树：玉树生于阶庭。南朝宋刘义庆《世说新语·言语》：“谢太傅问诸子侄：‘子弟亦何预人事，而正欲使其佳？’诸人莫有言者。车骑答曰：‘譬如芝兰玉树，欲使其生于阶庭耳。’”后以芝兰玉树形容优秀人材。　[12] 当门之忌：忌芳兰生于门口。《三国志·蜀书·周群传》载刘备恨张裕不逊，借其谏“不可争汉中，军必不利”不验，将其下狱，诸葛亮求情，刘备曰：“芳兰生门，不得不锄。”　[13] 搴（qiān）：拔。　[14] “那知”句：套用唐李商隐《晚晴》句意：“天意怜幽草，人间重晚晴。”

【点评】

道光十年（1830）夏，林则徐在京候缺时，为黄爵滋《思树芳兰图》题写此诗，借芳兰比喻清正为官，与黄爵滋共勉。

和邓嶰筠前辈廷桢《虎门即事》原韵 [1]

道光十九年三月中旬
（1839 年 4 月下旬）于虎门

邓廷桢《虎门
雨泊呈少穆尚书》：
"戈船横跨海门东，
苍莽坤维积气通。
万里潮生龙穴雨，
四围山响虎门风。
长旗拂断垂天翼，
飞炮惊回饮涧红。
谁与沧溟净尘块，
直从呼吸见神工。"

五岭峰回东复东 [2]，烟深海国四字公舟中额也。

百蛮通 [3]。

灵旗一洗招摇焰 [4]，画舰双恬舮棹风 [5]。

弭节总凭心似水 [6]，联樯都负气如虹 [7]。

牙璋不动琛航肃 [8]，始信神谟协化工 [9]。

拜袞人来斗指东 [10]，女牛招共客槎通 [11]。

销残海气空尘瘴，听彻潮声自雨风。

下濑楼船迟贯月 [12]，中流木柹亘长虹 [13]。

时有排链之制。

看公铭勒燕然后 [14]，磨盾还推觅句工 [15]。

【注释】

[1] 嶰筠：邓廷桢字嶰筠，嘉庆六年（1801）成进士，入翰林院，比林则徐早三科，故林称其为前辈。虎门即事：邓廷桢作

《虎门雨泊呈少穆尚书》。　[2]五岭：指虎门口内沙角、大角、横档、大虎、小虎五座山岭。　[3]烟深海国：烟波浩淼的大海与外国相通。百蛮：泛指海外各国。　[4]灵旗：师船上的旗帜。此处代指收缴鸦片的广东水师。一洗：洗刷。招摇焰：指外国鸦片贩子招摇过市的嚣张气焰。　[5]画舰：装饰华丽的兵船，指林、邓乘坐的官船和师船。恬：静、稳。舶棹风：梅雨后的东南季风。苏轼《舶棹风》引："吴中梅雨既过，飒然清风弥旬，岁岁如此，湖人谓之船棹风。是时海舶初回，云此风自海上与舶俱至云尔。"这句是说：林、邓乘坐的官船和师船稳泊在船棹风吹拂的港湾里。喻指缴烟虽有周折，但一切顺利。　[6]弭（mǐ）：驻节。心似水：林则徐抵达广州前，接到邓廷桢来书，内云："所不同心者，有如海。"此句意为：我来驻节，全凭您同心协力。　[7]樯（qiáng）：桅杆。气如虹：气贯长虹。　[8]牙璋：发兵的符信。《周礼·春官》："牙璋以起军旅，以治兵守。"琛航：宝船，指邓廷桢所乘之船。　[9]神谟：指朝廷的禁烟部署。协化工：谓与造化相合。协，符合；化工：自然的造化。　[10]拜衮（gǔn）：拜授三公之职。拜衮人，指邓廷桢。斗指东：北斗斗柄指向东方，即春季。斗：北斗星。　[11]女牛：织女、牛郎星。客槎：即浮槎。《博物志·杂说下》"旧说天河与海通，近世有人居海滨者，年年八月有浮槎，去来不失期。"　[12]濑（lài）：湍急的水。楼船：兵船。《史记·平准书》："治楼船，高十余丈，旗帜加其上，甚壮。"此指广东水师船。贯月：晋王嘉《拾遗记》记尧时西海浮槎名贯月槎。　[13]中流木枋：指横档岛到虎门南山之间的拦江木排铁链。第一道铁链安于南山与饭箩排巨石之间，长三百九丈零，上系大排三十六排；第二道铁链安于南山与横挡之间，长三百七十二丈，上系大木排四十四排。每一大排，由四小排联成，每一小排，由四根长四丈五尺的木头联成，穿有横木，并用铁箍箍紧。

铁链比碗口还粗，八条合成一股。句下自注："时有排链之制。"
亘长虹：连同得像长虹。亘：横贯。　[14]铭勒：在金石上镌刻。
燕然：燕然山。《后汉书·窦宪传》：窦宪大破北单于，登燕然山，
刻石勒功。此处以铭勒燕然比喻禁烟成功。　[15]觅句：指作诗。
觅句工：思索佳句。

【点评】

　　道光十九年正月二十五日（1839 年 3 月 10 日），林
则徐抵达广州，以钦差大臣身份主持广东禁烟。三月
初一至二十三日（4 月 14 日至 5 月 6 日），林则徐和邓
廷桢各乘一船，泊于虎门海上，监督缴烟。其间十四、
十五日（4 月 27—28 日）为雨天，东北风狂大，邓廷桢
作《虎门雨泊呈少穆尚书》，林则徐以此诗酬和，抒发对
禁烟前途的乐观情绪，期待胜利后刻碑纪功时，倚仗邓
廷桢的大手笔撰写碑文。

次韵和嶰筠前辈 [1]

道光十九年三月二十二日
（1839 年 5 月 5 日）于虎门

邓廷桢《呈少
穆星使四首》之二
云："上策攻心岂
易降，七旬海角驻
旌幢。好音定见飞
鸦集，感悦何妨有
吠龙。"

蛮烟一扫众魔降 [2]，说法凭公树法幢 [3]。
域外贪狼犹帖耳 [4]，肯教狂噬纵村尨 [5]。

近闻筹海盛封章[6]，突兀班心字有芒[7]。
谁识然犀经慧照[8]，那容李树代桃僵[9]。

【注释】

[1]邓廷桢《呈少穆星使四首》。　[2]蛮烟：外国鸦片烟土。众魔：外国鸦片贩子。　[3]说法：佛祖说法布道。此处喻指禁烟运动。公：指邓廷桢。法幢（chuáng）：佛教的经幢。此处喻指没收外国鸦片。　[4]贪狼：指外国鸦片贩子。帖耳：耳朵下垂，表示驯服。　[5]噬（shì）：咬。犺（máng）：野狗。此句是说岂能让乡村野狗肆意乱咬。这是针对当时广东民间，"始而风影讹传，既而歌谣远播，以查拿为希旨，以掩捕为贪功，以侦缉为诡谋，以推鞫为酷罚。甚至诬以纳贿，目为营私，讥廷议为急于理财，訾新例为轻于改律"（《清史列传·邓廷桢传》），影射攻击邓廷桢而作出的斥责。　[6]筹海：筹划海防。封章：密封的奏章。　[7]突兀：高貌。班心：朝班中御史所站的位置，此处泛指朝臣。芒：芒刺。两句是说：近来听说筹议海防的密奏很多，朝臣居高临下，字里行间藏有反对禁烟的芒刺。　[8]然犀：燃犀角。南朝宋刘敬叔《异苑》卷七："晋温峤至牛渚矶，闻水底有音乐之声。水深不可测，传言下多怪物，乃燃犀角而照之。"后用以指慧眼洞察妖物。此句感叹朝臣看不到禁烟的深谋远虑，恶意诽谤邓廷桢。　[9]李树代桃僵：桃树僵死，以李树代之。《乐府诗集·相和歌辞·鸡鸣》："桃生露井上，李树生桃旁。虫来啮桃根，李树代桃僵。"这句的意思是：不能让邓廷桢代自己受过，被人诽谤。

【点评】

广东禁烟运动开展后，流言蜚语流传，朝臣亦有封

《呈少穆星使四首》之三云："驿骑交驰叠报章，云蓝千纸灿光芒；跋胖自爱追骐骥，流汗甘为混籍僵。"林则徐、邓廷桢二人坚持禁烟，不向国内投降派与国外侵略者妥协，不计个人得失，志同道合，诗以咏志。

章攻讦，矛头指向两广总督邓廷桢。邓廷桢在《呈少穆星使四首》中表白自己的心迹。道光十九年三月二十二日（1839 年 5 月 5 日）夜，林则徐在虎门和其中二、三两首，推崇邓廷桢的功绩，表示不为流言所动，承担禁烟责任而不愿邓廷桢代过受谤。

题关滋圃《延龄瑞菊图》[1]

道光十九年八月二十五日
（1839 年 10 月 2 日）于虎门

滋圃二兄大人莅粤五年[2]，筹海宣劳，不遑将母，值太夫人设帨称觥[3]，写此图以寄望云之思[4]，敬题一诗为寿，即奉教正。

一品斑衣捧寿卮[5]，九旬慈母六旬儿[6]。

功高靖海长城倚，心切循陔老圃知[7]。

浥露英含堂北树[8]，傲霜花艳岭南枝[9]。

起居八座君恩问，旌节江东指日移[10]。

道光己亥仲秋下澣愚弟林则徐拜稿

【注释】

[1]关滋圃，即关天培。林则徐《己亥日记》：道光十九年

八月二十五日（1839 年 10 月 2 日），"午间邓制军、关提军同来。提军属题《瑞菊延龄图》，为其太夫人明日生辰也，即题应之"。按：原图题《延龄瑞菊图》，上一年（1838）关天培母亲八十正庆时，请画家何翀绘之。此图今尚存。　[2] 莅粤五年：道光十四年（1834）九月，关天培奉命来粤任广东水师提督，至此时正好五年。　[3] 设帨（shuì）称觥：举杯祝寿。女子生日称设帨。　[4] 望云：《新唐书·狄仁杰传》："仁杰登太行山，反顾，见白云孤飞，谓左右曰：'吾亲舍其下。'"喻思念双亲。　[5] 一品：关天培任广东水师提督，从一品。斑衣：老莱子斑衣娱亲典事。《初学记》引《孝子传》曰，春秋时楚隐士老莱子行年七十，著五彩衣娱于亲侧。后用为孝养父母至老不衰的典故，此以指关天培。卮（zhī）：盛酒的器皿。　[6] 九旬：九十。关天培母亲八十一岁，旧俗过八十即称九旬。　[7] 循陔（gāi）：巡视田埂。晋束皙《补亡诗·南陔》："循彼南陔，言采其兰。"此处引申为返乡侍奉老母。　[8] 浥：湿润。王维《渭城曲》："渭城朝雨浥轻尘。"堂北：即北堂，古妇女盥洗之室，后用指母亲。此句颂关母健康长寿。　[9] 岭南：指广东。此句颂关天培在广东的功业。　[10] 起居：问候安否之言。八座：古代高级官员如尚书、令、仆射等称八座。此处指关天培。两句的意思是，在道光帝的眷顾下，关天培会很快调迁到家乡江苏任职。

【点评】

道光十九年八月二十五日（1839 年 10 月 2 日），林则徐应关天培之请，为其母亲明日生辰题《延龄瑞菊图》。诗中推崇关天培"功高靖海长城倚"，"傲霜花艳岭南枝"。

中秋嶰筠尚书招余及关滋圃军门
天培饮沙角炮台眺月有作[1]

道光十九年八月二十七日
（1839 年 10 月 4 日）于虎门

坡公渡海夸罗浮[2]，凉天佳月皆中秋。东坡
诗序语[3]。

铁桥石柱我未到[4]，黄湾胥口先句留[5]。

今夕何夕正三五[6]，晴光如此胡不游。

南阳尚书清兴发[7]，约我载酒同扁舟。

日午潮回棹东指，是日退潮在午[8]。顺流一苇
如轻鸥。

鼓枻健儿好身手[9]，二十四桨可少休。快艇桨
廿四不用。

转眄已失大小虎，两山名[10]。须臾沙角风帆收。

是时战舰多貔貅[11]，相随大树驱蚍蜉[12]。

炮声裂山杂鼓角，樯影蘸水扬旌斿。

楼船将军肃钤律[13]，云台主帅精运筹[14]。

大宣皇威震四裔，彼服其罪吾乃柔[15]。

军中欢宴岂儿戏，此际正复参机谋。

行酒东台对落日[16]，犹如火伞张郁攸[17]。

莫疑秋暑酷于夏，晚凉会有风飕飀。

少焉云敛金波流[18]，夜潮汹涌抛珠球[19]。

涵空一白十万顷，净洗素练悬沧州[20]。

三山倒影入海底，玉宇隐现开琼楼。

乘槎我欲凌女牛[21]，举杯邀月与月酬。

霓裳曲记大罗咏[22]，广寒斧是前身修[23]。

试陟峰巅看霄汉[24]，银河泻露洗我头。

森森寒芒动星斗，光射龙穴龙为愁。

蛮烟一扫海如镜，清气长此留炎州。

三人不假影为伴，袁宏庾亮皆吾俦。余与嶰筠、滋圃俱登峰巅。[25]

战船排列，"相随大树驱蚍蜉"；蛮烟扫除，"清气长此留炎州"。豪爽奔放，意气奋发。

醉归踏月凉似水，仍屏傔从祛鸣驺[26]。

褰帷拂枕月随入，残宵旅梦皆清幽。

今年此夕销百忧，明年此夕相对不？

留诗准备别后忆，事定吾欲归田畴。

【注释】

[1]道光十九年八月十五日（1839年9月22日），林则徐与邓廷桢、关天培登沙角炮台赏月。　[2]坡公：苏轼（1036—1101），字子瞻，号东坡居士，四川眉州眉山人。宋嘉祐二年

（1057）进士。宋代文学家、诗人。渡海：绍圣元年（1094）十一月，苏轼乘船渡珠江经东江到惠州。罗浮：广州增城县东的罗山、浮山。　[3]"凉天"句：苏轼《江月》诗序："菊花开时乃重阳，凉天佳月即中秋。"　[4]铁桥石柱：罗山、浮山间胜景。化用苏轼《游罗浮山一首示儿子过》："铁桥石柱连空横。"　[5]黄湾、胥口：珠江沿岸地名，即韩愈所说"扶胥之口，黄木之湾"，在今之黄埔、庙头一带。林则徐赴虎门监督缴烟前，乘船经过其地。　[6]三五：十五日，此指八月十五日中秋节。　[7]南阳尚书：指邓廷桢。南阳，邓氏郡望。　[8]棹：船桨。　[9]鼓栧（yì）：划桨。　[10]转眸（móu）：转眼间，这里形容船速快。　[11]林则徐道光十九年八月十五日（1839年9月22日）日记："午后制军来，即同舟赴沙角，在关提军舟中查点日来调集兵勇各船册籍，计前后排列兵船火船共八十余只。"　[12]大树：大树将军。据《后汉书·冯异传》，冯异跟随刘秀作战后，诸将并坐论功，常避于树下，军中号为"大树将军"。此指邓廷桢。蚍蜉：大蚁。此指英国鸦片贩子。　[13]楼船将军：西汉将军名号之一，统领水军。此指关天培。钤（qián）律：军纪。　[14]云台主帅：汉明帝时，绘像于南宫云台的前朝功臣，有邓禹等二十八将。此指邓廷桢。　[15]彼：英国鸦片贩子。柔：怀柔。此句化用《左传·僖公二十八年》："楚伏其罪，吾且柔之矣。"　[16]东台：官署名。此指沙角炮台。林则徐八月十五日日记："携酒肴邀关提军、黄镇军同赴沙角炮台上小饮。"　[17]郁攸：热气。　[18]金波：指月光。　[19]珠球：指月亮在海中的倒影。　[20]素练：银河。　[21]乘槎：乘坐浮槎，见《和邓嶰筼前辈廷桢〈虎门即事〉原韵》注[11]。女牛：织女、牛郎星。　[22]霓裳曲：霓裳羽衣曲。大罗：即大罗天，道家称最上一层天。　[23]广寒斧：段成式《酉阳杂俎·天咫》记月中有桂，吴刚"学仙有过，谪令伐树"。　[24]峰巅：山顶。林则徐八月十五日记："月出后同登山顶望楼上，玩赏片时。"[25] 袁宏（328—376）：字彦伯，东晋文学家、史学家。尝月夜于舟中吟咏，为镇西将军谢尚所赏识，事见《晋书·袁宏传》。此处代指邓廷桢。庾亮（289—340）：字元规，东晋将军。镇守武昌时，曾乘秋月登南楼游览，吏属殷浩等先至，欲回避，亮曰："诸君少住，老子于此处兴复不浅。"此处代指关天培。　[26] 傔（qiàn）从：随从人员。鸣驺（zōu）：随从骑卒吆喝开道。

【点评】

道光十九年八月二十七日（1839年10月4日），林则徐追忆中秋节与邓廷桢、关天培沙角之游，作此七古一章，索邓廷桢和之。诗中抒写了作者驱虬蜃、扫蛮烟的豪情。

和韵三首 [1]

道光十九年（1839年）于广州

力挽颓波只手难 [2]，斋心海上礼仙坛 [3]。
楼台蜃气还明灭 [4]，欲棹归楂恐未安。

敢辞辛苦为苍生，仗节瀛壖愧拥兵 [5]。
转得虚声驰域外 [6]，百蛮传檄谬知名 [7]。

一苇安能纵所如 [8]，思乡惟望抵金书 [9]。

欲知双鬓新添雪，恰切江船握别初。

【注释】

[1]此为道光十九年（1839）广东禁烟期间寄和闽中友人之作。林则徐曾孙林黻桢跋云："光绪乙巳（1905）得于旧书摊，首尾不完。" [2]颓波：比喻鸦片流毒。 [3]斋心：诚心斋戒。 [4]楼台蜃气：指鸦片贩子的走私贩毒活动。 [5]仗节：持有权节，指受命钦差大臣。瀛壖：海边空地。指广东沿海。 [6]虚声：与实际情况不相符合的名声，谦词。此句说到广东禁烟反而使名声传到海外。 [7]百蛮：海外各国。传檄：传送禁烟文告。 [8]一苇：一捆芦苇，即一叶扁舟。化用苏轼《前赤壁赋》："纵一苇之所如，凌万顷之茫然。"此处自谦一苇不足当渡航之任，禁烟尚有许多工作要做。 [9]抵金书：用唐杜甫《春望》诗意："烽火连三月，家书抵万金。"

【点评】

虎门销烟后，林则徐向闽中友人倾诉"敢辞辛苦为苍生"的初心，虽然名声传到海外，但禁绝鸦片仍任重道远，自谦一苇不足当渡航之任，"力挽颓波只手难"。

庚子岁暮杂感

道光二十年十二月下旬
（1841 年 1 月中旬）于广州

病骨悲残岁，归心落暮潮[1]。

正闻烽火急[2]，休道海门遥[3]。

蜃市连云幻[4]，鲸涛挟雨骄[5]。

旧惭持汉节[6]，才薄负中朝[7]。

时局变幻，壮志难酬，有负于父老的厚爱和朝廷的期望。

此涕谁为设，用东坡句[8]。多惭父老情。

长红花尽嫋[9]，大白酒先倾。

早悟鸡虫失[10]，毋劳燕蝠争[11]。

君看沧海使[12]，频岁几回更[13]。

幸饮修仁水[14]，曾无陆贾装[15]。

通江知蒟酱[16]，掷井忆沉香[17]。

魋结终无赖[18]，羁縻或有方。

茹荼心事苦[19]，愧尔颂甘棠[20]。

朝汉荒台古[21]，登临百感生。

能开三面垒，孰据万人城[22]。

杨仆空横海[23]，终军漫请缨[24]。

南滇去天远[25]，重镇要威名[26]。

【注释】

[1]残岁：年终，指道光二十年十二月。归心：归隐之心。暮

潮：退潮。　[2]烽火：战争警报，指英军围攻虎门各炮台。林则徐《庚子日记》，道光二十年十二月十五日（1841年1月7日），"英夷攻沙角、大角炮台，三江协副将陈连陞及其子某力战死。三江营兵死者百余人，惠州兵死者亦将百人"。十八日（10日），"闻英夷兵船围镇远、威远、靖远等炮台"。二十三日（15日），"连日省河戒严，今日闻虎门夷兵稍退"。　[3]海门：海口，此指虎门。　[4]蜃市：即海市蜃楼。此处借指局势变幻莫测。　[5]鲸涛：鲸鱼掀起的巨涛，借指英国兵舰的攻势。　[6]汉节：使臣所持的凭证。《史记·大宛列传》：张骞"持汉节不失"。林则徐使粤持有钦差大臣关防。　[7]中朝：朝廷。　[8]"此涕"句：用东坡句，即苏轼《罢徐州往南京马上走笔寄子由》："而我本无恩，此涕谁为设？"　[9]"长红"句：化用苏轼上注诗中"花枝嫩长红"之句。指林则徐罢官时，广州民众痛惜攀辕的情景。林则徐《庚子日记》：道光二十年九月二十九日（1840年10月24日），"连日铺户居民来攀辕者填于衢巷，皆慰遣之；其所制靴、伞及香炉、明镜等物俱发还，惟颂牌数十对置于天后宫"。　[10]鸡虫失：杜甫《缚鸡行》："鸡虫得失无了时，注目寒江倚山阁。"比喻细微的得失。　[11]燕蝠争：宋朋九万《东坡乌台诗案》引小语："燕以日出为旦，日入为夕；蝙蝠以日入为旦，日出为夕。争之不决，诉之凤凰。"比喻无意义的争吵。　[12]沧海使：指钦差使粤和两广总督一职。　[13]"频岁"句：一年之内更换好几回。案：道光二十年正月初一（1840年2月3日），林则徐接替邓廷桢任两广总督；九月二十五日（10月20日），林则徐收到朝廷九月初三日奉旨"交部严加议处"的决定，由怡良署理两广总督；十一月十一日（12月4日），琦善接任两广总督。　[14]修仁：广西县名。此指两广。　[15]陆贾：楚人，以客从刘邦建立汉朝。有辩才。汉初两度出使南越，使南越王赵佗称臣归汉。陆贾装，当指陆贾之"橐中装"。《史记》本传载，赵佗"赐陆生橐中装直千金，他送亦千金。"《汉书·陆贾传》颜师古注："有底曰囊，无底曰橐。言其宝物质轻而价重，可入橐囊以赍行，故曰橐中装也。"句中指自己不曾收受贿赂。　[16]通江：水路交通贸易。蒟（jǔ）酱：蒟子酱。《史记·西南夷列传》："独蜀出蒟酱。"汉武帝使臣唐蒙在番禺（今广州）见蒟酱，由此探知由蜀经夜郎（今贵州）顺牂牁江往番禺的水路通道。　[17]"掷井"句：《晋书·吴隐之传》：广州刺史吴隐之离任时，"其妻刘氏赍沉香一斤，隐之见之，遂投于湖亭之水"。掷沉香于水，显示清操廉洁。　[18]魋：熊小而黄赤者曰魋，借喻英国侵略者。　[19]茹：吃。荼（tú）：苦菜。　[20]甘棠：《诗经·召南》有《甘棠》篇，朱熹《诗集传》："召伯循行南国，以布文王之政，或舍甘棠之下，其后人思其德，故爱其树而不忍伤也。"后因以"甘棠"称颂地方官有惠政于民者。林则徐《庚子日记》，道光二十年十月初二日（1840年10月26日）附记粤东绅民呈送颂牌："十三行街六约众铺民广盛店等送牌二对：'甘棠遗爱，琴鹤清风'；'疴瘰在抱，饥溺关心'。"　[21]朝汉：朝汉台，南越王赵佗初遇陆贾处，在今广东南海市。　[22]万人城：指广州城。　[23]杨仆：汉武帝时楼船将军。元鼎五年（前112），率师出豫章，下横浦，以击南越。横海，即横浦。　[24]终军：汉武帝时使臣，元鼎四年（前113）奉使南越。漫：枉然。请缨：《汉书·终军传》：汉武帝"乃遣军使南越，说其王，欲令入朝，比内诸侯。军自请：'愿受长缨，必羁南越王而致之阙下。'"　[25]南溟：南方的大海。天：代之北京。　[26]重镇：代之广州。

【点评】

道光二十年十二月底（1841年1月中旬），革职后留粤查问原委的林则徐，感怀时事，写下这四首诗，感慨"杨仆空横海，终军漫请缨"，未能威镇南溟。

辛丑三月十七日室人生日有感[1]

道光二十一年三月十七日
（1841 年 4 月 8 日）于广州

敢将梁案举齐眉[2]，家室苍茫感仳离[3]。

度岭芒鞋浑入梦[4]，去冬彝、枢两儿私祝：

"如得奉亲早归，当徒步过庾岭。"支床蓬鬓强临歧[5]。

剧怜草长莺飞日，正是鸾飘凤泊时[6]。

婪尾一杯春已暮[7]，儿曹漫献北堂卮[8]。

偕老刚符百十龄[9]，相期白首影随形。

无端骨肉分三地，余留滞羊城，夫人携两儿寓南雄，

大儿由吴门返棹来粤，尚在途次。

遥比河梁隔两星[10]。莲子房深空见薏[11]，

桃花浪急易飘萍[12]。

遥知手握牟尼串[13]，犹念《金刚般若经》[14]。

【注释】

[1]室人：妻子。此指林则徐夫人郑淑卿。　[2]梁案举齐眉：夫妻相敬如宾。《后汉书·梁鸿传》："鸿为人赁春。每归，妻为具食，不敢于鸿前仰视，举案齐眉。"　[3]仳（pǐ）离：夫妻分离。　[4]芒鞵：草鞋。　[5]临歧：在三岔路口分别。　[6]草长莺飞：春天的景象。丘迟《与陈伯之书》："暮春三月，江南草长，杂花生树，群莺乱飞。"鸾飘凤泊：鸾、凤飘泊分离。林则徐夫妻别离时，正是春天。　[7]婪（lán）尾：此指婪尾酒。唐代宴饮时酒巡至末座为婪尾，即最后一杯。　[8]北堂：指母亲。此句指只有两个儿子为母亲祝寿。　[9]百十龄：林则徐时年五十七，和夫人年龄相加，正好一百一十岁。　[10]"无端"二句：写家人分散三地不能团聚。两星：牛郎与织女星。　[11]"莲子"句：用谐音以表达相爱相思而难以相聚之情。莲子，谐怜子。薏，谐忆。　[12]桃花：桃花汛。农历二、三月桃花盛开时节，冰化雨积，黄河等处水猛涨，称为桃花汛。隐喻夫人生日时节。　[13]牟尼串：即念珠串。　[14]《金刚般若经》：佛教的经典《金刚般若波罗蜜经》。

【点评】

道光二十一年三月十七日（1841年4月8日），林则徐夫人郑淑卿五十三岁生日。时林则徐留寓广州，而夫人和三、四儿已于二月初九日（3月1日）离广州赴南雄寄寓，大儿即从江苏返粤途中。林则徐以复杂而沉重的心情作第九号家书并赋此诗寄南雄，表达他对妻儿的眷念，感叹"无端骨肉分三地"不能团聚，而政局变幻莫测，犹如急浪中的飘萍，自己爱国救民的努力不能见到实效。

张仲甫舍人闻余改役东河以诗志喜因叠寄谢武林诸君韵答之 [1]

道光二十一年秋（1841 年）于扬州

林则徐在道光
二十三年（1843）
仲春从伊犁写给张
应昌的信中追忆
说："彼时荷戈之
役虽已停留，而鄙
念固知其终难免，
曾于奉和诗中愁字
韵脚，聊抒胸臆。"

一舸浮江木叶秋，传闻飞鹊过扬州。太白流夜
郎，半道赦回，书怀诗云："万舸此中来，连帆过扬州。送此万里
目，旷然散我愁。"又云："五色云间鹊，飞鸣天上来。传闻赦书至，
却放夜郎回。"与余今日扬州得旨情事正合。

自羞东障难为役 [2]，漫笑西行不到头 [3]。
供奉更吟中道放 [4]，杜陵犹想及关愁 [5]。
故人喜意看先到 [6]，高唱君家八咏楼 [7]。

尺书来讯汴堤秋，叹息滔滔注六州。时豫省之
开、归、陈，皖省之凤、颖、泗六属被淹。

鸿雁哀声流野外 [8]，鱼龙骄舞到城头 [9]。
谁输决塞宣房费 [10]，况值军储仰屋愁 [11]。
江海澄清定何日，忧时频倚仲宣楼 [12]。

【注释】

[1]张仲甫：张应昌（1790—1874），字仲甫，号寄庵，浙江归安（今湖州）人，嘉庆十五年（1810）举人。张师诚次子。　[2]东障：指东河堵塞决口的工程。　[3]西行：指西去伊犁戍所。　[4]供奉：指李白。李白于天宝初供奉翰林。　[5]杜陵：指杜甫。杜甫尝自称"杜陵布衣"。及关愁：杜甫《秦州杂诗》："迟回度陇怯，浩荡及关愁。"　[6]故人：指张应昌。林则徐初入宦途，便与他过从往来。道光元年（1821）林则徐在杭嘉湖道任上，曾和张应昌等游杭州名胜，作诗唱和。　[7]八咏楼：在浙江金华，原名玄畅楼，为南朝齐东阳太守沈约所建。北宋初，婺州知州冯伉以沈约在此作有八咏诗，改名八咏楼。此处比喻张应昌的诗。　[8]鸿雁哀声：《诗经·小雅·鸿雁》："鸿雁于飞，哀鸣嗷嗷。"指灾民。　[9]城头：指开封城。黄河在祥符决口后，洪水冲溃开封护城堤，分三股直注城下南门，溢满城厢，深及丈余。　[10]宣房：宣泄防御。汉武帝时塞瓠子决口，筑宣房宫。　[11]仰屋：举首望屋，形容处于困境而无计可施。《后汉书·寒朗传》："及其归舍，口虽不言，而仰屋窃叹。"　[12]仲宣楼：在湖北当阳县东南，因汉末王粲（字仲宣）在此作《登楼赋》，抒发思乡之情和怀才不遇的愁绪而得名。

【点评】

道光二十一年六月十六日（1841年8月2日），黄河在开封西北的南厅祥符汛三十一堡决口，淹及河南、安徽两省六府二十三州县。七月初三日（8月19日），道光帝命"林则徐著免其遣戍，即发往东河效力赎罪"。七月十五日（8月31日），林则徐在扬州仪征得旨折往东河途中，收到友人张应昌的祝贺诗，依前韵作诗答谢，表达了与唐代李白遇赦时一样兴奋的心情，同时担心前线战事军费紧张，堵塞决口的费用难以支付，忧国伤时，心情沉重。

喜桂丹盟超万擢保定同知寄贺以诗并答来书所询近状即次见示和杨雪茮原韵[1]

道光二十一年冬（1841 年）于祥符

枳棘频年厄凤鸾[2]，直声今果报迁官[3]。

有人门上嗟生莠[4]，从此河干重伐檀。君在直，忤上官，几遭不测。今宦局忽更，乃擢河工要职[5]。

鹰隼出尘前路迥，豺狼当道惜身难[6]。

头衔冰样清如许，露冕从容父老看[7]。

喜友人迁官保定，祝保持清官本色，"露冕从容父老看"。

秦台舞罢笑孤鸾[8]，白发飘零廿载官。

半道赦书惭比李[9]，遣戍玉关，蒙恩放回，于役东河，略似太白流夜郎故事。长城威略敢论檀[10]。

石衔精卫填何及[11]，浪鼓冯夷挽亦难[12]。

我与波斯同皱面[13]，盈盈河渚带愁看。

叹自身于役东河，须面对艰难险阻，"盈盈河渚带愁看"。

【注释】

[1]桂丹盟：桂超万（1784—1863），字丹盟。安徽贵池人。道光十三年（1833）进士。著有《宦游纪略》《养浩斋诗稿》。江苏任官时为林则徐旧属。杨雪茮：杨庆琛（1783—1867），原名际春，字廷元，号雪茮，福建侯官（今福州市）人。林则徐同学。这时也寄来赠诗，林则徐用其原韵，酬答桂超万。　[2]枳（zhǐ）棘：多刺的灌木树丛。《后汉书·仇览传》："枳棘非鸾凤所栖。"　[3]直声：正直的名声。迁官：升官。　[4]嗟生莠：《左传·襄公三十年》："过伯有氏，其门上生莠。子羽曰：'其莠犹在乎？'"子羽，公孙挥。以莠喻伯有侈，知其不能久存。此处叹息有恶人。　[5]河干重伐檀：《诗经·魏风·伐檀》："坎坎伐檀兮，置之河之干兮。"宦局忽更：指直隶总督琦善调任两广总督。　[6]豺狼当道：荀悦《汉纪·平帝纪》："豺狼当道，安问狐狸！"指坏人掌权。　[7]冕：官帽。　[8]"秦台"句：化用李商隐《破镜》诗："秦台一照山鸡后，便是孤鸾罢舞时。"秦台，秦咸阳宫大镜，此指官场舞台。孤鸾，孤单的鸾鸟，此用以自指。　[9]李：李白。李白流放夜郎被赦回。　[10]檀：即檀道济（？—436），南朝宋名将，功高为文帝所忌杀。《宋书·檀道济传》：收捕前，道济"脱帻投地曰：'乃复坏汝万里之长城！'"后以长城比喻功臣。　[11]石衔精卫：《山海经·北山经》载精卫"常衔西山之木石，以堙于东海"。此处比喻禁烟抗英。　[12]浪鼓：比喻黄河决口。冯夷：神话传说中的河伯。《清泠传》："冯夷"华阴潼乡堤首人也，服八石，得水仙，是为河伯。"　[13]波斯：即波斯枣，枣皮多皱，见《骈字凭霄》。

【点评】

道光二十一年（1841）冬，林则徐在东河祥符治水工地，收到江苏巡抚时期旧属桂超万的来信，写诗寄贺桂超万受厄多年喜获擢升，提醒他"豺狼当道惜身难"，勉励他正直利民，"头衔冰样清如许，露冕从容父老看"。

邹弢《三借庐笔谈》卷十二："林文忠戍伊犁时，王定九鼎先生特请留办河工，以其详知水利，遂往行在筹悉险要，始得合龙。一日，王定九先生大开宴会，林居首座，忽传谕旨到，谕曰于合龙日开读。明日启旨曰：'林则徐于合龙后，著仍往伊犁。'定九大骇，文忠自若，即日启程至伊犁。"

郭则沄《十朝诗乘》卷十五："蒲城王文恪鼎以使相治河祥符，奏留文忠为助。工既竣，具陈劳勚，奉旨仍由河干遣戍，临分执手泣别。文忠感其意，留诗二首云……末句意在琦善也。"

壬寅二月祥符河复[1] 仍由河干遣戍伊犁[2] 蒲城相国涕泣为别[3] 愧无以慰其意呈诗二首

道光二十二年二月中旬（1842 年 3 月下旬）于祥符

幸瞻巨手挽银河，休为羁臣怅荷戈[4]。

精卫原知填海误，蚊虻早愧负山多[5]。

西行有梦随丹漆[6]，东望何人问斧柯[7]。

塞马未堪论得失[8]，相公且莫涕滂沱[9]。

元老忧时鬓已霜，吾衰亦感发苍苍。

余生岂惜投豺虎[10]，群策当思制犬羊[11]。

人事如棋浑不定，君恩每饭总难忘[12]。

公身幸保千钧重，宝剑还期赐尚方[13]。

【注释】

[1] 道光二十二年二月初八日（1842 年 3 月 18 日），祥符决口合龙。　[2] 二月初七日（3 月 17 日），道光帝降旨："现在东河合龙在即，林则徐仍遵前旨，即行起解，发往伊犁效力赎罪。"　[3] 蒲城相国：王鼎（1760—1842），字省厓，号定九，陕西蒲城人。嘉庆元年（1796）进士。时任东阁大学士、军机大臣，特派总办河务。　[4] 羁臣：羁放之臣。此为自指。　[5] 蚊虻：蚊子和虻虫，比喻才能微薄。《庄子·秋水》："犹使蚊负山，商蚷驰河也，必不胜任矣。"　[6] 丹漆：即丹墀。《汉官仪》："以丹漆阶上，地曰丹墀。"借指朝廷或君主。　[7] 斧柯：斧柄。旧题南朝梁任昉《述异记》：晋王质入山伐木，见童子数人弈棋而歌，因置斧听之，童子与一物如枣核，含之不饥。不久，童子催归，质起视斧柯已烂尽。既归，去家已数十年，亲故殆尽。此句用其意，谓遣戌伊犁时间很长，不知会有什么人问起。　[8]"塞马"句：即塞翁失马，焉知非福。《淮南子·人间训》："近塞上之人，有善术者，马无故亡而入胡，人皆吊之。其父曰：'此何遽不为福乎？'居数月，其马将胡骏马而归。"　[9] 滂沱：泪下如雨。《诗经·陈风·泽陂》："涕泗滂沱。"　[10] 余生：晚年。投豺虎：供豺虎吞食。《诗经·小雅·巷伯》："取彼谮人，投畀豺虎。"此指遣戌伊犁。　[11] 犬羊：指入侵中国的英军。　[12]"君恩"句：杜甫忠君爱国，人称其"每饭不忘君"。此处化用其意。　[13] 赐尚方：皇帝赐以御用宝剑，即特别的使命和权力。

【点评】

道光二十二年二月初八日（1842 年 3 月 19 日），河工告竣。相传林则徐在庆功宴上得旨，仍由东河工地发往伊犁。王鼎为之忿忿不平，依依不舍，老泪纵横，涕泣送别。林则徐赋诗二首，以"西行有梦随丹漆"表达自己对国事的关心，以"塞马未堪论得失"安慰王鼎，盼望"宝剑还期赐尚方"，为国家民族再立新功。全诗苍凉悲壮。

华阴令姜海珊申璠招余与陈赓堂尧书刘闻石建韶同游华山归途赋诗奉柬 [1]

道光二十二年四月初
（1842 年 5 月中旬）于华阴

壬寅四月道出华阴，承海珊明府二兄招，同陈赓堂、刘闻石两司马偕游华山。赋此奉柬，即希是正。

神君管领金天岳，坐对三峰看未足。

公余喜共客登临，愧我西来真不速。

樱笋厨开浴佛时，暂辍放衙事休沐。

灏灵宫殿访碑行，华阴西岳庙，古名灏灵宫。昨于庙中同观近年补刻华岳碑。

清白园林对床宿。华山之麓有杨氏园林，题曰清白别墅，游山前一夕宿此。

芒鞋竹杖结畴侣，酒榼茶铛付僮仆[2]。

云台观里约乘云，玉泉院中听漱玉。

嶂叠峰回若无路，谁料重关在山曲[3]。

微径蜿蜒螳旋磨，绝蹬攀跻鲇上竹。

箭镞依稀王猛台，丹砂隐现张超谷。

莎萝坪与青柯坪，小憩犹寻道书读。

过此巉岩更危绝，铁鏁高垂手难触。

五千仞峻徒窘步，十八盘过犹怵目。

高掌真疑巨灵擘，绝顶恐学昌黎哭。

游人到此怪山灵，奇险逼人何太酷。

岂知山亦怪人顽，无端蹴踏穿其腹。

山形峭拔本天成，但以骨挺不以肉。

呼吸惟应帝座通，避趋每笑人间俗。

如君超诣乃出尘，上感岳神锡民福。

荡胸自觉层云生，秀语岂徒夺山绿。

屡引游人作导师，扪薜攀藤往来熟[4]。

希夷石峡合重开，谓赓堂。海蟾仙庵亦堪筑。

刘海蟾修炼于华山，今山顶有四仙庵，海蟾其一也。借谓闻石。

独惭塞外荷戈人，时予遣戍伊江。何日阴崖结茆屋。

与"山穷水尽疑无路，柳暗花明又一村"异曲同工。

杜甫《望岳》有"荡胸生层云，决眦入归鸟"句，苏轼《和子由记园中草木》有"探怀出新诗，秀语夺山绿"句，自然化用。

杜甫《玄都坛歌寄元逸人》云："故人今居子午谷，独在阴崖结茅屋。"

三祝者，祝
寿、祝富、祝多男
子，意味国泰民
安，物阜人丰。

惟期归马此山阳，遥听封人上三祝。

【注释】

[1] 此诗手迹、石刻有几种。林则徐曾请刘建韶改正，又书赠友朋。柬姜申璠手卷，今藏上海图书馆。诗末书"少穆弟林则徐拜稿"。姜申璠，字海珊，顺天大兴（今北京）人。道光十五年（1835）进士。时任华阴县知县。陈尧书，字诸典，一字赓堂，山西古县人，居福州，以典史赴陕西军营效力，升岐山知县，调补咸阳知县，时任汉中府佛坪同知，署商州直隶州事。刘建韶，字闻石，福建长乐人。道光十五年（1835）进士。时任陕西孝义厅同知。按：此诗初稿尝书赠刘建韶，题作《壬寅四月，仆西行过华阴，姜海珊大令（申璠）招游华山，同游者闻石十二兄先生及陈赓堂司马也。归途赋七古一章柬姜君，先录初稿请十二兄削正并邀同作》，诗末署"少穆弟林则徐未定草"，今藏国家博物馆。此诗又曾书赠云生先生，题作《道光壬寅四月，则徐西行过华阴，邑侯海珊姜君招游华山，同游者陈赓堂、刘闻石两郡丞及儿子汝舟也。归途赋诗一章，柬海珊并约陈、刘二君同作。云生先生闻而见和，且为作〈华岳图〉，词翰双美，深感其意，因录前诗奉粲，即希削正》，诗末署"少穆弟林则徐初稿"，钤"书生结习""此间不可无我吟"印。墨迹石刻藏西安碑林博物馆。李文瀚，字云生，号莲舫，原籍安徽宣城，道光八年（1828）举人，时任大荔知县。家藏诗稿后收入《云左山房诗钞》卷六。许全胜尝就上海图书馆、国家博物馆藏手稿与家藏诗稿作校记（载上海图书馆历史文献研究所编《历史文献》第十辑，上海古籍出版社2006年4月版，第29—30页）。　[2]"芒鞋"句之前，赠刘建韶手迹、墨迹石刻、家藏诗稿皆有"凌晨天气半阴晴，昼永无烦宵秉烛"二句。　[3]"嶂叠"句之前，赠刘建韶手迹、墨迹石刻、家

藏诗稿皆有"同侪各挟济胜具，初陟坡陀趾相续"二句。　[4]"屡引""扪藓"二句，赠刘建韶手迹、墨迹石刻、家藏诗稿皆无。

【点评】

道光二十二年四月初（1842年5月中旬），林则徐赴戍途经华阴，应华阴县知县姜申璠之邀，与陈尧书、刘建韶及儿子汝舟同游华山，归途作此诗。通篇描写游览经过和华山景色，对自己的境遇和时事未置一词。

赴戍登程口占示家人 [1]

道光二十二年七月初六日
（1842年8月11日）于西安

出门一笑莫心哀，浩荡襟怀到处开。

时事难从无过立，达官非自有生来。

深怀忧民之心，难忘报国之志，气概昂扬。

风涛回首空三岛 [2]，尘壤从头数九垓 [3]。

休信儿童轻薄语，嗤他赵老送灯台 [4]。见《归田录》。

郭则沄《十朝诗乘》卷十五：林则徐"尝有句云：'苟利国家生死以，岂因祸福避趋之。'迹其生平，无愧斯语"。

力微任重久神疲，再竭衰庸定不支。

苟利国家生死以 [5]，岂因祸福避趋之。

谪居正是君恩厚，养拙刚于戍卒宜[6]。

戏与山妻谈故事，试吟断送老头皮[7]。宋真宗闻隐者杨朴能诗，召对问："此来有人作诗送卿否？"对曰：臣妻有一首，云"更休落魄耽杯酒，且莫猖狂爱咏诗。今日捉将官里去，这回断送老头皮"。上大笑，放还山。东坡赴诏狱，妻子送出门皆哭。坡顾谓曰："子独不能如杨处士妻作一首诗送我乎？"妻子失笑，坡乃出。

【注释】

[1] 赴戍登程：据林则徐《荷戈纪程》，道光二十二年七月初六日（1842 年 8 月 11 日）"起程，携彝、枢两儿同行，舟儿亦送往前途。巳刻出西安城，自将军、院、司、道、府，以及州、县、营员送于郊者三十余人"。　[2] 三岛：传说中的海上三座神山。借指受英军蹂躏的南中国沿海。　[3] 九垓（gāi）：南朝梁简文帝《南郊颂序》："九垓同轨，四海无波。"泛指中国。　[4] 嗤（chī）：讥笑，鄙视。赵老送灯台：北宋欧阳修《归田录》卷二载："俚谚曰：'赵老送灯台，一去更不来。'不知是何等语，虽士大夫（一作君子）亦往往道之。天圣中，有尚书郎赵世长者，常以滑稽自负，其老也，求西京留台御史，有轻薄子送以诗云：'此回真是送灯台。'"　[5] 苟利：如果有利。以：付与。此句化用《左传·昭公四年》春秋郑国大夫子产语："何害？苟利社稷，死生以之。"　[6] 养拙：意同守拙。上句和本句均为自宽的话。　[7] "戏与"二句：用苏轼事。山妻：自称其妻的谦词。故事，指宋真宗召对杨朴故事，事见苏轼《东坡志林》卷二，自注所引文字与原文有出入。

【点评】

道光二十二年七月初六日（1842 年 8 月 11 日），林则徐在西安养病二个多月后，登程赴戍，以"浩荡襟怀到处开"的旷达胸怀，安慰家人"莫心哀"，仿效东坡故事，用强作玩笑的戏语同妻子告别，把生死祸福置之度外，吟出"苟利国家生死以，岂因祸福避趋之"，表达不计祸福、为国献身的爱国情怀，成为激励人心、至今传颂不衰的名句。

程玉樵方伯德润饯余于兰州藩廨之若己有园次韵奉谢 [1]

道光二十二年八月初四日（1842 年 9 月 8 日）于兰州

短辕西去笑羁臣，将出阳关有故人 [2]。

坐我名园觞咏乐，倾来佳酝色香陈。

开轩观稼知丰岁 [3]，激水浇花绚古春。小山后有石漱吐水，灌入园圃 [4]。

不问官私皆护惜，平泉一记义标新。君自撰园记，语多真谛 [5]。

我无长策靖蛮氛，愧说楼船练水军 [6]。

咏名园，谢主人款待。抒怀抱，防敌寇蚕食。

闻道狼贪今渐戢[7]，须防蚕食念犹纷[8]。

白头合对天山雪，赤手谁摩岭海云。

多谢新诗赠珠玉，难禁伤别杜司勋[9]。

【注释】

[1]程玉樵：程德润（1787—，），字伯霖，号玉樵，湖北天门人。嘉庆十九年（1814）进士。方伯：布政使的别称，程德润时任甘肃布政使。 [2]"将出"句：唐王维《渭城曲》："西出阳关无故人。"此处反其意而用之。 [3]轩：指署中后园的宝稿堂。林则徐是日日记："其署中后园有林泉之胜，……中有稻田蔬圃，其上为宝稿堂。" [4]绚：绚丽。古春：过去的春天。 [5]平泉一记：李德裕《平泉山居草木记》。这里借指程德润所撰《若己有园记》。 [6]"愧说"句：为在广东任上未能办成造船制炮、训练水军的海防要务而感到惭愧。 [7]"闻道"句：听说英国侵略者现在有所收敛。按：林则徐所得传闻不确，英军攻占镇江后，又进逼江宁，在十天前（七月二十四日，8月29日）迫使耆英签订第一个不平等条约《江宁条约》。 [8]"须防"句：我的脑中萦绕着须防蚕食的想法。纷：连续不断。 [9]"难禁"句：化用李商隐《杜司勋》诗："刻意伤春复伤别，人间唯有杜司勋。"杜司勋即唐代诗人杜牧。杜牧曾任司勋员外郎，故称。

【点评】

道光二十二年八月初四日（1842年9月8日），程德润在甘肃布政使衙署后面的若己有园为林则徐饯行，林则徐和诗两首答谢。林则徐感谢程德润的热情款待，使他"将出阳关有故人"的温暖。听说东南贪狼有所收敛，他更提出"须防蚕食念犹纷"的警告。

次韵答王子寿柏心[1]

道光二十二年八月初（1842年9月中旬）于兰州

太息恬嬉久，艰危兆履霜[2]。　　　　　　　伤感报国无门。

岳韩空报宋[3]，李郭或兴唐[4]。

果有元戎略[5]，休为谪宦伤。

手无一寸刃，谁拾路傍枪？

【注释】

[1] 道光二十二年八月初（1842年9月中旬）作于兰州。王子寿：王柏心，字子寿，注见《致姚椿王柏心书》。　[2] 履霜：《周易·坤》："履霜坚冰至。"因履霜而知寒冬将至。　[3] 岳：岳飞。韩：韩世忠（1089—1151），字良臣，绥德人。南宋抗金名将。宋金议和时，被召回临安，解除兵权。此句自比岳、韩空怀报国之心。　[4] 李：李光弼（708—764），营州柳城（今辽宁朝阳南）人，契丹族。唐大将。郭：郭子仪（697—781），华州郑县（今陕西华县）人。唐大将。李、郭在平定"安史之乱"中屡立战功。此句谓或有李、郭式的人物出现，振兴国家。　[5] 元戎：主将。

【点评】

在湖北荆州书院讲学的王柏心，寄给林则徐《闻侯官林公谪伊犁》诗，林则徐依韵奉答。林则徐在诗中从"岳韩空报宋"想到自己"手无一寸刃"，从"李郭或兴唐"安慰老友"休为谪宦伤"，终会有文韬武略的人出来振兴国家。

次韵答宗涤楼稷辰赠行 [1]

道光二十二年八月初
（1842年9月中旬）于兰州

岂为一身惜，将如时事何？

绸缪空牖户 [2]，涓滴已江河 [3]。

军尽惊飞镝 [4]，人能议止戈 [5]。

《华严》诵千偈 [6]，信否伏狂魔 [7]。

昨枉琼瑶杂 [8]，驰情到雪山。

投荒非我独，寻梦为君还。

但祝中原靖，奚辞绝塞艰。

只身万里外，休戚总相关 [9]。

不辞绝塞远，
但祝中原靖。

【注释】

[1]宗涤楼：宗稷辰（1792—1867），字迪甫、涤甫，号涤

楼，浙江会稽（今绍兴市）人。道光元年（1821）举人。时为户部员外郎。　[2] 绸缪（móu）空牖（yǒu）户：《诗经·豳风·鸱鸮》："迨天之未阴雨，彻彼桑土，绸缪牖户。"此句意为未雨绸缪落了空。　[3] 涓滴已江河：《孔子家语·观周》："涓涓不壅，终为江河。"此句意为涓滴已成江河，不可收拾。　[4] 镝（dí）：箭镞。此处引申为枪炮声。　[5] 止戈：止息兵戈。　[6]《华严》：佛教《华严经》。偈：偈陀（梵文 Gatha）的简称，佛经中的唱词。　[7] 狂魔：指英国侵略者。　[8] 琼瑶：美玉，对别人诗文书信的美称。《诗经·卫风·木瓜》："投我以木桃，报之以琼瑶。"琼瑶与木桃有贵贱之别，"琼瑶之报"指厚重的报答。　[9] 休戚：欢乐与忧愁、福与祸。

【点评】

　　道光二十二年八月初（1842 年 9 月中旬），林则徐在兰州和宗稷辰赠行诗，"但祝中原靖，奚辞绝塞艰。只身万里外，休戚总相关"。表达了他忧国忧民，不计个人得失，以国家民族利益为重的精神。

次韵答姚春木

道光二十二年八月上浣
（1842 年 9 月中旬）于兰州

时事艰如此，凭谁议海防 [1]？
已成头皓白，遑问口雌黄 [2]。

时事艰如此，中原吁可伤。

绝塞不辞远 [3]，中原吁可伤。

感君教学《易》，忧患固其常 [4]。

【注释】

[1] 凭谁：依靠谁。　[2] 头皓白：头发全白了。遑（huáng）问：没有功夫过问。雌黄：一种矿物，古人写字有误时涂以雌黄，以便改易。沈括《梦溪笔谈》卷一《故事》："馆阁新书净本有误书之处，以雌黄涂之。"亦指随意改窜文字。《颜氏家训·勉学篇》："观天下书未遍，不得妄下雌黄。"后指信口开河，造谣中伤。　[3] 绝塞：绝远的边塞，这里指新疆。　[4]《易》：即《周易》，儒家经典之一。

【点评】

与王柏心一起在湖北荆州书院讲学的姚椿，也给林则徐寄来诗札。林则除在和诗中表示："时事艰如此，凭谁议海防"，"绝塞不辞远，中原吁可伤"，忧国伤时，无限感慨。

子茂簿君自兰泉送余至凉州
且赋七律四章赠行次韵奉答 [1]

道光二十二年八月十五日（1842 年 9 月 19 日）
于凉州

弃璞何须惜卞和 [2]，门庭转喜雀堪罗 [3]。

频搔白发惭衰病，犹剩丹心耐折磨。

忆昔逢君怜宦薄[4]，而今依旧患才多[5]。

鸾凰枳棘无栖处[6]，七载蹉跎奈尔何！ 子茂

来甘肃应即补官，而七年未有虚席。

送我西凉浃日程[7]，自驱薄笨短辕轻[8]。

高谭痛饮同西笑[9]，切愤沉吟似北征[10]。 高谈痛饮，切

愤沉吟。

小丑跳梁谁殄灭，中原揽辔望澄清[11]。

关山万里残宵梦，犹听江东战鼓声[12]！

银汉冰轮挂碧虚[13]，清光共挹广寒居。 是日

中秋。

玉门杨柳听羌笛[14]，金碗葡萄漾麴车[15]。

临贺杨凭休累客[16]，惠州昙秀许传书[17]。

羁怀却比秋云澹，天外无心任卷舒。

也觉霜华鬓影侵，知君关陇历岖嵚[18]。

纵然鸡肋空余味[19]，莫使龙泉减壮心[20]。

晚嫁不愁倾国老，卑栖聊当入山深。

仇香岂是鹰鹯性[21]，奋翼天衢有赏音。

栎社散人林则徐漫草

【注释】

[1]子茂：陈德培，字子茂，时任甘肃安定县（今定西县）主簿。道光二十二年仲秋，自安定县之秤钩驿东迎林则徐，即送至凉州西迈，车中百感交集，赋呈四律。兰泉，即兰州，唐时称为五泉。　[2]"弃璞"句：指朝廷不重视和爱惜人材。卞和：春秋时楚国人。《韩非子·和氏》载：楚厉王和楚武王不识玉，先后以欺诳罪砍去献璞人卞和双脚。楚文王即位，卞和抱璞哭于楚山之下，文王使人问其故，命玉匠雕琢其璞，得宝玉，命名和氏之璧。　[3]"门庭"句：《史记·汲郑列传》赞："始翟公为廷尉，宾客阗门。及废，门外可设雀罗。"转喜：反而高兴，自宽语。　[4]昔：过去，指林则徐任江苏巡抚时。　[5]患才多：与上句"怜宦薄"互文见义，指为陈子茂怀才不遇而不平。　[6]枳棘：见《喜桂丹盟超万擢保定同知寄贺以诗并答来书所询近状即次见示和杨雪茞原韵》注[2]。　[7]"送我"句：八月初七日（9月21日），陈德培陪送林则徐从兰州启程，至十四日（28日）到凉州，行程八天。西凉：指凉州，今甘肃省武威市。浃（jiá）日：十天。此取约数。　[8]薄笨：薄笨车，粗简的小车。林则徐《壬寅日记》：八月初七日，"圈车仍十五辆，每辆四千九百文，亦到凉州，另换大车。"　[9]西笑：桓谭《新论》："人闻长安乐，则出门西向相笑。"　[10]北征：即《北征赋》。西汉末班彪避居河西，作《北征赋》，抒写望治不得的郁闷心情。　[11]"中原"句，典出《后汉书·范滂传》，见《复邵蕙西中翰懿辰书》注[3]。　[12]江东：江南。　[13]银汉：银河。冰轮：明月。　[14]"玉门"句：化用唐王之涣《凉州词》："羌笛何须怨杨柳，春风不度玉门关。"　[15]麹（qū）车：酒车。麹，酒麹，指酒。　[16]临贺：县名，今广西贺县。杨凭：唐大

历进士，官湖南江西观察使、刑部侍郎。入拜京兆尹，为御史中丞李夷简所劾，贬为临贺县尉。见新旧《唐书》本传。此处为自指。累：连累。客：此指陈德培。　[17]惠州：地名，今属广东。昙秀：苏轼流放惠州时期为之传递书信的朋友。苏轼《书过送昙秀诗后》："仆在广陵作诗送昙秀云：'老芝如云月，炯炯时一出。'今昙秀复来惠州见予，予病，已绝不作诗。"此处借指陈德培。　[18]岖嵚（qīn）：崎岖不平。　[19]鸡肋：三国杨修语："夫鸡肋，弃之如可惜，食之无所得。"这里借喻陈德培的官职。　[20]龙泉：龙泉剑。《晋书·张华传》载，张华见斗、牛二星之间有紫气，便使人掘地得到龙泉、太阿二剑。　[21]仇香：即仇览，字季智，一名青。东汉陈留考城（今河南兰考）人。《后汉书·仇览传》：仇览年四十为蒲亭长时，曾感化陈元为孝子。考城令王涣闻之，置为主簿，谓览曰："主簿闻陈元之过，不罪而化之，得无少鹰鹯之志耶？"览曰："以为鹰鹯，不若鸾凤。"鹰鹯（zhān）：猛禽。

【点评】

道光二十二年八月十四日（1842年9月28日），陈德培陪送林则徐西行至凉州，并呈诗七律四首。十五日（29日）晚，林则徐和陈德培赠行诗答谢。诗中对陈德培的怀才不遇深表同情，抒写了自己"频搔白发惭衰病，犹剩丹心耐折磨"的心境，两人一路切愤沉吟，做梦"犹听江东战鼓声"，表达了"小丑跳梁谁殄灭，中原揽辔望澄清"的迫切愿望。

将出玉关得嶰筠前辈自伊犁来书赋此却寄 [1]

道光二十二年九月初六日
（1842 年 10 月 9 日）于肃州

邓廷桢《少穆尚书将出玉关先以诗二章见寄次韵奉和》："闻道江乡烽燧远，心随孔雀向东南"；"万口褒讥舆论在，千秋功过史臣编"。

与公踪迹靳从骖 [2]，绝塞仍期促膝谈。

他日韩非惭共传 [3]，即今弥勒笑同龛 [4]。

扬沙瀚海行犹滞，啮雪穹庐味早谙 [5]。

知是旷怀能作达 [6]，只愁烽火照江南。

公比鲰生长十年 [7]，鬓鬑犹喜未皤然。

细书想见眸双炯，公年垂七十，作小字不用瓯甊，昨枉来教，细书愈为精妙。故纸难抛手一编。来书云然。

僦屋先教烦次道，来示许为觅屋。携儿也许学斜川 [8]。昔坡公以三子叔党随至谪所，今公与余各携少子出关。

中原果得销金革，两叟何妨老戍边。

【注释】

[1] 玉关：玉门关，此指嘉峪关。肃州至嘉峪关七十里，出关后到玉门县。林则徐《壬寅日记》九月初十日（10 月 14 日）记："玉门县系乾隆二十四年御赐今名，非古之玉门也。古玉门关在今敦煌县境，今之驿路不必由之。" [2] 靳：车服马当胸的皮革，代指车中马。骖（cān）：车旁马。从：追随。《左传·定公九

年》："吾从子，如骖之靳。" [3] 韩非（前 280？—前 233）：战国末法家代表人物，著有《韩非子》。共传：指韩非与老子共一传记，即《史记·老子韩非列传》。 [4] 弥勒：佛教的未来佛。同龛（kān）：同一佛龛。龛，供佛的小阁。 [5] 穹庐：游牧民族居住的毡帐，其形穹隆。啮雪穹庐，用汉苏武事。苏武羁匈奴不屈节，"单于愈益欲降之，乃幽武置大窖中，绝不饮食。天雨雪，武卧啮雪与旃毛并咽之，数日不死。"事见《汉书·李广苏武传》。谙：熟悉。 [6] 达：达观开朗。 [7] 鲰（zōu）生：小生。林则徐比邓廷桢小十岁，此用以自指。 [8] 斜川：即苏过（1072—1123），字叔党，苏轼幼子。自号"斜川居士"。

【点评】

道光二十二年九月初五日（1842 年 10 月 8 日），林则徐行至肃州，收到邓廷桢从伊犁来信。次日（9 日），在肃州行馆作书并赋此诗回寄。诗中表达了他对前辈好友的敬重之心和患难之情，反映了他关切"烽火照江南"的时局和国家前途命运的爱国赤诚。

出嘉峪关感赋 [1]

道光二十二年九月初八日
（1842 年 10 月 11 日）

严关百尺界天西 [2]，万里征人驻马蹄。
飞阁遥连秦树直 [3]，缭垣斜压陇云低。

徐珂：《清稗类钞选·文学》："劲气直达，音节高朗。"

天山巉削摩肩立[4]，瀚海苍茫入望迷[5]。

谁道殽函千古险[6]，回看只见一丸泥[7]。

东西尉侯往来通[8]，博望星槎笑凿空[9]。

塞下传笳歌《敕勒》[10]，楼头倚剑接崆峒[11]。

长城饮马寒宵月[12]，古戍盘雕大漠风。

除是卢龙山海险，东南谁比此关雄[13]！

林昌彝《射鹰楼诗话》卷一："侯官家文忠公少穆官傅遣戍伊犁，《出嘉峪关》诗，风格高壮，音调凄清，读之令人唾壶击碎，然怨而不怒，得诗人温柔敦厚之旨。"

敦煌旧塞委荒烟[14]，今日阳关古酒泉[15]。

不比鸿沟分汉地[16]，全收雁碛入尧天[17]。

威宣贰负陈尸后[18]，疆拓匈奴断臂前[19]。

西域若非神武定[20]，何时此地罢防边？

一骑才过即闭关，中原回首泪痕潸。

弃繻人去谁能识[21]，投笔功成老亦还[22]。

夺得胭脂颜色澹[23]，唱残杨柳鬓毛斑[24]。

我来别有征途感，不为衰龄盼赐环[25]。

【注释】

[1]嘉峪关：明长城西端的起点。洪武五年（1372），冯胜下河西，在嘉峪山西麓建土城，为置关之始。弘治七年（1494）

正月，匾关曰"镇西"。关城为西大东小的梯形建筑，城墙东长154米，西长166米，南北各长160米。关城西头外还有罗城。 [2]界：接连。天西：指西域。明代以长城作为中原与西部少数民族地区的边墙。 [3]飞阁：指城楼。林则徐过此所见："城楼三座，皆三层，巍然拱峙。关内设有号房，登记出入人数。一出关外，见西面楼上有额曰'天下第一雄关'，又路旁一碑亦然。"秦树直：杜甫《送张二十参军赴蜀州因呈杨五侍御》："两行秦树直"。 [4]天山：指祁连山。顾祖禹《读史方舆纪要》："匈奴呼天为祁连也。" [5]瀚海：指大戈壁沙漠。林则徐自记出关所见情景："近关多土坡，一望皆沙漠，无水草树木，稍远则有南北两山，南即雪山，北即边墙，外皆蒙古及番地耳。" [6]殽（xiáo）函：殽山和函谷关。函谷关，战国时秦国所设，东起殽山，西自潼津。在今河南灵宝东北。司马光《资治通鉴》：周赧王三年（前312），"楚、赵、韩、魏、燕伐秦，攻函谷关。"置关当在此之前。殽、函自古为进入关中的险要关隘。 [7]一丸泥：《后汉书·隗嚣传》载，隗嚣将王元曰："今天水完富，士马最强，北收西河、上郡，东收三辅之地，案秦旧迹，表里河山。元请以一丸泥为大王东封函谷关，此万世一时也。" [8]尉侯：汉朝在边郡和西域置尉、侯等官，率兵戍守，或接待东西往来使者。 [9]博望：指张骞（？—前114）。因通西域，抗匈奴，元朔二年（前127）被汉武帝封为博望侯。凿空：《史记·大宛列传》："骞所遣使通大夏之属者，皆颇与其人俱来，于是西北国始通于汉矣。然张骞凿空，其后使往者皆称博望侯，以为质于外国，外国由此信之。" [10]笳：胡笳。《敕勒》：北朝鲜卑民歌《敕勒歌》。齐时汉译曰："敕勒川，阴山下，天似穹庐，笼盖四野。天苍苍，野茫茫，风吹草低见牛羊。" [11]倚剑：宋玉《大言赋》："方地为车，圆天为盖，长剑耿介倚天之外。"崆峒：甘肃平凉之崆峒山。 [12]长城饮马：长城旁有水窟，可以给马饮水。古乐府瑟调曲有《饮马长城窟行》，见《乐府诗集》。　[13]卢龙：指卢龙山。今河北喜峰口附近。两句是说除了卢龙山据有山海之险，东南再找不到比嘉峪关更雄伟的关塞了。　[14]敦煌：《汉书·地理志》："敦煌郡，武帝后元年分酒泉置。"郡治敦煌等六县，汉唐时是中原通西域的门户。旧塞：往昔边防的关塞。　[15]阳关：西汉时置，故址在今敦煌西南古董滩附近。酒泉：古城在福禄城（今甘肃酒泉县）。《河西旧事》云："城下有泉"，"其水若酒"，故名。或谓：霍去病征匈奴到此，汉武帝赏赐御酒犒劳，倾酒入泉与三军共饮，因之得名。　[16]鸿沟：古运河名，在今河南省。楚汉相争时，曾划鸿沟为界，东楚西汉。　[17]雁碛（qì）：塞外沙漠之地。尧天：《宋史·乐志》："九州臻禹会，万国戴尧天。"以尧天赞美盛世。此处喻指强盛的汉朝。　[18]贰负：古天神。《山海经·海内北经》："贰负神在其（鬼国）东，为物人面蛇身。"陈尸：《山海经·海内西经》载，贰负因杀人面蛇身的天神窫窳（zhá yú），天帝"乃梏之疏属之山，桎其右足，反缚两手与发，系之山上木"。这句借指嘉峪关外的少数民族，被汉朝的武力所征服。　[19]匈奴断臂：《史记·大宛列传》载张骞之言："臣居匈奴中，闻乌孙王号昆莫，昆莫之父，匈奴西边小国也。匈奴攻杀其父，而昆莫生弃于野。乌嗛肉蜚其上，狼往乳之。单于怪以为神，而收长之。及壮，使将兵，数有功，单于复以其父之民予昆莫，令长守于西域。……单于死，昆莫乃率其众远徙，中立，不肯朝会匈奴。匈奴遣奇兵击，不胜，以为神而远之，因羁属之，不大攻。今诚以此时而厚币赂乌孙，招之益东，居故浑邪之地，与汉结昆弟，其势宜听，听则是断匈奴右臂也。"这句的意思是：汉朝采纳断匈奴右臂之策，把疆土拓展到西域。　[20]神武：汉武帝。　[21]弃繻（xū）：《汉书·终军传》："初，军从济南当诣博士，步入关，关吏予军繻。

军问：'以此何为？'吏曰：'为复传，还当以合符。'军曰：'大丈夫西游，终不复传还。'弃繻而去。军为谒者，使行郡国，建节东出关，关吏识之，曰：'此使者乃前弃繻生也。'"按：林则徐过嘉峪关时，"关内设有号房，登记出入人数"，故联想到终军弃繻事，叹自己亦有终军建功立业之志，但却无人识得。　[22]投笔：《后汉书·班超传》："家贫，常为官佣书以供养。久劳苦，尝辍业投笔叹曰：'大丈夫无它志略，犹当效傅介子、张骞立功异域，以取封侯，安能久事笔砚间乎？'"后班超果弃文从戎，立功西域，任西域都护，封定远侯。在西域凡三十一年，以年老被召还。　[23]胭脂：指燕支山（焉支山），匈奴境内大山。《史记·匈奴列传》载，汉朝占此山后，匈奴作歌云："失我燕支山，使我嫁妇无颜色。"　[24]杨柳：即杨柳曲。梁乐府有《折杨柳》，唐张九龄辞曰："更愁征戍客，鬓老边城尘。"　[25]赐环：被赦召还。《荀子·大略》："绝人以玦，反绝以环。"杨倞注："古者臣有罪，待放于境，三年不敢去，与之环则还，与之玦则绝，皆所以见意也。"

【点评】

　　林则徐赴戍途中，于道光二十二年九月初八日（1842年10月11日）策马出嘉峪关，放眼河山，纵临千载，讴歌嘉峪关的雄伟壮丽、塞外风光的苍茫辽阔，赞颂汉武帝平定西域，"全收雁碛入尧天"；张骞、班超立功西域，"东西尉侯往来通"的事迹。全诗洋溢着对万里关山和统一大业热烈的深情，不愧为杰出的登临怀古诗篇。毛泽东主席手书本篇的诗句，被勒石竖立于关前，供游人观赏。

途中大雪[1]

道光二十二年十月初三日
（1842 年 11 月 5 日）于戈壁头

雪大苦寒，步履维艰，发古今之慨叹。

积素迷天路渺漫[2]，蹒跚败履独禁寒[3]。

埋余马耳尖仍在[4]，洒到乌头白恐难[5]。

空望奇军来李愬[6]，有谁穷巷访袁安[7]？

松篁挫抑何从问[8]，缟带银杯满眼看。

【注释】

[1] 道光二十二年九月二十五日（1842 年 10 月 28 日），林则徐离哈密西行。九月二十九日（11 月 1 日）至十月初三日（11 月 5 日），途中大雪，有感而作此诗。　[2] 积素：白雪堆积。林则徐《壬寅日记》：十月朔日（11 月 3 日），"天明起视，停车山峡中，雪积五六寸，四面全不辨路径"。　[3] "蹒跚"句：忍受严寒向前探路的窘状。　[4] "埋余"句：化用苏轼《雪后书北台壁二首》"试扫北台看马耳，未随埋没有双尖"，写途中所见"马没蹄，人没踝"（十月初三日日记）的情景。　[5] 乌头白：乌鸦的头变成白色。《史记·刺客列传》之《索隐》云："燕丹子曰：'丹求归，秦王曰"乌头白，马生角，乃许耳"。'"此喻不可能实现之事。暗喻自己赐环东归之难。　[6] 李愬（773—821）：洮州临潭（今属甘肃）人。唐代将领。元和十二年（817），他于雪夜奇寒中率军袭蔡州，讨平叛乱。见新旧《唐书》李晟附传。　[7] 袁安（？—92）：汝南汝阳（今河南商水西南）人。贫时客居洛阳，大雪天僵卧于室。洛阳令巡行至此，见门紧闭，以为人死，令人

入户，问何以自苦如此，答称雪天人皆苦饿，不愿去打扰。洛阳令以其为贤人，推举为孝廉。事见《后汉书·袁安传》。　[8] 篁：竹林，指竹。抑：折断；遏止。

【点评】

道光二十二年九月二十五日（1842 年 10 月 28 日），林则徐离哈密西行。九月三十日（11 月 2 日）至十月初三日（11 月 5 日），林则徐西行途经天山西南麓山峡中，遭遇大雪，有感而作此诗。从迷天大雪感叹"空望奇军来李愬，有谁穷巷访袁安？"

哭故相王文恪公 [1]

道光二十二年（1842）冬于伊犁

才锡元圭告禹功 [2]，公归遵渚咏飞鸿 [3]。
休休岂屑争他技 [4]，蹇蹇俄惊失匪躬 [5]。
下马有坟悲董相 [6]，只鸡无路奠桥公 [7]。
伤心知己千行泪，洒向平沙大幕风 [8]！

廿载枢机赞画深 [9]，独悲时事涕难禁。
艰屯谁是舟同济 [10]？献替其如突不黔 [11]。
卫史遗言成永憾 [12]，晋卿祈死岂初心 [13]。

林昌彝《射鹰楼诗话》卷二："家文忠公论戍伊犁，蒲城相国王文恪公以死谏，殡殓时怀中有遗折数千言，力保文忠公，具论主和议大非至计"。

黄扉闻道犹虚席[14]，一鉴云亡未易任[15]。

【注释】

[1]王文恪：即王鼎，卒于道光二十二年四月三十日（1842年6月8日）。死后赠太保，谥文恪。　[2]锡：赐。元圭：即玄圭，皇帝手笔。《尚书·禹贡》："禹锡玄圭，告厥成功。"此句以大禹治水成功比喻王鼎祥符治水。　[3]公归：指王鼎还朝。遵渚咏飞鸿：歌咏"鸿飞遵渚"的诗篇。《诗经·豳风·九罭》有"鸿飞遵渚，公归无所，于女信处"之句，比喻大才闲置不用。　[4]休休：宽容貌。岂屑：不屑于。他技：别的本事。此指玩弄权术。《尚书·秦誓》："如有一介臣，断断猗，无他技，其心休休焉，其如有容。"　[5]"蹇蹇"句：用《周易·蹇》句意："王臣蹇蹇，匪躬之故。"蹇（jiǎn）蹇，忠直貌。匪躬，尽忠舍身。此处作名词用，指王鼎。　[6]董相：即董仲舒，汉武帝时曾拜江都相、胶西相。其坟在西安城东南，门人过此皆下马，故称下马陵。见唐李肇《国史补》下。　[7]桥公：即桥玄，东汉末历任将军、司徒、太尉。曹操微时，桥玄一见叹为奇才，曾与操相约，死后以斗酒只鸡致奠。见《后汉书·桥玄传》。　[8]大幕：即大漠。　[9]枢机：朝廷中枢机要职位。赞画：参赞筹画。王鼎自道光五年（1825）后，历任近要之臣十七年。廿载取其成数。　[10]屯：难。《周易·屯》："屯，刚柔始交而难生。"　[11]献替："献同替否"的略语。献，进；替，废。指诤言进谏。突不黔：灶突（烟囱）未黑。指大部分时间在外奔波，很少在家。汉班固《答宾戏》："孔席不暖，墨突不黔。"　[12]卫史：春秋时卫国大夫史鱼。史鱼屡劝卫灵公亲君子远小人而无效，只有留下遗言，实行尸谏。见《左传·襄公二十九年》。　[13]晋卿：春秋时晋国正卿范燮。他见晋厉公骄侈无道，使祝宗为他祈求早死。见《国语·晋语》。　[14]黄扉：即

黄阁，汉代丞相、太尉官署，厅门涂黄色，以与帝室相区别。此指王鼎生前的军机大臣职位。　[15]鉴：镜。《新唐书·魏徵传》载唐太宗曰："以铜为鉴，可正衣冠；以古为鉴，可知兴替；以人为鉴，可明得失。朕尝保此三鉴，内防己过。今魏徵逝，一鉴亡矣。"此处一鉴，借指王鼎。

【点评】

道光二十二年（1842）冬，林则徐抵达伊犁得知王鼎卒讯后，作此悼诗，赞赏王鼎"廿载枢机赞画深"的政绩，怀念王鼎知遇之恩，表达深切感激，"伤心知己千行泪，洒向平沙大幕风"。

伊江除夕书怀[1]

道光二十二年十二月二十九日
（1843年1月29日）于伊犁

壬寅除夕书怀四首，录寄闻石先生粲政。

腊雪频添鬓影皤[2]，春醪暂借病颜酡[3]。

三年飘泊居无定，庚子在岭南度岁，辛丑在中州河干，今在伊江。百岁光阴去已多[4]。

漫祭诗篇怀贾岛[5]，畏挝更鼓似东坡[6]。用坡公《守岁》诗语。

林昌彝《射鹰楼诗话》卷一：家文忠公"在戍所，所为诗不作牢骚之慨"。

边氓也唱迎年曲[7]，到耳都成劳者歌。

新韶明日逐人来，迁客何时结伴回[8]？

空有灯光照虚耗，竟无神诀卖痴呆[9]。

荒陬幸少争春馆[10]，远道翻为避债台[11]。

骨肉天涯三对影，时挈两儿在戍[12]。思家奚益
且衔杯。

流光代谢岁应除，天亦无心判菀枯[13]。

裂碎肝肠怜爆竹，借栖门户笑桃符[14]。

新幡彩胜如争奋[15]，晚节冰柯也不孤[16]。

正是中原薪胆日[17]，谁能高枕醉屠苏[18]！

谪居本与世缘暌[19]，青鸟东飞客在西[20]。

宦味真随残腊尽，病株敢望及春荑[21]。

朝元尚忆趋丹阙[22]，赐福频叨湿紫泥[23]。

新岁倘闻宽大诏，玉关走马报金鸡[24]。

濛池流寓林则徐漫草

【注释】

[1] 和邓廷桢《岁除志感兼呈少穆尚书四首》。　[2] 腊：冬至

后第三戌为腊。腊雪，腊前之雪。皤（pó）：白色。 [3]春醪（láo）：酒名。指春节所饮之酒。酡（tuó）：喝酒脸红。 [4]"百岁"句：林则徐此时已年过五十七岁，百年光阴已经过去很多。 [5]贾岛（779—843）：唐代苦吟诗人。 [6]"畏挝"句：化用苏轼《守岁》诗："晨鸡且勿唱，更鼓畏添挝。" [7]边氓：即边民。 [8]迁客：流寓外地的人。林则徐被流放伊犁，自称"濛池流寓"。濛池，即伊犁地区。唐显庆二年（657）置濛池都护府，统碎叶（今巴尔喀什湖以南、楚河上游的托克马克附近）以西原五弩失毕部地。 [9]神诀：高明的办法。 [10]荒陬：荒凉的角落，指边陲。争春馆：《扬州事迹》："扬州大守圃中，有杏花数十畷，每至烂开，张大宴，一株令一倡倚其傍，立馆曰争春。" [11]避债台：汉代逃债之台，即洛阳南宫簃台。 [12]三对影：指林则徐与三儿林聪彝、四儿林拱枢。 [13]菀（yù）：茂盛。 [14]桃符：春联。 [15]新幡彩胜：新制绸绢的幡胜，即迎春人们互赠的饰物。幡，小巧的彩旗。胜，古代妇女盛装的首饰。 [16]冰柯：冰雪中挺立的树干。 [17]薪胆：卧薪尝胆。《史记·越王勾践世家》："坐卧即仰胆，饮食亦尝胆也。" [18]屠苏：即屠苏酒。古俗于正月初一饮屠苏酒，以避邪气。 [19]世缘：人世因缘。暌（kuí）：隔离。 [20]青鸟：西王母的报信使。见《山海经·大荒西经》。 [21]荑（tí）：初生的叶芽。此句化用刘禹锡"病树前头万木春"诗句意。 [22]元：元日，正月初一日。丹阙：红色的宫门。此句回忆早年任京官时元旦入宫贺岁的情景。 [23]叨：承受。紫泥：印泥。此指诏书。林则徐革职前，受道光帝宠信，多次接到道光帝赏赐的御书"福""寿"大字。 [24]金鸡：《新唐书·百官志三》："赦日，树金鸡于仗南。"此指大赦。

【点评】

道光二十二年十二月二十八日（1843年1月28日），邓廷桢在伊犁戍所作《岁除志感兼呈少穆尚书四首》，二十九日（1月29日）林则徐作《除夕书怀》四首奉和。第一次在边塞过年，听着边民唱的迎年曲，感叹三年飘泊居无定，百年光阴去日苦多，父子三人借酒来寄托对亲人的思念，不知流放的人何时结伴回？但他没有忘记，眼下"正是中原薪胆日，谁能高枕醉屠苏！"

送伊犁领军开子捷开明阿[1]

道光二十三年正月二十四日
（1843年2月22日）于伊犁

鼓鼙思帅臣[2]，爪牙讽圻父[3]。

静以绥中原，动以御外侮。

致身须壮年，奇勋策天府。

将军起长白，家世握牙琥[4]。

髦龀通《钤》《韬》[5]，志行抗前古。

读书慕儒将，礼义即干橹[6]。

宿卫屯羽林[7]，钩陈出随扈[8]。

西望昆仑墟[9]，百年拓疆宇。

重视塞防的国防思想。

以君为长城，领军肃貔虎[10]。

三载无边烽，华夷悉安堵。

帝曰尔来前，作股肱心膂[11]。

绝塞回轮蹄，中流赖砥柱。

君感朝廷恩，心肝奉明主。

临别索赠言，我欲倾肺腑：

嗟哉时事艰，志士力须努。

厝薪火难测[12]，亡羊牢必补[13]。

从来户牖谋，彻桑迨未雨[14]。

矧当冰蘗秋[15]，敢恃干羽舞[16]。

蜂虿果慑威[17]，犬羊庶堪抚。

将士坚一心，讵不扬我武？

貂蝉出兜鍪[18]，丹青绘圭俎[19]。

行矣公勉旃[20]，黑头致公辅[21]。

【注释】

[1] 开子捷：开明阿，字子捷，东三省人。原任伊犁领队大臣，道光二十二年十二月，得奉旨回京之信。林则徐《癸卯日记》：道光二十三年正月十三日（1843年2月11日），"同人皆为子捷排日饯行"。二十四日（22日），"午间出北门，与嶰筠、一飞同在观音庙送开子捷行"。一飞，前任东河河道总督文冲，辉发纳喇氏，字一飞。时与林则徐同在伊犁戍所。　[2] "鼓鼙（pí）"

句：化用《礼记·乐记》："听鼓鼙之声，则思将帅之臣。"鼙，小鼓。　[3] 爪牙：比喻武臣。《汉书·李广传》："将军者，国之爪牙也。"圻（qí）父：周代官名，即司马。比喻主管一方的官员。　[4] 牙琥（hǔ）：铜制虎形兵符。　[5] 髫龀（tiáo chèn）：指童年。《钤》《韬》：兵书《玉钤》和《六韬》。　[6] 干：盾牌。橹：大盾牌。　[7] 宿卫：值宿警卫。羽林：汉时皇帝护卫。喻指清代的禁卫军。　[8] 钩陈：一种用于防卫的仪仗。　[9] 昆仑墟：《尔雅·释地》："西北之美者，有昆仑墟。"此借指新疆。　[10] 肃：肃穆严整。貔虎：《尚书·牧誓》："如虎如貔。"比喻勇士。　[11]"作股肱"句：出自《尚书·君牙》。　[12] 厝薪：厝火积薪，见《汉书·贾谊传》："夫抱火厝之积薪之下而寝其上，火未及燃，因谓之安。方今之势，何以异此！"　[13]"亡羊"句：亡羊补牢，见《战国策·楚策四》："见兔而顾犬，未为晚也。亡羊而补牢，未为迟也。"　[14]"从来"两句：《诗经·豳风·鸱鸮》："迨天之未阴雨，彻彼桑土，绸缪牖户。"　[15] 冰蘗（bò）：即饮冰茹蘗。喻生活寒苦，引申为国势危艰。　[16] 干羽：舞乐的器具。干，干楯。羽，羽扇。《尚书·大禹谟》："舞干羽于两阶。"　[17] 蜂虿（chài）：蝎类毒虫。指外来侵略者。　[18] 貂蝉：汉代侍从官员帽上的饰物。代指侍卫官。兜鍪（móu）：头盔。代指士兵。句用南朝齐周盘龙语。《南齐书》本传载：世祖戏之曰："卿著貂蝉，何如兜鍪？"盘龙曰："此貂蝉从兜鍪中出耳。"　[19] 圭俎：指仕宦。　[20] 勉旃（zhān）：勉之。　[21] 公辅：三公和辅相。

【点评】

伊犁领队大臣开明阿奉旨回京，临别向林则徐索赠言，林则徐赋此诗，盛赞开明阿领军驻守伊犁三年来的成绩，勉励他回京后有所作为。诗中指出新疆驻军是"静以绥中原，动以御外侮"，无战事时安定中原，有战事时抗御外侮。呼吁"嗟哉时事艰，志士力须努。厝薪火难测，亡羊牢必补"，必须防患于未然，加强边防战备，以应突变。这种防塞思想反映了林则徐的政治敏感和卓识远见。

七夕次嶰筠韵 [1]

道光二十三年七月初八日
（1843年8月3日）于伊犁

金风吹老鬓边丝，如此良宵醉岂辞？
莫说七襄天上事 [2]，早空杼柚有谁知 [3]？

漫道星桥彻夕行，汉津波浪恐难平。
银潢只见填乌鹊 [4]，壮士何年得洗兵 [5]？

针楼高处傍天墀 [6]，七孔穿成巧不移 [7]。
但恐机丝虚夜月，昆明秋冷汉家池 [8]。

【注释】

[1] 邓廷桢作《癸卯七夕少穆一飞厚庵集小斋为瓜果之会绝句三首》索和，林则徐依韵答之。　[2] 七襄：《诗经·小雅·大东》："跂彼织女，终日七襄。"指从旦到暮，七次移动位置。　[3] 杼柚：

织布用的梭子和筘。句由《诗经·大东》"小东大东，杼柚其空"化出，以指民间疾苦。　[4]汉津、银潢：均指银河。乌鹊：神话传说乌鹊为牛郎织女相会搭成桥。　[5]洗兵：净洗兵器，息兵停战。句由唐杜甫《洗兵马》"安得壮士挽天河，净洗甲兵长不用"化出。　[6]针楼：妇女向织女乞巧所搭的彩楼。天墀：天宫的台阶，代指天宫。　[7]七孔：乞巧用的七孔针。　[8]昆明：汉代长安有昆明池，清代北京有昆明湖，此以借指京城。汉家：汉朝。借指清朝。"但恐"二句：由杜甫《秋兴八首》之七"昆明池水汉时功，武帝旌旗在眼中。织女机丝虚夜月，石鲸鳞甲动秋风"化出。

【点评】

道光二十三年七月初七日（1843年8月2日）夜，邓廷桢约请林则徐、文冲、豫堃等集小斋，举办瓜果之会。初八日（3日），邓廷桢以绝句三首索和，林则徐依韵答之。他遥望星空，"银潢只见填乌鹊"，担忧国家局势，"壮士何年得洗兵？"

又和《中秋感怀》原韵[1]

道光二十三年八月十五日
（1843年10月8日）于伊犁

追怀往事，悼念亡友，寄托希望。

三载羲娥下阪轮[2]，炎州回首剧伤神[3]。

招魂一恸登临地[4]，已亥中秋与公及关滋圃同登虎门炮台望月，今不堪回首矣。投老相看坎壈人 [5]。

　　玉宇琼楼寒旧梦，冰天雪窖著闲身 [6]。

　　麻姑若道东溟事，莫使重扬海上尘 [7]。

　　雪月天山皎夜光，边声惯听唱伊凉 [8]。

　　孤村白酒愁无赖，隔院红裙乐未央 [9]。

　　宦味思之真烂熟 [10]，诗情老去转猖狂 [11]。

　　遐荒今得连床话，岂似青蝇吊仲翔 [12]。

【注释】

　　[1]中秋感怀：即道光二十二年（1842）中秋，邓廷桢在伊犁追思道光十九年（1839）中秋之夕，与林则徐、关天培登沙角炮台望月，而关天培已经战死，此时林则徐亦戍伊犁，闻将出关，有感而作《伊江中秋》一诗。　[2]羲娥：羲和与嫦娥。羲和，《山海经·大荒南经》："羲和者，帝俊之妻，生十日。"嫦娥，即常羲。《山海经·大荒西经》："帝俊妻常羲，生月十有二。"后以羲娥比喻日月。阪：山坡。　[3]炎州：《十洲记》："炎洲，在南海中。"此借指广东。　[4]招魂：此指召唤关天培的灵魂。恸：极度悲哀。登临地：沙角炮台。虎门炮台群之一。　[5]投老：临老。坎壈：困顿。　[6]冰天雪窖：《宋史·朱弁传》："叹马角之未生，魂销雪窖；攀龙髯而莫逮，泪洒冰天。"此指严寒之地，即伊犁。闲：闲置。　[7]麻姑：《神仙传·麻姑》：麻姑谓王方平云："已见东海三为桑田，蓬莱水亦浅于往时。"方平笑曰："圣人皆言海中复扬尘也。"东溟：即东海。这里借指东南沿海地区。扬尘：

海退陆现，激起尘土。此处借指战争。　　[8]伊凉：曲名，即《伊州乐》和《凉州乐》。借指边塞乐曲。　　[9]隔院：隔壁院落。红裙：指代当地少数民族姑娘。未央：未尽。　　[10]宦味：做官的滋味。　　[11]猖狂：大胆放言。　　[12]仲翔：三国时吴国人虞翻。青蝇吊仲翔，即青蝇吊客。《三国志·吴书·虞翻传》注引《虞翻别传》自云："自恨疏节，骨体不媚，犯上获罪，当长没海隅，生无可与语，死以青蝇为吊客，使天下一人知己者，足以不恨。"

【点评】

道光二十三年（1843）中秋，林则徐补和上年邓廷桢《伊江中秋》之作。他悼念亡友，"炎州回首剧伤神"，感怀时事，"诗情老去转猖狂"。"麻姑若道东溟事，莫使重扬海上尘"！

送嶰筠赐环东归

道光二十三年闰七月十七日
（1843 年 9 月 10 日）于伊犁

徐世昌《晚晴簃诗汇》卷一二五：悱恻深厚，有忧国之心，而无怨诽之迹，"历代名臣迁谪，罕觏此风雅盛轨也"。

得脱穹庐似脱围，一鞭先著喜公归[1]。
白头到此同休戚，青史凭谁定是非？
漫道识途仍骥伏[2]，都从遵渚羡鸿飞[3]。
天山古雪成秋水，替浣劳臣短后衣[4]。

回首沧溟共泪痕 [5]，雷霆雨露总君恩。

魂招精卫曾忘死 [6]，病起维摩此告存 [7]。

歧路又歧空有感 [8]，客中送客转无言。

玉堂应是回翔地 [9]，不仅生还入玉门 [10]。

【注释】

[1] 一鞭先著：《晋书·刘琨传》载，刘琨与祖逖为友，互相期许，及祖逖被用，琨与亲故书云："吾枕戈待旦，志枭逆虏，常恐祖生先吾着鞭。"后以比喻先实现自己的愿望。　[2] 识途：即老马识途。《韩非子·说林上》："管仲、隰朋从于桓公而伐孤竹，春往冬返，迷惑失道。管仲曰：'老马之智可用也。'乃放老马而随之，遂得道。"后以此比喻处世办事富有经验的人。骥伏：即老骥伏枥。曹操《步出夏门行》："老骥伏枥，志在千里。"后以此比喻人到老年，雄心尚在。　[3]"都从"句：化用《诗经·豳风·九罭》"鸿飞遵渚"之句。参见《哭故相王文恪公》注 [3]。　[4] 浣：洗。短后衣：《庄子·说剑》："吾王所见剑士，皆蓬头突鬓，垂冠，曼胡之缨，短后之衣。"[5] 沧溟：大海。此指南海，即广东。　[6] 精卫：精卫衔石填海，借指南海禁烟抗英事。　[7] 维摩：菩萨名，即维摩诘。意译"净名"或"无垢称"。《维摩诘经》中说他是毗耶离城的大乘居士，与释迦牟尼同时，尝以称病为由，在丈室中向释迦遣来问讯的舍利弗和文殊师利等宣扬大乘深义。告存：探问是否健在。　[8] 歧路又歧：《列子·说符》："歧路之中又有歧焉。"比喻经历曲折艰难。　[9] 玉堂：汉代殿名，唐宋以后为翰林院的别称。林则徐和邓廷桢过去都在翰林院供职过。此指朝廷。　[10] 生还入玉关：《后汉书·班超传》载，班超在西域

三十年，年老思归，上书和帝曰："臣不敢望到酒泉郡，但愿生入玉门关。"

【点评】

　　道光二十三年闰七月十七日（1843年9月10日），邓廷桢被赦召还，自伊犁启程东归。林则徐写了这两首诗赠行，祝贺他早日入关东归，并借以抒发"青史凭谁定是非"的感慨。

又和见怀原韵

道光二十四年春（1844年）

邓廷桢作《寄怀少穆》诗，抒"五年逐形影"的交谊，期望林则徐早日召还。

　　曩者使南越，谬思分主忧[1]。

　　感公海水誓，余未至粤，公贻手书云："所不同心者有如海。"但愧才难侔[2]。

　　宣谕以恩信，纳款驯豪酋[3]。

　　差幸国体肃，奚暇为身谋。

　　九龙偶反覆，伏之如蜉蝣[4]。

　　谁知釜底魂，倏作空中游。

　　鲍庄终失智，贾胡空复留[5]。

　　须臾海水飞，变幻风中沤[6]。

已乏决胜策，安敢排众咻？

简书赴东浙，聊复驰铃驺[7]。

荷戈指天山，闻赦当邛沟[8]。

暂免万里行，负薪塞黄流[9]。

公时出玉关，谓我风帆收。

后尘匪云隔，友声还可求。

公来未期月，我亦同荒陬[10]。

转喜云龙随，肯唱关山愁[11]？

我病入肝肺，公病幸即瘳[12]。

去秋却杖起，恰报乌白头[13]。

即拟归秣陵，筑室名三休[14]。

除书九重出[15]，恩渥难为酬。

东辙未及浣，四牡仍西州[16]。

雍梁实重镇[17]，以公扼其喉。

边庭甫亲历，布政诚优优[18]。

人言再开府，姓字留金瓯[19]。

我知岩谷心，此际方夷犹。

尺素示微意，蓴鲈当及秋[20]。

我身虽萍浮，梦见白鹭洲[21]。

奋飞傍公侧，莫讶江干鸥[22]。

【注释】

[1] 南越：指今两广地区。　[2] 海水誓：林则徐南下禁烟途中收到邓廷桢信，表示愿和林则徐齐心协力，并发誓"所不同心者，有如海"。　[3] 纳款：降服，接受投诚。　[4] 九龙：香港九龙半岛。蜉（fú）蝣（yóu）：寿命极短的一种虫子。　[5] 鲍庄：东晋思想家鲍敬言，主张无君论。贾胡：经商的胡人或外国商人，这里指英国商人。　[6] 海水飞：指"海水誓"未能实现。沤：水泡。　[7] 铃驺：系铃铛的马。驺，古时管理马政的官。　[8] 邗沟：从扬州到淮安的运河，这里指扬州。　[9] 负薪：背柴，指生活处境贫困、地位低微，也指有疾病。黄流：黄河，塞黄流指林则徐赴戍途中奉旨改道东河参与堵复开封黄河决口之事。　[10] 荒陬：指新疆戍地。陬，角落。　[11] 关山：汉乐府曲调《关山月》，多写士兵戍边不归与家人互伤离别之情。　[12] 瘳（chōu）：疾病痊愈。　[13] 乌白头：即乌头白，《史记·刺客列传》：燕丹求归，秦王曰"乌头白，马生角，乃许耳"。比喻实现不可能实现的事。　[14] 秣陵：古地名，今南京市。三休：亭名。唐朝司空图晚年因足疾请求退休，家居中条山，筑亭曰"三休"。　[15] 九重：指宫门。　[16] 四牧：《诗经·小雅·四牡》"四牡騑騑，周道倭迟"，指车乘。　[17] 雍梁：雍州和梁州，包括今陕西、甘肃、宁夏、青海、四川的部分地区。　[18] 布政：布政使，指邓廷桢赐还后任甘肃布政使。　[19] 开府：古代官员受命选调僚属设立官衙，从事行政活动称作开府。清代称外放督抚为开府。金瓯：金的盆。《南史·朱异传》："我国家犹若金瓯，无一伤缺。"后用"金瓯"比喻疆土。　[20] 蓴（chún）鲈：蓴同莼，即"莼鲈"，引《晋书》张翰思念家乡的莼菜和鲈鱼典，引申为思乡之情。　[21] 白鹭洲：在今南京市西南长江中。　[22] 江干：即江畔。

【点评】

邓廷桢东归入关后担任甘肃布政使，作诗《寄怀少穆》，向患难老友倾诉心曲。林则徐在伊犁和诗回赠。诗中回顾往事，诉说友情，表达相互间的敬重和思念。

哭张亨甫 [1]

道光二十四年春（1844 年）于伊犁

尺素频从万里贻，吟成感事不胜悲。

谁知绝塞开缄日，正是京门易箦时。

狂态次公偏纵酒 [2]，鬼才长吉悔攻诗 [3]。

修文定写平生志 [4]，犹诉苍苍塞漏卮 [5]。

哭亡友壮志未酬。

【注释】

[1] 张亨甫：即张际亮（1799—1843），字亨甫。福建建宁人。道光十五年（1835）举人。著名诗人，林则徐的好友。著有《张亨甫全集》。他与黄爵滋、龚自珍、魏源、姚莹等交往密切，相传黄爵滋的《请严塞漏卮以培国本疏》是他起草的。道光二十三年（1843）秋，台湾道姚莹因杀英俘被陷入狱，张亨甫奔走营救，于十月九日（11 月 30 日）以病身亡。　[2] 次公：即盖宽饶（前 105—前 60），字次公，山东滕州盖村人。《汉书·盖宽饶传》：盖宽饶性格刚猛，曾在宣帝许后父平恩侯许广汉座上拒酒说："无多酌我，我乃酒狂！"按：张亨甫曾在盐运使曾燠座上，放声讥

笑为曾燠拈去胡须上瓜子皮的阿附者，事后还写信指责曾燠不能
教诲后进，只以财利使寒士奔走门下，被人称为狂士。 [3] 鬼
才长吉：李贺（790—816），字长吉，福昌（今河南宜阳）人。
唐代著名诗人。钱易《南部新书》卷丙称："李白为天才绝，白居
易为人才绝，李贺为鬼才绝。" [4] 修文：孔子弟子颜渊、子夏死
后，在地下任修文郎。此指张亨甫。 [5] 漏卮：酒器渗漏，比喻
鸦片流毒，白银外流。塞漏卮，隐指代黄爵滋起草的《请严塞漏
卮以培国本疏》。

【点评】

道光二十四年（1844）春，林则徐在伊犁得知张亨
甫病逝北京的噩耗，想起去年十月收到张亨甫来信时，
正是他病重弥留之际，不禁挥毫写诗哭奠，对不断写信
往塞外寄赠诗文的知己表示深切的哀悼。称赞他的为人
和学问，惋惜他的报国之志和超凡才华未得施展，想象
他在地下还在写作，告诉上苍堵塞国家的漏洞。

梅生太史联步蓬瀛三叠尊甫中丞
《文闱即事》前韵为贺并希和政 [1]

道光二十四年六月二十五日
（1844 年 8 月 8 日）于伊犁

贺李杭成进士。

选造三升一气该，金门射策为君开。

洞庭秋月传吟后，君去岁在楚闱赋《月满洞庭秋》一诗，格调绝美。朵殿祥云唱第来。

青锁家声鳌背接，红绫关宴马蹄催。

笋班却共双松茂，夕秀朝华识楚才。是科榜中楚产者，仆识四人焉。君齿最少，陈君小舫亦在壮龄，魏默深、王子寿两君则三十年来名宿也，闻其晚遇，为之轛然[2]。

宋代名臣寇准《感兴》诗有："忆昔金门初射策，一日声华喧九陌"句，回忆当年高中进士，意气风发。

髫龄著论玉溪生，弱冠传文陆士衡。樊南十六著《才论》《圣论》，华亭三十作《文赋》，君冠后入庠食饩，二十举乡魁，故云[3]。

茅汇宜占连步上，芸香真缔夙心盟。

一封诏注南宫籍，七曜躔符北斗名。君列二甲四名，于进呈十卷为第七。

怅触当年涂抹事，旧科十六忝虚声。辛未至今十六科，仆当时亦谬列二甲四名，故及之[4]。

家世登龙信有缘，两番烧尾恰辰年。谓壬辰、甲辰[5]。

父子皆于辰年中取进士，庆贺以烧尾宴。

高冈翔凤先舒翼，空谷名驹又著鞭。白驹空谷是科帖题也[6]。

谱系欣将佳话续，《词林典故》一书，于祖孙父子同馆者皆详其世系，以为玉堂佳话[7]。才华肯受要津怜。

不因人寿修天寿，仰绎丹毫倍憬然。是科复试命题，以得人寿弃天寿示儆。

正是觥称绛幔中，泥金帖映彩衣红。四月廿二日太夫人七秩庆辰，喜报先五日至。

起居八座如天福，著作三清有父风。

拥节频教修表谢，连枝都许策名同。诸弟皆甚英发。

方壶身到知非小，和句重觇笔阵雄。君于旧腊见和四律致达，末署小方壶作，仆已珍藏之。今复寄此诗，亦欲以木瓜致琼瑶耳。

同馆弟林则徐拜稿，时甲辰立秋后一日伊江戌所识

【注释】

[1] 梅生：李杭（1821—1848），字孟龙，一字梅生，湖南湘阴人。道光二十四年（1844）进士。官至翰林院编修。尊甫中丞：李杭的父亲李星沅（1797—1851），字子湘，号石梧。道光十二年（1832）进士。时任陕西巡抚。道光二十三年（1833），李星沅赠林则徐《癸卯文闱即事》诗四首，是年十一月初六日（12

月 26 日）林则徐用李诗原韵和诗四首。同日，喜闻李杭是秋湖南乡试中举，复叠前韵寄贺。本诗系得知李杭成进士，三叠前韵为贺。　[2] 陈君小舫：陈廷经（1804—1877），字小舫、筱舫，湖北蕲水人，道光二十四年（1844）进士，任翰林院编修，山东、四川、河南道监察御史。魏默深：魏源（1794—1857），原名远达，字默深，又字墨生、汉士，晚年自称"菩萨戒弟子魏承贯"。湖南邵阳人。王子寿：即王柏心，见《致姚椿王柏心书》注 [1]。名宿：素有名望之人。晚遇：多年以后才显达。辗然：笑的样子。魏源和王子寿是出名三十年，到现在才成进士，为之感慨，兴奋而笑。按：魏源中礼部会试第十九名，以试文稿草率，罚停殿试。林则徐同日致李星沅书云："此科新贵，梅生最少。……陈小舫能承若翁未竟之绪，足慰吾怀，第未知其近体何如耳。默深、子寿晚达可喜，子寿不知签发何部？默深即停殿试，而适以知州分发江苏，其即乐于外除耶？抑俟来年补试后希冀得一尽先补用耶？旧友如晨星，殊为盼之。"道光二十六年（1846）秋，林则徐在西安致王子寿书云："前年弟在遐荒，连闻春秋高捷，不独为执事称喜，且使绩学之士有所适从，足为吾道幸也。路远未及专贺，曾于和李梅生世兄诗中兼为阁下和魏默深志此遇合，不识曾承青及否？"　[3] 樊南：即李商隐，自号玉溪生，十六岁作《才论》《圣论》，收入《樊南文集》。华亭：即陆机（261—303），字士衡，西晋吴郡吴县（今江苏省苏州市）人。三十岁作《文赋》。　[4] 林则徐嘉庆十六年（1811）成进士二甲四名，距李杭这年成进士二甲四名，相隔十六科。　[5] 壬辰：道光十二年（1832）壬辰，李星沅成进士。甲辰：道光二十四年（1844）甲辰，李杭成进士。父子成进士，均在辰年。　[6] 空谷名驹：甲辰科会试题，赋得"白驹空谷"得"人"字。　[7]《词林典故》：八卷，鄂尔泰、张廷玉等纂辑，乾隆十二年（1747）序刊。

【点评】

　　林则徐在伊犁戍所，从甲第报录中得知李星沅长子李杭成进士，写了这首诗，对李杭及同时成进士的三位楚才，表示诚挚的祝贺。其中魏源年纪最大，成名最早，是林则徐的挚友，与龚自珍并称的经世思想家，"晚达遇仍穷"，被罚停殿试，令林则徐唏嘘感叹。林则徐既然关心魏源的行踪，为什么未见两人直接通信或诗文酬答？林则徐嘱托魏源编撰《海国图志》，为什么未见魏源把这本书寄呈林则徐？或者有之，而刻意回避不提，又是为什么呢？这成了难解之谜。

壶舟以前后《放言》诗寄示奉次二首 [1]

道光二十五年正月十三日
（1845 年 2 月 19 日）于乌鲁木齐

蚨飞不返，中原患贫。

漫将羞涩笑羁臣 [2]，此日中原正患贫。

鸿集未闻安草泽 [3]，鹃声疑复到天津 [4]。

纷看绢树登华毂 [5]，恐少缁流度羽巾 [6]。时有以僧道度牒为筹画经费计者。

海外蚨飞长不返 [7]，问谁夜气识金银 [8]。

解脱穹庐，重上战场。

狂魔枉向病身加 [9]，肯与穿墉竞鼠牙 [10]。

古井无波恬一勺[11]，歧途有客误三叉[12]。

带围屡减腰仍瘦，笋束成堆眼已花[13]。索书者多，苦无以应。

何日穹庐能解脱，宝刀盼上短辕车！

【注释】

[1]壶舟：黄濬（1779—1866），一名学濬，字睿人，号壶舟，晚号四素老人，浙江太平（今台州市辖温岭市）人。道光二年（1822）进士。曾任江西彭泽县知县。道光十九年（1839）获罪遣戍迪化（今乌鲁木齐）。　[2]羞涩：难为情。此指身无钱财。　[3]鸿：鸿雁，此指流离失所之民。草泽：鸿雁栖居的湖泽。《诗经·小雅·鸿雁》："鸿雁于飞，集于中泽。"　[4]鹃声：杜鹃声，其音愁苦。天津：指洛阳的天津桥。宋邵雍《邵氏见闻录》："先公治平间与客散步天津桥上，闻杜鹃声，惨然不乐"，曰"天下将乱，地气自南而北，禽鸟得气之先者也"。后以天津闻鹃比喻天下将乱。　[5]绢树：用丝绢扎花的树。华毂：华丽的车子。此句形容官僚仍然歌舞升平，沉湎于玩乐。　[6]缁流：僧道。羽巾：道士的衣服。　[7]蚨（fú）：青蚨。传说中的南方虫名，又叫鱼伯。晋干宝《搜神记》卷十三："生子必依草叶，大如蚕子，取其子，母即飞来，不以远近。……以母血涂钱八十一文，以子血涂钱八十一文，每市物，或先用母钱，或先用子钱，皆复飞归，轮转无已。"后人以青蚨代称钱。这句指白银外流很久了，不见返回。　[8]夜气：《孟子·告子上》："夜气不足以存，则其违禽兽不远矣。"识金银：古代传说金银有气，可以识别。《史记·天官书》："金宝之上皆有气。"　[9]狂魔：指英国侵略者。病身：指

清朝。　[10]穿墉竞鼠牙：化用《诗经·召南·行露》："谁谓鼠无牙，何以穿我墉。"墉，城墙。城内的老鼠相竞咬穿城墙。比喻对外屈膝妥协的行为。　[11]古井无波：白居易《赠元稹诗》："无波古井水，有节秋竹竿。"此指坚持气节。　[12]客：自指。三叉：三叉路口。苏轼《纵笔三首》："溪边古路三叉口，独立斜阳数过人。"[13]笋束：竹简，借指纸张。按：林则徐《乙巳日记》，道光二十五年正月二十七日（1845年3月5日）记："因过乌鲁木齐时求书纸幅甚多，……故须小停以践前诺。兹穷两日之力，所书不下五十余纸矣。"

【点评】

黄濬在乌鲁木齐两次作放言诗寄赠在伊犁的林则徐。道光二十五年正月中旬（1845年2月下旬），林则徐奉命赴南疆勘垦途经乌鲁木齐，稍事停留，作诗奉和，倾诉心怀，感慨鸦片战争战败后财政困乏和民生痛苦，期望能重上战场，为国效力。

梅生世大兄馆丈以仆奉使回疆复用该开韵寄赠五叠前韵奉酬即希教正

道光二十五年正月十九日
（1845年2月25日）于吐鲁番

圣主筹边智勇该，新畬频报塞垣开[1]。

荷戈权作轺轩使，负耒原从陇亩来[2]。

荒徼得蒙耕凿利，劳踪敢惮简书催[3]。
诗人贻我琼瑶什，纪事端资珥笔才[4]。

稂莠嘉禾不并生，田莱分画要平衡[5]。
南东疆理思成宪，带砺提封溯旧盟[6]。
中外总期无旷土[7]，兵农何必有分名。
迢迢一片龙沙路，待听扶犁叱犊声[8]。

开辟真教悟夙缘，辛丑夏，仆于镇海招宝山求得一签，首句云："天开地辟结良缘。"知为赴新疆之兆。只愁衰白届残年[9]。

虎头旧日怀投笔，马腹而今悔著鞭[10]。
异类犬羊能向化，穷边鸿雁倍堪怜[11]。
锋车过处喁喁望，劈面花门亦帖然[12]。

知君还到玉堂中，九陌花开烂漫红[13]。
帝籍正看耕禹甸，边屯也许入《豳风》[14]。
降康长冀丰穰咏，鸣盛咸歌福禄同[15]。
西域遍行三万里，斯游我亦浪称雄[16]。
道光乙巳孟陬燕九日，同馆弟林则徐脱稿于
高昌旅社

林则徐道光二十五年正月十九日日记：从哈必尔罕布拉克台至土鲁番城，入城到领队署中一谈，仍出南关，至行馆宿。"沿途多土坑，询其名曰卡井，能引水横流者，由南而北，渐引渐高，水从土中穿穴而行，诚不可思议之事。此处田土膏腴，岁产木棉无算，皆卡井水利为之也。"

【注释】

[1]智勇：指文武相济。该：具备。新畲：新开的田亩。《尔雅·释地》："田，一岁曰菑，二岁曰新田，三岁曰畲"。塞垣：关塞的城墙。　[2]辎轩：古代使臣乘坐的辎车。耒：农具。自指先人原本就是农民出身，流放之人暂且当作皇上的使臣，深感荣幸。　[3]荒徼：边塞荒地。耕凿：耕作、挖渠。劳踪：辛劳的踪迹。简书：文书。　[4]贻：赠送。琼瑶：美玉，这里是对诗文的美称。珥笔：古时史官谏臣上朝，把笔插在帽子上，以便随时记录、撰述。　[5]稂莠：形似禾苗的两种杂草。嘉禾：茁壮生长的禾稻。莱：休耕的田。　[6]南东：南亩与东亩。古代称南北纵行的田为南亩，东西横贯的田埂为东亩。成宪：国家已有的规章法令。带：衣带。砺：砥石。古人用"使河如带，泰山若厉"来比喻国运长久。提封：也作"堤封"，指诸侯或宗室的封地，也指国内、四境之内。旧盟：指先人经营这些疆土时所作的誓约。　[7]中外：这里指关内、关外或内地、边疆。旷土：空闲的土地。　[8]迢（tiáo）迢：遥远。龙沙：新疆白龙堆沙漠，这里泛指塞外沙漠地区。犊：小牛。　[9]真教：清真教，亦称伊斯兰教。夙缘：素来有缘分。衰白：年老体弱，鬓发斑白。残年：晚年。　[10]虎头：指东汉班超（32—102）。投笔：班超投笔从戎故事。马腹：《左传·宣公十五年》："虽鞭之长，不及马腹。"即使鞭子长，也不该打马腹。　[11]异类犬羊：指少数民族。向化：归向教化。鸿雁：鸿雁哀鸣。堪怜：值得同情。　[12]锋车过处：所到之处。喁喁：众人景仰。劓面：用刀割脸，边疆少数民族表示忠诚的风俗习惯。花门：即花门山，在今内蒙古自治区额济纳旗北境，居延海北300里。唐时为回纥（回鹘）代称。此处指维吾尔族。帖然：安定、顺从。　[13]玉堂：原指古代宫殿。宋代以后称翰林院为玉堂。当时李杭在翰林院任职。九陌：都城中的大路，也指田间

道。　[14]帝籍：天子的籍田，即古代天子征用民力耕种的田地，相传有千亩，每逢春耕前，天子亲执耒耜在籍田上三推或一拔，称为"籍礼"。禹甸：夏禹所治理的田亩。《诗经·小雅·信南山》："信彼南山，维禹甸之。"后世因称中国的疆域为"禹甸"。豳风：《诗经·国风》中的一部分，主要歌颂农垦耕种的事。　[15]降康长冀丰穰咏：化用《诗经·商颂·烈祖》"自天降康，丰年穰穰"之句，意为人们长久以来就期望康乐的降临来咏唱农业的丰收，歌颂安定与富足的生活。　[16]西域：指新疆。

【点评】

道光乙巳孟陬燕九日，即道光二十五年正月十九日（1845年2月25日），林则徐前往南疆勘垦途中，在吐鲁番城南关行馆留宿，为李杭赠诗作诗四首相答。"中外总期无旷土，兵农何必有分名。"他期望空旷的土地，除屯兵耕种外，能招民耕种，抒发了他对新疆民众的关怀。

柬全小汀全庆（选一）[1]

道光二十五年七月初六日
（1845年8月8日）于辟展土城

蓬山俦侣赋西征，累月边庭并辔行[2]。
同使南疆历八城。

时同使回疆，议垦田事。

荒碛长驱回鹘马，惊沙乱扑曼胡缨[3]。

但期绣陇成千顷，敢惮锋车历八城[4]。

丈室维摩虽示疾，御风仍喜往来轻[5]。

【注释】

[1] 全小汀：全庆（1801—1882）姓叶赫纳喇氏，字小汀，满洲正白旗人。道光九年（1829）进士。道光二十四年（1844），喀喇沙尔办事大臣任上奉旨召还，经伊犁将军布彦泰疏留，道光二十五年（1845），和林则徐共同勘办南疆屯田事宜。　[2] 蓬山：蓬莱山，传说的海中仙山。俦（chóu）侣：同伴，借指林则徐与全庆。边庭：指新疆。并辔行：骑马并行。　[3] 回鹘（hú）：维吾尔族。曼胡缨：一种武士的帽缨。　[4] 陇：通"垄"，绣陇，比喻良田。八城：南疆的库车、乌什、阿克苏、和阗、叶尔羌、喀什噶尔、喀喇沙尔、英吉沙尔八城。　[5] 丈室：佛教语，一丈见方的房间。相传维摩诘大士以称病为由，与前来问疾的文殊等讨论佛法，妙理贯珠。示疾：佛教语，佛、菩萨、高僧得病称示疾。御风：乘风。

【点评】

道光二十五年六月二十二日（1845 年 7 月 26 日），林则徐与喀喇沙尔大臣全庆先后勘查回疆八城垦地后，在喀喇沙尔话别东行。七月初六日（1845 年 8 月 8 日）立秋，林则徐在辟展土城行馆写信并诗给全庆。此选一首，诗中回忆共同勘垦的往事，感到虽然辛苦，却充满着为开发边疆尽力的喜悦心情，洋溢着回味友情的欣慰之感。

次韵嶰筠喜余入关见寄

道光二十五年十一月下旬
（1845年12月下旬）于玉门至凉州途中

田屯塞下稻分秅^[1]，万里穷边似一家。
使命惊闻来雪窖，谪居曾许泛星槎^[2]。
鸡竿正及三年戍，马角应怜两鬓华^[3]。
还问春明寻旧侣，巢痕回首感抟沙。

暂膺假节各随君，左右居然两陕分^[4]。
攘臂应嗤老冯妇^[5]，弃繻或识旧终军。
清阴最喜秦中树，幻态刚愁陇上云。
何日初衣俱释负，沧江双桨逐鸥群^[6]。

邓廷桢作《少穆被命还朝以诗二章迎之》，盛赞林则徐奉命履勘南疆新垦地亩，驰驱越岁，遍历八城，"载笔他年增掌故，羁臣乘传尽流沙"。

【注释】

[1]秅(chá)：古代计算禾束的单位，四百把为一秅。　[2]星槎：传说中往来天河的木筏。　[3]鸡竿：古代大赦时举行的一种仪式。马角：即马生角，比喻实现难以实现的事。　[4]假节：指大臣受命出巡。两陕分：指邓廷桢在陕西，林则徐在甘肃。　[5]冯妇：旧称重操旧业的人。　[6]初衣：指做官前穿的衣服。沧江：这里泛指江河。

【点评】

道光二十五年十一月初六日（1845 年 12 月 4 日），林则徐在哈密接到九月二十八日（10 月 28 日）"林则徐著饬令回京，加恩以四五品京堂候补"的谕旨，十一日（12 月 9 日）从哈密起身返京。二十二日（12 月 20 日）行至玉门县时，接到十一月初四日（12 月 2 日）谕旨，命他不必来京，以三品顶戴先行署理陕甘总督。十二月初十日（1846 年 1 月 7 日）林则徐在凉州接署陕甘总督。在此期间，邓廷桢寄诗《少穆被命还朝以诗二章迎之》庆贺，林则徐写此诗回寄。诗中回顾流放伊犁和南疆勘垦，想念在西安的患难老友邓廷桢和家中亲人，欣喜接署陕甘总督与邓廷桢再度共事，遥想某一天脱去官服，到江中双桨泛舟，追逐自由飞翔的鸥群。

姜海珊大令以余游华山诗装成长卷属题 [1]

道光二十六年八月十五日
（1846 年 10 月 4 日）于西安

丙午中秋与海珊二兄同在关中文闱，海珊出余壬寅过秦所书游华山诗草，属为题后。此诗曾经改窜 [2]，然贤主人既以拙书初稿享帚藏之，则亦不必自匿其丑矣。率题两绝，志此一段旧缘，

岁月忽忽，不胜离合往来之感云。竢村退叟林则
徐识，时监临文闱，例用紫色笔，并记。

五年逐客此登临，把臂贤侯共入林。
认取霜鸿留指爪，碧纱红袖两无心。

真恐山灵笑我顽^[3]，白头持节竟生还^[4]。
烦君玉女峰头问^[5]，可有移文到北山^[6]？

宋代苏轼有诗云："人生到处知何似，应似飞鸿踏雪泥。泥上偶然得指爪，鸿飞那复计东西。"魏野有诗云："谁人把我狂诗句，写向添萝绣户中。闲暇若将红袖拂，还应胜得碧纱笼。"

《游华山诗》有"岂知山亦怪人顽"句。

【注释】

[1] 道光二十六年六月（1846年8月）赴西安接任陕西巡抚。这年八月十五日（1846年10月4日）中秋，林则徐监临关中文闱，为姜申璠裱藏的昔赋游华山诗长卷题写了此诗。　[2] 此诗曾经改窜：指书赠友人时有所修改。　[3] 山灵：指华岳神，先天二年（713）唐玄宗封为金天王。顽：顽强。　[4] 白头持节：《汉书·苏武传》，苏武在北海"杖汉节牧羊"，十九年后返回，"须发尽白"。借指自己被贬戍伊犁。[5] 玉女峰：华山中峰。[6] 移文到北山：即北山移文。南齐孔稚珪作《北山移文》，假借山灵口气，斥周子先隐居北山（在南京市江宁县北）后应诏出山任官为伪隐，不许再至。林则徐道光二十二年（1842）《游华山诗》有"惟期归马此山阳，遥听封人上三祝"之句，故有此问。

【点评】

道光二十六年六月（1846年8月），林则徐赴西安接

任陕西巡抚。这年八月十五日（10月4日）中秋，林则徐监临关中文闱，为姜申璠裱藏的昔赋游华山诗长卷题写了此诗，表达希望归隐又不得不奉命再任职的矛盾心情。

袁午桥礼部甲三闻余乞疾寄赠依韵答之（选二）[1]

道光二十九年秋（1849年）于昆明

星星短鬓笑劳人，回首光阴下阪轮[2]。

敢惜残年思养拙[3]，难祛痼疾剧伤神[4]。

安心屡愧承温诏两奉恩旨，皆令安心调理[5]，

止足原非羡逸民[6]。

辜负君恩三十载，况从绝塞起羁臣。

除书频忝姓名标[7]，自入关来未入朝[8]。

谬向蛮方开节镇，犹闻洋舶逞天骄[9]。

澜沧昨岁鸮音革[10]，珠海何年蜃气消。

病榻呻吟忧未了，残灯孤枕警中宵[11]。

【注释】

[1]袁午桥：袁甲三（1806—1863），字午桥，河南项城

（今周口市项城市）人。道光十五年（1835）进士。时任礼部郎中。　[2] 阪轮：下坡的车轮，此处比喻光阴流逝得极快。　[3] 养拙：即守拙。指退隐不仕。句由唐韩愈《左迁蓝关示侄孙湘》"肯将衰朽惜残年"化出。　[4] 祛：除去。痼疾：积久难治的疾病。林则徐《旧疾复发请假调治折》云："旧有喘嗽、脾泄、疝气诸种病证，六十以后，举发尤多。"　[5] 温诏：温和的诏令。林则徐道光二十六年十一月十六日（1847年1月2日）在西安和二十九年五月十四日（1849年7月3日）在昆明两次旧疾复发告假，都得到道光帝的允准。　[6] 止足：知止知足，不求名利。逸民：避世隐居之人。　[7] 除书：皇帝任命官职的诏书。林则徐被赦还后，受命署理陕甘总督，授陕西巡抚、云贵总督，姓名在任官诏书中多次被标出。　[8] 入朝：到北京觐见。　[9] 洋舶：英国船只。天骄：汉朝北方的强胡（匈奴），自恃"天之骄子"，恣意犯边。借指英国人在广东恃强逞凶。　[10] 澜沧：澜沧江，借指云南。鸮（xiāo）：凶猛的鸟。比喻汉回互斗和起事。革：革除，平定。　[11] 孤枕：指警枕。陆龟蒙《和袭美木兰院次韵》："犹忆故山倚警枕，夜来呜咽似流泉。"中宵：半夜。

【点评】

道光二十七年（1847）秋，林则徐调任云贵总督。二十九年六月十七日（1849年8月5日），因病势加剧奏请开缺回籍调治。袁甲三闻讯，寄诗慰问，林则徐依韵作答诗四首。这是第一、二首，收入《云左山房诗钞》卷八。诗抒发"自入关来未入朝"的苦闷和对"珠海何年蜃气消"的关切。

己酉九月自滇归闽同人
赠言惜别途中赋此答之（选二）

道光二十九年九月（1849 年）

恩叨再造愧兼圻，敢道抽簪学息机[1]。

壮志不随华发改，孱躯偏与素心违[2]。

霜侵病树怜秋叶，风劲边城淡夕晖[3]。

重镇岂宜容卧理，乞身泪满老臣衣[4]。

黄金时节别苴兰[5]，为感舆情忍涕难。

程缓不劳催马足，装轻未肯累猪肝[6]。

膏肓或起生犹幸，宠辱皆忘卧亦安。

独有恫瘝仍在抱，忧时长结寸心丹[7]。

壮志不随华发改。

忧时长结寸心丹。

【注释】

[1] 兼圻：林则徐任云贵总督，兼管云南、贵州两省千里之区。抽簪：意指弃官引退。息机：摆脱世务，停止活动。　[2] 华发：白花的头发。孱躯：瘦弱的身躯。素心：本心、素愿。　[3] 病树：枝节凋零，即将枯死的树木。边城：指昆明。夕晖：夕阳西下的一抹晚霞。　[4] 乞身：请求退职。　[5] 苴兰：苴兰城，在今昆明五华区。　[6] 累猪肝：典出《后汉书·闵仲叔传》，闵仲叔"老病家贫，不能得肉，日买猪肝一片。屠者或不肯与，安邑令闻，敕吏常给焉。仲叔怪而问之，知，乃叹曰：'闵仲叔岂以口腹

累安邑邪！’遂去，客沛。"指因老病或贫困而在生活上麻烦他人。 [7]恫瘝（guān）：病痛、疾苦。

【点评】

道光二十九年（1849）九月，林则徐在长子汝舟等人陪同下，带着郑夫人棺柩离开昆明回闽，云南同僚、士绅及民众拥马惜别。林则徐在归途中赋诗四首答谢。诗中诉说告归的衷情，追忆与云南的两度因缘，怀念与云南耆旧诗酒相会的乐趣，抒发依依惜别之情和念念不忘民生疾苦的胸怀。

又题《啸云丛记》二首 [1]

道光三十年秋（1850年）于福州

两粤兵戈尚未除 [2]，几人筹策困军储 [3]。　　　　留心海外情事。
如何叱咤风云客 [4]，绝岛低头但著书 [5]。

矮屋三间枕怒涛，狂歌纵酒那能豪？
驰情员峤方壶外 [6]，甚欲从君踏六鳌 [7]。

【注释】

[1]道光三十年（1850）秋，林则徐为友人林树梅《啸云丛记》题写此诗，抒发驰情海外建功立业的襟怀。诗约作于辞世前

一个月，表明他的爱国之心并未消减。林树梅（1808—1851），
本姓陈，字瘦云，一字实夫，号啸云，别号啸云子、铁笛生。福
建同安县翔凤里十九都后浦保（今属金门县）人，台湾副总兵林
廷福（1777—1830）养子。著有《沿海图说》《战船占测》《啸
云诗文抄》《说剑轩余事》《云影集》等。　[2] 两粤兵戈：指是年
夏天以来延绵不断的两广天地会、拜上帝会起事。　[3] 军储：军
饷、粮草。此句谓两粤局势不容乐观。林则徐《致次青书》："粤
匪猖狂已极，非练精卒无以撄其锋，而筹画饷糈尤为切要，奈奉
行者不得其法，非病民即滋事。" [4] 叱咤风云客：指林树梅。他
年十四随养父历居福建、浙江、台湾、澎湖各地，熟悉东南海防。
道光十六年（1836）入台湾凤山知县曹谨幕。道光二十年（1840）
和二十一年（1841），闽浙总督邓廷桢和颜伯焘先后招其咨询海
防事宜。　[5] 绝岛：此指厦门。鸦片战争后，林树梅在厦门里居，
发愤著《啸云丛记》等书。　[6] 员峤方壶：古代神话中的海上神
山。《列子·汤问》："渤海之东，不知几亿万里，有大壑焉，……
其中有五山焉：一曰岱舆，二曰员峤，三曰方壶，四曰瀛洲，五
曰蓬莱。"此处寓指海岛与海外国家。　[7] 六鳌：六只巨鳌。《列
子·汤问》：五神山各由三只巨鳌轮番负载，"而龙伯之国有大人，
举足不盈数步而暨五山之所，一钓而连六鳌，合负而趣，归其国，
灼其骨以数焉。"踏六鳌，指旅迹海外。句下自注："记中谈海国
甚详。"

【点评】

道光三十年（1850）秋，病休里居的林则徐，仍渴
望探求海国的情事，为友人林树梅《啸云丛记》题写此
诗，抒发驰情海外建功立业的襟怀。诗约作于辞世前一

个月，表明他的爱国之心毫不消减，体现他至死不渝的高尚情操。

高阳台

和嶰筠前辈韵 [1]

道光十九年二月（1839 年 3 月—4 月）于虎门

玉粟收余 [2]，<small>罂粟一名苍玉粟。</small>金丝种后 [3]，<small>吕宋烟草曰金丝醺。</small>蕃航别有蛮烟 [4]。双管横陈，何人对拥无眠 [5]？不知呼吸成滋味，爱挑灯、夜永如年。最堪怜、是一丸泥，捐万缗钱 [6]。 <small>鸦片毒害。</small>

春雷欻破零丁穴，笑蜃楼气尽，无复灰然 [7]。沙角台高，乱帆收向天边 [8]。浮槎漫许陪霓节，看澄波、似镜长圆 [9]。更应传、绝岛重洋，取次回舷 [10]。 <small>厉行禁烟。</small>

【注释】

[1] 高阳台：词牌名。嶰筠前辈：即邓廷桢。和韵：依照对方作品同一词牌所用韵脚来唱和。　[2] 玉粟：苍玉粟，罂（yīng）粟的别称，果浆是制鸦片的原料。　[3] 金丝：金丝醺烟的简称。明嘉靖年间自吕宋（今菲律宾）传入我国，明姚旅《露书》卷

十云："吕宋国出一草曰淡巴菰，一名曰醺。……有人携漳州种之，今反多于吕宋，……今莆中亦有之，俗曰金丝醺。"[4] 蕃航：外国船只。此处指外国鸦片走私船。蛮烟：指外国生产的鸦片烟土。　[5] 这句描写鸦片吸食者的丑态。按：早期吸食鸦片之法，系用烟管掺和烟草抽吸。清初以后逐步发展到单独吸食鸦片，使用的烟具为烟枪。双管：即两杆烟枪。横陈：两人对拥躺卧。　[6] 一丸泥：丸状的鸦片烟土。缗（mín）：穿钱用的绳子。钱一千文贯之成串为一缗。这句是说鸦片对民生经济的祸害。　[7] 欻（xū）破：忽然冲破。零丁穴：指零丁（伶仃）洋上的鸦片趸船。道光十九年二月十四日（1839 年 3 月 28 日），义律上禀呈缴所有趸船鸦片 20283 箱。林则徐指令驶至虎门外龙穴洋面呈缴。蜃楼：海市蜃楼，借指繁荣一时的鸦片走私。然：燃。此三句是指伶仃洋鸦片走私巢穴被禁烟运动的春雷所摧毁。　[8] 沙角：虎门口外山名。林则徐道光十九年四月初六日（1839 年 5 月 18 日）奏云："自伶仃大洋过龙穴而北，两山斜峙，东曰沙角，西曰大角，由此以入内洋，是第一重门户也。"嘉庆五年（1800）在此添建沙角炮台，置大小铁炮十二门。道光十九年二月二十九日（1839 年 4 月 12 日），因龙穴洋面风浪较大，影响收缴鸦片进度，林则徐决定驶入沙角收缴。这两句形容到沙角缴烟后，鸦片船匆匆出外洋的情景。　[9] 浮槎（chá）：见《和邓嶰筠前辈廷桢〈虎门即事〉原韵》注 [11]。此处指乘船。漫许：姑且答应。霓（ní）节：古代使臣及封疆大吏所持的符节，此代指两广总督邓廷桢。澄波：平静的海面。似镜：像镜面一样。鸦片污染清除后，海面清澈平静。　[10] 传：传播。绝岛重洋：喻海外诸国。取次：次第、先后。回舻：返航。这三句是说中国禁烟的消息传到海外，鸦片走私船一定会仓皇地先后调棹返航。

【点评】

道光十九年二月（1839 年 3—4 月）虎门监督缴烟期间，邓廷桢填《高阳台》词以志盛况，林则徐和韵填了这首词。谴责鸦片的毒害，对"春雷欻破零丁穴"的禁烟运动充满信心和希望。

月华清

和邓嶰筠尚书《沙角眺月》原韵 [1]

道光十九年八月二十六日
（1839 年 10 月 3 日）于虎门

穴底龙眠，沙头鸥静，镜奁开出云际 [2]。万里晴同，独喜素娥来此 [3]。认前身、金粟飘香 [4]；拼今夕、羽衣扶醉。无事。更凭栏想望，谁家秋思 [5]？

忆逐承明队里 [6]，正烛撤玉堂 [7]，月明珠市。鞚掌星驰 [8]，争比软尘风细？问烟楼、撞破何时；怪灯影、照他无睡 [9]。宵霁 [10]。念高寒玉宇 [11]，在长安里 [12]。

沙角眺月，思念亲人。

【注释】

[1]月华清：词牌名。尚书：清代总督例兼兵部尚书衔。　[2]镜奁（lián）：镜匣。此指圆月。　[3]素娥：即嫦娥。　[4]金粟：桂花的别名。　[5]谁家秋思：化用唐王建《十五夜望月寄杜郎中》诗"不知秋思落谁家"之句。　[6]承明：汉代未央宫之承明殿，殿侧有侍臣值宿所居之承明庐。后比喻在朝为官。　[7]玉堂：汉代殿名，唐宋以后为翰林院的别称。林则徐和邓廷桢过去都在翰林院供职过。　[8]鞅（yāng）掌：职事忙碌。星驰：形容公务匆迫。　[9]烟楼：灶上烟囱。撞破烟楼，苏轼《答陈季常书》："在定日作《松醪赋》一首，今写寄择等，庶以发后生妙思，着鞭一跃，当撞破烟楼也。"比喻后生胜过前辈。他：指林则徐长子汝舟，去年（1838）才成进士，现在翰林院。无睡：还在灯下苦读。"问烟楼"二句，思念儿子仍在灯下苦读，不知何时才能有所成就，胜过父辈。　[10]宵霁（jì）：夜雨停了。　[11]高寒玉宇：化用苏轼《水调歌头·明月几时有》词"又恐琼楼玉宇，高处不胜寒"。　[12]长安：借指北京。

【点评】

道光十九年八月十五日（1839 年 9 月 22 日），林则徐和邓廷桢从虎门乘船到沙角检阅水师，当晚同登沙角炮台峰顶眺月。八月二十六日（10 月 3 日），邓廷桢填《月华清》词一阕赠给林则徐，他当天便和作此词，从中秋明月怀念当年在京的翰林生活，联想到儿子还在北京灯下苦读，抒写对亲人的思念。

金缕曲

春暮和嶰筠《绥定城看花》[1]

道光二十三年三月十八日
（1843 年 4 月 17 日）于伊犁

绝塞春犹媚。看芳郊、清漪漾碧[2]，新芜铺
翠。一骑穿尘鞭影瘦，夹道绿杨烟腻[3]。听陌
上[4]、黄鹂声碎。杏雨梨云纷满树，更频婆、新
染朝霞醉[5]。联袂去[6]，漫游戏。

谪居权作探花使[7]。忍轻抛、韶光九十[8]，
番风廿四[9]。寒玉未消冰岭雪，毳幕偏闻花
气[10]。算修了、边城春禊[11]。怨绿愁红成底事？
任花开、花谢皆天意。休问讯，春归未。

春暮伊犁郊外
美景

惜春而不伤感

【注释】

[1]绥定城：今新疆霍城县。　[2]漪（yī）漾（yàng）：水
波泛动。　[3]烟腻：烟细，轻尘。案：此句写出伊犁北门后沿
途所见景色。林则徐道光二十三年三月十八日（1843 年 4 月
17 日）日记："出北门，过五里桥，夹道绿杨与青青陇麦交相映
发。"　[4]陌（mò）：田间的小路。　[5]"杏雨"三句：描绘绥园
景色。林则徐是日日记："日来桃杏已谢，梨花正盛，其密者如关
内绣球；苹婆果花亦正开，红白相间，似西府海棠。"杏雨，指桃

杏纷落。梨云，指梨花盛开。频婆，即苹婆，苹果。此指苹婆果花。　　[6]联袂（mèi）：袖口相联，即携手。　　[7]探花使：科举考试殿试一甲第一至三名分别为状元、榜眼、探花。唐时进士在杏园举行探花宴，以少年俊秀者二、三人遍游名园，折取名花，称为探花使。　　[8]韶（sháo）光九十：韶光为美好的时光，此指春光九十天。　　[9]番风廿四：即二十四番花信风。从小寒至谷雨共八气二十四候（五天为一候），每候之风应一种花信。　　[10]毳（cuì）幕：毡帐。　　[11]春禊（xì）：春祭。古俗农历三月三日，到水边嬉游采兰，以驱除不祥，称为修禊。

【点评】

道光二十三年三月十八日（1843年4月17日），林则徐父子和邓廷桢父子应福珠洪阿之邀，同往绥定城之绥园看花。邓廷桢归作《金缕曲·偕少穆同游绥园》，林则徐以此词和答。词中描绘伊犁郊外的美景，抒发新疆是个好地方的感怀。身在流放之中，休问花开花谢，珍惜这大好的春光。可见他的心胸和风度。

主要参考文献

林文忠公政书　三十七卷　清光绪二年（1876）福州林氏刊本

政书蒐遗　一卷　清光绪二年（1876）福州林氏刊本

林文忠公奏议　六卷　清光绪二年（1876）武进盛氏思补楼刊本

畿辅水利议　一卷　清光绪二年（1876）福州林氏刊本

云左山房诗钞　八卷　诗余一卷　清光绪十二年（1886）刊本

云左山房文钞　原稿抄本　五卷　浙江省图书馆藏

云左山房文钞（附联语）一册　福州沈氏崇斋抄本　福建省图书馆藏

云左山房文钞（又名林则徐先生文钞）四卷　王清穆校刊　上海广益书局 1926 年 4 月石印本

林则徐诗文选注，上海师范大学中国近代史组，上海古籍出版社 1978 年版。

林则徐书简，杨国桢编，福建人民出版社 1981 年版。增订本，1985 年版。

林则徐诗集，郑丽生校笺，海峡文艺出版社 1987 年版。

林则徐诗词选注，陈景汉选注，海峡文艺出版社 1993 年版。

林则徐诗文选，蒋世弟选，华东师范大学出版社 1994 年版。

林则徐诗选注，周轩选注，新疆大学出版社 1996 年版。

林则徐全集，林则徐全集编辑委员会编，来新夏、陈胜粦、杨国桢、萧致治主编，海峡文艺出版社 2002 年版。

近代文学名家诗文选刊·林则徐选集，杨国桢选注，人民文学出版社 2004 年版。

中国古典文学读本丛书典藏·林则徐选集，杨国桢选注，人民文学出版社 2022 年版。

林则徐书法集，《林则徐全集》编辑委员会编，海峡文艺出版社 2005 年版。

林则徐翰墨，福州市政协文史资料委员会、福州市林则徐纪念馆编，福建美术出版社 2008 年版。使滇小草，林则徐撰，稿本影印件，第 97—245 页收录。

中国近代思想家文库·林则徐卷，杨国桢编，中国人民大学出版社 2013 年版。

云左山房文钞，林则徐撰，杨国桢校点，《儒藏》精华编第二七八册，第 521—713 页，北京大学出版社 2016 年版。

云左山房诗钞　八卷附一卷　上海图书馆藏清光绪间刻本　收入《八闽文库》集部第四四、四五册。

林文忠公书札诗稿　不分卷　中国国家图书馆藏稿本　收入《八闽文库》集部第四五册；又收入《清代诗文集珍本丛刊》第四三七册，国家图书馆出版社 2017 年版。

《中华传统文化百部经典》已出版图书

书　名	解读人	出版时间
周易	余敦康	2017 年 9 月
尚书	钱宗武	2017 年 9 月
诗经（节选）	李　山	2017 年 9 月
论语	钱　逊	2017 年 9 月
孟子	梁　涛	2017 年 9 月
老子	王中江	2017 年 9 月
庄子	陈鼓应	2017 年 9 月
管子（节选）	孙中原	2017 年 9 月
孙子兵法	黄朴民	2017 年 9 月
史记（节选）	张大可	2017 年 9 月
传习录	吴　震	2018 年 11 月
墨子（节选）	姜宝昌	2018 年 12 月
韩非子（节选）	张　觉	2018 年 12 月
左传（节选）	郭　丹	2018 年 12 月
吕氏春秋（节选）	张双棣	2018 年 12 月
荀子（节选）	廖名春	2019 年 6 月
楚辞	赵逵夫	2019 年 6 月
论衡（节选）	邵毅平	2019 年 6 月
史通（节选）	王嘉川	2019 年 6 月
贞观政要	谢保成	2019 年 6 月
战国策（节选）	何　晋	2019 年 12 月
黄帝内经（节选）	柳长华	2019 年 12 月
春秋繁露（节选）	周桂钿	2019 年 12 月
九章算术	郭书春	2019 年 12 月
齐民要术（节选）	惠富平	2019 年 12 月
杜甫集（节选）	张忠纲	2019 年 12 月
韩愈集（节选）	孙昌武	2019 年 12 月
王安石集（节选）	刘成国	2019 年 12 月
西厢记	张燕瑾	2019 年 12 月

书　名	解读人	出版时间
聊斋志异（节选）	马瑞芳	2019 年 12 月
礼记（节选）	郭齐勇	2020 年 12 月
国语（节选）	沈长云	2020 年 12 月
抱朴子（节选）	张松辉	2020 年 12 月
陶渊明集	袁行霈	2020 年 12 月
坛经	洪修平	2020 年 12 月
李白集（节选）	郁贤皓	2020 年 12 月
柳宗元集（节选）	尹占华	2020 年 12 月
辛弃疾集（节选）	王兆鹏	2020 年 12 月
本草纲目（节选）	张瑞贤	2020 年 12 月
曲律	叶长海	2020 年 12 月
孝经	汪受宽	2021 年 6 月
淮南子（节选）	陈　静	2021 年 6 月
太平经（节选）	罗　炽	2021 年 6 月
曹操集	刘运好	2021 年 6 月
世说新语（节选）	王能宪	2021 年 6 月
欧阳修集（节选）	洪本健	2021 年 6 月
梦溪笔谈（节选）	张富祥	2021 年 6 月
牡丹亭	周育德	2021 年 6 月
日知录（节选）	黄　坤	2021 年 6 月
儒林外史（节选）	李汉秋	2021 年 6 月
商君书	蒋重跃	2022 年 6 月
新书	方向东	2022 年 6 月
伤寒论	刘力红	2022 年 6 月
水经注（节选）	李晓杰	2022 年 6 月
王维集（节选）	陈铁民	2022 年 6 月
元好问集（节选）	狄宝心	2022 年 6 月
赵氏孤儿	董上德	2022 年 6 月
王祯农书（节选）	孙显斌	2022 年 6 月
三国演义（节选）	关四平	2022 年 6 月
文史通义（节选）	陈其泰	2022 年 6 月

书　　名	解读人	出版时间
汉书（节选）	许殿才	2022 年 12 月
周易略例	王锦民	2022 年 12 月
后汉书（节选）	王承略	2022 年 12 月
通典（节选）	杜文玉	2022 年 12 月
资治通鉴（节选）	张国刚	2022 年 12 月
张载集（节选）	林乐昌	2022 年 12 月
苏轼集（节选）	周裕锴	2022 年 12 月
陆游集（节选）	欧明俊	2022 年 12 月
徐霞客游记（节选）	赵伯陶	2022 年 12 月
桃花扇	谢雍君	2022 年 12 月
法言	韩敬、梁涛	2023 年 12 月
颜氏家训	杨世文	2023 年 12 月
大唐西域记（节选）	王邦维	2023 年 12 月
法书要录（节选）　历代名画记	祝　帅	2023 年 12 月
耶律楚材集（节选）	刘　晓	2023 年 12 月
水浒传（节选）	黄　霖	2023 年 12 月
西游记（节选）	刘勇强	2023 年 12 月
乐律全书（节选）	李　玫	2023 年 12 月
读通鉴论（节选）	向燕南	2023 年 12 月
孟子字义疏证	徐道彬	2023 年 12 月
嵇康集	崔富章	2024 年 12 月
白居易集（节选）	陈才智	2024 年 12 月
李清照集（节选）	诸葛忆兵	2024 年 12 月
近思录	查洪德	2024 年 12 月
林则徐集	杨国桢	2024 年 12 月